Jürgen Seibold
Rosskur

PIPER

Zu diesem Buch

Nach spektakulär gescheiterten Mordermittlungen wird der Leiter der Sonderkommission vorzeitig in den Ruhestand geschickt, und die Kripo Kempten braucht einen neuen Chef für das Mordkommissariat. Ausgerechnet der Niedersachse Eike Hansen tritt die Nachfolge an – ein Skandal im traditionsbewussten Allgäu. Da wird ein Todesfall gemeldet: Ein Mann soll zwischen Schongau und Füssen von der Lechbrücke gestürzt sein. Doch der »Augenzeuge«, der zwei weitere Männer auf der Brücke gesehen haben will, ist ein stadtbekannter Trinker, der gerne mal Fehlalarm auslöst. Die pikierten Kollegen von der Kripo Kempten wittern ihre Chance, den neuen Chef gleich mal auflaufen zu lassen, und informieren diesen nur unvollständig. So übernimmt Kriminalhauptkommissar Eike Hansen seinen ersten Fall im Allgäu unter denkbar schlechten Voraussetzungen. Denn genau am vermeintlichen Tatort grenzen die Zuständigkeitsbereiche der Polizeipräsidien Kempten und Rosenheim aneinander – Kompetenzstreitigkeiten sind damit absehbar. Als Hansen und seine Leute schließlich an der besagten Brücke eintreffen, ist dort weit und breit keine Leiche zu sehen. Also alles nur ein schlechter Scherz?

Jürgen Seibold, 1960 in Stuttgart, arbeitete als Redakteur und freier Journalist. 1989 veröffentlichte der SPIEGEL-Bestsellerautor seine erste Musikerbiografie. Es folgten weitere Sachbücher, Theaterstücke, Thriller und Kriminalromane. Mit seiner Familie lebt Jürgen Seibold im Rems-Murr-Kreis.

Jürgen Seibold

Rosskur

Ein Allgäu-Krimi

PIPER

Mehr über unsere Autoren und Bücher:
www.piper.de

Von Jürgen Seibold liegen im Piper Verlag vor:
Kinder

Allgäu-Krimis:
Band 1: Rosskur
Band 2: Gnadenhof
Band 3: Landpartie
Band 4: Pferdefuß
Band 5: Schandfleck
Band 6: Spritztour
Band 7: Volltreffer

Die Apothekerin ermittelt:
Band 1: Schwarzer Nachtschatten
Band 2: Rote Belladonna

Lesen auf eigene Gefahr:
Band 1: Schneewittchen und die sieben Särge

MIX
Papier aus verantwor-
tungsvollen Quellen
FSC® C083411

Originalausgabe
ISBN 978-3-492-30074-2
1. Auflage Februar 2013
8. Auflage November 2020
© Piper Verlag GmbH, München 2013
Umschlaggestaltung und Artwork: Cornelia Niere, München
Umschlagmotiv: Laurence Dutton, Davies + Starr/Getty Images
(Pferd und Wimpel), shutterstock (Stall)
Satz: Kösel Media GmbH, Krugzell
Gesetzt aus der Quadraat
Druck und Bindung: CPI books GmbH, Leck
Printed in the EU

Sonntag, 2. Juni

Bei schönem Wetter ließ Horst Pröbstl seine Sonntage am liebsten auf dem Pferdehof ausklingen. Bis zur Mittagszeit schnorrte er am Stammtisch im Lechstüberl vier Halbe, danach steckte er sich daheim eine Flasche Doppelkorn und zwei Scheiben Schwarzbrot in die Jackentaschen und trottete hinaus zum südwestlichen Ortsrand von Lechbruck.

Seit Thomas Ruff, ein ehrgeiziger Pferdezüchter aus dem knapp zehn Kilometer entfernten Burggen, die mürrische Marlene Hachberger geheiratet und den Bauernhof ihrer Eltern übernommen hatte, war aus dem etwas heruntergekommenen Allerweltshof ein schmuckes Anwesen geworden. Ruff hatte noch ein paar angrenzende Wiesen dazugekauft und komplett auf Pferdezucht umgestellt. »Ruffs Rossparadies« prangte in kitschig geschwungener Schrift auf dem Holzschild über dem Einfahrtstor. Zwischen den beiden Worten befand sich eine Schnitzerei, die ein steigendes Pferd darstellte, das Gelände dahinter gehörte, so weit das Auge reichte, zum Ruff'schen Hof.

Pröbstl schlurfte durch das Tor, umrundete die Stallungen und ließ sich auf seinem üblichen Platz nieder. Von hier aus hatte er einen herrlichen Blick über den Pferdehof und über die von idyllischen Reitwegen durchschnittenen Waldstücke, vor allem aber auf Salvatores Stall mit dem großen Fenster, dessen Klappladen meistens offen stand.

Salvatore war Ruffs wichtigster Deckhengst und wurde von seinem Besitzer wie ein rohes Ei behandelt. Sein Stall war der schönste, und wann immer die Sonne schien und er nicht draußen herumtollen durfte, streckte er seinen langen Hals zum Fenster heraus und ließ sich die frische Luft um die Schnauze wehen.

Auch heute schaute das Tier mit seinen dunklen Augen aufmerksam nach draußen. Die Ohren waren aufgestellt, und die Sonne brachte sein helles Fell zum Leuchten. Pröbstl versuchte ein Wiehern, und Salvatore schnaubte gutmütig zurück. Eine halbe Flasche Korn später brachte Pröbstl nur noch ein undeutliches »Wihihi« zustande, woraufhin Salvatore leise wieherte, als würde er sich über den Betrunkenen lustig machen; dann zog er den Kopf ein und erklärte die Audienz damit für beendet.

Als Pröbstl wieder aufwachte, begann die Sonne schon unterzugehen. Er rappelte sich fluchend auf, weil ihm die offene Schnapsflasche fast ganz ausgelaufen war, und schraubte sie wieder zu. Hätte Salvatore nicht mit den Hufen gegen seinen Holzverschlag getrommelt, wäre Pröbstl verärgert heimgetorkelt, ohne etwas von den Eindringlingen zu bemerken.

So aber schob er schnell die Flasche in seine Jacke und wankte auf den Stall zu. Der Fensterladen stand noch immer offen, und obwohl das Gebäude schon im Halbdunkel lag, konnte Pröbstl erkennen, dass sich drinnen zwei Gestalten damit abmühten, Salvatore gegen dessen wütenden Widerstand Zaumzeug überzustreifen.

»He, lasst das!«, rief er und beschleunigte seinen Schritt, doch er strauchelte, fiel der Länge nach hin, und dann wurde es schwarz um ihn.

»Pröbstl?«

Thomas Ruff kniete über dem leblos daliegenden Alten und schüttelte ihn, aber es dauerte eine Weile, bis dieser reagierte. Eine intensive Schnapsfahne stieg von ihm auf, und als er sich schließlich mühsam aufrichtete, übergab er sich gleich an Ort und Stelle, bevor er es mit Ruffs Hilfe zumindest auf die Knie schaffte.

»Mensch, Pröbstl, du saufst dir noch den Kragen ab!«

»Sch… scho recht, ich …« Der Alte schüttelte den Kopf, massierte sich die Schläfen, sah sich um.

»Salvatore!«, rief er plötzlich und versuchte aufzustehen. »Thomas, wie geht's deinem Gaul?«

»Wie soll's ihm gehen?«

»Da waren gerade zwei Männer …« Pröbstl verstummte und zeigte auf den Stall. »Wie spät ist es eigentlich?«

»Kurz nach acht. Liegst du hier schon länger?«

»Ja, ich …« Pröbstl zog die Flasche aus der Jacke und hantierte am Schraubverschluss.

Ruff nahm sie ihm aus der Hand. »Lass das mal. Was wolltest du mir sagen?«

»Da sind zwei Männer bei Salvatore im Stall gewesen.

Die haben ... die haben versucht, deinem Hengst Zaumzeug überzustreifen. Was weiß ich ... vielleicht wollten sie ihn klauen. Ist Salvatore noch da?«

»Ja, ja, der steht in seinem Stall, alles in Ordnung.«

Pröbstl sah zwischen dem Züchter und der Stalltür hin und her.

»Was genau hast du denn gesehen?«, hakte Ruff nach.

»Eigentlich nur Schatten. Zwei Männer. Ich bin hingerannt, wollte sie verscheuchen, dann bin ich gestolpert ...«

»Hast du die beiden erkannt? Oder einen von ihnen?«

»Nein.«

»Und woher weißt du, dass es Männer waren?«

»Ach ... na ja ... das hab ich mir halt so gedacht.«

»So, so, das hast du dir halt so gedacht.« Ruff sah den Alten forschend an. »Weißt du was, Pröbstl?«

»Hm?«

»Du solltest das Saufen sein lassen. In Salvatores Stall war niemand, das hast du dir nur eingebildet, glaub mir. Erzähl so einen Schmarrn bloß nicht rum, die halten dich sonst noch alle für deppert.«

»Tun sie eh«, brummte Pröbstl, wuchtete sich mit Ruffs Hilfe hoch und blieb leicht schwankend stehen.

»Glaub mir, bei uns ist alles in Ordnung. Kein Grund zur Sorge, Salvatore geht's gut.«

Pröbstl stierte zur Stalltür hinüber, doch das Pferd war nicht zu sehen. Wahrscheinlich hatte es sich für die Nacht tiefer in seinen Verschlag zurückgezogen.

»Magst noch einen Kaffee, bevor du heimgehst?«

Ruff hatte einen fürsorglichen Tonfall angeschlagen, aber es war schon klar, dass er den alten Mann damit heimschickte: Noch niemand hatte jemals Pröbstl einen Kaffee trinken sehen.

»Um Gottes willen«, wehrte der dann auch prompt ab, »bloß keinen Kaffee, aber wenn du mir einen Obstler ...?«

»Jetzt mach schon, dass du heimkommst!«

Ruff versetzte dem Alten einen freundschaftlichen Klaps, fingerte noch einen Zwanziger aus der Hosentasche und steckte ihn Pröbstl zu. Er sah ihm nach, wie er sich schwankend auf den Heimweg machte.

Dann ging er zu Salvatore in den Stall. Das Pferd stand unruhig in seinem Verschlag und blickte immer wieder ängstlich um sich. Ruff tätschelte ihm besänftigend die Flanken, dann ließ er sich langsam nach unten sinken, blieb auf dem strohbedeckten Boden sitzen und musterte die Schürfwunden, die seine Knöchel von der Rauferei davongetragen hatten.

Hoffentlich hatte er den alten Trunkenbold davon überzeugen können, dass er sich das alles nur eingebildet hätte.

Es war knapp gewesen. Und er hatte keine Ahnung, ob die beiden in einer der folgenden Nächte wiederkommen würden.

Worauf hatte er sich da nur eingelassen?

Montag, 3. Juni

»Und reißts euch fei zamm!«

Damit knallte Kriminaldirektor Benedikt Huthmacher die Tür zum Besprechungsraum hinter sich zu und tupfte sich mit einem Taschentuch die Stirn trocken. Er atmete ein paarmal tief durch, hob den Blick und wollte gerade losmarschieren, um den neuen Leiter des Kommissariats 1 im Foyer zu empfangen – da sah er schon, dass er sich den Weg sparen konnte.

Keine drei Meter entfernt lehnte ein Mann an der Wand, der Mühe hatte, sich ein Grinsen zu verkneifen: Erster Kriminalhauptkommissar Eike Hansen, seit heute neuer Chef des K1 der Kripo Kempten.

»Ah, Herr Hansen ... Sie sind schon ...?«

Huthmacher räusperte sich, ging auf seinen neuen Mitarbeiter zu, schüttelte ihm die Hand und lächelte ihn entschuldigend an. »Ich hatte gerade noch ...«

Dass der Leiter der Kemptener Kripo Sätze gern unvollendet ließ, wenn er sich in einer Situation nicht sicher fühlte, hatte Hansen schon während des Bewerbungsgesprächs bemerkt, doch diesmal war Huthmacher die Verlegenheit deutlich ins Gesicht geschrieben. Offenbar würde der Start hier im Allgäu noch etwas schwieriger werden, als er es ohnehin schon befürchtet hatte.

»Grüß Gott, Herr Huthmacher«, sagte Hansen. Die Begrüßung klang in seinem dialektfreien Hochdeutsch unfreiwillig komisch. »Kann ich mich den Kollegen gleich mal vorstellen? Wenn wir sie schon beisammen-haben.«

»Sie ... nun ja ... wissen Sie was? Die sollen noch etwas warten. Ich zeig Ihnen erst einmal Ihr Büro, dort trinken wir in Ruhe einen Kaffee, und danach haben Sie immer noch Zeit, die Kollegen ...« Er senkte die Stimme. »Dann kann ich Ihnen auch gleich erzählen, warum ich gerade die Tür hinter mir zugedonnert habe.«

Ein Lächeln huschte über sein feistes Gesicht. Über-haupt sah der Kripochef mit seiner fülligen Figur, der hohen Stirn und dem bequem fallenden Anzug recht gemütlich aus – doch das harmlose, fast etwas tapsige Äußere täuschte, wie Hansen aus Gesprächen mit einem Bekannten im bayrischen Innenministerium wusste: Huthmacher war einst selbst Leiter des K1 gewesen, ein begnadeter Ermittler, der seinen Kopf durchsetzte und zugleich seinen Mitarbeitern ein einfühlsamer Vorgesetz-ter war.

In Hansens Büro roch es frisch gestrichen, der Raum war hell und übersichtlich möbliert: Ledersessel, Schreib-tisch, halbhohe Schränke, eine Besprechungsecke.

Eine Frau mittleren Alters kam mit einem Tablett her-ein, stellte Tassen, Milch, Zucker, Kekse und eine Kanne auf den Besprechungstisch.

»Das ist Rosemarie Schwegelin, meine engste Mitarbeiterin«, sagte Huthmacher. »Sie macht mir sozusagen das Vorzimmer.«

Die Frau hob eine Augenbraue, während sie ihnen Kaffee einschenkte.

»Aber natürlich ...«, fügte er rasch hinzu, »... natürlich ist sie keine Sekretärin, sondern hat viele andere Aufgaben. Sie werden häufig mit ihr zu tun haben, Hansen, und wenn Sie irgendetwas brauchen, wenden Sie sich einfach an die Rosie, ich meine, an Frau Schwegelin, ja?«

Sie gab Hansen die Hand, wirkte aber etwas reserviert. Mit einer gemurmelten Entschuldigung zog sie sich zurück und schloss die Tür hinter sich.

Dass die Stimmung in der Kriminalpolizeiinspektion Kempten nicht die beste war, überraschte Hansen nicht. Bei Nesselwang war kürzlich ein junges Paar am Waldrand regelrecht hingemetzelt worden, und obwohl die »Soko Nesselwang« sofort ihre Arbeit aufgenommen hatte, obwohl der erfahrene Kommissar Rolf Hamann und sein Team Tag und Nacht ermittelten, obwohl sie mehreren vielversprechenden Spuren folgten, konnten sie nicht verhindern, dass zwei weitere Pärchen dem Mörder zum Opfer fielen. Als der Täter sich schließlich selbst richtete, kam heraus, dass ihm die Soko gleich nach dem ersten Doppelmord kurzzeitig auf den Fersen gewesen war – doch diese Spur war eine von Hunderten gewesen, eine sehr unplausibel wirkende obendrein, und hatte es nicht in die Vorauswahl jener Hinweise geschafft, die von der Soko vorrangig untersucht wurden.

Hansen kannte so etwas nur zu gut. Das war weder zu vermeiden, noch stellte es einen wirklichen Fehler der Ermittler dar. Eine Leiche in der Nachbarschaft verleitete viele Menschen dazu, der Polizei Hinweise aller Art zu geben – von denen viele völlig nutzlos waren und manche sogar erfunden von einsamen Menschen, die sich endlich auch einmal wichtig fühlen wollten.

Doch die Presse machte Druck, einige Boulevardblätter schoben die Verantwortung für den zweiten und dritten Doppelmord mit knalligen Schlagzeilen allein der Kemptener Kripo zu – und irgendwann kam aus München der entscheidende Anruf. Polizeipräsident Stiller verteidigte seine Leute nach Kräften, konnte aber letztlich nicht verhindern, dass Rolf Hamann, bis dahin Leiter des Kommissariats 1, in den vorzeitigen Ruhestand versetzt wurde.

Seine neue Stelle verdankte Hansen im Grunde der Tatsache, dass nach der Aufregung über die Doppelmorde als Nachfolger ein externer Bewerber gesucht wurde, der nicht in der Soko Nesselwang mitgearbeitet hatte. Und viel externer als mit einem Niedersachsen ging es kaum.

Das alles wusste Hansen bereits, trotzdem erzählte Huthmacher es ihm noch einmal, und er erzählte sehr ausführlich, um Hansen halbwegs schonend auf die Atmosphäre in seinem neuen Team vorzubereiten.

»Deshalb, Herr Hansen, schaun S' bitte, dass Sie die Leut zu nehmen wissen.«

Zum Abschied drückte er ihm noch einmal die Hand, dann war Eike Hansen allein in seinem Büro. Eine Weile stand er am Fenster und genoss den Ausblick. Dann setzte er sich wieder, besah sich die Ausrüstung seines Schreibtischs, machte ein paar Notizen, was er in den nächsten Tagen unbedingt noch besorgen musste, und sah schließlich auf die Uhr: Mehr als eine halbe Stunde war vergangen.

Hansen seufzte, stand auf und machte sich auf den Weg zum Besprechungszimmer.

Dienstag, 4. Juni

»Tut mir leid, Pröbstl, aber heut kann ich dir keinen spendieren. Meine Susanne hat mir selbst kaum was mitgegeben.«

Polizeihauptmeister Freddy Kerricht lachte so dröhnend, dass sich zwei Gäste zu ihm umdrehten. Entschuldigend hob er die Hand und lehnte sich grinsend zurück.

»Arschloch«, brummte Pröbstl und schob sich neben Kerricht auf die Eckbank. Außer den beiden saß so früh am Abend noch niemand am Stammtisch des Lechstüberls.

Pröbstl sah sich kurz um, bevor er seine Stimme senkte und dem Polizisten zuraunte: »Am Sonntag hab ich beobachtet, wie zwei Männer beim Ruff in den Pferdestall eingebrochen sind.«

Kerricht nahm einen tiefen Schluck, stellte den Humpen wieder ab, wischte sich den Mund ab und starrte Pröbstl nachdenklich an.

»Aha. Und das erzählst du mir heute, zwei Tage später?«

»Ich ... ich war mir nicht sicher, ob ich es mir vielleicht nur ... eingebildet hab.«

»Genau das kann ich mir auch gut vorstellen, Pröbstl.«

Kerricht machte eine Bewegung, als würde er aus einer Flasche trinken. Pröbstl wollte aufbrausen, doch der Polizist legte ihm beruhigend die Hand auf den Arm.

»Ich weiß ja, dass du sonntags gern oben beim Thomas auf der Wiese rumliegst. Also: Wann am Sonntag willst du den Einbruch denn beobachtet haben?«

»Die Sonne ging grad unter, und ich wollt heim, da seh ich durchs offene Fenster zwei Männer, die dem Salvatore das Zaumzeug überzwingen wollen. Ich bin hingerannt und ins Stolpern gekommen, und dann hat's mich auf die Wiese gehauen. Anschließend bin ich bewusstlos geworden. Der Thomas hat mich gefunden.«

»Und was sagt er zum Einbruch?«

»Thomas meint, ich hätt mir das alles nur eingebildet, seinem Gaul gehe es gut, und niemand sei im Stall gewesen.«

»Na, siehst du«, nickte Kerricht und nahm noch einen Schluck. »Hast du's dir also doch nur eingebildet.«

»Aber ich ...«

»Rudi!«, rief der Polizist zum Tresen hinüber. »Mach doch dem Pröbstl ein Bier und schreib's auf meinen Deckel, ja?«

Der Wirt nickte, zapfte und stellte kurz darauf einen vollen Humpen auf den Tisch.

»Prost, Pröbstl«, sagte Kerricht und hob seinen Krug, »und danach schleichst di. Wir haben heut Schafkopfabend, da muss ich mich auf meine Karten konzentrieren.«

»Aber ...«

»Trink dein Bier und halt's Maul! Thomas hat dir doch schon am Sonntag gesagt, dass du dir da was zusammenspinnst! Mei, wenn seinem Superstecher auch nur ein Haar gekrümmt wird, rastet der doch aus – glaub mir, da war nix.«

Mittwoch, 5. Juni

Eike Hansen faltete den Umzugskarton zusammen und legte ihn draußen auf den Stapel. Das Dach des alten Bauernhauses stand an dieser Stelle etwas über, und neben einem großen Brennholzstapel, neben Schaufeln, Eimern und anderem Gerät blieb so noch ein geschützter Lagerplatz, den er vor allem jetzt, so kurz nach dem Einzug, gut brauchen konnte.

Es wehte ein sanfter Wind vom Forggensee herüber, und weil er noch Zeit hatte bis zur Fahrt ins Präsidium, nahm er Bogen und Köcher von der Wand und ging gemächlich in den großen Garten.

Die Wiese hinter dem Haus, in dem er sich eingemietet hatte, reichte bis an den See und war ruhig gelegen. Nach links stand bis zum Ferienheim Ehrwang kein anderes Gebäude, und der nächste Nachbar auf der rechten Seite war ein Bauernhof an der Einmündung des Zufahrtswegs in die Bundesstraße 16.

Hansen prüfte die Windrichtung. Nordostwind – die Luft strich vom See her über den Garten hinüber nach Westen, wo in etwa zweihundert Meter Entfernung das Klärwerk und der Wertstoffhof lagen. Er nahm einen Pfeil, legte ihn lose auf den Bogen, drückte den Rücken durch, drehte den Kopf nach links, schloss die Augen und konzentrierte sich ganz darauf, stockgerade auf der Wiese zu stehen. Mit einer langsamen Bewegung zog er dann die Sehne durch, führte sie bis an die Unterseite seines Kieferknochens, visierte die Zielscheibe an, hob den Bogen noch ein wenig – und ließ die Sehne los.

Er mochte das zischende Geräusch, mit dem der Pfeil davonflog. Das satte Einschlagen auf der Zielscheibe hätte er zwar auch gern gehört, aber der Pfeil verfehlte das Gestell mit den weißen, blauen, roten und gelben Kreisen deutlich und schlug dahinter im Gebüsch ein.

Hansen war nur ein bisschen enttäuscht. Er hatte noch nie auf Anhieb eine neue Sportart beherrscht, aber er hatte sich bisher die meisten erfolgreich erarbeitet. Und so, wie er seinen neuen Arbeitsplatz bisher erlebt hatte, konnte er diese Zähigkeit auch dort gut brauchen. Er sah auf die Uhr: Nun war es Zeit loszufahren, den Pfeil im Gebüsch konnte er auch heute Abend noch suchen.

Als er ins Haus ging, schob sich Ignaz langsam aus dem Busch hinter der Zielscheibe. Mit seinem räudigen Fell war er kaum vom Gestrüpp zu unterscheiden. Wütend sah der Kater dem neuen Mieter hinterher, dann wandte er sich um und stupste die Maus ein paarmal mit der Pfote an. Aber da war nichts mehr zu machen: Seine Beute war tot, bevor er sich richtig mit ihr hatte beschäftigen können – und an Spielen war nun ohnehin nicht mehr zu denken. Mit dem langen Pfeil im Leib war die tote Maus viel zu sperrig zum Werfen und Herumkullern.

Hardy Koller, Hannes Rabner, Klaus Frahm und Sabine Alt-mahr saßen im Besprechungsraum und tranken Kaffee.

»Sind wir uns einig?«

Koller sah in die Runde, alle nickten, nur Sabine Alt-mahr wirkte nicht ganz überzeugt.

»Ich weiß nicht«, meinte sie. »Immerhin sind wir bei der Kripo und nicht im Kindergarten. Wenn wir den Neuen auflaufen lassen wollen, mach ich natürlich mit, so übel, wie dem Rolf mitgespielt wurde. Aber was ist, wenn plötzlich doch ein Fall reinkommt?«

»Dann stehen wir alle auf der Matte, das ist doch klar! Rosemarie ruft mich an, sobald sich etwas tut, und ich sag euch gleich Bescheid«, versprach Koller. »Aber bis dahin soll er ruhig mal sehen, wie es sich so ganz ohne Team arbeitet, der feine Herr aus dem Norden.«

»Aber er kann doch nichts für Rolfs Pensionierung.«

»Aber wenn Hansen dank unserer Hilfe von Anfang an super dasteht – da ist der Rolf in München ganz schnell vergessen, und die Münchner fühlen sich auch noch bestätigt darin, dass sie ihn so übel abserviert haben. Willst du das etwa?« Koller sah triumphierend in die Runde. »Wollt ihr das? Wo Rolf uns ein so guter Chef war all die Jahre?«

Rabner hustete und grinste dabei. »Mir ist wirklich schon gar nicht mehr so gut – ich glaub, mich hat's er-wischt.«

»Und ich hab viel zu viele Überstunden«, warf Frahm ein. »Da bleib ich für den Rest der Woche einfach mal zu Hause. Im Moment steht eh nichts Dringendes an.«

»Gut«, meinte Koller und nickte. »Und du, Sabine, machst du jetzt mit oder nicht?«

In dem Moment ging die Tür auf: Kriminalmeister Willy Haffmeyer kam ins Zimmer und sah sich fragend um.

»Ist der Neue bei euch?«

»Nein, der ist heute noch nicht da.«

»Aha.«

Haffmeyer verschwand wieder und zog die Tür hinter sich zu.

»Also, Sabine, bist du dabei?«

»Meinetwegen. Aber sobald was reinkommt ...«

»... geb ich dir Bescheid, versprochen. Und euch anderen auch. Dann sind wir sofort wieder hier. Dienst ist Dienst, das ist klar.«

»Also gut. Ich nehme meine Überstunden.«

Donnerstag, 6. Juni

So ruhig hatte sich Hansen die Kriminalpolizeiinspektion Kempten nicht vorgestellt, aber seit gestern ging offenbar in seinem Team eine Erkältungswelle um, dazu hatten viele Kollegen freie Tage eingereicht, um aufgelaufene Überstunden abzubummeln – sicher eine Spätfolge der zeitaufwendigen Ermittlungen rund um die Pärchenmorde. Und da im Moment nichts Wichtiges anstand, konnte er die Anträge schlecht ablehnen. Zwar hätte er sich gerne von seinem Stellvertreter Koller einweisen lassen, aber der Kollege hatte sich ihm gegenüber nicht besonders redselig gezeigt – da konnte er sich das nötige Wissen ebenso gut anlesen.

Rosemarie Schwegelin suchte ihm alle Unterlagen heraus, die er anforderte, auch die Akten zu den Pärchenmorden, die seinen Vorgänger den Job gekostet hatten. Jedes Mal, wenn er in Huthmachers Vorzimmer auftauchte, bot sie ihm einen Kaffee an – aber sie hielt mehr Distanz zu ihm, als er das von seinen bisherigen Dienststellen gewohnt war. Vermutlich trauerten alle noch dem alten K1-Chef Hamann nach. Er würde ihnen die notwendige Zeit geben, sich an ihn und seinen Stil zu gewöhnen.

Die aktuellen Pressemeldungen aus den Landkreisen

zwischen Neu-Ulm und Memmingen, für die das Polizei-präsidium zuständig war, lasen sich angenehm unspektakulär. Fahrraddiebstähle, abgepumpter Diesel, gestohlene Zeitungsgutscheine, ein betrunkener Fahrer ohne Führerschein und ein Trio, das mit geklauten Leitpfosten in eine Verkehrskontrolle geraten war.

Hansen schmunzelte, dann schenkte er sich Sprudel nach und klappte die dicke Mappe mit den Unterlagen zum Pärchenmord bei Nesselwang auf. Das Gemetzel am Waldrand wirkte in dem emotionslos formulierten Protokoll noch brutaler. Hansen legte einige Fotos vor sich aus, aber das viele Blut, die abgetrennten Gliedmaßen, die beiden obszön angeordneten Leichen der jungen Menschen – all das hatte auch schon der nüchtern formulierte Text vor seinem geistigen Auge erscheinen lassen.

Zwei Stunden lang las er die Berichte, suchte auf der Wandkarte die Tatorte und den Wohnort des Mörders, versetzte sich in die Lage der Ermittler und verschaffte sich einen groben Überblick über die unzähligen Hinweise, die aus der Bevölkerung eingegangen waren. Dann lehnte er sich in seinem Sessel zurück, schloss die Augen und dachte nach.

Ein Geräusch ließ ihn die Augen wieder öffnen: Rosemarie Schwegelin stand in der offenen Tür, hielt eine Kaffeekanne in der Hand und sah ihn verwundert an.

»Sie lassen auf Ihren früheren Chef nichts kommen, stimmt's?«, sagte Hansen nach einer kurzen Pause.

»Ich … natürlich nicht! Wir haben ihn alle gemocht und bewundert. Und wir tun das noch.«

»Das ist gut, Frau Schwegelin. Herr Hamann hat brillant gearbeitet, auch in diesem Fall.« Er deutete auf die Mappe mit der Aufschrift »Soko Nesselwang«. »Und soweit ich das anhand der Akten beurteilen kann, hat keiner im Team einen Fehler gemacht. Und falls doch, dann sicher keinen, der mir nicht auch passiert wäre.«

Das hörte Rosemarie Schwegelin gern, aber zugleich fragte sie sich, ob sich der Neue damit womöglich nur einschmeicheln wollte.

»Ich würde das gerne auch Herrn Koller und den anderen sagen, aber es ist ja gerade keiner da. Außerdem glaube ich nicht, dass die Kollegen das ausgerechnet von mir hören wollen.« Er seufzte und stand auf. »Na ja, wir werden uns schon zusammenraufen, nicht wahr?«

»Ich ... äh ... wir ... ja, sicher.«

Hansen musterte sie kurz, wie sie etwas verlegen vor ihm stand, dann lächelte er. »Früher oder später.«

Ein paar der Schürfwunden hatten sich entzündet, und ein dumpfes Pochen erinnerte Thomas Ruff schon den ganzen Tag lang an die Rauferei vom Sonntag. Doch in Kerstins Bett vergaß er seine Schmerzen schnell. Er genoss es in vollen Zügen, dass seine Freundin sechzehn Jahre jünger, frischer und wilder war als seine Frau.

Irgendwann konnte er nicht mehr. Schwer atmend und verschwitzt lag er auf dem Bett und sah zu der großzügigen Fensterfront hinaus, wo er jenseits des Lech in der Ferne seinen Pferdehof erahnte. Salvatore kam ihm in den Sinn, und sofort waren alle seine Sorgen wieder da.

Kerstin kehrte mit zwei Gläsern Wein zurück ins Zimmer und sah sofort, dass mit Thomas heute nicht mehr viel anzufangen war. Er fing ihren Blick auf und zuckte bedauernd mit den Schultern.

»Trink, Thommie«, sagte sie und setzte sich mit einem spöttischen Lächeln auf die Bettkante.

Er prostete ihr zu, trank und ließ seinen Blick dabei mit einem Anflug von Besitzerstolz über ihre glatte nackte Haut gleiten, über ihre festen Brüste und den flachen Bauch. Sie fuhr mit dem Zeigefinger seine Mundwinkel nach, und er beugte sich vor und pustete ihr zärtlich übers Schlüsselbein. Auf ihrer Haut stellten sich die Härchen auf.

Sie lachte und gab ihm einen leichten Klaps. »Nein, mein Lieber, heute nicht mehr. Kommst halt morgen wieder, dann schau ich mal, was ich für dich tun kann.«

»Morgen geht nicht, Marlene hat abends Verwandtschaft eingeladen.« Er verdrehte genervt die Augen. »Und dann ist leider auch schon Wochenende.«

»Dann hast du am Montag umso mehr Lust, Thommie.«

Sie gab ihm einen Kuss und warf ihm seine Kleider hin.

»Und jetzt raus mit dir!«

Ihr perlendes Lachen klang noch in ihm nach, als er das Ortsschild Lechbruck passiert und die Lechbrücke erreicht hatte. Selig lächelnd trottete er am Geländer entlang und bemerkte den entgegenkommenden Mann erst, als er fast in ihn hineingelaufen wäre.

Voller Panik hastete Pröbstl nach Hause, so gut es in seinem derzeitigen Zustand ging. Irgendwo unterwegs verlor er seine Weinflasche, doch daran verschwendete er keinen Gedanken. Daheim lehnte er keuchend innen an der Haustür, vor seinem geistigen Auge überschlugen sich die Bilder.

Gerade eben hatte er noch auf einer Landzunge am Lech gelegen und den Pferdezüchter Ruff beobachtet, wie er von seiner Freundin im Nachbardorf zurückkehrte. Doch plötzlich war Ruff auf der Lechbrücke ein Mann entgegengetreten, und dann …

Als sich Pröbstl wieder etwas beruhigt hatte, zog er die oberste Schublade im Flurschränkchen auf und durchwühlte sie nach einem ganz bestimmten Notizzettel. Irgendwann einmal hatte er seinem Nachbarn die Handynummer abgeschwatzt. Freddy Kerricht war Polizist in Füssen und damit für Lechbruck zuständig, ihm musste er unbedingt melden, was er gerade beobachtet hatte.

Als er den Zettel gefunden hatte, begann er die Nummer einzutippen, schreckte dann aber vor dem Telefonat zurück. Was würde Freddy sagen, wenn er ihm schon wieder von einem Verbrechen berichten würde? Dabei hatte er ihm ja schon den Einbruch vom Sonntag nicht geglaubt. Er musste überzeugend wirken. Er musste glaubhaft wirken. Er musste locker und selbstsicher wirken.

Pröbstl legte den Hörer beiseite und holte sich eine Flasche aus dem Küchenschrank. Er setzte sich in die Küche, schüttete die klare Flüssigkeit in ein Wasserglas und trank es aus, schenkte nach, trank wieder. Dann, ein paar Schlu-

cke später, fühlte er sich allem gewachsen, fühlte sich
stark und klar ... und schlief am Küchentisch ein.

Hansen kam an diesem Abend voller Vorfreude zurück in
sein neues Domizil. Er hatte in Kempten einen Fein-
kostladen gefunden, der frischen holländischen Matjes
anpries und ihn auch direkt aus einem kleinen Eichen-
holzfass heraus verkaufte. Jetzt, Anfang Juni, war die
Matjessaison erst gut eine Woche alt, da waren in Nord-
deutschland und den Niederlanden noch allerlei Mat-
jesfeste zugange – und die Salzheringe hier wirkten
nicht weniger frisch als die Exemplare, die er aus Emden
und anderen niedersächsischen Städten in Küstennähe
kannte.

Also kaufte er, während ihm schon das Wasser im
Mund zusammenlief, für sein ganz privates Matjesfest
noch Kartoffeln, grüne Bohnen, Zwiebeln und Speck und
machte sich auf den Heimweg.

Zu Hause wusch er die Kartoffeln und legte sie in einen
Topf mit etwas Wasser, schnitt die Zwiebeln klein, wür-
felte den Speck und putzte die Bohnen. Nachdem er die
Kartoffeln aufgesetzt hatte, machte er sich ein Bier auf
und ging nach draußen, um vor dem Kochen noch ein
paar Pfeile auf die Zielscheibe zu schießen. Nach vier
Pfeilen traf er erstmals die Zielscheibe, und er beschloss,
es damit gut sein zu lassen und sein Schützenglück heute
nicht allzu sehr zu strapazieren.

Ohnehin musste er nach den Kartoffeln sehen, und
außerdem warteten ja die Matjes auf ihn – was allerdings,

wie er beim Betreten der Küche feststellte, nicht mehr ganz der Wahrheit entsprach. Der Teller mit den Matjesheringen war leer, und die feuchten Abdrücke von Katzenpfoten führten quer über den Tisch bis zum Hinterausgang der Küche, wo Hansen gerade noch Ignaz, den räudigen Kater seiner Vermieterin, verschwinden sah.

Er ging zum Fenster. Draußen schlich der Kater sichtlich zufrieden ums Haus. Von der Straße her näherte sich ein heiseres »Miez, miez«, und schon stellte der Kater den Schwanz senkrecht in die Höhe und trippelte freudig auf die alte Frau zu, die ihn gerufen hatte.

Walburga Lederer, seine Vermieterin, sah gern täglich nach dem Rechten in dem Haus, das früher einmal ihren Schwiegereltern gehört und das sie nun an Hansen vermietet hatte. Die Lederers waren seinerzeit durch den Verkauf von Bauland so wohlhabend geworden, dass sich die Witwe ein hübsches Häuschen am nördlichen Stadtrand von Füssen hatte leisten können – nicht weit vom Friedhof gelegen, wo sie mindestens einmal am Tag das Grab ihres Mannes besuchte.

Und wenn sie dann schon mal die Jacke anhatte, schwang sie sich gerne noch auf ihr knallrot lackiertes Elektrorad und fuhr zu Hansen hinaus, um nachzusehen, ob der alleinstehende Preuße wohl auch zurechtkam.

Walburga Lederer – sie hatte ihm schon bei ihrer ersten Begegnung angeboten, sie mit »Frau Walburga« anzusprechen, und Hansen vermutete darin eine besondere Ehre – war viel unterwegs und insbesondere, was Essensdinge betraf, stets bereit zu einem spannenden Experiment. In der gesamten Füssener Umgebung gab es inzwischen kein ausländisches Restaurant mehr, das sie nicht kannte. Ihr Mann Alfred hatte sich zu Lebzeiten auf Schweinsbraten, Wild und Haxe konzentriert, und sie holte das jahrzehntelang Versäumte nun eifrig nach.

Eigentlich hatte er heute keine Lust auf einen launigen Plausch mit ihr, aber sie hatte wohl den Speck gerochen, der inzwischen in der Pfanne schmurgelte, und mit einem fröhlichen: »Grüß Gott! Ich stör doch nicht?« war sie auch schon durch die Hintertür in die Küche gehuscht. Den Anblick ihres Mieters, der sich extra seine »Ich liebe die Nordsee«-Schürze umgebunden hatte und gerade etwas Mehl zu dem Speck in die Pfanne schüttete, quittierte sie erst mit einem breiten Grinsen – doch dann siegte die Neugier, und sie trat neben ihn an den Herd.

»Ah, eine Spezialität aus Ihrer Heimat? Was wird das denn?« Sie sah sich um, entdeckte die grünen Bohnen im einen, die Kartoffeln im anderen Topf. »Ich sehe, grüne Bohnen mit Speck und dazu Kartoffeln. Sehr schön, sehr schön – Gemüse ist ja so gesund. Aber mir wär das zu wenig, da fehlt doch ein rechtes Fleisch oder eine deftige Wurst.«

»Oder Matjeshering«, brummte Hansen.

»Stimmt, das wäre noch besser. Gerade für Sie als Nordlicht! Na ja, jetzt hat der Fischladen in der Stadt natürlich schon zu, schade eigentlich.«

Ja, schade, dachte sich Hansen, und als er die Kartoffeln von der Herdplatte zog, sah er aus den Augenwinkeln Ignaz hereinschleichen. Hansen funkelte ihn böse an, und der Kater verzog sein Maul – er wusste ja, dass Katzen nicht lächeln können, aber dieser Gesichtsausdruck kam einem höhnischen Grinsen doch sehr nahe. Ignaz behielt zur Sicherheit den neuen Mieter im Auge und strich dabei schnurrend seinem früheren Frauchen um die Beine.

Seinen vierbeinigen Mitbewohner hatte ihm Walburga Lederer gleich bei seinem ersten Besuch vorgestellt. Seinen Hunger stillte Ignaz mit den Mäusen, die er in dem alten Haus und auf den umliegenden Wiesen in großer Zahl fand, und wenn er Durst hatte, gab es leidlich sauberes Trinkwasser in einer an die Regentonne angeschlossenen Dachrinne. Durch eine Katzenklappe in der Hintertür konnte der Kater raus und rein, wann immer er wollte – und in der Scheune stand ein alter Schrank, aus dem Walburga Lederer bei ihren täglichen Besuchen Trocken- und Dosenfutter für ihren Liebling holte.

»Sie müssen sich gar nicht um ihn kümmern«, hatte sie betont. Seit vorhin wusste er, dass das nicht ganz stimmte.

Sein Arm zuckte im Schlaf und wischte das leere Glas vom Tisch, das mit lautem Klirren auf dem Boden zerschellte. Pröbstl erwachte, musste sich aber erst noch besinnen, bis ihm einfiel, wo er war und was er vorhin hatte machen wollen.

Er schüttelte sich, streckte sich, machte einen großen Schritt über die Glasscherben hinweg und tippte umständlich Freddy Kerrichts Handynummer ein.

»Ja?«, meldete sich Freddy. Im Hintergrund waren Geräusche zu hören, die nicht zur Polizeiinspektion Füssen passten: Gelächter erklang, Gläser klirrten, und irgendjemand erzählte gerade einen Witz zu Ende.

»Ich bin's, Freddy, der Pröbstl.«

»So spät noch wach? Weißt, ich hab grad so gar keine Zeit, wir sitzen hier noch im Lechstüberl zusammen, aber nicht mehr lang.«

»Tut mir leid, wenn ich dich störe, aber es ist wichtig, Freddy«, setzte Pröbstl an und fügte mit eindringlicher Stimme hinzu: »Und es ist dienstlich!«

»Dienstlich? Jetzt nicht mehr. Ruf mich doch morgen an, ich bin ab acht in der Inspektion zu erreichen, jetzt hab ich Feierabend, und zwar schon lange.«

»Aber der Ruff ...«

»Ach, Mensch, Pröbstl, fang doch nicht schon wieder an! Ich hab den Thomas gestern noch getroffen, nichts war mit seinem Gaul – der war richtig sauer auf dich, als er gehört hat, dass du mit mir über den eingebildeten Einbruch gesprochen hast. Da wirst du dir wohl in den nächsten Tagen noch etwas anhören müssen.«

»Ganz sicher nicht«, platzte Pröbstl heraus, und sein Tonfall ließ Freddy nun doch aufhorchen. »Ruff liegt tot unter der Lechbrücke. Ich hab vorhin beobachtet, wie ihn zwei Männer übers Geländer gestoßen haben.«

»Du hast ... was?«

»Du musst nur zur Brücke gehen, da siehst du ihn liegen. Direkt am Ufer.«

»Bist du schon wieder besoffen? Den Thomas wirft doch keiner von der Brücke, warum denn auch?«

»Schau halt nach!«

»Jetzt, um halb elf abends? Wann hast du das denn beobachtet, das mit Thomas auf der Lechbrücke?«

»Kurz nach sieben. Kann auch halb acht gewesen sein, ich hab nicht gleich auf die Uhr geschaut.«

»Vor drei Stunden soll das gewesen sein? Behauptest du allen Ernstes, dass der Thomas seit drei Stunden unten am Lechufer liegt, und keiner hat das bemerkt?«

»Ja, ich ...«

»Du spinnst doch! Und falls es stimmen würde: Was hast du eigentlich die ganze Zeit gemacht?«

»Ich bin heimgerannt, hatte Panik und wollte dich gleich anrufen.«

»Hast du aber nicht.«

»Ich bin ... Ich bin eingeschlafen.«

Am anderen Ende war Gemurmel und Gelächter zu hören, Kerricht aber blieb stumm.

»Freddy? Bist du noch da?«

»Hör mit dem Saufen auf, Pröbstl!«

Dann war die Verbindung beendet.

Maria Waghuberl schlief seit Jahren nicht mehr durch. Erst hatte sie sich darüber geärgert, war nachts schimpfend durch ihr Haus getigert und dabei kein bisschen müde geworden. Schließlich aber hatte sie ihren Frieden mit dem nächtlichen Aufwachen gemacht. Sie hatte nämlich irgendwann begonnen, sich zum Müdewerden ans offene Fenster zu stellen und auf die Lechbrücke hinunterzusehen. Und sie war überrascht gewesen, was zwischen zehn und zwei Uhr alles vor ihrem Haus los war und was man durch aufmerksames Beobachten alles aufschnappen konnte.

Der frühere Wirt vom gegenüberliegenden Restaurant hatte eine Zeit lang immer gegen ein Uhr sein Lokal abgesperrt, war aber im Haus geblieben – und neben seinem alten Lieferwagen stand auf dem Parkplatz oft noch der kleine Flitzer einer seiner Bedienungen. Wenn die beiden nach einer guten Stunde aus dem Gebäude kamen, sahen sie meist recht verstrubbelt aus und verabschiedeten sich in der Regel mit einem langen Kuss.

Inzwischen hatte seine Frau ihn vor die Tür gesetzt und mit einem jungen Koch das Lokal unter neuem Namen wieder eröffnet.

Manchmal torkelten auch noch späte Gäste der Lechbrucker Kneipen herüber, und ab und zu richtete die Polizei auf dem Parkplatz neben dem Lokal eine Alkoholkontrolle ein – fast immer mit Erfolg.

Als Maria Waghuberl diesmal ihr weiches Kissen auf der Fensterbank platzierte und sich erwartungsfroh in die Nacht hinauslehnte, hatte sie das Spannendste wohl schon verpasst. Sehen konnte sie nichts mehr, aber drunten am Lechufer brausten zwei dieser grauslig lauten Mopeds davon. Es klang, als würden die beiden Nachtschwärmer mit ihren Höllenmaschinen über den Lechuferweg im kleinen Wäldchen verschwinden. Was auch immer sie dort um diese Zeit zu schaffen hatten.

Enttäuscht sah sie sich noch ein wenig um, aber die frische Nachtluft machte sie schneller müde als sonst, und so packte sie das Kissen wieder zurück auf die Eckbank, schloss das Fenster und trollte sich wieder ins Schlafzimmer.

Der Anruf hatte Kerricht letztlich doch keine Ruhe gelassen. Nach einer Weile verabschiedete er sich von seinen Freunden am Stammtisch, holte zu Hause eine starke Taschenlampe und ging zur Lechbrücke hinüber. Von der Mitte der Brücke aus sah er in der Dunkelheit die Landzunge vor sich, auf der Pröbstl heute am späten Nachmittag gelegen hatte, und versuchte sich vorzustellen, was sein Bekannter wohl gesehen haben könnte.

Dann ging er zurück in Richtung Lechbruck, bis ihm die Bäume am Ufer die Sicht auf die Landzunge versperrten. Er schaltete die Taschenlampe ein, beugte sich über das Brückengeländer und leuchtete hinunter, aber weder am Lechbrucker noch am gegenüberliegenden Gründler Ufer konnte er etwas Verdächtiges entdecken. Danach schritt er auch die andere Seite der Brücke ab, leuchtete ein wenig umher und ging frustriert nach Hause. Dort überlegte er eine Weile, ehe er die Nummer der Polizeiinspektion Füssen wählte. Semmler, der diensthabende Kollege, war ein alter Freund, der in Urspring wohnte, keine zwei Kilometer von Lechbruck entfernt. Jahrelang hatten die beiden zweimal im Monat miteinander Schafkopf gespielt.

»Und warum rufst mich dann überhaupt an?«, fragte er, nachdem ihm Kerricht vom betrunkenen Pröbstl, von seiner zweifelhaften Aussage und davon berichtet hatte, dass Ruff natürlich nicht tot unter der Lechbrücke lag.

»Wenn der Pröbstl b'soffen war und sich das alles bloß zammträumt hat, solltest den Schmarrn am besten für dich b'halten.«

»Ja, ich weiß, aber ...«

»Mei, was heißt da ›aber‹? Schau, du weißt es doch selber: Entweder du hast mich nie angrufen, und alles bleibt die Spinnerei vom Pröbstl – oder du meldest mir diese Aussage, und dann fahr ich das volle Programm: Hubschrauber mit Wärmebildkamera, Suchhunde, Feuerwehr, Wasserwacht, alles eben. Oder meinst, ich lass mir das anhängen, dass ich nix unternommen hab – und dann spült's den Ruff doch noch tot ans Ufer? Da kann i einpacken, nach dem Theater bei der Kripo eh scho glei.«

Kerricht dachte nach. Er wusste ja, dass der Kollege recht hatte, und er hätte es an seiner Stelle nicht anders gemacht.

»Also, was ist«, hakte Semmler nach. »Hast mich jetzt angrufen oder nicht?«

»Ich mach dir einen Vorschlag: Ich hab dich nicht angrufen, aber ganz zufällig schickst mal eine Streife hier vorbei. Hast grad jemanden, der das ohne große Gschicht für mich machen könnt?«

»Mei, Freddy ...«

»Ach, komm, jetzt stell dich nicht so an. Die Kollegen müssten eh schon lang mal wieder hier herauskommen.«

Semmler zierte sich noch kurz, dann versprach er, Edgar Rothart und Winfried Abt vorbeizuschicken. Kerricht war erleichtert: Die beiden waren unkompliziert und würden, wenn sich alles, wie erwartet, als Flop herausstellte, die Fahrt nach Lechbruck als das protokollieren, was sie ja auch war: eine normale Streifenfahrt ohne besonderen Anlass.

»Heut Nacht«, sagte Semmler dann noch, »sitzt in Schongau der Paul am Telefon. Den ruf ich auch noch kurz an, vielleicht schickt er ebenfalls einen Wagen – je nachdem, wo der Ruff runtergfalln sein könnt, wärn ja eher die zuständig.«

Kerricht war zufrieden: Paul hatte damals ebenfalls mitgekartelt, wohnte in Bernbeuren, einem Dorf zwischen Lechbruck und Burggen, und auf ihn war ebenfalls Verlass.

»Und während die losfahren, ruf ich noch schnell bei der Marlene Ruff an. Ich denk mir noch einen Vorwand aus und frag sie, ob ihr Thomas daheim ist. Dann weiß ich Bescheid, bis die Kollegen hier sind.«

Das schrille Geräusch des Telefons zerriss die Stille im Haus. Marlene Ruff stand auf und tappte im Dunkeln in den Flur hinaus.

»Hm?«, meldete sie sich leise mit rauer Stimme.

»Freddy hier, Freddy Kerricht. Ich hab dich geweckt, oder?«

»Ja, klar«, brummte sie und sah auf die Wanduhr. »Ist ja auch schon spät.«

»Das tut mir jetzt echt leid. Ist denn der Thomas noch wach?«

»Nein, der schläft natürlich auch schon lang. Was willst du denn von ihm, mitten in der Nacht?«

»Ach, der Pröbstl hatte uns vor ein paar Tagen gemeldet, dass zwei Männer in Salvatores Stall eingedrungen seien, der Thomas hat mir gleich erklärt, dass da nix dran sei – und jetzt wollten wir die Sache halt vollends abschließen, dazu wollt ich noch eine Kleinigkeit von ihm wissen.«

»Jetzt?«

»Tja, Marlene, die Polizei ist rund um die Uhr im Dienst, das weißt du ja.« Kerricht lachte gekünstelt.

»Sehr beruhigend, danke, aber ruhig schlafen kann ich deshalb trotzdem nicht – du hast mich ja geweckt.«

»Ja, hehe, da hast natürlich recht. Aber der Thomas ist schon da, gell?«

»Freilich ist er da, schläft drüben selig. Wo soll er denn auch sein um die Zeit? Aber wecken muss ich ihn jetzt nicht extra, oder?«

»Äh ... nein, das ... wenn er da ist ... äh ... soll er sich ruhig ausschlafen. Ich meld mich morgen wieder, ja?«

Damit hatte er auch schon aufgelegt, und Marlene Ruff sah etwas ratlos auf den Hörer. Sie wusste ja, dass Kerricht bei der Polizei Schichtdienst hatte und deshalb auch mal nachts arbeitete – aber deshalb jemanden so spät noch anzurufen?

Kopfschüttelnd legte sie auf und schlurfte zurück zum Gästezimmer, in dem sie sich schon vor Jahren ihren Schlafplatz eingerichtet hatte, doch dann besann sie sich anders, ging den Flur entlang und drückte leise die Tür zum eigentlichen Schlafzimmer auf. Die linke Bettseite, wo sie früher geschlafen hatte, war leer und ohne Bettzeug. Auf der rechten Seite war die Decke sauber umgeschlagen und das Kissen aufgeschüttelt.

In diesem Bett hatte heute Abend noch niemand gelegen. War er über Nacht bei ihr geblieben? Das erste Mal? War es so weit? Und würde er sich jetzt endlich mal trauen, ihr alles zu erzählen?

Ein bitterer Zug spielte um ihren Mund, sie presste die Lippen zusammen und ging zurück in ihr Bett. Es dauerte eine ganze Weile, bis sie auf dem nassgeheulten Kissen einschlafen konnte.

Der zweite Streifenwagen fuhr auf der Lechbrücke langsam an zwei Uniformierten und einem Mann in Zivil vorbei, die angestrengt über das Geländer hinunterblickten, und parkte dann vor dem Restaurant. Zwei Polizisten stiegen aus, gingen ebenfalls auf die Brücke und begrüßten ihre Kollegen.

»Na?«, fragte Polizeiobermeisterin Sophie Müller von der Inspektion Schongau. »Gibt's was zu sehen?«

»Nein, natürlich nicht«, brummte Freddy Kerricht, der in Jeans und Windjacke herübergekommen war, nachdem er Marlene Ruff angerufen hatte. Der Lech stellte die Grenze der Polizeizuständigkeit zwischen Füssen und Schongau dar.

Sophie Müllers Beifahrer Roland Wöhr leuchtete mit der Taschenlampe hinunter und ließ den Lichtkegel am Ufer des Lech entlangwandern.

»Haben wir auch schon gemacht«, sagte Polizeihauptmeister Edgar Rothart von der Inspektion Füssen, und sein Kollege Winfried Abt hielt seine Mütze fest, während er sich noch einmal weit über das Geländer beugte.

»War einer von euch schon drunten?«

»Ja, leider.« Rothart hob das Bein hoch und ließ seinen schlammverschmierten Schuh sehen.

»Und: nix?«

»Gar nix. Unser lieber Kollege hier«, er nickte etwas mürrisch in Richtung Kerricht, »ist erst gekommen, als ich schon unten im Baaz stand. Der Ruff, der hier angeblich tot liegen soll, schläft selig daheim. Und auch sonst liegt dort drunten keiner.«

»Tja«, sagte Kerricht schließlich, »war wohl tatsächlich der Fehlalarm, den ich schon befürchtet hatte. Ich werde ein ernstes Wort mit Pröbstl reden müssen.«

»Ach, der will das gesehen haben?« Rothart schnaubte. »Und weil der sich den Kragen absäuft, stehen wir alle mitten in der Nacht hier rum? Na, super!«

»Macht doch nichts, Edgar«, meinte Roland Wöhr grinsend. »Dann haben wir euch wenigstens mal wieder gesehen. Und ich finde, man kann schon mal nachts zum ›Hin + Mit‹ fahren, oder nicht?«

Alle lachten, nur Sophie Müller, die noch nicht lange in Schongau Dienst tat, fragte: »Wieso ›Hin + Mit‹?«

»Weil man abends als Streife hierhin fährt – und meistens gleich einen betrunkenen Autofahrer mitnehmen kann«, brummte Kerricht. »Aber bleibt bitte mal schön auf eurer Schongauer Seite, ja? Ich hatte heute Stammtisch im Lechstüberl, da müsst ihr nicht unbedingt meine Kumpels kontrollieren.«

»Ach, dann blas doch du gleich mal«, rief Wöhr von der anderen Straßenseite herüber und lachte. »Du bist ja jetzt auf der Schongauer Seite!«

Mit gespieltem Schreck machte Kerricht einen Satz zurück neben das Lechbrucker Ortsschild.

»Glaubst du, ich setz mich heut noch ans Steuer?«

Er tippte sich an die Stirn, drehte sich um und ging über die Brücke davon.

Freitag, 7. Juni

Als Kerricht völlig übermüdet die Frühschicht antrat, rief er die Berichte der vorigen Nacht auf: Semmler hatte seinen Anruf tatsächlich nicht vermerkt, und auch der Bericht von der Streifenfahrt enthielt nichts, was auf die nächtliche Suche an der Lechbrücke hingedeutet hätte. Abt und Rothart hatten auf ihrer Weiterfahrt direkt nach dem Ortsausgang Lechbruck einen Wagen im Straßengraben bemerkt – mit offener Fahrertür und noch warmem Motor. Der Fahrer war einfach zu Fuß weitergegangen, und keine hundert Meter vom Wagen entfernt hatten sie ihn eingeholt und gleich zur Blutprobe mitgenommen.

Gegen halb acht wählte er die Handynummer von Hardy Koller, dem stellvertretenden Kripochef, mit dem er seit der Zusammenarbeit in einem vertrackten Fall recht vertraut war. Ihm erzählte er noch einmal die Geschichte vom betrunkenen Pröbstl und dem Mord, den er beobachtet haben wollte, zu dem es aber keine Spuren und vor allem keine Leiche gab. Er erzählte ihm auch von der inoffiziellen Suche in der vergangenen Nacht – und wie er selbst per Telefon von Ruffs Frau erfahren hatte, dass ihr Mann während der ganzen Aufregung seelenruhig daheim lag und schlief.

Hinterher war Kerricht beruhigt. Nun wusste es die Kripo auch, und er hatte sich einem Kollegen anvertrauen können, der ihm notfalls Ärger vom Hals halten konnte. Nur eines wunderte ihn im Nachhinein: Koller hatte sehr erfreut geklungen, als Kerricht mit der Geschichte fertig gewesen war, und hatte ihn fast fröhlich verabschiedet – dabei konnte er sich nicht recht vorstellen, was an dieser etwas heiklen Geschichte so amüsant sein sollte. Doch dann wurde ein schwerer Verkehrsunfall bei Hopfen gemeldet, und Kerricht machte sich, so schnell er konnte, mit einem Kollegen auf den Weg.

Knapp zehn Minuten später hatte Koller mit allen telefoniert, und bis auf Sabine Altmahr, die sich noch immer zierte, aber schließlich einwilligte, ebenfalls mitzuspielen, waren die Kollegen sofort mit der nötigen Schadenfreude bei der Sache.

Koller versprach, sie alle auf dem Laufenden zu halten, weil sie ja sonst von zu Hause nichts mitbekommen hätten.

Dann wählte er eine Durchwahlnummer in der Kripoinspektion Kempten.

»Guten Morgen, Frau Schwegelin.«

Hansen hatte kurz angeklopft und gleich danach die Tür zu Huthmachers Vorzimmer aufgedrückt. Rosemarie Schwegelin saß am Computer, eine dampfende Kaffeetasse auf der einen und einen Block mit handschriftlichen Notizen auf der anderen Seite der Tastatur.

»Sagen Sie mal: Ist denn heute überhaupt jemand gekommen?«

Er hielt die Mappe mit den Krank- und Freimeldungen hoch, die sie ihm gleich zu Dienstbeginn ins Büro gebracht hatte, und ließ sie auf den Schreibtisch klatschen.

»Na ja«, meinte Rosemarie Schwegelin, »die Kollegen müssen halt irgendwann mal ihre Überstunden nehmen. Und wenn einen die Erkältung erwischt ... was will man machen.« Sie fischte ein paar Unterlagen aus ihrem Eingangskorb.

»Wenigstens haben wir gerade keinen Mordfall auf dem Tisch.«

»Das stimmt leider nicht ganz, Herr Hansen.«

Erst jetzt bemerkte er die schmale Akte, die sie in der Hand hielt. »Was ist das?«

»Kam heute Nacht rein, ein Mann soll in Lechbruck von der Brücke gestoßen worden sein.«

»Was heißt das: soll gestoßen worden sein?«

Er ließ sich den Aktendeckel geben und nahm das einzige Blatt heraus, das sich darin befand. Die Meldung sah nicht sehr offiziell aus, vor allem hätte er sie eher im Intranet erwartet, und als Absender wäre die zuständige Polizeiinspektion Füssen üblich gewesen.

»Wo kommt das her?«, fragte er.

»Das hab ich vorhin getippt, ich wollt's Ihnen gleich rüberbringen.«

»Aha?«

»Na ja«, druckste sie herum und war sich im Moment nicht mehr so sicher, ob es eine gute Idee gewesen war, sich von Koller zum Mitmachen bewegen zu lassen. »Das ist etwas kompliziert. Und eigentlich ist das auch keine richtige Akte, weil ...«

Hansen sah sie schweigend an.

»Gestern Nacht«, begann sie und räusperte sich, »hat ein gewisser Horst Pröbstl gegen halb elf einen unserer Füssener Beamten angerufen, einen Freddy Kerricht, den er privat kennt und der zu der Zeit auch nicht mehr im Dienst war. Er hat ihm erzählt, dass er beobachtet habe, wie zwei Männer einen Lechbrucker Pferdezüchter namens Thomas Ruff über ein Brückengeländer gestoßen oder geworfen hätten.«

»Und das reicht hier bei Ihnen nicht für einen ordentlichen Bericht?« Hansen war verblüfft.

»Nun ja ... Herr Pröbstl war zur Zeit der Aussage wohl betrunken.«

»Vielleicht hat es ihn ja so mitgenommen, was er beobachtet hat, dass er sich einen Schnaps genehmigt hat? Das könnte ich mir durchaus vorstellen.«

»Jedenfalls hat er den Kollegen Kerricht gegen halb elf angerufen – will das Verbrechen aber schon um sieben oder halb acht Uhr abends beobachtet haben. Und in der Zwischenzeit hat er sich betrunken. Als Kerricht nachgefragt hat, ob er das auf der Brücke tatsächlich gesehen oder sich womöglich nur eingebildet hat, wurde Pröbstl unsicher.«

»Okay, nehmen wir an, alles ist frei erfunden – warum schreiben Sie dann diesen Bericht für mich?«

Rosemarie Schwegelin schluckte. Genau das war der wunde Punkt. »Ich ... Kollege Kerricht hat die Sache trotz allem keine Ruhe gelassen. Er hat selbst auf der Brücke nachgesehen und nichts gefunden. Dann hat er den Diensthabenden in Füssen angerufen, und der hat eine Streife vorbeigeschickt – nur mal so zur Vorsicht. Außerdem hat er den Schongauer Kollegen Bescheid gegeben, die das Gleiche gemacht haben.«

»Schongau? Die gehören doch zum Polizeipräsidium Oberbayern Süd. Wenn die zuständig sind, haben wir mit der Sache gar nichts zu tun, oder täusche ich mich da?«

»Der Zeuge hat nicht erwähnt, auf welcher Seite des Lech der Mann nach unten gestürzt ist. Jedenfalls markiert der Fluss genau die Grenze der Zuständigkeit zwischen den Inspektionen Füssen und Schongau. Eine Leiche haben weder die einen noch die anderen Kollegen gefunden.«

Rosemarie Schwegelin überspielte ihre Unsicherheit, so gut es ging. Koller hatte sie gebeten, diesen Köder auszulegen. Der Streich würde – von Hansen abgesehen – niemandem wirklich schaden. Musst dem Neuen ja nicht stecken, dass der Pröbstl, dieser alte Schluckspecht, schon öfter mal Fehlalarm ausgelöst hat, hatte Koller zu ihr gesagt. Soll er sich doch mal damit die Zeit totschlagen, unsere neue Supernase.

»Aber wenn nun schon zwei Inspektionen Bescheid wussten«, hakte Hansen nach, »dann wäre doch, wenn ich richtig informiert bin, das volle Programm angelaufen: Hubschrauber, Wasserwacht und so weiter – warum ist das unterblieben?«

»Na ja, die Anrufe in Füssen und Schongau waren ja quasi inoffiziell.«

Sie lächelte entschuldigend, Hansen rollte genervt mit den Augen.

»Und in der Zwischenzeit«, fuhr sie schnell fort, »hat Kerricht bei der Familie Ruff angerufen, und Thomas Ruffs Frau hat angegeben, dass ihr Mann im Bett liege und schlafe. Damit war die Sache eigentlich erledigt.«

»Gut. Aber wieso ›eigentlich‹?«

»Kerricht hat sich heute Morgen wohl noch einmal absichern wollen und hat Herrn Koller angerufen.«

»Meinen Stellvertreter? Der bummelt doch gerade Überstunden ab.«

»Ja, aber die beiden kennen sich privat, also hat er ihn zu Hause angerufen.«

»Und warum nicht mich?«

»Na ja ... er kennt Sie ja noch nicht, und ...«

»Schon klar.«

Hansen hatte inzwischen keine große Lust mehr, seinen genervten Tonfall zu überspielen. Das war ein schöner Kindergarten hier.

»Er hat also Herrn Koller angerufen. Und warum ist nun plötzlich alles anders? Herr Ruff kann ja trotzdem schlecht gleichzeitig tot unter einer Brücke und schlafend in seinem Bett liegen, oder?«

Rosemarie Schwegelin deutete auf ihren Bericht, den Hansen noch immer ungelesen in der Hand hielt. Er überflog den Text und las noch einmal alles, was sie ihm gerade schon erzählt hatte. Am Ende stand: »KHK Koller weist in seinem Telefonat abschließend darauf hin, dass PHM Kerricht die Auskunft über Thomas Ruffs Verbleib telefonisch von seiner Frau erhalten hat. Er hat nicht persönlich mit ihm gesprochen und ihn auch nicht daheim gesehen.«

»Stimmt«, brummte Hansen und sah die Kollegin an. »Damit ist die Sache wirklich nur ›eigentlich‹ erledigt. Arbeitet dieser Kerricht denn immer so schlampig?«

»Nicht dass ich wüsste«, antwortete sie. »So genau kenne ich ihn nicht, immerhin arbeiten alles in allem knapp neunzehnhundert Leute fürs Präsidium. Aber ich kann mich nicht erinnern, dass es mal Ärger mit ihm gegeben hätte.«

»Na ja, aber so was ... Da glaubt er einem Zeugen nicht, gibt die Info aber doch weiter, dann wird nur am Telefon nachgefragt, alles wird wieder abgeblasen und dann doch wieder gemeldet, wenn auch nur unter der Hand.«

Er schüttelte den Kopf, in Gedanken kam noch ein Minuspunkt dazu: »Und dann ruft er meinen Stellvertreter daheim an anstatt mich im Büro.«

»Es war wohl schon gegen Mitternacht«, verteidigte sie den Füssener Kollegen, »und wie gesagt: Herr Kerricht glaubte eigentlich von Anfang an nicht, dass an der Zeugenaussage was dran sein könnte ...«

»Wissen Sie was? Versuchen Sie mir das gar nicht weiter zu erklären«, sagte Hansen. »Ich guck mir das einfach mal selbst an. Ist ohnehin gerade nichts los, und Lechbruck liegt nicht weit von Füssen, wo ich wohne. Da kann ich gleich mein Gebiet etwas besser kennenlernen.«

Er stand auf. »Wer ist denn heute überhaupt gekommen?«

»Außer den Kollegen, die schon mit Fällen befasst sind, vom K1 grad nur Fischer und Haffmeyer.«

Sie musste sich zwingen, ernst zu bleiben: Hanna Fischer und Willy Haffmeyer waren nicht gerade die Leuchten des Polizeipräsidiums. Mit den beiden an seiner Seite würde Hansen sicher gegen die Wand fahren. Geschieht ihm recht, ging es ihr durch den Kopf. Was muss er sich auch auf Hamanns Posten bewerben?

»Gut«, sagte Hansen, »dann weise ich die beiden gleich mal ein.«

Die Scherben der Weinflasche, das Rauschen des Lech, der Blick hinüber zur Brücke – Horst Pröbstl tappte langsam, ganz langsam auf die Spitze der Landzunge zu, wo er gestern gelegen hatte. Hatte er sich etwa nur eingebildet, dass zwei Männer den Ruff in die Zange genommen und ihn einfach über das Brückengeländer in die Tiefe geworfen hatten?

Seit Freddy Kerricht heute früh bei ihm vorbeigeschaut und ihm ordentlich die Meinung gesagt hatte, war sich Pröbstl nicht mehr so sicher. Am Lechufer habe keine Leiche gelegen, sagte Kerricht, keine Spur von Ruff oder sonst wem. Und dass extra zwei Streifenwagen nach Lechbruck gekommen seien, sollte er ihm, Pröbstl, eigentlich in Rechnung stellen. Richtig wütend geworden war der Polizist.

Etwas später hatte Kerricht ihn von der Polizeiinspektion Füssen aus angerufen und ankündigt, dass ihn demnächst vermutlich ein neuer Kommissar von der Kemptener Kripo befragen werde, ein gewisser Hansen. Dann raunte er ihm zu, dem Neuen könne er ruhig die ganze Geschichte noch einmal ausführlich erzählen. Vielleicht nehme der ihn ja ernst, schließlich sei das ein Preuße, da könne man nie wissen.

Pröbstl wurde nicht ganz schlau aus Kerrichts Anruf, aber auf das Gespräch mit diesem Hansen wollte er sich gleich vorbereiten. Er holte eine Flasche aus der Speisekammer und schenkte sich ein großes Glas voll ein.

Das Zimmer lag am Ende des Flurs und war mit den beiden Schreibtischen der Kollegen fast ausgefüllt. Die Fenster waren geschlossen, es roch etwas muffig, und ein Hauch von Nagellackentferner oder Klebstoff hing in der Luft. Im Hintergrund säuselte leise Volksmusik aus dem Radio.

Hansen nickte den beiden zu. Hanna Fischer, einundvierzig und kugelrund, sah dem neuen Chef fragend entgegen und schob die geöffnete Akte etwas von sich weg. Willy Haffmeyer, fünfundfünfzig und auffallend hager, hatte für ihn nur einen gelangweilten Seitenblick übrig und hantierte dann weiter mit der Kurbel seines altmodischen Bleistiftspitzers.

»Frau Fischer, Herr Haffmeyer«, begann Hansen, »ich hätte Sie gerne für eine Ermittlung im Team.«

Haffmeyer verharrte mitten in der Bewegung und sah verblüfft zu seinem Vorgesetzten auf. Fischer stand mit einem strahlenden Lächeln auf, schob ihren Bürostuhl ein Stück auf Hansen zu und bot ihm mit einer Geste den Sitzplatz an.

»Bittschön, Chef«, sagte sie und strahlte noch breiter.

»Worum geht's denn?«

»Wir haben vielleicht einen Mord, vielleicht auch nicht. In Lechbruck will jemand beobachtet haben, wie ein Mann von der Brücke geworfen wurde.«

»Auf welcher Seite der Brücke?«

Haffmeyer hatte eine dünne Stimme, etwas kratzig, und er machte sich erst gar nicht die Mühe, sein überschaubares Interesse größer erscheinen zu lassen, als es war.

Hansen zuckte mit den Schultern.

»Sie wissen schon, warum ich das frage?«

»Am einen Ufer sind wir zuständig, am anderen die Kollegen vom Präsidium Oberbayern Süd.«

Haffmeyer nickte und ließ sich auf seinem Stuhl zurücksinken.

Fischer sah erschrocken zwischen den beiden Männern hin und her. »Mensch, Willy, das weiß der Herr Hansen doch!«, sagte sie dann und lächelte Hansen entschuldigend zu. »Der Willy trägt sein Herz auf der Zunge, wissen Sie?«

»Das hab ich mir schon gedacht. Wie sonst könnte er mit fünfundfünfzig noch immer einfacher Kriminalmeister sein?«

Haffmeyer musterte seinen neuen Chef, doch dessen Lächeln hatte nichts Fieses, er blickte eher gutmütig drein.

»Na, vielleicht kann ich's nur nicht besonders gut, das Kriminale?«, versetzte er spöttisch.

Hansens Grinsen wurde breiter. »Das werde ich jetzt ja erfahren, nicht wahr? Und nun kommen Sie mal mit in mein Büro, wir besprechen, was wir haben, und dann fahren wir nach Lechbruck.«

»Und wieso wir beide? Ich meine, die Hanna und ich sind sonst nie ...«

»Willy, jetzt lass das mal! Herr Hansen, wir kommen, wir kommen. Geben Sie uns zwei Minuten, dann sind wir bei Ihnen, okay?«

Als sie kurz darauf in der Besprechungsecke beisammensaßen, Fischer ganz beflissen und ein bisschen aufgeregt, Haffmeyer stoisch wie immer, war der Stand der Ermittlungen schnell umrissen: ein Zeuge, keine Leiche, keine Spuren am vermeintlichen Tatort.

»Und wo wollen Sie da ansetzen?«

Haffmeyer lümmelte scheinbar gelangweilt auf seinem Platz herum, doch er beobachtete Hansen aufmerksam. Fischer schlürfte lautstark ihren Kaffee.

»Bei den Spuren«, sagte Hansen, klappte die Unterlagen zusammen und nahm seine Jacke vom Haken. »Bisher wissen wir nur, dass noch niemand Spuren auf oder unter der Lechbrücke gefunden hat. Das muss ja nicht heißen, dass es dort keine gibt. Also schauen wir uns das jetzt näher an. Kommen Sie bitte?«

Die dreiviertelstündige Fahrt nach Lechbruck verlief recht eintönig. Ab und zu war die Frauenstimme aus dem Navi zu hören, auf das Hansen hier im Allgäu einstweilen noch nicht verzichten mochte, die beiden Kollegen blieben dagegen stumm. Erst im Ort selbst meldete sich Haffmeyer von der Rückbank aus zu Wort und dirigierte den Chef zur Lechbrücke.

»Fahren S' am besten rüber zum Restaurant auf der anderen Seite, da können S' parken.«

Hansen überquerte die Brücke und bog auf den großen, abschüssigen Parkplatz ab. Sie stiegen aus, Haffmeyer ging voran.

»Und jetzt geht's wieder rüber«, erklärte er und sprang mit großen, ungelenken Schritten über die Fahrbahn zurück und ans südliche Geländer der Brücke. Die Straße war dicht befahren, und es dauerte einen Moment, bis die beiden anderen ihm folgen konnten. Die etwas knappe Lücke zwischen einem Cabrio und einem Käselaster ließ Hansen aus Rücksicht auf seine korpulente Mitarbeiterin aus, aber da war Hanna Fischer auch schon mit ihrem Kollegen über die Straße geflitzt. Als der Lastwagen vorüber war, folgte auch Hansen, und er schilderte ihnen die Situation, wie sie im Bericht von Rosemarie Schwegelin beschrieben war.

»Dort drüben hat der Zeuge gelegen.« Er deutete auf die Landzunge vor ihnen. »Und er hat ausgesagt, dass Thomas Ruff von zwei Männern über dieses Brückengeländer geworfen oder gestoßen wurde.«

Hansen sah hinunter. Das Flussufer nach Lechbruck hin war mit Bäumen bestanden und beschrieb eine sanft gebogene Linie. Auf der Gründler Seite dagegen war der Lech von einem Durcheinander aus Steinplatten und

Kiesbänken begrenzt, überall lagen Felsbrocken wie ausgestreut herum. Das Wasser sah hier bis etwa zur Mitte des Flusses sehr flach aus.

»Da unten wurde aber keine Leiche gefunden«, bemerkte Fischer. »Und bei dem flachen Wasser kann sie doch auch nicht weggespült worden sein, oder?«

»Na, wenn's das Wasser nicht war, hat vielleicht jemand nachgeholfen«, meinte Haffmeyer.

Hansen hörte seinen Mitarbeitern ruhig zu. Er fragte sich, aus welchen Gründen sie offenbar nie zu wichtigen Ermittlungen eingeteilt wurden.

»In Frau Schwegelins Text steht, der Zeuge habe dort drüben *gelegen* – warum denn gelegen? Ist das eine lokale Spezialität hier in Lechbruck?«

Haffmeyer hob die rechte Hand und machte eine Bewegung, als leerte er ein Glas.

»Aha, Sie meinen, der legt sich dort drüben hin, um sich zu betrinken? Und er ist unser einziger Zeuge ...«

»Ja, leider.«

»Kennen Sie diesen Herrn Pröbstl?«

»Nicht persönlich, aber er scheint für seinen ständigen Durst bekannt zu sein. Der war wohl auch gestern nicht mehr ganz nüchtern. Soweit ich mitbekommen habe, meldet er immer wieder mal irgendwelche Verbrechen oder Vergehen – deshalb ...«

Er ließ den Satz unvollendet und zuckte mit den Schultern.

»Stand das alles in Frau Schwegelins Bericht? Ich kann mich gar nicht daran erinnern.«

»Nein, das steht da nicht.«

»Ach? Komisch ... Das scheint mir aber wichtig zu sein.«

»Ist es auch, aber ... na ja, vielleicht haben es Kerricht, Koller und Frau Schwegelin vergessen. Oder sie dachten, das wisse ohnehin jeder.«

»Jeder Einheimische, meinen Sie, oder?«

Haffmeyer verzog sein Gesicht, als könne er sich nicht zwischen einer fragenden und einer entschuldigenden Miene entscheiden.

»Schon klar, Herr Haffmeyer. Und ich nehme an, wenn irgendjemand bei uns in Kempten dem Zeugen glauben würde, hätten wir im Moment nicht so viele kranke oder Überstunden abbauende Kollegen.«

Haffmeyer zuckte wieder mit den Schultern. Fischer sah fragend zwischen den beiden Männern hin und her.

»Gut«, brummte Hansen nach einer Weile, »nun sind wir schon mal da, also können wir genauso gut unsere Arbeit machen. Ich gehe mal runter und sehe mir das genauer an. Falls dieser Pröbstl recht hat, dürfte Ruff eher hier unten auf den Steinen gelandet sein.«

»Und wenn nicht«, merkte Haffmeyer an, »finden Sie in der Flussmitte vermutlich ohnehin nichts mehr.«

Hansen folgte einem schmalen Pfad zum Ufer hinunter. Die Spur war ein wenig aufgewühlt – wahrscheinlich eine beliebte Mountainbike-Strecke der örtlichen Dorfjugend. Ab und zu rutschte er aus und glitt ein paar Zentimeter hinab. Unten bog der Weg nach links ab und verlief über eine kleine Brücke zu einem Waldstück. Oben auf der Brücke stand Haffmeyer und musterte das diesseitige Lechufer, hinter Hansen schnaufte die Kollegin Fischer heran.

»Geht's?«, erkundigte sich Hansen, aber sie winkte nur ab und kämpfte sich mit schweren Schritten weiter zu ihm vor.

»Bleiben Sie bitte hier stehen?«, bat er sie, und kurz huschte ein enttäuschter Zug über ihr Gesicht, doch dann nickte sie und wischte sich mit dem Ärmel den Schweiß von der Stirn.

Hansen verharrte einige Minuten regungslos und suchte mit Blicken den Boden nach Hinweisen ab. Überall auf dem Weg und auf der Fläche Richtung Fluss waren Abdrücke zu sehen: von Schuhen, von Tierpfoten, von Fahrradreifen, auch ein paar dickere Spuren waren darunter, vielleicht von Mofas oder kleinen Motorrädern, aber alles war so verwischt, dass auf den ersten Blick nicht viel damit anzufangen war.

Plötzlich zog er Einmalhandschuhe hervor, streifte sie über, ging in die Hocke, klaubte etwas aus dem flachen Wasser vor sich und besah es sich aus der Nähe.

»Hanna«, rief Haffmeyer von oben, »bring dem Chef doch mal eine Tüte!«

Fischer tappte mit schmatzenden Schritten durch den Dreck, Hansen hörte das Rascheln einer Plastiktüte und streckte den rechten Arm nach hinten aus, ohne den Blick von seinem kleinen Fundstück zu nehmen. Vorsichtig ließ er es in die Tüte gleiten und drückte den Plastikverschluss mit Daumen und Zeigefinger zu, bevor er das Ganze der Kollegin hinhielt.

»Ein Knopf«, murmelte Fischer. »Der kann wer weiß wie hierher geraten sein.«

»Ja, kann er. Aber eine der Möglichkeiten wäre auch, dass Pröbstl recht hat. Haben Sie das Motiv auf dem Knopf gesehen?«

Fischer musterte den Inhalt der Tüte genau. Der Knopf war nicht besonders groß, aber wenn sie ihn ganz nah vor sich hielt und die Augen zusammenkniff, konnte sie es erkennen: das Vorderteil eines steigenden Pferdes, vom Rumpf über die ausschlagenden Vorderhufe bis zum stolz gereckten Kopf und der wehenden Mähne.

Hansen hatte inzwischen einen Kugelschreiber aus der Tasche gezogen und hebelte einen weiteren Gegenstand aus dem Matsch hervor, der dort fast völlig verdeckt neben einem Stein steckte. Dann sah er zu Haffmeyer hinauf, der von der Brücke aus mit einem Fotoapparat wedelte und versuchte, möglichst nahe auf das zweite Fundstück zu zoomen.

»Gut, Herr Haffmeyer«, lobte Hansen, »gerade wollte ich Sie losschicken, die Kamera zu holen. Haben Sie das hier?«

Haffmeyer nickte.

»Prima, und dann bitte noch die ganze Fläche vor mir, damit wir einen Überblick bekommen und alles schön dokumentieren können. Vielleicht lässt sich mit den Kollegen, die gestern Nacht hier waren, noch rekonstruieren, welche Schuhabdrücke von den Beamten stammen und welche nicht. Man kann nie wissen, was später mal als Hinweis taugt.«

Haffmeyer knipste drauflos und machte Fotos aus verschiedenen Perspektiven.

»Sollten wir nicht lieber die Spurensicherung holen?«, fragte Fischer.

»Das wäre natürlich der korrekte Weg«, gab Hansen ihr recht. »Aber bisher haben wir keine Leiche, einen betrunkenen Zeugen und, wenn wir ehrlich sind, außer uns dreien zieht niemand die Möglichkeit ernsthaft in Betracht, dass hier wirklich ein Mensch gestorben ist. Dann nehmen Sie noch die Tatsache, dass wir hier außerhalb unseres Zuständigkeitsbereichs im Dreck herumwühlen – nicht zu vergessen, dass ich hier als ungeliebtes Nordlicht unterwegs bin.«

»Ach, Herr Hansen, das sollten Sie nicht so ...«

»Schon recht, Frau Fischer. Aber wir können davon ausgehen, dass keiner der Kollegen – weder in Rosenheim noch bei uns in Kempten – Lust hat, sich in einem Fall, der womöglich keiner ist, lächerlich zu machen. Ich weiß ja nicht, wie es hier in Ihrem schönen Allgäu ist, aber bei mir in Hannover hätten mir das die anderen jahrelang aufs Butterbrot geschmiert.«

»Ja, stimmt schon.«

»Eben. Und deshalb lassen Sie es uns zunächst mal auf dem kleinen Dienstweg versuchen. Wenn's schiefgeht, nehme ich alles auf meine Kappe, da bleibt an Ihnen und dem Kollegen Haffmeyer nichts hängen.«

Sie lachte. »Das ist grad schon egal, Herr Hansen, da kommt's nicht mehr drauf an. Unser Ruf ist ... na ja ... eh schon etwas speziell, und Willy und ich haben uns noch nie was draus gemacht.«

Hansen lächelte zurück und tastete sich dann weiter Schritt für Schritt ans Wasser heran. Als er sich das nächste Mal zu Hanna Fischer umdrehte, lag ein triumphierendes Lächeln auf seinem Gesicht.

»Die nächsten beiden Tüten, bitte.«

Er hielt einen Stein in der Hand, etwa faustgroß und offenbar vor einiger Zeit bei höherem Wasserstand von der Strömung hierher geschwemmt. Er hatte auf dem Trockenen gelegen und war an der Seite, die Hansen nach oben hielt, dunkel verfärbt. Hansen deutete nach unten, wo ein weiteres verfärbtes Exemplar lag.

»Blut?«, fragte Fischer.

»Gut möglich. Jedenfalls nehmen wir die beiden Steine erst mal mit.«

»Ich hol nur schnell den Spaten, damit wir den unteren Stein auch lockern können.«

Damit war sie schon auf dem Weg nach oben, erstaunlich behände, auch wenn sie auf den letzten Metern der Steigung langsamer wurde und vernehmlich keuchte. Hansen verpackte den ersten Stein, wenig später kam Fischer mit dem Spaten und Haffmeyers Kamera zurück, mit dessen Hilfe sie den dunkel verfärbten Stein fotografierte.

Hansen wartete, bis sie ihre Fotos gemacht hatte, dann machte er sich daran, den Stein loszuhebeln. Schließlich brach ein doppelt handtellergroßes Stück ab. Fischer reichte ihm eine Einkaufstüte mit dem Werbeaufdruck einer Füssener Metzgerei.

»Tut mir leid, aber so große sterile Tüten habe ich nicht

dabei«, sagte sie und quittierte Hansens Grinsen mit einem Schulterzucken. »Den DNA-Vergleich haben wir ja schon auf dem anderen Stein und ...«, sie zögerte kurz, dann lächelte sie, »... und der Metzger ist echt gut, den kann ich Ihnen empfehlen.«

Haffmeyer hatte die Pause genutzt, um sich einen Überblick zu verschaffen, was man aus verschiedenen Perspektiven vom Geschehen auf der Brücke hatte mitbekommen können. Als von unten Gelächter zu hören war, sah er irritiert zu seiner Kollegin und dem Chef hinunter. Sah ganz so aus, als würden sich die beiden gut verstehen. Der Neue war auch wirklich nicht übel. Und dass er ihm und Hanna die Chance gab, endlich mal draußen mitzumischen, rechnete er ihm hoch an.

Die Klingel hallte durchs Haus, und es dauerte einen Moment, bis geöffnet wurde. Eine Frau im bunten Kleid wischte sich die Hände an der Schürze trocken und blickte ihre drei Besucher fragend an. Doch dann ging ein wiedererkennendes Lächeln über ihr Gesicht, und sie meinte: »Na, wenn der Willy Haffmeyer dabei ist, werden Sie wohl auch von der Polizei sein, richtig?«

Sie war schlank und hatte früher sicher ein hübsches Gesicht gehabt – inzwischen aber waren die Falten an den Mundwinkeln tief eingegraben, und so mürrisch, wie sie dreinblickte, wirkte sie älter, als sie war. Haffmeyer, der in der Gegend fast jeden zu kennen schien, hatte die Geschichte von Marlene Ruff, geborene Hachberger, auf der kurzen Fahrt hierher kurz skizziert. Sie war zweiundvierzig Jahre alt, vier Jahre jünger als ihr Mann Thomas, und ihre schlechte Laune war offenbar legendär in Lechbruck und Umgebung, wo sie alle nur die »mürrische Marlene« nannten.

»Und was gibt's, die Herrschaften?«, fragte Frau Ruff.

Hansen stellte sich und die Kollegin vor, dann fragte er nach ihrem Mann.

»Nein, der ist nicht da«, versetzte Marlene Ruff. »Aber das bin ich gewohnt. Nur heute Nachmittag sollte er gefälligst auftauchen, der feine Herr. Ich hab Verwandtschaft eingeladen, und da muss er da sein, ob er die nun mag oder nicht.«

»Wann ist Ihr Mann denn heute früh aus dem Haus, Frau Ruff?«

Sie zuckte mit den Schultern.

»Warum wollen Sie das wissen?«

»Routine, reine Routine. Wissen Sie nicht, wann Ihr Mann heute früh aus dem Haus gegangen ist?«

»Wir schlafen getrennt, schon länger.«

»Schnarcht Ihr Mann so laut oder ...?«

Sie lachte bitter auf. »Nein, bei uns bin ich diejenige, die schnarcht. Aber dass wir nicht im selben Zimmer schlafen, hat einen anderen Grund. Wir sind zwar verheiratet und funktionieren auch ganz gut als Team, den Hof meiner Eltern betreiben wir gemeinsam. Aber das mit der großen Liebe hat sich irgendwie verflüchtigt.«

Marlene Ruff hatte, wie es schien, allen Grund, mürrisch zu sein. Hansen dachte kurz an seine eigene gescheiterte Ehe, und in diesem Moment war er sehr froh, dass er sich als Feigling erwiesen und das Feld in Hannover so schnell wie möglich geräumt hatte.

»Es könnte also auch sein«, hakte er schließlich nach, »dass Ihr Mann heute Nacht gar nicht zu Hause gewesen ist?«

Ihr Lächeln gefror. »Was wollen Sie damit sagen?«

»Wann haben Sie Ihren Mann zuletzt gesehen?«

Sie musterte ihn, ein leichtes Flackern mischte sich in ihren Blick. »Gestern Nachmittag. Nein, warten Sie: Wir haben zusammen gegessen, so gegen halb eins. Danach habe ich mich hingelegt, und als ich wieder aufstand, war Thomas schon weg. Der hat immer irgendwo etwas zu erledigen, besucht auch mal andere Züchter, schaut sich die Pferde von Kollegen an – all so was eben.«

Hansen nickte.

»Warum wollen Sie das wissen?«, fragte sie nach. »Hat er was ausgefressen?«

»Nein, keine Sorge. Wir würden nur gern mit ihm sprechen. Und ich frag mich natürlich außerdem, warum Sie meinen Kollegen heute Nacht angelogen haben.«

»Ihren Kollegen? Ach, Sie meinen Freddy? Der hatte noch etwas zu einem angeblichen Einbruch in unserem Stall wissen wollen – ich bitte Sie: um Mitternacht, wenn anständige Leute schon schlafen!«

»Sie haben ihm gesagt, Ihr Mann sei da und schlafe.«

»Ja, das habe ich in dem Moment auch geglaubt.«

»Aber gesehen haben Sie ihn nicht, heute Nacht?«

»Ich bin nach dem Telefonat noch kurz rüber ins Schlafzimmer, da war er aber nicht. Sein Bett war unberührt.«

»Und warum haben Sie das dem Kollegen Kerricht nicht gesagt? Sie hätten ihn zurückrufen können.«

»Mitten in der Nacht? Warum das denn? Freddy meinte, er werde sich heute noch mal melden, es klang nicht so furchtbar eilig. Worum geht's denn eigentlich?«

»Haben Sie eine Ahnung, wo Ihr Mann heute Nacht gewesen sein könnte?«

Sie schluckte, presste die Lippen aufeinander und schüttelte dann den Kopf.

»Schade.« Hansen zog eine Visitenkarte hervor und reichte sie Marlene Ruff. »Richten Sie ihm doch bitte aus, dass er mich gleich anruft, wenn er wieder da ist, ja?«

»Kann ich machen. Und Sie wollen mir nicht sagen, worum es geht?«

»Wie gesagt: reine Routine. Ach, noch etwas, Frau Ruff ...«

»Ja?«

»Könnten Sie für uns mal im Terminkalender Ihres Mannes nachsehen, wo er gestern hinwollte, welche Verabredungen er hatte und so?«

Sie schüttelte den Kopf. »Mein Mann ist nicht so der Typ für Terminkalender. Der hat das alles hier.« Sie tippte sich an die Stirn. »Und bisher hat er noch kaum einen seiner Termine vergessen. Nun will ich mal für ihn hoffen, dass das auch heute klappt, wenn die Verwandtschaft kommt.«

Sie sah die drei Beamten ungeduldig an.

»Ist noch was? Ich müsste dann auch dringend wieder in der Küche weitermachen.«

»Nein, das wär's für den Moment. Aber ich melde mich sicher in den nächsten Tagen noch einmal. Bis dahin!«

Hansen und die beiden Kollegen machten sich wieder auf den Weg, hinter ihnen schloss sich die Haustür, und Marlene Ruff lehnte sich von innen dagegen, schloss die Augen und massierte sich die Schläfen.

»Hier muss es sein«, sagte Haffmeyer und ließ seinem Chef den Vortritt. Hansen klingelte, ein kümmerliches Krächzen war hinter der Haustür zu hören, und sicherheitshalber drückte Hansen gleich noch einmal auf den Knopf.

Die Klingel war ein billiges Modell aus grauem Kunststoff, der Zettel mit der hingekritzelten Beschriftung »Pröbstl« war hinter dem transparenten Plastikfensterchen so ausgebleicht, dass die Schrift nur mit Mühe zu entziffern war.

Als auch auf das zweite Klingeln niemand reagierte, trat Hansen ein paar Schritte zurück. Pröbstl, ihr potenzieller Tatzeuge, lebte in einem heruntergekommenen kleinen Häuschen mitten in Lechbruck. Umgeben von teils prächtig renovierten Bauernhäusern schien sich Pröbstls Bleibe geradezu vor der Nachbarschaft zu ducken. Auf der einen Seite der Eingangstür befand sich ein verwildertes Gärtchen, umgeben von einem Holzzaun, der dringend mal wieder gestrichen werden musste. Auf der anderen Seite der Tür stand eine ebenso verwitterte Holzbank.

Hansen sah zum ersten Stock hinauf, aber weder dort noch im Erdgeschoss tat sich etwas hinter den kleinen Fenstern. Das windschiefe Häuschen sah auf eine Art romantisch aus, dass man es gerne von außen betrachtete – aber lieber nicht drinnen wohnen wollte.

Haffmeyer verschwand hinter der linken Hausecke, um sich dort umzusehen.

»Kommen Sie mal mit, Frau Fischer«, sagte Hansen und ging rechts am Haus vorbei nach hinten.

Eine mit Gras überwucherte Fahrspur führte in einen kleinen Hof, der vom Wohnhaus, einer kleinen Scheune und einem hölzernen Unterstand begrenzt wurde. Überall lagen Gerätschaften herum, von denen einige offenbar schon lange nicht mehr benutzt worden waren. Der Unterstand war voller Kartons. Hansen klappte einen davon auf. Muffiger Geruch von saurem Wein schlug ihm entgegen: Hier lagerte Pröbstl wohl sein Leergut.

Die Tür zur Scheune war nur angelehnt. Hansen zog sie ein wenig auf und rief leise: »Herr Pröbstl?« Keine Reaktion. Im Halbdunkel konnte er weitere Gerätschaften, ein Damenrad mit platten Reifen und einen alten Traktor ausmachen.

»Auto ist keines hier«, sagte Hanna Fischer. »Aber so, wie Willy diesen Pröbstl beschrieben hat, kann der ohnehin keinen Führerschein mehr haben.«

Hansen nickte und wandte sich wieder dem Wohnhaus zu. Eine Holztür mit Milchglasscheiben bildete den Hintereingang, die meisten Fenster waren geschlossen, nur im Erdgeschoss war eines gekippt. Hansen probierte die

Türklinke herunterzudrücken – aber der Hintereingang war verschlossen.

Hanna Fischer hatte währenddessen das gekippte Fenster erreicht und winkte ihren Chef mit breitem Grinsen zu sich. Sie deutete nach drinnen – doch da hatte Hansen das kräftige Schnarchen schon bemerkt. Durch die verstaubte Fensterscheibe sahen sie eine Art Waschküche vor sich: einen gekachelten Raum mit einem großen Abfluss in der Mitte. Entlang einer der Mauern waren Kisten und Kartons gestapelt, die anscheinend Bier, Wein und andere Alkoholika enthielten.

Nicht weit davon entfernt saß ein verwahrlost wirkender Mann auf dem Boden. Er hatte die Beine von sich gestreckt, hielt in der rechten Hand eine fast leere Schnapsflasche und schnarchte nach Leibeskräften.

»Sieht ganz so aus«, brummte Hansen, »als könnten wir unseren Zeugen im Moment nicht weiter befragen.«

»Was machen Sie da?«

Hansen wandte sich um: Ein korpulenter Mann marschierte mit schweren Schritten auf ihn zu, sein Blick funkelte unter buschigen Augenbrauen hervor, darüber wölbte sich eine hohe Stirn, von der sich das ansonsten volle dunkelblonde Haar schon zurückgezogen hatte. Er stoppte erst direkt vor Hansen und baute sich beinahe bedrohlich vor ihm auf. Hansen sah ihn ruhig an und nestelte derweil in seiner Jacke nach einer Visitenkarte oder seinem Ausweis.

»Jetzt grüß ihn erst mal freundlich, Freddy«, rief Haffmeyer von hinten. »Das ist mein neuer Chef, Erster Kriminalhauptkommissar Hansen. Und das hier ist Polizei-hauptmeister Kerricht, er arbeitet im Revier Füssen und wohnt in Lechbruck. Hör mal, Freddy, du bist so schnell nach hinten gestürmt, dass du mich nicht einmal bemerkt hast – diesen Auftritt hättest du dir sparen können.«

Er grinste Kerricht an, und der blickte ein bisschen verlegen drein, aber Hansen streckte nur die Hand aus.

»Guten Tag, Herr Kollege, ich hab heute schon einiges von Ihnen gehört.«

Kerricht schlug ein, sah Hansen aber fragend an.

»Herr Koller hat mich darüber informiert, was Pröbstl Ihnen heute Nacht erzählt hat und was Sie daraufhin unternommen haben. Frau Ruff hat Ihnen am Telefon gesagt, dass ihr Mann im Bett liege und schlafe. Ist das richtig?«

»Ja.«

»Nun, wir waren gerade bei Frau Ruff, und ihr Mann war heute Nacht wohl doch nicht zu Hause. Die beiden schlafen getrennt, und erst nach Ihrem Anruf hat sie nachgesehen – sein Bett war unberührt.«

Kerricht sah betreten zu Boden. Hatte er gestern Nacht womöglich Mist gebaut? Was, wenn nun doch irgendwo am Fluss Ruffs Leiche auftauchte? Er machte sich auf ein Donnerwetter von Kollers neuem Chef gefasst, aber der sprach in ruhigem Ton weiter.

»Waren Sie der Erste, mit dem Herr Pröbstl über seine Beobachtung gesprochen hat?«

»Ja, er hat mich angerufen. Ich wohn direkt neben Pröbstl, und der macht mir mit seiner Sauferei schon seit

Jahren Kummer. Also hat er meine Handynummer, falls er mal Hilfe braucht. Und ab und zu konnte ich ihm auch schon aus der Patsche helfen.«

»Wieso? Was stellt er denn so an?«

»Nichts Schlimmes, aber ... Wenn er nachts mal wieder randalierend nach Hause torkelt und ein Nachbar will sich beschweren, dann bin ich ganz froh, wenn die Leute sich gleich an mich wenden. Die wissen ja alle, dass ich in Füssen auf der Inspektion arbeite – und bisher konnte ich die immer beruhigen und um Verständnis für den Pröbstl bitten. Das ist eine ganz arme Sau, wissen Sie? Da muss man nicht auch noch hinterhertreten.«

»Das ist aber anständig von Ihnen«, lobte ihn Hansen.

»Und was haben Sie befürchtet, als Sie uns hinters Haus gehen sahen?«

»Ich hab Sie ja nicht gekannt, und da dachte ich ... Na ja, manchmal spielen Leute aus Lechbruck und den umliegenden Orten dem Pröbstl Streiche. Da hab ich halt ein Auge drauf – ich finde, das macht man nicht. Der kann sich doch nicht wehren, wenn er da besoffen rumliegt.«

Hansen nickte nachdenklich. »Wir wollten noch einmal mit unserem Zeugen reden, wegen dieser Geschichte um Thomas Ruff und die beiden Männer, die ihn von der Lechbrücke geworfen haben sollen.«

»Ach, das hat sich der alte Suffkopf nur eingebildet, glauben Sie mir. Er hat mich angerufen, da saß ich gerade gemütlich im Lechstüberl und hatte so gar keinen Kopf für seine Spinnereien. Aber er hat irgendwie ... ich weiß auch nicht ... Er selbst war total überzeugt, dass er das wirklich beobachtet hat. Und auch wenn ich mir sicher war und bin, dass da nichts dran ist, wollte ich kein Risiko eingehen und hab die Kollegen informiert.«

»Unter der Hand, gewissermaßen.«

»Ja, gewissermaßen.«

»Und haben Sie den Kollegen auch gesagt, für wie zuverlässig Sie Ihren Zeugen halten?«

»Ja, hab ich, aber die sind trotzdem gekommen. Man weiß ja nie. Außerdem lohnt sich das meistens für die Kollegen. Heute Nacht zum Beispiel hat die Füssener Streife auf ihrer Weiterfahrt direkt nach dem Ortsausgang Lechbruck einen Besoffenen erwischt. Und die Schongauer Kollegen sind gleich an der Brücke stehen geblieben und mussten für zwei Treffer keine halbe Stunde warten: Erst kam ein Bauer aus Urspring mit seinem Pickup in Schlangenlinien gefahren, und dann haben sie einen Maurer aus Wildsteig angehalten, der ist ihnen, als sie die Tür aufmachten, fast entgegengepurzelt, so voll war der.«

Kerricht lachte, besann sich dann aber gleich wieder.

»Zu Pröbstls Meldung hat sich leider nichts ergeben. Die Kollegen waren sogar drunten am Fluss: nichts gefunden.«

»Wir waren vorhin auch dort, vielleicht haben wir etwas – aber das konnte in der Nacht niemand finden. Ich hätte es jetzt, am helllichten Tag, auch fast übersehen.«

»Ach? Was denn?«

»Nur Kleinigkeiten, muss auch nichts bedeuten, aber ich kann Sie gerne auf dem Laufenden halten – schließlich haben Sie ja ohnehin schon mit dem Fall zu tun.«

»Danke.«

»Bleibt noch zu klären, ob Herr Ruff einfach nicht zu Hause war – oder ob an der Aussage Ihres Zeugen doch etwas dran ist. Frau Ruff hat ihn jedenfalls seit gestern Mittag nicht mehr gesehen.«

»Hm.« Kerricht wirkte nun doch sehr nachdenklich.

»Könnte er denn woanders übernachtet haben?«, fragte Hansen, als der Kollege keine Anstalten machte weiterzureden. »Frau Ruff schien das eher normal zu finden – und sie machte auch keinen Hehl daraus, dass die beiden seit einiger Zeit eher nebeneinanderher leben.«

»So?«

»Ja, das hat sie uns vorhin frei heraus erzählt. Ins Haus hat sie uns nicht gebeten, aber über den Zustand ihrer Ehe hat sie uns eben mal zwischen Tür und Angel informiert.«

»Oh, dann weiß sie es also doch ... Scheiße!«

»Was weiß sie?«

»Ach, die Sache mit Kessie.«

Hansens fragenden Blick quittierte Kerricht mit einem entschuldigenden Lächeln.

»Kessie heißt eigentlich Kerstin Wontarra. Ein verdammt hübsches Mädel ist sie, und das weiß sie auch.«

»Und mit dieser Kessie hat Ruff ein Verhältnis?«

»Ja, die hat schon länger was mit dem Thomas, im Dorf ist das kein Geheimnis – aber wir dachten halt alle, Marlene hätte nichts davon mitbekommen.«

»Wohnt Frau Wontarra auch in Lechbruck?«

»Nein, drüben in Gründl, aber die beiden Dörfer sind ja

nur durch den Lech getrennt, weit hatte es Thomas also nicht – einfach über die Brücke und dann ...«

Kerricht verstummte und sah Hansen lange an.

»War er denn üblicherweise zu Fuß unterwegs?«

»Soweit ich weiß, schon«, sagte Kerricht. »Dann sieht auch keiner sein Auto vor Kerstins Haus stehen – er fährt einen ziemlich auffälligen Geländewagen.«

»Nehmen wir mal an, Ruff war gestern Abend auf dem Weg zu seiner Geliebten, und zwei Männer passen ihn auf der Brücke ab und werfen ihn hinunter ... Ach nein, Mist! Dann konnte Pröbstl das Ganze gar nicht richtig beobachten, und wir haben auf der falschen Seite der Brücke nach Spuren gesucht.«

»Warum das denn?«

»Pröbstl hat behauptet, dass Ruff auf der Südwestseite von der Brücke geworfen wurde – aber auf dieser Seite gibt es keinen durchgehenden Fußweg entlang der Straße. Also ist Ruff wohl eher auf der anderen Seite unterwegs gewesen und wäre dann auch flussabwärts über das Brückengeländer gestürzt. Das aber hätte Pröbstl nicht so gut beobachten können – während die Stelle von einer ganzen Reihe von Wohnhäusern in Lechbruck sehr gut zu sehen gewesen wäre.«

»Nein, so ist das sicher nicht gelaufen«, wandte Kerricht ein. »Schauen Sie: Wenn Thomas von seinem Pferdehof zu Kerstins Haus wollte, ist er sicher den kürzesten Weg gegangen, nämlich über sein Grundstück den Hang hinunter, weiter auf den Wiesen dort und schließlich den Weg vom Wehr flussabwärts den Lech entlang bis zur

Brücke. Dort angekommen würde jeder Lechbrucker auf dieser Straßenseite bleiben, ein paar Meter direkt am Fahrbahnrand entlanggehen und danach den schmalen Wegstreifen zwischen Straße und Brückengeländer nehmen.«

»Also doch auf Pröbstls Seite.«

»Ja, und noch etwas stimmt nicht an Ihrer Beschreibung.«

»Was denn?«

»Abends wäre Thomas nicht auf dem Weg zu Kerstin gewesen, sondern schon wieder auf dem Heimweg.«

»Der hat sie tagsüber besucht?«

»Ja, wahrscheinlich hat er gedacht, dass das seiner Frau weniger auffällt. Außerdem arbeitet Kerstin in Schongau im Krankenhaus und hat nachmittags oft frei.«

»Okay, dann wäre Herr Ruff also auf dem Heimweg gewesen, und alles hätte zu Pröbstls Beschreibung gepasst.«

»Aber Pröbstl säuft wie ein Loch, Sie sehen es ja selbst.« Kerricht deutete zu dem Fenster, hinter dem der Betrunkene unverdrossen weiterschnarchte. »Auf den sollten Sie sich lieber nicht verlassen.«

»Trotzdem ... Pröbstl hat Sie angerufen, Herr Kerricht, und hat Ihnen als Erstem von seiner Beobachtung erzählt, außerdem kennen Sie hier im Dorf jeden – ich hätte Sie gerne im Team, falls sich Pröbstls Aussage als wahr erweist. Sind Sie dabei?«

Kerricht sah ihn überrascht an – eigentlich hatte er eher damit gerechnet, dass ihn Hansen wegen seines inoffiziellen Vorgehens scharf angehen würde. »Klar bin ich dabei!«

»Gut. Ich geb Ihnen Bescheid, sobald wir mehr wissen.«

»Und jetzt? Ich habe gerade frei, da könnte ich Ihnen doch vielleicht schon ein bisschen zur Hand gehen, oder?«

»Ich weiß nicht so recht ... Im Moment kann sich unsere Theorie genauso gut noch in Luft auflösen – und mit welcher Begründung melden Sie dann Ihre Überstunden?«

»Vergessen Sie das mit den Überstunden: Ich mach das im Moment aus rein privatem Interesse – oder glauben Sie, ich schau ganz ruhig zu, während Sie und die Kollegen in meinem Dorf herauszufinden versuchen, ob hier ein Mord passiert ist oder nicht? Wenn schon mal endlich was los ist hier im Ort, dann will ich auch dabei sein!« Er grinste.

»Na, gut, Herr Kerricht, dann zeigen Sie mir mal den Weg zu dieser Kerstin – und Frau Fischer und Herr Haffmeyer: Sie schauen bitte mal auf dem Pferdehof nach, ob Ruffs Wagen da ist.«

»Ein älterer und ziemlich zerbeulter Geländewagen«, fügte Kerricht hinzu. »Dunkelgrün mit ein paar schlampig ausgebesserten Lackstellen – und vorne hat sich Thomas extra die Mühe gemacht, das Erkennungszeichen der Automarke über dem Kühlergrill durch eine selbst gebastelte Metallvignette zu ersetzen. Sie zeigt das Emblem seines Hofs: ein steigendes Pferd.«

»Das Motiv kenn ich schon«, meinte Hanna Fischer und machte sich mit Haffmeyer auf den Weg.

»Ja, bitte?« Kerstin Wontarra stand im weich fallenden Jogginganzug in ihrer Tür.

»Ich bin Kriminalhauptkommissar Hansen, und das ist mein Kollege Kerricht.«

»Wir kennen uns schon. Hallo, Freddy«, sagte sie und wandte sich wieder an Hansen. »Was wollen Sie von mir? Hab ich was angestellt?«

Ein freches, aber nicht unsympathisches Grinsen huschte über ihr hübsches Gesicht. Kein Wunder, dass Thomas Ruff seine Nachmittage lieber mit ihr als mit seiner mürrisch dreinschauenden Ehefrau verbrachte.

»Wir würden gern mit Thomas Ruff sprechen. Wissen Sie, wo er sich gerade aufhält?«

»Ich? Warum sollte ich das wissen?« Sie schien zu überlegen und meinte dann seufzend: »Na gut, dann kommen Sie mal rein.«

Sie deutete in den Hausflur, der am anderen Ende in ein helles Wohnzimmer mündete. Ein großes Fenster ging nach Westen und bot einen grandiosen Blick auf Wiesen, Wald, ein Stück Lech und die weitläufige Anlage eines Bauernhofs.

»Sehr schöne Aussicht«, sagte Hansen und setzte sich auf den angebotenen Sessel. »Ist das dort hinten nicht der Pferdehof von Herrn Ruff?«

»Ganz genau. Wollen Sie was trinken? Kaffee, Sprudel?«

»Ein Kaffee wäre schön, am liebsten mit Milch und Zucker – aber nur, wenn es Ihnen keine Mühe macht.«

»Du auch, Freddy? Schwarz wie immer?«

»Danke, gern.«

Sie verschwand in der Küche, und während das Mahlwerk rumorte, beugte sich Hansen zu Kerricht hinüber.

»Kennen Sie sich näher?«

»Nein. Kessie ist leider nicht ganz meine Kragenweite: zu jung, zu hübsch, zu anspruchsvoll – außerdem bin ich glücklich verheiratet.« Er streckte die rechte Hand vor und präsentierte einen schlichten Goldring.

»Und woher weiß Sie, wie Sie Ihren Kaffee trinken?«

»Respekt, Herr Hansen!« Kerricht nickte anerkennend. »Kessie hat früher mal im Lechstüberl bedient, und wenn ich da vor dem Dienst noch kurz am Stammtisch vorbeigeschaut habe, kann ich ja schlecht ein, zwei Halbe trinken.«

Kerstin Wontarra kam zurück ins Wohnzimmer und stellte ein Tablett mit Kaffeebechern und einem Kuchenteller vor den beiden Beamten auf den Tisch.

»So, und worum geht's nun?«

»Wir würden gern mit Herrn Ruff sprechen. Er ist nicht zu Hause, und da meinte mein Kollege, wir könnten Sie noch fragen.«

»So, so, das hat Freddy also gemeint?« Ihr Blick war halb spöttisch und halb angriffslustig. »Und wie lange wisst ihr das schon, Freddy?«

»Von Anfang an. Es war schon im Lechstüberl nicht zu übersehen, dass Thomas dich fast mit den Augen verschlungen hat. Na ja, und irgendwann fehlte er immer dann am Stammtisch, wenn du frei hattest. Sepp hat ihn eines Nachmittags bei dir aus dem Haus kommen sehen, noch ganz zerzaust, aber mit breitem Grinsen. Da haben wir halt eins und eins zusammengezählt.«

Sie nickte und sah zum Pferdehof hinüber. »Weiß sie es auch?«

»Von mir nicht«, sagte Kerricht schnell.

»Schon komisch«, fuhr Kerstin Wontarra fort. »Da besucht mich Thomas mehrmals die Woche, wir können von hier und vom Schlafzimmer aus direkt hinübersehen zu seinem Hof und ... und die Marlene hockt dort drüben, und ich weiß noch nicht einmal, ob sie eine Ahnung davon hat, dass Thomas und ich ...«

»Falls Frau Ruff einen Verdacht hatte: Könnte sie Sie beide beobachtet haben? Mit dem Fernglas vielleicht?«

»Nein, die Fenster sind verspiegelt – wenn ich innen kein Licht mache, sieht da keiner rein. Ich hab gern auch mal weniger an, da kann ich es nicht brauchen, wenn sich die alten Bauern die Nasen an der Scheibe platt drücken.«

Sie lachte, aber besonders fröhlich klang es nicht, dann verfiel sie wieder in brütendes Schweigen und schien kaum zu bemerken, dass sich Hansen und Kerricht verabschiedeten. Die Visitenkarte, die der Hochdeutsch sprechende Kommissar auf den Tisch gelegt hatte, bemerkte sie erst, als die Haustür längst ins Schloss gefallen war.

Marlene Ruff war anzusehen, dass ihr der zweite Besuch der Kripo sehr ungelegen kam.

»Was ist denn jetzt schon wieder?«, blaffte sie. »Ich hab gleich die Verwandtschaft da, ich bin noch nicht ganz fertig, und mein Mann ist auch noch nicht da!«

»Deshalb kommen wir noch einmal«, sagte Haffmeyer und schien völlig unbeeindruckt von ihrer Feindseligkeit. »Wir wollten nur kurz fragen, ob denn das Auto Ihres Mannes da ist.«

»Ach, schauen Sie doch selbst nach – ich hab jetzt wirklich keine Zeit, zumal Sie mir ja ohnehin nicht sagen wollen, was das ganze Theater eigentlich soll. Unsere Autos und Schlepper stehen auf dem Hof oder in der Scheune, da ist der Geländewagen von Thomas nicht dabei. Aber vielleicht hat er ihn weiter hinten abgestellt, der parkt manchmal direkt bei Salvatores Stall.«

»Salvatore?«

»Na, sein Superstecher, dieser Deckhengst, von dem er sich so viel Geld verspricht. Wenn er sich da mal nicht zu viel erhofft ... Aber egal: Gehen Sie einfach nach hinten und schauen Sie nach, ja? Und lassen Sie bloß meinen Besuch in Ruhe, die müssen jeden Moment hier sein.«

Damit knallte sie auch schon die Tür zu.

Haffmeyer und Fischer gingen hinters Haus. Ruffs Geländewagen war nirgendwo zu sehen. Ein paar Meter neben der Scheune begann ein lang gezogener Bau, der auf den ersten Blick als Pferdestall zu erkennen war. Ein Mann von Mitte dreißig kam mit zwei Eimern aus der Scheune, sah leidlich interessiert zu ihnen her und verschwand dann durch eine offen stehende Tür im Stall, wo zwei junge Mädchen mit Heugabeln hantierten.

Zwischen Stall und Scheune führte ein Weg entlang. Die beiden Beamten folgten ihm und entdeckten den Geländewagen, der direkt an der Rückwand des Stallgebäudes stand.

»Dann fragen wir doch mal den Mann von eben, wann er seinen Chef zuletzt gesehen hat«, schlug Haffmeyer vor. Doch sie sahen nur noch, wie der Arbeiter mit einem der Traktoren vom Hof tuckerte und aus ihrem Blickfeld verschwand. Auch die Mädchen hatten den Stall verlassen und ritten gerade davon.

Haffmeyer ging zum Geländewagen zurück, zog die unverschlossene Fahrertür auf und sah sich um. Wenig später stand er mit Einmalhandschuhen ausgerüstet da und hielt einen staubigen Hut in der Hand, dessen Krempe innen abgerieben und speckig wirkte.

»Darin sollten wir genug Vergleichsmaterial finden, um die Blutspuren an den Steinen zu überprüfen, was meinst du, Hanna?«

Für die Rückfahrt übernahm Haffmeyer das Steuer. Hansen, der in Ruhe über die bisherigen Ermittlungsergebnisse nachdenken wollte, hatte Hanna Fischer den Beifahrersitz überlassen. Doch das bereute er schon bald: Die Kollegin musste mit dem Sitz ganz nach hinten rutschen, um halbwegs bequem in den Wagen zu passen, und auch links hinten war dank Haffmeyers langer Beine nicht viel Platz.

Also konzentrierte sich Hansen anfangs auf die schöne Landschaft, um seine eingezwängten und allmählich taub werdenden Füße nicht so zu spüren. Am Ortseingang von Roßhaupten hielt er es nicht mehr aus und nestelte seine Beine hinter der Rücklehne des Beifahrersitzes hervor, lehnte sich nach rechts an die Tür und legte die Beine ausgestreckt auf die Rückbank. Im Rückspiegel fing er kurz Haffmeyers Grinsen auf.

»Und es macht Ihnen wirklich nichts aus, unsere Fundstücke nach Kempten zu bringen?«, fragte er seinen Mitarbeiter, der versprochen hatte, Hansen und Fischer in Füssen abzusetzen und sie am Samstagmorgen wieder abzuholen. Haffmeyer wohnte ebenfalls in der Nähe von Füssen und würde gleich noch die halbe Stunde nach Kempten hin- und zurückfahren, bevor er endlich zu Hause war.

»Nein, nein, das ist schon in Ordnung«, winkte Haffmeyer ab, »das mach ich gern. Auf mich wartet daheim ja niemand. Und dass die Hanna und ich unseren Spaß an den Ermittlungen haben und daran, draußen mit dabei zu sein, das haben Sie sicher schon bemerkt.«

»Allerdings. Waren Sie denn bisher immer im Innendienst eingeteilt?«

»Leider«, brummte Haffmeyer.

»Mir haben Sie beide heute jedenfalls sehr geholfen, und ich hätte Sie gerne weiterhin dabei. Vor allem scheinen Sie, Herr Haffmeyer, hier wirklich fast jeden zu kennen.«

»Na ja, das läppert sich mit der Zeit, ich wohne ja schon mein ganzes Leben lang hier, und für Namen und Geschichten hab ich ein gutes Gedächtnis. Wenn Sie dann jedes Mal die Berichte auf den Tisch bekommen, ergibt das nach und nach ein ganz gutes Bild.«

»Und was für ein Bild machen Sie sich von unserem aktuellen Fall? Glauben Sie, dass es überhaupt einer ist?«

Haffmeyer zuckte mit den Schultern und schwieg.

Hanna Fischer schaltete sich ein: »Wenn Willy die Steine und Ruffs Hut ins Labor bringt, sollten wir morgen oder übermorgen mehr wissen.«

»Geht das auch am Wochenende so schnell? Wir haben ja eigentlich noch gar keinen richtigen Fall.«

»Ich kenn die Leute im Labor«, sagte Haffmeyer eifrig, »und ich hab sie vorhin angerufen: Die wissen schon, dass ich ihnen nachher was bringe und dass ich schnell wissen möchte, was es damit auf sich hat.«

»So, so«, sagte Hansen und lächelte.

Samstag, 8. Juni

Hanna Fischer wartete schon vor ihrem Haus, als Haff-meyer mit dem Dienstwagen in die Pappenheimstraße einbog.

»Morgen, Willy«, sagte sie und ließ sich ächzend auf den Beifahrersitz fallen. Er schüttelte nur stumm den Kopf und deutete mit dem Daumen nach hinten. Seuf-zend wuchtete sie sich wieder aus dem Wagen und zwängte sich auf die Rückbank.

»Hast du schon was aus dem Labor gehört?«, wollte sie wissen, als der Wagen wieder anrollte.

»Nein, aber die rufen mich innerhalb der nächsten Stunde an. Außerdem hat mir Winfried vorher gesteckt, dass Koller heute früh schon in Füssen auf dem Revier vorbeigeschaut hat.«

Winfried Abt war Haffmeyers Kegelbruder. Er hatte in der Nacht auf Freitag als einer der Streifenbeamten ver-geblich von der Lechbrücke aus nach Ruffs Leiche Aus-schau gehalten, und er war dem stellvertretenden Leiter der Kripo Kempten heute früh im Revier begegnet.

»Schaut ganz so aus, als wäre sich der gute Koller doch nicht mehr so sicher, dass sich Pröbstl alles nur eingebil-det hat.«

»Wer ihm das wohl gesteckt hat?«, ätzte Fischer, aber ihr war ebenso klar wie ihrem Kollegen, dass Koller von Kerricht informiert worden war – und der wiederum inzwischen die anderen Kripobeamten angerufen hatte. Schließlich war es eine Sache, krank zu feiern und Überstunden abzubummeln, wenn man den neuen Chef auflaufen lassen wollte – und eine andere, die Ermittlungen in einem Mordfall zu boykottieren.

»Wirst du es Hansen sagen?«, fragte Fischer, als der Wagen von der Bundesstraße abbog und auf das alte Bauernhaus zuhielt, das der Kripochef gemietet hatte.

»Natürlich sag ich ihm das. Er ist fair zu uns, da sollten wir schon zu ihm halten, findest du nicht?«

»Ja, schon, aber ...«

»Was: aber?«

»Ich hab keine Lust, wieder den Innendienst zu machen, wenn Koller und die anderen jetzt plötzlich wieder mit im Boot sind.«

Haffmeyer zuckte mit den Schultern, sagte aber nichts.

»Wollen Sie damit wirklich sagen, dass mein Stellvertreter und all die Kollegen, die derzeit krankgeschrieben sind oder Überstunden abbummeln, insgeheim voller Schadenfreude beobachten, wie ich mich in einem Mordfall blamiere, der letztlich keiner ist?«

Haffmeyer erschrak ein wenig. Er hatte ja nur einiges angedeutet und erzählt, was für ihn selbst tatsächlich genau dieses Bild ergab – aber wenn man es noch einmal konkret zusammengefasst hörte, klang es schon ungeheuerlich. Trotzdem nickte er nach kurzem Zögern. Hansen sah ihn noch einen Moment lang an, dann schlich sich ein Grinsen auf sein Gesicht.

»Klingt übel, muss ich sagen. Aber andererseits freu ich mich, wenn Sie mutige Schlüsse ziehen – übrigens dieselben wie ich auch. Nebenbei bemerkt: Ich kann es sogar verstehen, wenn die Kollegen mir gegenüber … nun ja: sehr zurückhaltend sind. Immerhin stand dieses Kommissariat wegen der Pärchenmorde schwer unter Beschuss, und dass Ihr früherer Chef Rolf Hamann einfach nur das Bauernopfer war, ist so klar wie nur was. Ich weiß ja nicht, ob Sie mit ihm noch in Kontakt stehen. Aber falls ja: Richten Sie ihm doch gelegentlich schöne Grüße von mir aus, und ich würde mich freuen, wenn er mal Zeit finden würde, auf einen Kaffee bei mir vorbeizuschauen.«

Er sah nachdenklich aus.

»Das ist schon eine rechte Rosskur, die hier mit dem K1 veranstaltet wird. Und wenn die Kollegen mich für den Mann mit der bösen Spritze halten … na ja, da können Sie mich nicht gleich mögen, oder?«

Hansen grinste verschmitzt, dann klatschte er in die Hände.

»Tja, dann sollten wir mal zusehen, dass Sie, Frau Fischer und ich solide Arbeit abliefern, was?«

Er drehte sich zu seiner Mitarbeiterin um.

»Gehen Sie mit Kerricht nachher auf den Pferdehof? Fragen Sie bitte noch einmal bei Frau Ruff nach, ob sie etwas von ihrem Mann gehört hat – und vielleicht treffen

Sie ja diesen Arbeiter an, von dem Sie gestern erzählt haben. Womöglich weiß der noch irgendetwas, das uns weiterhilft.«

»Und was machen wir?«, fragte Haffmeyer.

»Wir gehen noch einmal zum Lech runter, und dann reden wir mit den Anwohnern, die am Donnerstag etwas mitbekommen haben könnten – natürlich ohne gleich zu verraten, warum wir fragen. Na ja ...« Hansen zuckte ein wenig lustlos mit den Schultern. »Eigentlich stochern wir nur ein bisschen im Nebel herum, bis wir endlich vom Labor Bescheid bekommen.«

Sie erreichten Kerrichts Haus, und kaum war der Kollege herausgekommen, da klingelte Haffmeyers Handy.

»Das Labor.« Haffmeyer gab seiner Kollegin einen Wink, die sich daraufhin erstaunlich flink aus dem Auto schälte, Kerricht in ein Gespräch verwickelte und mit ihm ein paar Schritte vom Wagen weg schlenderte. Währenddessen nahm Haffmeyer das Gespräch entgegen.

»Auf dem Stein war wirklich Blut, und es stammt von Thomas Ruff«, erklärte er, nachdem er das Handy wieder eingesteckt hatte.

»Das Motiv auf dem Knopf passt auch – also müssen wir jetzt davon ausgehen, dass Pröbstl die Wahrheit sagt«, meinte Hansen. »Fehlt uns Ruff selbst. Könnte der sich nach dem Sturz von der Brücke nach einer Weile wieder aufgerappelt haben und davongehumpelt sein?«

»Eher nicht, und selbst wenn, dann wäre er entweder zu seiner Frau oder zu seiner Freundin gegangen, damit jemand seine Wunden versorgt. Das Wasser kann ihn auch nicht weggeschwemmt haben. Also hat ihn jemand fortgeschleppt, tot oder lebend.«

Hansen sah zu Kerricht und Fischer hinaus. Die beiden plauderten scheinbar locker drauflos, nur Fischer riskierte ab und zu einen fragenden Blick in Richtung Auto.

»Dann gehen wir jetzt also davon aus, dass Thomas Ruff mindestens unfreiwillig verschwunden und dass er wahrscheinlich tot ist«, dachte Hansen laut. »Na ja, dann können wir jetzt wenigstens vernünftig loslegen. Kommen Sie, Herr Haffmeyer? Wir sollten uns mit den Kollegen besprechen.«

Das Gespräch der anderen verstummte, als die beiden Männer aus dem Wagen stiegen.

»Sieht ganz so aus, als würden wir tatsächlich in einem Mordfall ermitteln«, begann Hansen. »Es ist jetzt mindestens eine Vermisstensache. Wir haben unten am Lechufer Blutspuren gefunden, die von Thomas Ruff stammen müssen – die Info kam gerade aus dem Labor. Ruffs Wagen steht bei ihm zu Hause auf dem Pferdehof, weder bei seiner Frau noch bei seiner Freundin ist er bisher aufgetaucht, sonst hätte er von einer der beiden gehört, dass er sich dringend bei uns melden soll.«

Fischer nickte und wirkte nicht sehr überrascht. Kerricht dagegen hing aufgeregt an Hansens Lippen.

»Frau Fischer, Herr Haffmeyer, Sie kommen bitte mit mir. Wir werden jetzt noch einmal mit Frau Ruff reden und danach möglichst auch mit Frau Wontarra. Und Sie, Herr Kerricht, informieren bitte die Kollegen in Kempten. Lassen Sie sich doch bitte die Privatnummern von

Herrn Koller und den anderen geben, oder vielleicht haben Sie die ja auch schon.«

»Ich? Ich ... äh ... ja, ich sag den anderen Bescheid. Nur Herrn Koller oder auch ...?«

»Mein Stellvertreter sollte schon Bescheid wissen, auch wenn er gerade Überstunden abbaut und auch wenn gerade Wochenende ist – einen Mordfall haben Sie hier in Ihrem schönen Allgäu ja zum Glück nicht jeden Tag. Und Koller soll dann entscheiden, wer sonst noch alles schon am Wochenende informiert sein sollte.«

Kerricht fühlte sich sichtlich unwohl in seiner Haut. Ob Hansen schon wusste, dass er Koller längst angerufen hatte? Haffmeyer verkniff sich jede Reaktion, im Gegensatz zu Hanna Fischer, die hinter Kerricht stand und ihren Mund zu einem breiten Grinsen verzog.

»Geht das klar, Herr Kerricht?«

»Ja, ja, natürlich. Ich ruf gleich an, das mach ich von daheim aus. Soll ich dann nachkommen?«

»Nein, das wird fürs Erste nicht nötig sein. Am besten warten Sie zu Hause, wann haben Sie denn Dienst?«

»Heute gar nicht, erst morgen früh wieder.«

»Gut, dann sagen Sie den Kollegen in Kempten doch bitte, dass Sie gerne Teil der Ermittlungsgruppe sein möchten – das stimmt doch noch, Herr Kerricht?«

»Ja, freilich.«

»Sehr schön. Die Kollegen sollen Ihnen dann Bescheid geben, sobald wir wissen, wann sich die Soko zum ersten Mal trifft – und wo. Dann informieren Sie am besten auch gleich noch Ihren Revierleiter, und falls Sie von Kollegen in Füssen wissen, die ebenfalls in der Soko helfen könnten: gleich in Kempten vorschlagen. Vielleicht die beiden Streifenbeamten, die in der Nacht auf Freitag zur Lechbrücke gefahren sind, was meinen Sie?«

Kerricht nickte diensteifrig.

»Wenden Sie sich am besten direkt ans Büro unseres Kripochefs, vermutlich läuft das Ganze zunächst einmal über Herrn Huthmacher. Also dann mal los, Herr Kerricht. Bis morgen!«

Damit trabte Kerricht zurück ins Haus und schlug die Tür hinter sich zu.

»Respekt, Chef«, sagte Haffmeyer und konnte sein faltiges Gesicht endlich ganz entspannt in ein breites Grinsen legen. »Der Freddy wird heute Nacht noch lange darüber grübeln, ob Sie von seinem Anruf bei Koller wussten oder nicht.«

»Schon recht, aber jetzt schauen Sie beide bitte mal etwas ernster drein – Kerricht soll nicht etwa durchs Fenster sehen, dass wir uns über ihn lustig machen.«

Tatsächlich war in Kerrichts Haus kurz darauf eine Silhouette zu sehen, halb verdeckt von den Gardinen: Der Kollege stand mit dem Telefon am Ohr im Zimmer, redete aufgeregt und behielt Hansen und seine Begleiter im Blick, bis sie ins Auto gestiegen und in Richtung Pferdehof davongefahren waren.

Das anschließende Telefonat mit Kripochef Huthmacher dauerte nicht lange. Hansen brachte ihn auf den aktuellen Stand und bat ihn, die Kollegen in Rosenheim zu informieren und ein Treffen für heute anzuberaumen, um eine gemeinsame Ermittlungsgruppe zu bilden.

»Ich weiß nicht, wie Sie das sehen, Herr Huthmacher«, meinte Hansen, »aber ich persönlich hätte kein Problem damit, wenn die Rosenheimer die Soko leiten wollen. Nicht, dass da noch unnötig Druck reinkommt – schließlich sieht alles danach aus, als sei Ruff auf deren Seite des Lech von der Brücke gestürzt.«

Der Wagen rollte gerade auf das Wohnhaus der Ruffs zu, als der Arbeiter vom Vortag mit einer Schubkarre über den Weg zwischen Scheune und Stall trottete. Haffmeyer machte seinen Vorgesetzten auf den Mann aufmerksam, schlüpfte aus dem Wagen und folgte ihm.

Hansen und Fischer klingelten an der Tür, und wenig später stand Marlene Ruff vor ihnen. Sie wirkte ernstlich besorgt, mit ängstlichem Blick und verheulten Augen.

»Können wir reinkommen?«, fragte Hansen.

Frau Ruff nickte nur stumm und ging ihnen in die geräumige Essküche voraus, wo sie ihnen Platz auf der gepolsterten Eckbank anbot.

»Kaffee?«

Hansen und Fischer nickten und sahen ihr zu, wie sie sich an der Kaffeemaschine zu schaffen machte. Doch als der Kaffee auf dem Tisch stand, konnten sie das Gespräch nicht länger hinauszögern.

»Ist Ihr Mann inzwischen wieder da?«, fragte Hansen.

Marlene Ruff schüttelte den Kopf.

»Sein Wagen stand gestern hinter dem Pferdestall – wussten Sie das nicht?«

»Nicht, als Sie mich fragten«, antwortete sie mit matter Stimme. »Aber gleich danach ist Klemens ins Haus gekommen und hat erzählt, dass sich ein dünner Mann und eine dicke Frau auf unserem Hof herumtreiben und sich den Geländewagen hinter dem Stall angesehen hätten.« Sie warf Hanna Fischer einen kurzen Blick zu. »Tut mir leid, aber so hat's mir Klemens halt berichtet.«

»Da hat er ja auch recht, der Klemens«, sagte Fischer und schüttete noch etwas mehr Zucker in ihren Kaffee.

»Klemens ist Ihr Arbeiter?«, fragte Hansen. »Oder heißt das hier bei Ihnen Knecht?«

»Knecht nennt man das eigentlich nicht mehr. Er ist unser wichtigster Mitarbeiter und gehört fast schon zur Familie. Der arbeitet seit bald zehn Jahren für uns, ein richtig netter Kerl, und Ahnung von der Pferdehaltung hat er auch – ohne ihn wüssten mein Mann und ich manchmal gar nicht, wie wir ...«

Sie unterbrach sich, zog ein Taschentuch hervor und schnäuzte sich.

»Was ist mit meinem Mann?«, fragte sie dann. »Können Sie mir etwas sagen? Bisher haben Sie ja immer nur gefragt, aber Sie wissen doch etwas?«

»Ja, Frau Ruff, wir wissen etwas. Nicht viel, aber Ihrem Mann ist möglicherweise etwas zugestoßen.«

»Thomas ist ... was?«

»Wir haben Blut von ihm am Lechufer gefunden, dort lag auch ein Knopf mit dem Motiv Ihres Pferdehofs: der steigende Hengst, der auch auf Ihrem Schild an der Einfahrt zu sehen ist.«

»Und wo ist Thomas jetzt?«

»Das wissen wir leider nicht. Aber wir müssen davon ausgehen, dass er von der Lechbrücke gestürzt ist. Dass er hinuntergestoßen wurde.«

»Von der Brücke? Aber warum ...?«

Sie stutzte.

»Sagten Sie gerade: Er wurde gestoßen?«

»Ja.«

»Und wer ... wer hat das gemacht?«

»Das versuchen wir herauszufinden.«

Sie nickte, nahm einen Schluck Kaffee, stellte die Tasse wieder zurück und setzte sie dabei aber so hart auf die Untertasse, dass sie selbst über das laute Klirren erschrak.

»O Gott ...«, stammelte sie immer wieder. »O Gott ...«

Haffmeyer erreichte den Arbeiter erst, als er im Pferdestall den Schubkarren absetzte und nach einer Heugabel griff. »Haben Sie einen Moment Zeit?«

Der Arbeiter trat einen Schritt zurück und ließ die Zinken der Gabel in seine Richtung zeigen, als wolle er eine Verteidigungshaltung einnehmen. Haffmeyer zückte seinen Dienstausweis und stellte sich vor.

»Und Sie sind ... ?«

»Ich bin Klemens«, sagte der andere. »Klemens Pröbstl, ich arbeite hier.«

»Pröbstl? Sind Sie mit Horst Pröbstl verwandt?«

»Ja, wenn auch nicht gerne – das ist mein Onkel, aber der ist ja ständig dicht. Mit dem kann man kaum mal vernünftig reden. Sonntags sehe ich ihn manchmal, wenn er droben auf der Wiese liegt, zu Salvatore herunterschaut und sich nebenbei eine Flasche reinpfeift. Das ist mir nicht recht, aber der Chef hat nichts dagegen – also schau ich halt weg, wenn er da oben rumliegt und sich besäuft.« Klemens verzog angewidert das Gesicht.

»Wann haben Sie Ihren Chef zum letzten Mal gesehen?«

»Vorgestern nach dem Mittagessen. Er hat mit mir durchgesprochen, was als Nächstes zu tun ist – und dann ist er fortgegangen.«

»Zu Fuß?«

»Klar, sein Wagen steht ja hinter dem Stall – Sie haben doch gestern selbst nachgesehen. Das hab ich übrigens gleich der Chefin erzählt, ich wusste ja nicht, wer Sie sind, Sie und diese Frau. Darf man eigentlich bei der Polizei so dick sein? Gibt's da nicht irgendwelche Grenzen oder so?«

Klemens legte ein gemeines Grinsen auf, das ihm aber unter Haffmeyers böse funkelndem Blick schnell wieder verging.

»Auf jeden Fall gibt es bei uns für Dummheit und Frechheit klare Grenzen«, versetzte Haffmeyer. »Sie bräuchten sich also gar nicht erst zu bewerben.«

»Okay, schon gut. Also: was wollen Sie noch von mir wissen?«

»Ist Ihnen vorgestern irgendetwas Ungewöhnliches an Ihrem Chef aufgefallen? War er nervöser als sonst oder wütend wegen irgendeines Vorfalls?«

»Nein, wieso sollte er? Ihm stand ja ein richtig schöner

Nachmittag bevor.« Klemens verzog sein Gesicht zu einem etwas wehmütigen Lächeln.

»Aha? Und was hatte er vor?« Haffmeyer war gespannt, was Ruffs Arbeiter von der Affäre seines Chefs wusste.

»Na, wenn Sie das nicht wissen«, meinte Klemens pampig, »von mir werden Sie's nicht erfahren. Und überhaupt: Warum fragen Sie mich das alles? Ist was mit dem Chef?«

»Wissen Sie von Ruff und Kerstin Wontarra?«

»Klar weiß ich das. Das weiß jeder im Dorf.« Er senkte seinen Blick. »Jeder – außer Marlene.« Er sah wieder hoch. »Außer Frau Ruff, meine ich.«

»Kennen Sie Frau Ruff näher?«

»Warum fragen Sie? Ich arbeite seit zehn Jahren hier, ich bin für alle nur der Klemens, und genauso duze ich halt die Marlene. Den Thomas übrigens auch. Wir sind hier auf dem Hof nicht so förmlich, wissen Sie?«

»Sie arbeiten gern hier?«

»Ja, klar, sonst hätte ich mich schon lang davongemacht. Ich kenne mich aus mit Pferden, ich habe gute Kontakte in der Gegend – da findet sich auch auf einem anderen Pferdehof ein guter Job.«

»Zahlt Ruff besser als die anderen, oder warum sonst gefällt es Ihnen hier so gut?«

»Nein, aber es geht nicht immer nur ums Geld – als der Betrieb mal eine schwierige Phase hatte, habe ich wie Marlene und Thomas zwei Monate ohne Bezahlung gearbeitet.«

»Das ist aber nobel von Ihnen.«

»Das wird sich schon noch auszahlen für mich: Thomas hat mir im Gegenzug ein paar Anteile an Salvatore überschrieben, von dem erwarten wir uns alle sehr viel.«

»Und dieser eine Hengst soll alles rausreißen? Den Hof hier wieder flottmachen, Ihnen den entgangenen Lohn ersetzen? Da muss sich Salvatore aber ranhalten.«

»Wird er, keine Sorge, das wird er. Wir hatten schon die ersten Anfragen, und Thomas hat noch nicht einmal richtig angefangen, für Salvatore zu werben.«

»Was verdient man denn so mit einem Deckhengst? Ich meine, wie oft muss der ... äh ... bis sich das lohnt?«

»Kann ich Ihnen nicht sagen, da müssen Sie mit Marlene reden. Die macht die Buchhaltung hier, und die hat auch den besten Überblick, was der Markt so hergibt.«

»Nicht Herr Ruff, der Chef?«

»Thomas ist der Züchter, er hat die tägliche Arbeit im Blick und fädelt die Kontakte ein. Aber Marlene ist die Seele des Pferdehofs.« Ein schwärmerischer Ausdruck schlich sich in seinen Blick.

»Das imponiert Ihnen, stimmt's?«

Klemens nickte.

»Und sie tut Ihnen leid, wegen Ruff und Kerstin, richtig?«

Klemens öffnete den Mund, schwieg dann aber und packte die Heugabel fester. »Ist noch was? Ich muss dann nämlich wieder.«

»Nein, nein«, sagte Haffmeyer und ging rückwärts aus dem Stall, ohne Klemens Pröbstl aus den Augen zu lassen. »Ich habe im Moment keine weiteren Fragen. Und wenn noch was ist, weiß ich ja, wo ich Sie finde. Arbeiten Sie eigentlich jeden Tag hier auf dem Hof?«

»Meistens montags bis freitags, ganz normal, aber Marlene hat mich heute früh angerufen und mir gesagt, dass Thomas noch nicht wieder da ist – da kann ich sie ja schlecht hängen lassen.«

»Nett von Ihnen.«

Klemens sah den Polizisten forschend an, ob die Bemerkung womöglich eine versteckte Bedeutung enthielt – aber Haffmeyer nickte ihm nur ernst zu und ging davon.

Hansen und Fischer saßen stumm neben Marlene Ruff, die vor sich hin starrte und ihre Finger knetete. Haffmeyer hatte beschlossen, so lange im Auto zu warten.

»War Ihr Mann in letzter Zeit irgendwie anders als sonst?«, fragte Hansen mit sanfter Stimme.

Marlene Ruff reagierte nicht.

»Hatte Ihr Mann Streit mit jemandem?«

Langsam hob die Frau den Blick, dann sah sie Hansen an, als müsse sie sich erst besinnen, wo sie war und wer ihr da gegenübersaß.

»Gibt es jemanden, der Ihnen den Erfolg mit dem Pferdehof neidet?«

»Erfolg?« Sie lachte freudlos auf. »Wir sind fast pleite, Herr Hansen. Mein Mann hat alles auf eine Karte gesetzt: Er wollte unbedingt Pferde züchten, aber wir hatten etwas Pech – keiner unserer Hengste schlug richtig ein. Und jetzt soll uns Salvatore retten, mit seinen tollen Anlagen ... Wissen Sie, wie das ist, wenn der eigene Mann von einer fixen Idee beherrscht wird? Wenn man zusehen muss, wie der elterliche Hof immer weiter in die roten Zahlen rutscht, wie sich ein Ausweg nach dem anderen verschließt, weil der eigene Mann alle Alternativen in den Wind schlägt und nichts gelten lässt, was vom ursprünglichen Ziel abweicht?«

»Erzählen Sie's mir.«

»Meine Eltern haben mir diesen Hof vererbt. Wir Hachbergers betreiben hier seit gut zweihundert Jahren Landwirtschaft: Kühe, Hühner, Getreide. Anfangs war ich völlig deprimiert von der Aussicht, dieses alte Glump übernehmen zu müssen: zweimal am Tag auf dem Melkschemel hocken, sieben Tage die Woch, nie Urlaub, immer wenig Geld, und wenn man dann doch mal rauskommt zum Essen oder ins Kino, dann merkt man nicht mal mehr, dass man nach Kuhmist und Hühnerdreck stinkt.«

Hansen hatte sich das Leben der Allgäuer Bauern immer viel schöner ausgemalt. Seit er früher mal hier im Urlaub gewesen war, bestimmten farbenfrohe Dirndl auf den Dorffesten sein Bild von der ländlichen Idylle, der mit großem Trara verbundene Auf- oder Abtrieb der Tiere, das rustikale Vesper am großen Holztisch mit Rauchfleisch und selbst gebackenem Brot. Marlene Ruff nahm ihm diese Illusion mit ein paar Sätzen.

»Meine Mutter starb, als ich fünfzehn war. Von da an musste ich noch mehr mit anpacken als ohnehin schon. Und während die anderen Mädchen aus der Klasse ins Eiscafé gingen, womöglich ein kleines Mofa oder einen

Motorroller geschenkt bekamen, saß ich auf dem Schlepper und machte Heu.« Sie hielt Hansen ihre Hände hin. »So raue Haut kam nicht gut an bei den Jungs, und die Hände sahen bei mir damals schlimmer aus als heute – inzwischen arbeite ich längst nicht mehr so viel körperlich wie damals.«

Ein wehmütiger Zug legte sich auf ihr Gesicht.

»Ich war eigentlich schon hübsch, als junges Mädchen, aber ich war so wütend darüber, dass mich mein Vater völlig selbstverständlich als Bauersfrau einsetzte und nicht einmal darüber nachdachte, was ich als Teenager gern anderes tun würde. Und wenn ich mal frei hatte und in den Ort gegangen bin, wo die anderen zusammenhockten und miteinander schwatzten und flirteten, fühlte ich mich wie eine Außenseiterin – obwohl ich doch Lechbruckerin bin durch und durch. Meine Laune hat das jedenfalls nicht gehoben, und irgendwann war ich für alle nur noch die mürrische Marlene.« Sie schnaubte. »Mit der Zeit hat sich das beruhigt, wobei ich mal annehme, dass ich meinen Spitznamen trotzdem noch habe. Na ja, als erwachsene Frau steckt man so was weg, aber als Teenager, wenn man sich bei jedem Pickel hässlich fühlt und immer glaubt, man sei dicker oder krummer oder sonstwas als alle anderen ... da tut das schon weh. Doch dann habe ich Thomas kennengelernt.«

Ihr Blick wurde weicher.

»Er ist vier Jahre älter als ich, als wir uns zum ersten Mal sahen, war er dreiundzwanzig und ich neunzehn. Wegen der Hänseleien im Dorf hatte ich mir angewöhnt, auf jeden blöden Spruch noch eins draufzusetzen – das hat Thomas gefallen, und irgendwann hat er mich in die Disco mitgenommen, ich bin fast geplatzt vor Stolz. Da geht die mürrische Marlene mit dem feschen Thomas aus – mein Gott, wie gut er damals aussah! Groß, schlank und immer ein freches Lächeln auf den Lippen.« Sie lächelte versonnen. »Ist lange her.«

»Was ist passiert?«

»Wir haben geheiratet, mit Kindern hat's nicht geklappt, und bald hatte er nur noch den Hof im Sinn. Hat alles umgemodelt, alles auf Pferdezucht ausgerichtet – grad so, wie er es vom Hof seiner Eltern in Burggen kannte. Ich glaube, er wollte seinem Vater beweisen, dass er es mindestens genauso gut kann wie der. Das hat leider nicht mehr geklappt: Der alte Ruff ist vor ein paar Jahren gestorben, da hat unser Hof noch nicht allzu vielversprechend ausgesehen.«

»Und wie sieht es heute aus?«

»Na ja, wenn Salvatore als Deckhengst nicht so viel einspielt, wie Thomas sich das vorstellt, können wir den Laden dichtmachen.«

»Und? Wird das klappen?«

Marlene Ruff zuckte mit den Schultern.

»Und wenn nicht?«, fragte Hansen.

»Dann hat's nach zweihundert Jahren ein Ende mit dem Hachberger-Hof.«

»Und mit der Plackerei.«

»Ach, inzwischen ist es viel besser als in meiner Kindheit. Ich mach eigentlich nur noch die Büroarbeit. Wir haben den Klemens, der ordentlich mit anpackt, wir haben ein paar Reitschülerinnen, die helfen, und den Rest schafft mein Mann, und er ...« Sie unterbrach sich wieder und schluckte. »Das Blut unter der Brücke stammt wirklich von meinem Mann?«

Hansen nickte.

»Woher wissen Sie das?«

»Wir haben es verglichen mit ... Im Geländewagen Ihres Mannes lag noch ein Hut von ihm, aus der Krempe haben wir DNA-Proben genommen.«

»Das dürfen Sie eigentlich gar nicht, oder?«

»Nein, eigentlich nicht.«

»Egal. Ist ja gut, dass ich Bescheid weiß.«

»Könnte der Hut im Wagen Ihres Mannes auch jemand anderem gehören?«

Sie schüttelte den Kopf. »Mit dem ist immer nur er gefahren, Klemens hat entweder den Schlepper genommen oder mein Auto.« Ein böses Grinsen huschte über ihr Gesicht. »Und es war ja wohl ein Männerhut, oder?«

»Ja, und vorne drauf ist das Emblem Ihres Pferdehofs. Warum fragen Sie?«

»Na ja, wäre es Reizwäsche gewesen ...« Ihr wütender Blick ließ keinen Zweifel, dass sie Bescheid wusste, was ihr Mann außerehelich trieb.

»Wussten Sie, dass er sie betrügt?«, fragte Hansen trotzdem.

»Klar, was glauben Sie denn? Da verschwindet er zwei-, dreimal die Woche nachmittags für ein paar Stunden, immer zu Fuß, meistens hinten raus und über die Wiesen bis zur Lechbrücke. Irgendwann hab ich mich gefragt, wo er eigentlich steckt. Ich hab auf dem Hof nach ihm gesucht und Klemens gefragt, und der hat nur rumgedruckst, also bin ich Thomas zwei Tage später gefolgt und hab gesehen, wie er zu dieser Schlampe geschlichen ist.« Sie stand auf. »Kommen Sie.«

Hansen und Fischer folgten ihr ins Schlafzimmer, wo Marlene Ruff durch das Fenster auf die andere Lechseite deutete.

»Das dort drüben ist ihr Haus. Dort wohnt sie, dort trifft er sie. Ich liege nachts allein in unserem Gästezimmer, und mein Mann wälzt sich dort drüben mit diesem Flittchen in den Laken. Ich hab mir mal das Fernglas genommen – man macht ja allerhand, wenn einem etwas sehr wehtut. Aber die hat extra ihre Fenster verspiegeln lassen. Was weiß ich, was die da für Sauzeug treibt ...«

»Und zwischen Ihnen und Ihrem Mann ...«

»... tut sich nichts, schon lange nicht mehr«, sagte sie und sah Hansen traurig an. Dann wandte sie sich wieder zum Fenster. »Wie denn auch? Wenn Sie abends mit dem Hof fertig sind und verschwitzt auf dem Sofa hocken, kommt einem so etwas ganz sicher nicht in den Sinn. Und dann hat es mein Mann halt auch nicht verwunden, dass das mit den Kindern nichts wurde. Ich hab mich damals untersuchen lassen, da war alles in Ordnung. Thomas wollte nicht zum Arzt. Dass es vielleicht an ihm liegen könnte, hat sicher an ihm genagt. Na, vielleicht hat er sich deshalb die Kessie genommen – um sich selbst etwas zu beweisen.« Sie drehte sich zu den beiden Kripobeamten um und verzog den Mund. »Der Einzige, der hier auf dem Hof überhaupt noch Sex hat, ist Salvatore.«

Haffmeyer fuhr los, kaum dass sein Chef und Hanna Fischer im Auto Platz genommen hatten.

»Wie hat sie's aufgenommen?«, fragte er.

»Irgendwie komisch«, antwortete Hansen und verfiel in brütendes Schweigen.

»Frau Ruff war zuerst ganz betroffen«, erklärte die Kollegin von der Rückbank aus. »Aber dann klang sie eher wütend. Zum einen hat sie wohl das Gefühl, dass ihr Mann sie – falls er jetzt wirklich tot sein sollte – mit dem Hof im Stich lässt. Und zum anderen weiß sie seit einiger Zeit von Ruffs Verhältnis mit Kerstin Wontarra, und sie scheint ihre Rivalin richtig zu hassen.«

»Nicht gut«, brummte Haffmeyer.

»Nein, gar nicht. Jedenfalls hat sie auf unsere Fragen, was in letzter Zeit an Ruff anders war oder ob er Neider oder Feinde gehabt habe, nichts geantwortet, was uns weiterhilft. Der Hof steht wohl finanziell nicht gut da, und dieser Deckhengst scheint die letzte Chance zu sein, das Anwesen noch zu retten.«

»So hat es mir Klemens Pröbstl auch geschildert.«

»Dieser Knecht? Der heißt Pröbstl?«

»Ja, das ist ein Neffe von unserem Zeugen, und er mag seinen Onkel nicht, der säuft ihm zu viel. Aber er hält große Stücke auf seine Chefin – ich glaube, der ist sogar ein bisschen in Marlene Ruff verliebt.« Haffmeyer grinste.

»Fahren Sie mal bitte rechts ran?«, sagte Hansen kurz

nach der Lechbrücke. Haffmeyer steuerte an den Fahrbahnrand. »Ich muss mal ein paar Schritte gehen, könnten Sie kurz warten?«

»Klar, Chef, machen wir.«

»Danke. Ich muss jetzt erst einmal das Gespräch mit Ruffs Frau verdauen, bevor wir seine Geliebte befragen. Fünf Minuten, länger werde ich nicht brauchen.«

Haffmeyer und Fischer sahen ihrem Chef nach, wie er langsam über die Wiese bergab ging und schließlich stehen blieb, die Hände in die Hosentaschen stopfte und über den Fluss hinweg auf Lechbruck schaute.

»Den mag ich, Willy«, sagte Hanna Fischer nach einer Weile.

Haffmeyer nickte nur und steckte sich einen Kaugummi in den Mund.

Endlich war Klemens Pröbstl fertig mit den Pferden. Er beschloss, Marlene um einen Kaffee zu bitten. Sie machte den besten, den er kannte, aber eigentlich diente er ihm meistens nur als Vorwand, um sich in Ruhe mit ihr zu unterhalten.

Als er auf das Wohnhaus zuging, sah er Marlene in der Küche stehen. Sie hantierte leicht vornübergebeugt mit Messer und Schneidebrett, hackte irgendwelche Kräuter klein und sah in seinen Augen sehr schön aus, wie sie so konzentriert vor sich auf die Arbeitsplatte schaute.

Ein Lächeln glitt über sein Gesicht, und er genoss den Anblick schweigend. Da ging plötzlich sein Handy. Das laute Klingeln ließ auch Marlene aufhorchen, die zu ihm herübersah und ihn mit einem fragenden Blick musterte. Er winkte ihr kurz zu, dann nahm er das Gespräch entgegen, wandte sich ab und ging zurück hinter den Stall.

Die Nummer des Anrufers war unterdrückt, jemand zischte einige Drohungen, und Klemens Pröbstl stand wie erstarrt. Er verstand nicht jedes Wort, wahrscheinlich weil der Anrufer flüsterte – aber dass es mit Thomas Ruffs Verschwinden zu tun hatte und dass ihm mit ernsten Konsequenzen gedroht wurde, wenn er irgendetwas von etwaigen Beobachtungen rund um Salvatore oder auch nur von diesem Telefonat erzählen würde, das verstand er laut und deutlich.

Dann hörte das Zischen auf.

»Hallo?« Er horchte, aber am anderen Ende blieb es still. Er ließ das Handy langsam sinken und starrte mit leerem Blick durch das Tor ins schattige Stallinnere.

»Um Himmels willen«, murmelte er.

Gleich nach dem Klingeln öffnete sich die Haustür. Kerstin Wontarra hatte die drei Kripobeamten offenbar schon gesehen, als der Wagen vorfuhr. Nun blickte sie Hansen an, diesmal kein bisschen frech, sondern eher ängstlich, und als er eine betrübte Miene machte, sank sie ein wenig in sich zusammen.

»Kommen Sie mit«, sagte sie leise und ging ins Wohnzimmer. Die drei Beamten folgten ihr.

»Ist Thomas wieder aufgetaucht?«, erkundigte sie sich besorgt, als alle Platz genommen hatten.

»Nein, bisher noch nicht. Seine Frau hat ihn seit Donnerstagmittag nicht mehr gesehen und Sie seit Donnerstagnachmittag – richtig?«

»Richtig.«

»Leider müssen wir annehmen, dass ihm etwas zugestoßen ist. Wir haben Hinweise darauf gefunden, dass er auf dem Heimweg von Ihnen von der Lechbrücke gestürzt ist.«

»Hat ihn ein Auto erfasst? Wahrscheinlich ist er wie immer auf der linken Seite der Brücke gegangen, dort gibt es ja keinen richtigen Gehweg.«

Hansen schüttelte den Kopf.

»Dann versteh ich das nicht. Wir haben zum Schluss noch ein Glas Wein getrunken, aber Thomas war nüchtern. Der fällt doch nicht einfach so über das Brückengeländer!«

»Ist er auch nicht – zumindest nicht einfach so.«

»Wie meinen Sie das?«

»Er wurde gestoßen, von zwei Männern, die wir bisher nicht kennen.«

Kerstin Wontarra wurde blass. »Aber wer ... wer macht denn so was?«

Das hat uns seine Frau auch schon gefragt, dachte Hansen. Laut sagte er: »Das wissen wir noch nicht, vielleicht können Sie uns ein paar Hinweise geben.«

»Aber ich ... Er ist allein gegangen, und die Brücke kann ich von hier aus nicht sehen.«

»Schon klar, aber gehen wir den Ablauf des Nachmittags doch bitte noch einmal durch. Wann ist Herr Ruff denn zu Ihnen gekommen?«

»Gegen halb zwei. Da legt sich seine Frau nach dem Essen gerne noch mal hin, und Thomas kommt dann zu mir. Zweimal, manchmal dreimal die Woche.« Sie unterbrach sich. »Glauben Sie, dass er tot ist? O Gott, die Brücke ... hoch genug wär sie ja. Sagen Sie schon: Ist er tot?«

Hansen zuckte mit den Schultern. »Wir wissen es nicht, aber manches deutet darauf hin.«

»Dann war er ja am Donnerstag zum letzten Mal ...«

Sie schlug die Hände vors Gesicht und atmete ein paarmal schwer, dann schaukelte sie im Sitzen leicht vor und zurück. Haffmeyer sah betreten zu Boden, und Fischer beobachtete ihren Chef. Hansen ließ Kerstin Wontarra ein paar Minuten Zeit, bevor er weiterfragte.

»Gegen halb zwei ist er am Donnerstag zu Ihnen gekommen. Und dann?«

Sie sah verblüfft hoch.

»Ich meine: Wie lange ist er bei Ihnen geblieben?«

»Kurz nach sieben hat er sich auf den Weg gemacht. Daheim wird pünktlich gegessen, immer vor der Tagesschau.« Sie lachte freudlos. »Und natürlich wollte er noch nach Salvatore sehen.«

»Ist Ihnen irgendetwas Ungewöhnliches aufgefallen, nachdem Herr Ruff gegangen war?«

»Nein, was sollte mir auch auffallen?«

Hansen zuckte mit den Schultern.

»Ich hab ein bisschen aufgeräumt, hab noch kurz ferngesehen, und dann bin ich früh schlafen gegangen. Am Freitag hatte ich Frühdienst, ich arbeite in Schongau im Krankenhaus.«

»Sie haben also nichts Ungewöhnliches gehört oder beobachtet?«

»Nein, nichts. Irgendwann am Abend, ich lag gerade im Bett, sind draußen zwei Mopeds oder Motorräder mit viel Getöse vorbeigefahren, direkt hier am Haus vorbei. Die Straße führt am Moor vorbei nach Steingädele, ins Nachbardorf. Ich nehme an, die Typen wohnen dort, ich hör diese Knatterkisten ab und zu mal in der Gegend, wahrscheinlich frisiert, was weiß ich. Aber sonst ... Nein, ich habe nichts Ungewöhnliches bemerkt.«

»War Herr Ruff irgendwie angespannt, als er Sie am Donnerstag besuchte?«

»Der ist ... der war manchmal etwas gestresst, aber hier ist das alles immer ganz schnell von ihm abgefallen. Irgendwann konnte er nicht mehr, aber was soll ich sagen: Er ist halt auch keine zwanzig mehr.«

Ein Lächeln huschte über ihr Gesicht, dann wurden ihre Augen ganz feucht, und sie wischte sich mit dem Zeigefinger über die Nase.

»Hatte er Sorgen, hatte er mit jemandem Streit?«

»Na ja, finanziell steht der Pferdehof im Moment nicht so gut da, ich hatte aber nicht den Eindruck, dass er mehr Sorgen hatte als sonst.« Sie dachte nach. »Er hatte ein paar Schürfwunden am Rücken, an den Armen, an den Beinen – davon hatten sich welche sogar entzündet. Ich hab ihm Creme draufgeschmiert, aber dabei kam er schon wieder auf ganz andere Ideen ... Ich habe ihn noch gefragt, was es mit den Wunden auf sich hat, und er hat erzählt, dass er bei der Arbeit im Stall unglücklich gestolpert sei und sich im Fallen an der Wand gestoßen habe. Für mich sah es zwar eher aus, als habe er mit jemandem gerauft, aber Thomas ist sechsundvierzig, der prügelt sich nicht mehr einfach so – aber wenn ich jetzt so darüber nachdenke ...«

»Mit wem könnte er sich denn geprügelt haben?«

»Keine Ahnung. Übers Geschäft hat er am Donnerstag nicht mit mir gesprochen, und von einem Streit hat er auch nichts erzählt.«

»Kennen Sie den Mitarbeiter der Ruffs, Klemens Pröbstl?«

»Den Klemens können Sie aus Ihrer Liste der Verdächtigen streichen: Das ist ein Weichei, der tut keiner Fliege was zuleide – und der hat keinen Mumm, wenn es für ihn um etwas geht.«

»Sie sagen das so, als hätten Sie sich mal über ihn geärgert.«

»Ach, der wollte mal was von mir – aber getraut hat er sich nicht. Da ist der Thomas aus ganz anderem Holz geschnitzt. Mein Gott, der Klemens ...« Sie zog ein verächtliches Gesicht und schüttelte den Kopf.

»Wie lange ist das her, dass Klemens Pröbstl gerne mehr von Ihnen gewollt hätte?«

»Ein paar Jahre.«

»Und wegen Thomas Ruff haben Sie Klemens abblitzen lassen?«

»Nein, das mit Klemens war viel früher – obwohl da ja im Grunde genommen gar nichts war.«

»Sie waren also gerade solo, als Thomas Ruff sich in Sie verliebte?«

»Na, hören Sie mal! So wie Sie das sagen, klingt es gerade so, als würde ich pausenlos von einer Beziehung in die nächste wechseln. Also, bitte!«

»Entschuldigung, war nicht so gemeint. Aber noch einmal: Waren Sie damals Single?«

»Klar war ich Single, wobei ... Doch, ja, war ich.«

»Wobei?«

»Ich war davor länger mit Marco zusammen, ein guter Typ irgendwie, vor allem körperlich – aber mit der Zeit ... Marco ist Bodybuilder, der kennt jeden Muskel in seinem Körper, aber mal ins Kino oder einen Abend lang nur reden ... das ist irgendwie nicht so sein Ding.«

»Und wie lange waren Sie von diesem Marco getrennt, als die Geschichte mit Ihnen und Thomas Ruff begann?«

»Drei Wochen, vielleicht auch nur zwei – so genau weiß ich das nicht mehr. Es ist ja auch nicht so, dass man sich da in den Kalender schreibt: ›Heute Schluss mit Marco.‹ Ich hatte ihm erklärt, dass das mit uns keine Zukunft mehr hat.«

»Und er hat's verstanden?«

Kerstin Wontarra wand sich ein wenig. »Nicht gleich, das muss ich zugeben. Aber dann hat er Ruhe gegeben.«

»Und erst danach waren Sie mit Ruff zusammen?«

»Nein, Thomas war schon zwei-, dreimal hier im Haus, da kam Marco noch einmal vorbei und wollte mit mir reden. Als ich ihm aufgemacht habe, ist er gleich an mir vorbei ins Haus gestürmt, er hatte Thomas wohl hereinkommen sehen – da standen sich die beiden im Wohnzimmer gegenüber: Marco in Stiefeln und Jacke, bebend vor Zorn, und Thomas nackt vor ihm, notdürftig das Handtuch um die Hüften geschlungen.« Sie lächelte. »War echt ein schräges Bild. Ich hab Marco damals ordentlich die Meinung gegeigt und ihn rausgeworfen. Seither hat er sich nicht mehr gemeldet.«

»Und Sie haben ihn seither nicht mehr getroffen?«

»Nein, er kam auch nicht mehr ins Lechstüberl, wo ich damals noch bedient habe – das war mir eigentlich ganz recht. Jedenfalls hat er Thomas und mich in Ruhe gelassen.«

»Meinen Sie, er trauert Ihnen noch nach?«

»Das will ich doch hoffen«, sagte sie mit gespielter Empörung, dann wurde sie wieder ernst. »Er hat geheiratet, drüben in Urspring wohnt er jetzt mit Frau und zwei Kindern, Zwillinge, noch ganz klein. Thomas hat mir das erzählt. Die Adresse hab ich nicht, wir haben seit damals keinen Kontakt mehr, aber Marco steht sicher im Telefonbuch. Marco Schwarzacker heißt er.« Sie senkte den Blick. »Ja, zwei Kinder hat er. Ich wollte auch welche, am liebsten ganz viele, und Thomas wusste das. Lauter kleine Thomasse wollte ich haben, dazu ein paar Kessies ... mit Marlene konnte er ja keine bekommen. Natürlich hat er geblockt, er war ja noch verheiratet. Und das mit uns war noch ganz heimlich.«

Sie warf den drei Beamten einen resignierten Blick zu.

»Dachten wir jedenfalls.«

Hansen nickte. »Sie sagten gerade: Herr Ruff sei ›noch‹ verheiratet – wollte er sich denn trennen und mit Ihnen zusammenziehen?«

»Natürlich!« Sie sah Hansen an, als halte sie schon die Frage für eine Frechheit. »Glauben Sie, ich wäre damit zufrieden, dass Thomas zweimal, dreimal die Woche bei mir ins Bett schlüpft? Wissen Sie, fürs Bett kann ich an jeder Ecke einen kriegen, aber Thomas ... das war einer fürs Leben. Der hat mich geliebt und ich ihn. Er wollte mit Marlene reden, und dann wäre es halt darum gegangen, was mit dem Hof passiert. Das wäre das größte Problem gewesen: Marlene hat ihn von ihren Eltern geerbt – und Thomas hat das draus gemacht, was er heute ist. Wahrscheinlich hätte er Marlene irgendwie ausgezahlt – mit der Pferdezucht hätte er sicher nicht aufgehört, das war nicht nur sein Beruf, das war sein Leben.«

Sie sah zwischen Haffmeyer, Hansen und Fischer hin und her.

»Abgesehen von mir, natürlich.«

In Kerstin Wontarras Haus hatte Hansen sein Handy ausgeschaltet. Als er beim Einsteigen ins Auto nachschaute, ob Nachrichten eingegangen waren, sah er die Kemptener Durchwahl von Hartmut Koller – anscheinend hatte er vor fünf Minuten versucht, ihn zu erreichen. Hansen rief zurück, schaltete den Lautsprecher ein und erfuhr von seinem Stellvertreter, dass die Rosenheimer Kollegen einige Kripobeamte von der näher gelegenen Inspektion Weilheim schicken wollten. In etwa zwanzig Minuten würden sie an der Brücke in Lechbruck eintreffen und dort gerne einige Details zu dem möglichen Mordfall Ruff hören.

»Ich hab noch versucht, den Termin zu schieben. Bis in zwanzig Minuten schaff ich das nämlich nicht zu Ihnen raus nach Lechbruck.«

»Ach, das macht nichts«, beruhigte ihn Hansen. »Ich hab hier schon die Kollegen Haffmeyer und Fischer, Manfred Kerricht vom Füssener Revier geht uns auch zur Hand – das sollte für heute reichen.«

Damit beendete er das Gespräch und nickte Haffmeyer zu.

»Dann wollen wir mal.«

Kurz nachdem sie eine Viertelstunde später an der Lechbrücke angekommen waren, trafen die beiden Weilheimer Kollegen ein.

»Xaver Moll, Kripoinspektion Weilheim«, stellte sich der Ältere kurz vor. »Das ist mein Kollege Jochen Pfluhm. Sind Sie Herr Hansen?«

»Sieht man mir das an?« Er drückte den Weilheimer Kollegen die Hand.

»Willy kenn ich schon, und Sie« – Xaver Moll wandte sich an Hanna Fischer – »können's ja kaum sein, gell?« Er lachte gutmütig, dann sah er sich um. »Wo ham S' denn unsern Tatort?«

»Dort drüben, kommen Sie mit?«

Kurz darauf standen alle am südlichen Geländer der Lechbrücke und schauten auf das Flussufer hinunter. Hansen umriss kurz, was sie bisher erfahren hatten, und zeigte den Kollegen, wo der Pferdehof und Kerstin Wontarras Wohnhaus lagen. Von Lechbruck her kam währenddessen Kerricht auf die Gruppe zu, dicht gefolgt von einem zweiten Mann, der selbst auf diese Entfernung etwas unsicher auf den Beinen wirkte.

»Und da kommt unser Zeuge«, sagte Haffmeyer und machte die anderen auf die beiden Neuankömmlinge aufmerksam.

»Zefix!«, entfuhr es Moll. »Ist das dieser Saufkopf?«

»Das ist Horst Pröbstl«, sagte Hansen. »Er wohnt hier in Lechbruck und hat den Mord beobachtet.«

»Die Schongauer ham mir schon gsagt, dass man auf diesen Burschen lieber keinen Pfifferling setzen sollt – ich frag mich, warum Sie sich trotzdem so in diesen Fall verbissen ham.« Moll sah Pröbstl kopfschüttelnd entgegen. »Aber gut ham S' des gmacht, Kollege Hansen, sonst wär uns glatt ein Mord durch die Lappen gangen, so wie's grad ausschaut.«

»Grüß Gott mitanand«, sagte Kerricht, trat zur Seite und schob seinen Begleiter auf die Gruppe der Kripobeamten zu. »Das hier ist Horst Pröbstl, unser Zeuge.«

Moll hielt ihm die Hand zur Begrüßung hin. »Was Sie gsehn ham, Herr Pröbstl, steht ja schon im Protokoll. Aber können Sie uns noch mal zeigen, von wo aus Sie des alles beobachtet ham?«

Pröbstl räusperte sich und zeigte dann auf einen Platz auf der Landzunge, die ein Stück flussaufwärts vor ihnen lag.

»Da hab ich gelegen«, brummte er. Seine Stimme klang rau, die Zunge war ein wenig schwer – aber nüchterner war er wohl derzeit nicht zu haben.

»Und wie kommen S' da rüber auf diese Landzunge?«

»Da ist das Wehr von den Stromern, da bin ich rüber.«

»Stromer?«, fragte Hansen dazwischen.

»Das Allgäuer Überlandwerk betreibt gut zweihundert Meter oberhalb der Lechbrücke ein Wasserkraftwerk«, erklärte Haffmeyer. »Noch etwas flussaufwärts wird ein Seitenarm des Lech am Wehr vorbeigeführt, der Rest läuft durch die Turbinen – und über den Damm kommt man auf die Landzunge.«

Hansen nickte ihm dankbar zu.

»Und wo genau«, fuhr Moll fort, »ist das mit den Männern passiert, die dem Herrn Ruff aufgelauert ham?«

Pröbstl sah fragend zu Kerricht hin, der verdrehte nur die Augen.

»Jetzt sag halt, wie's war. Der Kommissar hat nicht ewig Zeit!«

»Ich … ich …« Pröbstl war ohnehin schon eingeschüchtert, und nun hatten ihm Hansens Zwischenfrage und Kerrichts Anpfiff den Rest gegeben.

»Haben Sie was dagegen, wenn Herr Pröbstl und ich ein Stück spazieren gehen?« Hansen hatte sich an Moll gewandt, als wäre der sein Vorgesetzter.

Moll sah den Kollegen verblüfft an. »Äh, freilich … ich mein … natürlich nicht, gehn Sie nur.«

Hansen führte Pröbstl langsam von der Gruppe weg, und wenig später waren die beiden nach rechts auf einen kleinen Fußpfad eingebogen und verschwanden aus dem Blickfeld der anderen.

Moll nahm Haffmeyer zur Seite und raunte ihm zu: »Sag mal, Willy, warum tut denn dein Chef so unterwürfig? Der muss mich doch nicht fragen, ob er eben mal unter vier Augen mit diesem Zeugen reden darf!«

»Muss er nicht«, grinste Haffmeyer, »macht er aber. Der Hansen ist ein korrekter Typ. Er hat mich und Hanna bisher sehr gut behandelt – und du weißt ja, dass das früher nicht immer so war bei uns in Kempten. Grad vorhin hat er dem Koller zu verstehen gegeben, dass der sich nicht extra nach Lechbruck bemühen muss, wo doch wir beide ihm schon helfen.«

Moll grinste mit. Koller war ein hervorragender Ermittler, aber besonders sympathisch war er ihm noch nie gewesen.

»Als Hansen vorhin mit unserem Kripochef telefonierte, hat er ihn gebeten, euch Rosenheimern unbedingt zu sagen, dass er euch gerne die Leitung der Soko überlässt.«

»Keine Revierkämpfe?«

»Genau.«

Moll nickte anerkennend. »Guter Mann, dein Hansen. Ich glaub, den mag ich.«

»Wir auch, die Hanna und ich.«

Hansen hatte sich ein paar Meter unterhalb der Straße ins Gras gesetzt und Pröbstl ein Zeichen gegeben, ebenfalls Platz zu nehmen. Da saßen sie nun, sahen vor sich den Lech und die Landzunge, den südlichen Ortsrand von Lechbruck und das gegenüberliegende Ende der Brücke.

»Was haben Sie denn nun wirklich gesehen, Herr Pröbstl?«

»Ich ... ich hab ...«

»Ja?«

Pröbstl atmete aus, es klang, als weiche die letzte Luft aus einem alten Reifen, dann zuckte er mit den Schultern.

»Wissen Sie es nicht mehr?«

»Freddy weiß alles, ihn habe ich als Ersten angerufen.«

Hansen sah ihn ruhig an und wartete ab. Pröbstl verstand seinen Blick falsch.

»Polizeimeister Kerricht, meine ich – ich nenne ihn Freddy, seit ich denken kann, wir sind Nachbarn.«

»Ich weiß, dass Sie Nachbarn sind. Und ich weiß auch, wer Freddy ist – Herr Kerricht ist übrigens Polizeihauptmeister, und ein ganz guter, soweit ich bisher gehört habe. Er hat in der Nacht auf Freitag auch Einiges in Bewegung gesetzt, um Ihre Aussage zu überprüfen – obwohl er Ihnen nicht geglaubt hat.«

»Da können Sie mal sehen!«

»Aber deshalb müssen Sie sich mit Ihren Erinnerungen nicht auf ihn verlassen, Herr Pröbstl. Wir wollen wissen, was Sie gesehen haben – nicht, was Herr Kerricht glaubt, das Sie gesehen haben.«

Pröbstl nickte pflichtschuldig, aber Hansen war sich nicht sicher, ob er alles begriffen hatte.

»Was haben Sie gesehen? Woran erinnern Sie sich noch?«

»Na ja ... ich lag dort drüben ...«

Pröbstl zeigte wieder auf die Landzunge und sah den Kommissar an, ob der ihm die erneute Wiederholung übel nahm.

»Gut, und dann?«, sagte Hansen nur und nickte ihm ermunternd zu.

»Ich hatte eine Flasche dabei, hab ich eigentlich meistens.«

»Jetzt gerade nicht.«

»Ja, stimmt, aber ich könnte schon wieder einen Schluck vertragen.«

»Lieber nicht, glauben Sie mir.«

»Jetzt klingen Sie schon fast wie Freddy. Der sagt auch immer, ich soll mit dem Saufen aufhören.«

»Da hat er recht. Sehen Sie sich Ihre Hände an.«

»Was ist mit denen?«

»Die zittern.«

»Ja, weil ich dringend etwas trinken sollte.«

»Nein, weil sie gestern nichts hätten trinken sollen.«

Pröbstl räusperte sich und sah zum Fluss hinunter.

»Aber deshalb sind wir nicht hier, Herr Pröbstl. Wir sind hier, weil Sie einen Mord beobachtet haben – und weil Sie, wie es scheint, unser einziger Zeuge sind.«

Hansen ließ den Blick schweifen.

»Eigentlich komisch, dass das niemand sonst mitbekommen hat, am helllichten Tag und in Sichtweite von gleich zwei Dörfern.«

»Sie glauben mir nicht?«

»Natürlich glaube ich Ihnen, oder meinen Sie, ich wäre sonst hier? An einem Samstag, zusammen mit Kollegen von der Kripo Kempten und der Kripo Weilheim? Wir alle glauben Ihnen – und wir haben drunten am Ufer Blut von Herrn Ruff gefunden und einen Knopf von ihm.«

»Einen Knopf? Einen mit dem Hengst drauf?«

»Ja.«

Pröbstl grinste. »War meine Idee.«

»Echt?«

»Ja. Sonntags liege ich am Nachmittag gerne auf Ruffs Wiese, oberhalb von Salvatores Stall.« Er sah Hansen fragend an. »Sie wissen, wer Salvatore ist?«

Hansen nickte.

»Na ja, und manchmal setzt sich Thomas zu mir. *Setzte* sich, meine ich.« Er machte eine Pause. »Sie glauben doch auch, dass er tot ist, oder?«

»Ja. Oder könnte er den Sturz von der Brücke Ihrer Meinung nach überlebt haben?«

»Meiner Meinung nach? Was weiß ich schon!«

»Sie haben es gesehen, Sie wissen mehr als wir alle.«

»Stimmt auch wieder.«

Pröbstl sah zur Landzunge, dann zur Brücke, schließlich rieb er sich mit beiden Händen über das Gesicht.

»Eines Sonntags, als sich Thomas zu mir auf die Wiese setzte, hat er mir erzählt, dass er gerade ein Logo für den Pferdehof sucht. Wir haben ein bisschen rumgeblödelt, und irgendwann ist mir die Geschichte eingefallen, wie Ferrari zu seinem Pferdemotiv gekommen ist – Sie kennen doch den schwarzen Hengst vor gelbem Hintergrund?«

Hansen nickte.

»So hat im Ersten Weltkrieg ein berühmter italienischer Kampfflieger seine Maschinen markiert, und an ihn sollte das Emblem auf den Ferrari-Rennwagen wohl erinnern. Der Italiener wiederum hatte sich das Motiv angeblich bei einem deutschen Piloten abgeschaut, der aus Stuttgart stammte und deshalb das dortige Stadtwappen mit dem steigenden Pferd auf sein Flugzeug pinselte.«

»Woher wissen Sie so was?«

»Ich hab früher alles gelesen, was mir in die Finger kam, vor allem Wappen und Logos haben es mir angetan – ich hab früher als Grafiker gearbeitet, bis ...«

»Ja?«

»Ach, lassen wir das. Lange Geschichte. Thomas jedenfalls fand den Bezug zu Ferrari klasse. Deshalb ist auf dem Schild über der Zufahrt zu ›Ruffs Rossparadies‹ die Vorderseite eines steigenden Hengstes zu sehen. Das Logo hat Thomas so gefallen, dass er es überall draufmachen ließ: auf sein Briefpapier, auf die Visitenkarten, auf den Kühlergrill seines Wagens – und als er Salvatore gekauft hatte, ließ er bei einer Firma für Werbemittel sogar noch Hemdknöpfe mit dem Hengstlogo herstellen.«

»Dort drüben haben Sie also gelegen«, lenkte Hansen das Gespräch wieder zurück zum eigentlichen Thema. »Und dann?«

»Dann ist Thomas von Gründl hergekommen, ganz beschwingt war er unterwegs. Kein Wunder, er kam ja wahrscheinlich von seiner Geliebten, die wohnt im Nachbardorf, Kerstin Wontarra. Ach, die Kessie ... da möchte man als Mann noch einmal zwanzig sein.«

»Oder einen Pferdehof haben wie Ruff.«

Pröbstl blinzelte und sah Hansen verdutzt an. »Glauben Sie, dass die Kessie mit dem Thomas nur ins Bett gegangen ist, um sich den Pferdehof unter den Nagel zu reißen?«

»Dazu kenn ich sie zu wenig.«

»Na ja, es gab schon Gerüchte im Ort, die in diese Richtung gingen, aber ... Die Leute sind eben gehässig. Und da wär die Kessie ja auch schön blöd gewesen, wenn sie für diesen überschuldeten Hof ...« Er schüttelte den Kopf. »Nein, das kann ich mir nicht vorstellen.«

Hansen wurde allmählich ungeduldig. »Was ist denn nun passiert, als Herr Ruff auf die Brücke kam?«

»Erst mal gar nichts. Er ist am Geländer entlanggegangen, und von der anderen Seite ist ihm ein Mann entgegengekommen. Plötzlich war da noch ein zweiter, der sich Thomas von hinten genähert hat. Dann ist alles ganz schnell gegangen: Thomas hat den Mann vor sich erst spät gesehen, er schien ihn aber zu kennen – und nicht zu mögen, weil er gleich so eine Art Abwehrhaltung eingenommen hat. Dann hat der Mann hinter ihm zwischen seinen Beinen hindurchgegriffen, hat ihn an der Jacke geschnappt, der andere hat auch zugepackt, und – schwups! – ist Thomas auch schon kopfüber von der Brücke gestürzt.«

»Und dann?«

»Ich war völlig verdutzt, wusste gar nicht, ob ich meinen Augen trauen konnte. Und wie ich so dasitze und zur Brücke starre, bemerkt mich einer der beiden Männer. Er stößt den anderen an, und dann schauen die sich nach allen Seiten um, als würden sie einen Weg suchen, wie sie möglichst schnell zu mir herüberrennen können. Da habe ich die Beine in die Hand genommen und bin davongelaufen, so schnell ich konnte.«

»Haben die Männer Sie verfolgt?«

»Keine Ahnung, aber das kann ich mir nicht vorstellen. Ich bin nicht mehr der Schnellste, und die beiden Männer sahen recht sportlich aus und eher jung – die hätten mich doch im Handumdrehen erwischt. Wobei ... vielleicht kannten Sie den Weg auf die Landzunge nicht. Ich bin jedenfalls gerannt, bis ich daheim war, und dann wollte ich gleich Freddy anrufen.«

»Das haben Sie dann ja auch gemacht.«

»Aber nicht gleich. Ich hatte Angst, Freddy würde mir nicht glauben, also musste ich mich ... na ja, erst einmal ein bisschen stärken, Sie verstehen? Dann bin ich eingeschlafen, und erst danach habe ich Freddy informiert.«

»Drei Stunden später, ich weiß.«

Pröbstl wandte sich wieder dem Fluss zu und atmete ruhig ein und aus, schnupperte in die würzige Luft und horchte auf die Stimmen der Beamten oben auf der Brücke, die er, wenn gerade kein Auto vorbeifuhr, hören, aber nicht verstehen konnte.

»Ich wundere mich, dass niemand außer Ihnen gesehen hat, wie Ruff über das Geländer gestoßen wurde«, sagte Hansen schließlich.

Wie lange mochte es gedauert haben, Ruff aufzuhalten und ihn hinunterzustoßen? Eine Minute? Zwanzig Sekunden? Weniger? Eigentlich war es doch nicht so erstaunlich, dass es außer dem faul herumliegenden Pröbstl keinen Zeugen gab.

»War kein Auto auf der Brücke, als es passierte?«

»Nein, seltsam eigentlich. Aber als Thomas auf die beiden Männer traf, war niemand auf der Straße, kein Auto, kein Fußgänger – das ist selten hier, Sie hören den Verkehr da oben ja selbst.«

»Blöder Zufall.«

Hansen stand auf und half auch Pröbstl hoch, der sich noch immer etwas schwer tat mit dem Gleichgewicht.

»Sie haben vorhin erzählt, dass Sie sonntags gerne auf der Wiese oberhalb von Salvatores Stall liegen. Waren Sie dort auch am vergangenen Sonntag?«, fragte Hansen, während sie gemeinsam den Fußweg zur Straße hinaufkletterten.

»Ja.«

»Und Ruff ist zu Ihnen gekommen?«

»Ja.«

»War er irgendwie anders als sonst? Hat er Ihnen von einem Streit erzählt oder von Sorgen, die er sich gemacht hat?«

»Nein, der war wie immer. Dabei hätte er allen Grund gehabt, sich Sorgen zu machen.«

»Warum das denn?«

»Ich hab ihm erzählt, dass ich beobachtet habe, wie zwei Männer zu Salvatore in den Stall gegangen sind.«

»Und was wollten die da?«

Pröbstl zuckte mit den Schultern. »Manchmal schlafe ich auf der Wiese ein. Als ich am Sonntag nach einer Weile wieder aufgewacht bin, wollte ich heim – da ist mir aufgefallen, dass Salvatore in seiner Box ganz unruhig war.

Also bin ich näher an den Stall ran, und durch die offene Holzluke konnte ich sehen, wie zwei Männer versucht haben, dem Pferd das Zaumzeug überzuziehen. Ich bin dann auf den Stall zugerannt und hab noch gerufen, dass sie den Hengst in Ruhe lassen sollen, und dann ...«

»Ja?«

»Dann bin ich wohl gestolpert. Thomas hat mich gefunden, ich muss eine ganze Weile bewusstlos im Gras gelegen haben. Na ja ... kann auch sein, dass ich einfach zu viel intus hatte.«

Er sah in die Richtung, in der Ruffs Pferdehof lag, und seine Augen schimmerten feucht.

»Scheißsauferei!«, brummte er, hustete sich die Atemwege frei und spuckte aus. »Jedenfalls hat mir Thomas kein Wort geglaubt, und vielleicht hab ich mir das auch wirklich nur eingebildet.«

»Wie den Mord an Ruff vielleicht? Dann sollten wir uns den Stall vielleicht auch noch etwas genauer ansehen, was?«

Pröbstl sah Hansen lange an, dann zuckte er mit den Schultern. »Vielleicht.«

Moll und die anderen sahen Hansen erwartungsvoll entgegen, als er mit Pröbstl im Schlepptau wieder zu ihnen stieß. Hansen bat Kerricht, Pröbstl nach Hause zu begleiten, und legte dem Alten nahe, in den nächsten Tagen etwas weniger zu trinken, weil die Polizei sicher noch Fragen an ihn hatte.

»Wir ham die Kollegen in Kempten und Rosenheim aufs Laufende gebracht«, sagte Moll, nachdem Kerricht und Pröbstl sich getrollt hatten, »und in einer Stunde müssten die ersten Suchtrupps hier eintreffen. Suchhunde sind dabei und ausreichend Leute, der Hubschrauber und die Wasserwacht kommen auch noch – je schneller wir Ruffs Leiche finden, desto besser.«

»Sehr gut, danke. Hoffen wir mal, dass sich der Tote wirklich noch in der näheren Umgebung befindet. Kennen Sie denn ein Fleckchen hier in der Gegend, wo sich eine Leiche gut verstecken ließe?«

»Ich nicht, aber Willy weiß da sicher mehr. Und Kerricht wollte auch gleich wiederkommen, wenn er Pröbstl nach Hause gebracht hat – der ist ja von hier, der kennt sicher was Passendes.«

»Frau Wontarra, die Freundin des Toten, hat von einem Moor erzählt, das sich zwischen Gründl und dem Nachbardorf Steingädele befindet. Vielleicht sollten die Kollegen dort mal suchen. Ein Moor klingt doch vielversprechend, oder?«

Moll grinste und nahm Hansen beiseite.

»Warum wollen Sie denn die Ermittlungsgruppe nicht leiten?«

»Na, so wie's aussieht, ist Ruff auf Ihrer Seite des Flusses gelandet. Also könnten Sie die Soko auch komplett mit Ihren Leuten besetzen.«

»Was aber nicht besonders clever wäre, nachdem Sie überhaupt erst die Hinweise darauf entdeckt haben, dass es hier wirklich einen Mord zu ermitteln gibt.«

»Stimmt, aber Sie könnten.«

»Aber Sie haben meine Frage noch nicht beantwortet.«

»Als ich in Hannover bei der Kripo war, haben viele Kollegen immer ganz eifersüchtig darauf geachtet, dass ihnen niemand ins Gärtchen tappte. Und ich dachte mir: Wenn ich schon hier aufkreuze, gewissermaßen doppelt gehandicapt als Neuer und als Preuße, dann sollte ich wenigstens das Revier der Kollegen respektieren.«

Moll nickte zufrieden.

»Außerdem«, fügte Hansen mit gesenkter Stimme hinzu, »habe ich absolut keinen Bock auf Schreibtischarbeit. Statt am Telefon zu sitzen und schön brav den ganzen Tag über die Fäden zu halten, gehe ich lieber raus, suche nach Hinweisen und rede mit den Leuten.«

Das plötzlich aufbrandende Gelächter der beiden ließ die Kollegen herumfahren, und Kriminalhauptkommissar Pfluhm beobachtete staunend, wie Xaver Moll dem neuen Chef des Kemptener Mordkommissariats krachend die Hand auf die Schulter haute.

Endlich ging's voran. Hansen stand mit den anderen auf der Lechbrücke und sah, wie Moll die einzelnen Suchtrupps einteilte, ihnen Bereiche zuwies und sie losschickte. Der Hubschrauber knatterte über dem Lech und bewegte sich langsam flussaufwärts über das Waldstück auf der Gründler Uferseite hinweg. Zwei Tage nach Ruffs Verschwinden würde die Wärmebildkamera wohl nicht mehr sehr nützlich sein, aber man konnte nie wissen. Die Wasserwacht war mit zwei Schlauchbooten angerückt, die auf der Lechbrucker Uferseite unterhalb der Brücke zu Wasser gelassen wurden.

Kerricht schloss sich den Beamten an, die das Moor durchkämmen wollten, von dem Kerstin Wontarra gesprochen hatte. Der Premer Filz lag etwa einen Kilometer östlich der Brücke und erstreckte sich über ein Gebiet von grob geschätzt sechshundert mal achthundert Meter.

Als alle auf den Weg gebracht waren, standen Moll, Pfluhm, Haffmeyer, Fischer und Hansen noch kurz beisammen und besprachen sich, was bis zur ersten Erfolgs- oder Misserfolgsmeldung der Suchtrupps zu tun blieb. Am Ende waren alle Handynummern ausgetauscht und alle anstehenden Aufgaben verteilt. Hansen, Haffmeyer und Fischer klapperten die Häuser ab, deren Bewohner mit etwas Glück den Zwischenfall auf der Brücke beobachtet haben konnten, aber niemand hatte etwas gesehen – und Hansen hatte das Gefühl, dass die meisten Nachbarn darüber auch sehr froh waren.

Nur eine ärgerte sich: Maria Waghuberl, eine rüstige Mittsiebzigerin, die sich mit ihrem Reisigbesen vor dem Haus zu schaffen machte und die Polizisten mit misstrauischer Miene empfing.

»Am Donnerschtag hab i nix gseacha, sonscht scho.«

»Wie, sonst schon?«, hakte Hansen nach und freute sich, dass er die Frau trotz Dialekt verstanden hatte.

»Der Thomas is allaweil num zur Kessie, der Schlampn. Wann's den gjuckt hot, isch er losmarschiert, sei Marlene hot en wohl nimmer glassn.« Sie kicherte, und ein böses Grinsen spielte um ihren faltigen Mund. »Mei, des konnt i gar it übersäha, wenn der allaweil die Brück langglatscht isch. Vom Küchafenschter hab i an Blick direkt da herunter, und in der Küch bin i ja oft.« Sie beugte sich ein wenig vor, bis Hansen ihren schlechten Atem riechen konnte. »Zletscht war er immer recht schnell fertig bei dr Kessie. Wenn i gspült hab, isch er nüber, und zum Kaffee scho wieder zruck. Mei, bloß oi Stund – des hätt's bei meim Alois und mir it gäba, domols ...«

Sie lächelte versonnen, und Hansen fuhr es eiskalt den Rücken runter.

»Ja, sehr schön, Frau Waghuberl«, sagte er schnell. »Sie haben Thomas Ruff also am Donnerstag nicht gesehen?«

»Auf dr Brückn?«

Hansen nickte.

»Noganga scho, zruck it.«

»Und wann ging er hin zu Frau Wontarra?«

»Do schau i doch net extra auf d'Uhr!« Sie klang ehrlich empört, schob dann aber sofort nach: »I hab gspült, wie immer – also wird's so um die halber zwoi gwäsa sei.«

Hansen verkniff sich ein Grinsen.

»Und zruck hab i'n nimmer gseacha.«

»Wie lange haben Sie denn auf ihn ge... Ich meine, wie lange waren Sie denn noch in der Küche?«

»I hab mein Kaffee trunkn, da sitz i gern direkt am Fenschter und schau a bissl naus. Aber irgendwann war die Kann halt leer, no bin i hinters Haus. I hab mi no gwundert.«

»Warum das denn?«

»Ja, weil der Thomas doch sonscht nimmer so lang konnt, grad mit seine Sorga mit am Hof, wissen S'?« Sie grinste wieder und legte ihre schiefen gelben Zähne frei.

»Sorgen?«

Hansen wusste von der finanziellen Schieflage des Pferdehofs, und von Maria Waghuberl war kaum mehr als böser Klatsch zu erwarten – aber auch das hatte schon brauchbare Ansätze für gezielte Ermittlungen ergeben.

»Da langt's Geld hat it«, sagte sie und rieb den rechten Daumen an Mittel- und Zeigefinger. »Allaweil hat er umandumgmacht mit seine Rösser, aber koiner von de Klepper hat wirklich was eibrocht. Und jetzat sollt's der Salvatore rausreißn, aber vielleicht isch es scho z'spät gwäsa.«

Diesmal schien der Dorftratsch nichts Neues einzubringen. Hansen überlegte, wie er das Gespräch auf höfliche Art möglichst schnell beenden konnte.

»Wenn der Thomas den Salvatore wieder zruckgäba müasst ... mei o mei!« Sie wiegte ihren Kopf und machte mit ihrer Hand eine Bewegung, als befürchte sie für diesen Fall das Schlimmste.

Hansen brauchte einen Moment, bis er den Satz verstanden hatte. »Wieso zurückgeben? Gehört ihm der Hengst denn nicht?«

»Ja mei, scho – aber ob der den Salvatore scho ganz abzahlt ghabt hat ...« Sie zuckte mit den Schultern.

»Von wem hat er ihn denn gekauft?«

»Koi Ahnung, des war oiner vo weiter weg, aber die Marlene woiß des, die müassan S' froga.«

»Machen wir. Danke, Frau Waghuberl, Sie haben uns sehr geholfen. Wir müssen dann auch wieder.«

Das »Schade« war ihr deutlich vom Gesicht abzulesen, und sie sah den drei Kripobeamten noch nach, bis sie die Brücke passiert hatten und auf der anderen Lechseite aus ihrem Blickfeld verschwanden. Erst dann fiel ihr die Sache mit den lärmenden Mopeds wieder ein, die sie in der Nacht drunten am Lechufer davonfahren gehört hatte. Erst wollte sie sich ärgern, dann zuckte sie mit den Schultern.

»Mei, müassan s' halt no amol nochfroga.«

Auf dem Weg ins Lechstüberl rief Hansen noch Marlene Ruff an, die ihm einen Lorenz Schwabinger aus Memmingen als den Pferdezüchter nannte, der ihnen Salvatore verkauft hatte. Ihr Mann, erzählte sie, habe ihr wochenlang von dem Pferd vorgeschwärmt – und als er sich mit Schwabinger schließlich nach langem Hin und Her handelseinig gewesen sei, habe sie sich noch über den recht günstigen Preis für den Hengst gewundert. Aber ihr Mann habe ihr das mit einer nicht ganz ausgeheilten Sehnenverletzung erklärt, deretwegen Salvatore zum Beispiel für Rennen nicht mehr infrage komme – für die Zucht sei er aber nach wie vor eine sichere Bank.

»Und warum sollte dieser Schwabinger einen so vielversprechenden Zuchthengst dann überhaupt verkaufen?«, fragte Hansen. »Wenn Salvatore Ihnen Geld einbringt, dann gilt das doch für den anderen Züchter genauso, oder?«

»Schon, aber mein Mann hat schon immer gern irgendwelche Deals eingefädelt, er war da richtig gut drin – so wird es auch diesmal gelaufen sein.«

Im Lechstüberl gab es »Schweinsbraten mit Knödeln«, wie in einer schön geschwungenen, aber schwer lesbaren Handschrift auf den weißen Blättern stand, die auf jedem der großen Holztische lagen. Haffmeyer und Hansen hatten je eine normale Portion bestellt, Fischer begnügte sich mit einer kleinen, und alle machten sich nun mit Heißhunger über ihre dampfenden Teller her.

»Ich muss unbedingt mehr über Pferdezucht erfahren«, sagte Hansen nach einer Weile und schob den leeren Teller von sich. »Immer wieder geht es um diesen Deckhengst: Mal soll Salvatore den Ruff-Hof vor dem Ruin retten, dann sollen Unbekannte in seiner Box gewesen sein, und gekauft haben soll Ruff dieses Wundertier auch noch deutlich unter dem Preis, den seine Frau für angemessen hielt. Und ich habe keine Ahnung, wie es in dieser Branche zugeht und über welche Beträge wir da überhaupt reden. Wen könnten wir denn da fragen?«

Er sah Haffmeyer an, und der schmunzelte schon, bevor er mit vollem Mund antwortete. »Am besten fahren wir nach Burggen, da können wir gleich zwei Fliegen mit einer Klappe schlagen.«

»Ach? Und wie?«

»Wir besuchen Hermann Ruff, den Bruder von Thomas. Der hat den elterlichen Betrieb übernommen und ist selbst Pferdezüchter. Nicht so wahnsinnig erfolgreich, aber es reicht, um die Familie zu ernähren.«

»Und Sie haben vermutlich auch schon Telefonnummer und Adresse, nehme ich an«, meinte Hansen.

Haffmeyer grinste noch breiter, zog einen vollgekritzelten Zettel aus der Tasche und legte ihn vor Hansen auf den Tisch.

Die Gruppe, die in den Premer Filz geschickt worden war, wurde recht schnell fündig. Weil das Gelände mit seinen kleinen Tümpeln und Wasserläufen und den vielen sumpfigen Stellen für eine reguläre Suchkette sehr ungünstig war, hatten sich die Beamten für einen ersten Suchgang auf die befestigten Wege durchs Moor beschränkt – und schon im zweiten der Waldwege zerrte der Suchhund wie verrückt an seiner Leine und führte die Polizisten zu einer verdächtigen Stelle.

Etwa einen Meter vom Weg entfernt spannte sich ein hoher Busch über einer Wasserpfütze, die teilweise von kreuz und quer übereinandergeschichteten Ästen verdeckt war. Der Haufen bedeckte eine Fläche von etwa zwei mal drei Metern und bestand vor allem aus trockenem Holz, obenauf lagen aber auch ein paar frischere Zweige. An den umliegenden Büschen und Bäumen waren die hellen Stellen zu sehen, wo die Zweige abgerissen worden waren.

Freddy Kerricht informierte per Handy die Kollegen vom Erkennungsdienst, dann fotografierte er das Gebüsch und den Weg. Einige Stellen wirkten, als sei dort von einem oder zwei durchdrehenden Rädern eine Furche gezogen worden. Die Techniker hatten sich in ihrem Kombi auf dem Parkplatz an der Lechbrücke bereitgehalten, und so schlüpften sie zehn Minuten nach Kerrichts Anruf in ihre weißen Ganzkörperanzüge und begannen damit, Spuren zu sichern.

Sepp Kleinauer, im Polizeipräsidium Rosenheim der Leiter des Kommissariats für Erkennungsdienst und Fahndung, ließ sich von Kerricht die Fotos von der verdächtigen Stelle zeigen.

»Gut gemacht, Herr Kerricht«, lobte er und sah sich nach seinen Leuten um, die langsam und gründlich einen Zweig nach dem anderen abhoben und vorsichtig beiseitelegten, kleine Tafeln auf dem Boden platzierten und immer wieder Fotos schossen.

»Ich hoffe nur, dass es kein blinder Alarm ist«, sagte Kerricht und runzelte die Stirn. »Womöglich hat da nur jemand ein Aas versteckt oder etwas Diebesgut.«

»Machen Sie sich keinen Kopf, Kollege. Bisher haben wir noch von keinem anderen Suchtrupp eine Meldung bekommen – und bevor wir weiterhin blöd in unserem Transporter rumhocken, können wir genauso gut unsere Arbeit machen.«

Damit ging er zu seinen Mitarbeitern. »Na, schon was gefunden?«

»Schau mal, das könnte eine Leiche sein.«

Zwischen den Zweigen konnte Kleinauer den Teil einer Sohle mit grobem Profil erkennen, und mit etwas Phantasie konnte man sich die Umrisse einer menschlichen Gestalt vorstellen.

»Gut, Leute, dann macht mal weiter. Ich kümmere mich mit den anderen um den Weg.«

Hansen stellte den Wagen am Rand der kleinen Straße nach Steingädele ab, wo eine Wegbrücke zum Moor führte. Unter der Brücke gluckerte ein kleiner Bach mit tiefbraun schimmerndem Wasser. Ein Streifenpolizist stand hier, um Spaziergänger am Durchgang zu hindern. Er kannte Hansen schon vom Sehen und zeigte ihm den Weg.

Ein kleiner Pfad führte zwischen dicht an dicht stehenden sattgrünen Bäumen und Büschen hindurch auf ein herrliches Panorama zu: in der Ferne die Berge, darüber ein kräftig blauer Himmel mit weißen Wolkenfetzen. Kurz blieb Hansen stehen und genoss den Anblick, dann bemerkte er, dass Haffmeyer und Fischer ein paar Schritte vorausgegangen waren und sich nun nach ihm umsahen.

In gut hundertfünfzig Metern Entfernung wimmelte es von Beamten. Ein Trassierband markierte den Beginn des abgesperrten Bereichs. Als Kerricht die drei Neuankömmlinge entdeckte, kam er an die Absperrung und brachte Hansen aufs Laufende. Mittlerweile hatten die Kriminaltechniker die Leiche freigelegt. Hansen ging mit Kleinauer zum Fundort.

Es handelte sich um einen Mann, der einen guten Meter vom Weg entfernt bäuchlings auf dem Boden lag. Der Oberkörper war etwas im morastigen Boden eingesunken, das Gesicht lag in einer Wasserlache. Die Zweige einiger Büsche bildeten ein natürliches Dach.

»Darf ich mal, bitte?«

Die forsche Frauenstimme ließ Hansen zusammenzucken. Direkt hinter ihm stand eine drahtige, große Frau mit stoppelkurzen weißblonden Haaren. Sie trug ein weit fallendes kariertes Holzfällerhemd, eine eng sitzende Jeans und hellbraune Wanderstiefel. In der Hand hielt sie eine große Arzttasche und sah Hansen durch ihre runde randlose Brille auffordernd an.

»Ah, die Rechtsmedizin ist auch schon da«, sagte Kleinauer und gab der Frau die Hand. »Darf ich vorstellen? Dr. Resi Meyer, Rechtsmedizinerin von der Ludwig-Maximilians-Universität München. Unsere Mordopfer werden entweder dort oder in Memmingen obduziert.«

Hansen nickte.

»Und das hier«, fuhr Kleinauer fort, »ist Eike Hansen, der neue Chef des Kemptener Kripokommissariats 1.«

»Angenehm«, sagte sie, lächelte und drückte ihm kräftig die Hand. »Einen Eike hatten wir hier auch noch nicht.« Sie zwinkerte ihm zu und machte sich an die Arbeit.

»Wie haben Sie es denn geschafft, so schnell von München hier herauszukommen?«, fragte Hansen.

»Gar nicht«, sagte sie. »Ich stamme aus Roßhaupten, das ist nur ein paar Minuten von hier. Und übers Wochenende bin ich oft bei meinen Eltern – wie diesmal auch. Die Kollegen in München wussten das und haben die Info gleich an mich weitergeleitet.«

Sie gab den umstehenden Kriminaltechnikern ein Zeichen, woraufhin die Männer die Leiche umdrehten. Das Gesicht des Toten war kein schöner Anblick mehr, an der dünnen Sommerjacke fehlte aber ein Knopf – ein eindeutiger Hinweis, dass es sich um Thomas Ruff handeln musste, denn alle anderen Knöpfe trugen das Motiv mit dem steigenden Pferd, das Hansen schon kannte.

»Wann soll der Mord passiert sein?« Die Rechtsmedizinerin hockte neben der Leiche und sah zu Hansen hoch.

»Am Donnerstag zwischen neunzehn und neunzehn Uhr dreißig soll er von der Lechbrücke geworfen worden sein. Als die Kollegen später am Abend unter der Brücke nachgesehen haben, lag dort kein Toter mehr.«

Sie sah wieder auf das aufgedunsene Gesicht, in dem Verletzungen zu erkennen waren, die gut von einem Sturz aus einigen Metern Höhe stammen konnten.

»Ja, das haut hin. Zwei Tage im Wasser, post mortem – auf den ersten Blick sieht alles so aus, wie man es in einem solchen Fall erwarten würde.«

»Besonders gut versteckt war die Leiche ja nicht«, merkte Kleinauer an. »Fast direkt am Weg, und dann nicht einmal vergraben, sondern nur mit Zweigen bedeckt.«

»Na ja«, sagte Meyer, »nehmen wir mal an, der Tote liegt hier noch ein paar Tage, und es ist schön warm. Dann kann sich das Gesicht ... äh ... noch etwas entwickeln. Anschließend nimmt jemand die Zweige weg, damit der Tote einfach so auf dem Boden liegt ... Das könnte für einen Passanten so wirken, als wäre der Mann gestürzt, aus irgendeinem Grund bewusstlos geworden und anschließend hier im Wasser ertrunken. Allerdings ist es auf jeden Fall stümperhaft gemacht. Ein Toter unter so unklaren Umständen – da gibt es immer eine Obduktion, und dann merkt man auch schnell, dass der Tote kein Wasser in den Atemwegen hatte.«

»Wir suchen also«, fasste Hansen zusammen, »nach einem oder mehreren Tätern, die nicht die Allerhellsten im Verstecken sind – oder einfach schlampig.«

»Ganz genau«, meinte die Rechtsmedizinerin lachend. »So schaut's aus.«

Kerstin Wontarra war schon der Erste von mehreren Streifenwagen aufgefallen, die in Richtung Steingädele an ihrem Haus vorüberfuhren, und als nach einiger Zeit auch noch ein Leichenwagen folgte, trat sie vors Haus und marschierte in dieselbe Richtung. Dieser Kommissar Hansen, der zusammen mit Freddy Kerricht bei ihr gewesen war, hatte schon am Freitag nach Thomas gefragt – und wenn er seither nicht wieder aufgetaucht war und auch noch ein Toter irgendwo abgeholt wurde ...

Nach gut fünf Minuten hatte sie den Feldweg erreicht, der am Moor entlangführte. Noch einmal gut fünf Minuten später konnte sie eines der Trassierbänder sehen, mit der die Polizei auch im Fernsehen immer Tatorte absperrte, und dahinter machten sich mehrere Gestalten in weißen Ganzkörperanzügen auf dem Boden und an einigen Büschen und Bäumen zu schaffen.

»Würden Sie bitte wieder gehen?«

Ein Streifenpolizist war auf die junge Frau aufmerksam geworden, die inzwischen das Absperrband erreicht hatte und fassungslos zu dem Fundort von Thomas Ruffs Leiche hinüberstarrte.

»Bitte gehen Sie«, wiederholte er. »Hier gibt's nichts zu sehen.«

Sie rührte sich nicht vom Fleck. »Haben Sie Thomas gefunden?«, fragte sie stattdessen. »Ist er tot?«

Der Beamte erschrak, als er begriff, wen er da vermutlich vor sich hatte – entweder Ruffs Ehefrau oder, so hübsch und jung, wie sie war, eher seine Freundin. Er wurde unsicher, sah sich hilfesuchend um, und als er Kerricht sichtete, winkte er ihn heran.

»Freddy«, sagte sie, als dieser die Absperrung erreicht hatte, »du musst mich durchlassen! Erklär deinem Kollegen, wer ich bin, ich muss da hin!«

»Ganz ruhig, Kessie«, redete Kerricht in sanftem Tonfall auf sie ein und schlüpfte unter dem Trassierband durch.

»Wie soll ich denn da ruhig bleiben? Da vorne liegt Thomas, und ich will jetzt zu ihm, sofort!«

»Es ist noch gar nicht sicher, dass es sich wirklich um Thomas handelt«, versuchte Kerricht sie zu beruhigen. Dabei hatte er Ruff trotz seines aufgeschwemmten Gesichts und der Verletzungen gleich erkannt und das auch den Kollegen so bestätigt.

»Also liegt dort vorne wirklich ein Toter?«

Kerstin Wontarra sah ihn mit flackernden Augen an, und Kerricht ärgerte sich, dass er sich gerade verplappert hatte. Er legte seine Hand auf ihre Schulter und führte sie gegen ihren leichten Widerstand ein paar Schritte von der Absperrung weg.

»Jetzt hör mal, Kessie«, begann er leise, aber sie versuchte sich loszumachen und machte Anstalten, zum Fundort der Leiche zu rennen. Also packte er sie mit beiden Händen und hielt sie fest, bis sie mit feuchten Augen zu ihm aufsah.

Ihr Blick machte ihm ganz weiche Knie, und die Erinnerungen an all die Abende im Lechstüberl schossen ihm durch den Kopf, als Kerstin noch bedient und auf jede freche Bemerkung am Stammtisch eine schlagfertige Antwort parat gehabt hatte. Damals war er vor allem ihretwegen ins Lechstüberl gegangen, und nicht selten stellte er sich ihren jungen Körper vor, wenn er später am Abend mit seiner Frau Susanne schlief.

Er wusste nicht, ob Kerstin jemals bemerkt hatte, dass er mehr für sie empfand als die anderen am Stammtisch – und dass er gelitten hatte wie ein Hund, als sie etwas mit Thomas Ruff anfing. Kerricht hatte sich am Stammtisch beherrscht, so gut es ging, aber ab und zu war er doch mit Thomas aneinandergeraten, hatte sich mit ihm wegen eines eigentlich nichtigen Grunds gefetzt. An jenem Abend, als er Thomas wegen seiner Affäre mit Kerstin zur Rede stellte und ihm vorwarf, seine Frau Marlene wie Dreck zu behandeln, war es beinahe zu Handgreiflichkeiten gekommen. Danach waren die beiden Streithähne ein paar Tage lang dem Stammtisch ferngeblieben, und anschließend hatte Kerstin ihren Job als Bedienung an den Nagel gehängt. Ruff war seitdem nicht mehr ganz so oft zum Stammtisch gekommen, und Kerstin war fortan kein Thema mehr. Kerricht schob seine Hände ein paar Zentimeter weiter und drückte die junge Frau sanft gegen seinen Oberkörper. Sie ließ sich gegen ihn sinken, und ein leichtes Zittern verriet ihm, dass sie weinte. Wenig später spürte er, wie seine Schulter feucht wurde, und er strich Kerstin behutsam übers Haar.

»Kessie, jetzt kommst du erst einmal zu dir, wirst ruhig, und dann können wir über alles reden.«

Seine Stimme war leise, und er legte so viel Anteilnahme in seinen Tonfall, wie er konnte. Sie blieb an seiner Schulter und weinte weiter, Kerricht wartete geduldig – und genoss die Situation.

Kerstin schluchzte nun etwas lauter, und Kerricht hörte hinter sich Schritte auf dem Weg, aber er wagte es nicht, sich umzudrehen. Er wollte sich überhaupt nicht bewegen, am liebsten nie mehr, einfach immer so stehen bleiben, mit Kerstin an seiner Schulter, in seinen Armen. Endlich.

»Du weißt, Kessie, dass du mit mir über alles reden kannst. Das weißt du doch, oder?«

Ihr Weinen ließ nach.

»Immer schon, Kessie, weißt du?«

Sie schien sich etwas zu versteifen.

»Auch schon, bevor du und Thomas …«

Weiter kam er nicht. Sie riss sich von ihm los, stieß ihn so heftig von sich weg, dass er fast das Gleichgewicht verloren hätte, und stand mit geballten Fäusten und vor Zorn bebend vor ihm.

»Du Drecksau!«, schrie sie ihn an, und ihr Blick war stechend und angriffslustig, wie er es noch nie bei ihr gesehen hatte. »Da vorne liegt Thomas, tot, ermordet – und du Schwein machst mich hier an!«

Der etwas abseits wartende uniformierte Kollege sah

betroffen zwischen den beiden hin und her, und Kerricht wäre am liebsten im Boden versunken.

»Aber ich … Kessie, das hast du völlig falsch …«

»Halt's Maul!«

»Danke, Herr Kerricht«, erklang plötzlich direkt hinter ihnen Hansens Stimme. »Gut, dass Sie sich um Frau Wontarra gekümmert haben. Kommen Sie bitte?«, bat er Kerstin. »Ich würde mich gerne einen Moment lang mit Ihnen unterhalten.«

Hansen führte sie in Richtung Absperrung, und als die beiden an Kerricht vorübergingen, versuchte der in der Miene seines Vorgesetzten zu lesen – doch ihm war nicht anzusehen, was er über die Szene dachte, die er gerade miterlebt hatte.

»Geht's wieder?«, fragte Hansen freundlich, als sie auf halber Strecke zum Fundort anhielten.

Kerstin schniefte, rieb sich mit dem Zeigefinger unter der Nase entlang und nickte. Hansen konnte sich gut vorstellen, wie die junge Frau als Bedienung im Lechstüberl den männlichen Gästen den Kopf verdreht hatte – was in Kerrichts Fall offenbar bis heute nachgewirkt hatte.

»Liegt Thomas dort vorn?«, fragte sie schließlich.

»Ja, sieht so aus. Ich kannte ihn ja nicht persönlich, sondern nur von Fotos, aber er ist es wohl. Herr Kerricht hat ihn ebenfalls identifiziert.«

Kerstin schluckte. »Kann ich ihn sehen?«

»Das würde ich lieber bleiben lassen, Frau Wontarra. Er lag seit Donnerstagnacht mit dem Gesicht im Wasser –

das sieht dann sehr schnell nicht mehr besonders schön aus.«

»Mit dem Gesicht im Wasser ... Ist er denn ertrunken? Hier, im Moor? Haben Sie nicht gesagt, er wurde von der Lechbrücke gestoßen?«

»Davon gehen wir noch immer aus.«

»Und dann haben die ihn hierhergeschafft?«

»Vermutlich«, sagte Hansen. »Wie, wann und womit – das alles müssen wir noch herausfinden.«

»Tut mir leid, dass ich am Donnerstagabend nichts mehr mitbekommen habe, weil ich so früh im Bett war.«

»Machen Sie sich keine Gedanken, Frau Wontarra, wir finden Herrn Ruffs Mörder. Und jetzt gehen Sie am besten nach Hause und ruhen sich etwas aus. Wenn wir noch Fragen haben, melden wir uns – und falls Ihnen irgendetwas einfällt, sagen Sie mir einfach Bescheid, ja? Egal um welche Uhrzeit.«

Sie nickte und wirkte nun fast erleichtert, dass er sie nicht zu Ruffs Leiche durchgelassen hatte. Er begleitete sie bis zum Absperrband und ging noch ein paar Schritte den Weg entlang neben ihr her, bevor er sie mit einem Händedruck und ein paar warmen Worten verabschiedete. Er sah ihr kurz nach, dann kehrte er zur Absperrung zurück, blieb vor Kerricht stehen und sah ihn ernst an.

»War's das, Chef?«, murmelte Kerricht schließlich.

»Was meinen Sie damit?«

»Werfen Sie mich jetzt aus der Soko?«

»Ich werde die Soko nicht leiten, also habe ich das nicht zu entscheiden.«

Kerricht senkte den Blick.

»Sie wissen schon, Herr Kerricht, dass das vorhin sehr unprofessionell war?«

»Ja, ich ...«

»Und Sie werden bei den weiteren Ermittlungen darauf achten, dass Sie kein Gespräch allein mit Frau Wontarra führen, verstanden?«

Kerricht sah hoch, dann begriff er, was Hansen damit angedeutet hatte. Er nickte eifrig, und ein dankbares Lächeln huschte über sein Gesicht.

»Gut«, sagte Hansen und schlüpfte unter dem Trassierband hindurch, »und jetzt kommen Sie mit. Ich will wissen, was Kleinauers Leute bisher herausgefunden haben, damit wir uns überlegen können, was als Nächstes zu tun ist.«

Benedikt Huthmacher saß im Büro von Franz Stiller, dem Polizeipräsidenten, und hörte seinem Chef beim Telefonieren zu. Der Leiter des Präsidiums Schwaben Süd/West hatte den Lautsprecher eingeschaltet, und ab und zu verständigten er und Huthmacher sich über die angesprochenen Punkte mit kleinen Gesten.

Am anderen Ende der Leitung saß Joseph Fernthaler, Stillers Gegenstück vom Polizeipräsidium Oberbayern Süd, und die beiden kartelten gerade miteinander aus, wie die gemeinsame Ermittlungsgruppe und die etwas komplizierten Abläufe am besten geregelt werden konnten.

Da die Leiche noch nicht gefunden war, als der Startschuss für die Ermittlungen zu Ruffs Verschwinden gegeben wurde, hatte das Ganze zunächst als Vermisstensache begonnen – und weil der Vermisste in Lechbruck wohnte, war die für Lechbruck zuständige Staatsanwaltschaft Kempten Herrin des Verfahrens. Der Tote wiederum wurde auf Premer Gemarkung entdeckt, und allem Anschein nach war er auch am Premer Lechufer zu Tode gekommen – damit wiederum wären die Ermittlungen Sache des Polizeipräsidiums Oberbayern Süd mit Sitz in Rosenheim und der nächstgelegenen Kriminalpolizeiinspektion in Weilheim.

Huthmacher und Stiller waren heilfroh, dass ihr neuer Mitarbeiter Hansen offenbar auch im Gespräch mit den Kripokollegen vor Ort keinen Ehrgeiz gezeigt hatte, die Soko unbedingt selbst zu leiten – und weil auch Fernthaler so gar keine Lust hatte, seine Leute in irgendwelchen Hahnenkämpfen zu verschleißen, waren sich die beiden Präsidenten bald handelseinig: Sitz der Soko sollte die Kripoinspektion Kempten sein, die Leitung würde der Weilheimer Rainer Scheithardt übernehmen, wie Hansen im Rang eines Ersten Kriminalhauptkommissars und ein erfahrener Ermittler, den so schnell nichts aus der Ruhe brachte. Der Erkennungsdienst Weilheim würde federführend für die Kriminaltechnik sein, und um die Öffentlichkeitsarbeit würde sich die Pressestelle im Kemptener Präsidium kümmern.

Da Dr. Resi Meyer als Rechtsmedizinerin an der Ludwig-Maximilians-Universität in München angestellt war und sie sich die Leiche bereits vor Ort angesehen hatte, sollten die Münchner, die für Prem ohnehin zuständig waren, die Soko weiterhin unterstützen – von der in Kempten sitzenden Landgerichtsärztin wusste Stiller schon, dass sie mit ungewöhnlich vielen Fällen häuslicher Gewalt in ihrem Bereich gut beschäftigt und schon deshalb heilfroh war, nicht auch noch ein Mordopfer auf den Tisch zu bekommen, und von der für Kempten zuständigen Rechtsmedizin in Memmingen war auch kein Widerstand zu erwarten. Das restliche Team der Soko würde aus beiden Präsidien zusammengestellt werden.

Stiller legte auf, lehnte sich gemütlich in seinem Sessel zurück und grinste Kripochef Huthmacher an.

»So, Benedikt«, brummte er und wirkte sehr zufrieden, »jetzt sind alle auf Trab – und ich mach uns erst mal einen Kaffee, ja?«

»Nein, nein, lass mal, Franz. Ich geh schon.«

Damit war Huthmacher auch schon im Vorzimmer verschwunden, und in das Klappern der Tassen und das Brummen der Maschine mischte sich das herzhafte Lachen von Polizeipräsident Stiller. Er wusste, dass sein berühmt-berüchtigt dünner Kaffee von allen im Präsidium nur »stilles Wasser« genannt wurde.

Zu Marlene Ruff nahm Hansen die Kollegin Fischer mit, während er Kerricht in Haffmeyers Begleitung noch einmal losschickte: Die beiden sollten die Gründler, die entlang der Strecke wohnten, auf der die Leiche vermutlich ins Moor geschafft worden war, noch einmal konkret nach allem befragen, was ihnen am Donnerstagabend oder in der Nacht auf Freitag aufgefallen war – Kerstin Wontarra sollten sie dabei natürlich auslassen.

Als Hansen den Wagen vor dem Wohnhaus ausrollen ließ, stand Marlene Ruff gerade in der Küche. Als die beiden Beamten ausstiegen, war sie bereits in der Haustür.

»Haben Sie etwas Neues für mich?«, fragte sie, und die Angst vor einer schlechten Nachricht schwang in ihrem Tonfall mit. Sie wirkte übernächtigt, und die Sorge um ihren verschwundenen Mann hatte ihr die Lust auf patzige Bemerkungen offenbar gründlich vergällt.

»Lassen Sie uns hinein?«, fragte Hansen nur.

Sie öffnete den Mund, schloss ihn wieder, dann wurde ihr klar, dass ihre schlimmsten Befürchtungen eingetreten waren. Sie ging voran ins Wohnzimmer. Auf dem Sofa zog sie die Füße heran und umklammerte ihre Knie mit den Armen.

»Ist er tot?«

Hansen und Fischer setzten sich ihr gegenüber auf die beiden Polstersessel.

»Ja«, sagte Hansen. »Leider. Er wurde vorhin gefunden.«

Stille breitete sich im Zimmer aus. Zwei Minuten Pause dehnten sich zu einer kleinen Ewigkeit.

»Wo?«

»Drüben im Moor, im Premer Filz.«

Ein trauriges Lächeln huschte über ihr Gesicht. »Also näher bei ihr als bei mir. Wie ist er gestorben?«

»Das müssen wir noch herausfinden. Bisher haben wir eine Zeugenaussage, dass ihn zwei Männer von der Lechbrücke gestürzt haben – aber als meine Kollegen in der Nacht am Lechufer nach ihm gesucht haben, lag er dort nicht mehr. Die beiden Männer werden ihn im Lauf des Abends ins Moor geschafft haben – wie und wann genau, wissen wir noch nicht.«

Sie schluckte, nahm sich ein Taschentuch und tupfte sich die Augen trocken.

»Also wieder an ihrem Haus vorbei«, murmelte sie dann. »Haben Sie es ihr auch schon gesagt?«

»Ja, sie weiß es schon.«

»Noch vor mir?« Marlene Ruff schnellte vom Sofa hoch und funkelte Hansen und Fischer abwechselnd an. »Sie sagen es dieser Schlampe eher als mir? Mir, seiner Ehefrau?«

»Frau Wontarra war zufällig im Moor unterwegs, als wir dort gerade die Leiche Ihres Mannes untersuchten. Sonst hätten wir natürlich zuerst Sie ...«

»Die war im Moor? Hat Sie Thomas schon sehen dürfen?«

»Nein.«

»Na, wenigstens das nicht.«

Sie ging aus dem Wohnzimmer, nahm eine dünne Jacke vom Haken und stand dann wieder in der Tür.

»Also los«, sagte sie, »worauf warten wir noch? Fahren Sie mich jetzt sofort da raus, ich will zu meinem Mann.«

»Das ist keine so gute Idee, Frau Ruff, glauben Sie mir.«

»Ich will meinen Mann sehen! Jetzt!«

»Bitte, Frau Ruff, ersparen Sie sich das. Ihr Mann lag mit dem Gesicht nach unten im Wasser, zwei Tage lang.«

»Das ist mir egal: Ich will ihn jetzt sehen!«

»Der Bestatter ist vorhin gerufen worden«, warf Hanna Fischer ein. »Vermutlich hat der Ihren Mann schon in die Rechtsmedizin gebracht.«

»Fahren Sie mich jetzt bitte zum Moor, sonst fahre ich selber. Und wenn der Bestatter schon fort ist, fahren Sie mich zur Rechtsmedizin. Ich muss ihn doch sowieso irgendwann identifizieren. Oder soll das lieber Kerstin Wontarra machen?«

Hansen stand auf. »Meinetwegen, dann kommen Sie. Und wenn der Bestatter schon abgefahren ist, lasse ich Sie mit einem Streifenwagen nach München in die Rechtsmedizin bringen, wenn Sie das möchten.«

»Danke.«

Hanna Fischer hatte fast richtig gelegen: Der Bestatter war tatsächlich schon auf dem Weg nach München – kam ihnen aber noch auf der Straße zwischen Gründl und dem Moor entgegen. Hansen versperrte ihm mit seinem Dienstwagen den Weg und stieg aus, gefolgt von Marlene Ruff, die durch die hintere Seitentür schlüpfte, noch bevor der Wagen ganz zum Stillstand gekommen war.

Hansen stellte sich dem Bestatter kurz vor und fragte ihn, ob die Frau des Toten kurz ihren Mann sehen könne.

»Nein, tut mir leid, wir haben von Frau Dr. Meyer den Auftrag, den Toten ohne Unterbrechung in die Rechtsmedizin nach München zu bringen. Und da kann ich nicht mal eben den Transportsarg öffnen und die Frau reinschauen lassen. Das geht nur im Beisein von Frau Dr. Meyer.«

»Das ist die Rechtsmedizinerin, die Ihren Mann untersucht«, erklärte Hansen, dann wandte er sich wieder an den Bestatter: »Und wo ist sie?«

»Ist schon vorausgefahren, deshalb müssen wir uns jetzt schicken. Sie will wohl gleich anfangen, im Moment ist wohl gerade Platz auf dem Sektionstisch.«

Der Bestatter war im Stress, sonst hätte er sicher nicht so flapsig dahergeredet, nun zuckte er unter Hansens tadelndem Blick zusammen und setzte einen entschuldigenden Dackelblick auf.

»Tja, tut mir leid, Frau Ruff, das scheint jetzt doch nicht zu klappen. Ich rufe aber gleich die Rechtsmedizinerin an. Sie kann mir sicher sagen, bis wann Sie mit Ihren Untersuchungen fertig ist, und dann bringt Sie ein Streifenwagen zu diesem Termin nach München, wie versprochen.«

»Nein, ich fahr jetzt mit«, beharrte sie und sah nicht so aus, als könnte sie etwas von ihrer Meinung abbringen.

»Wie, Sie fahren jetzt mit?«

»Na hier, in diesem Leichenwagen! Da liegt mein Mann drin, da fahr ich mit. Jetzt!«

Der Bestatter sah irritiert zwischen Hansen und Marlene Ruff hin und her.

»Na gut«, sagte Hansen schließlich, »dann nehmen Sie sie bitte mit – und ich schicke Ihren Kollegen mit dem Streifenwagen hinterher. Okay?«

Der Bestatter überlegte noch einen Moment, dann gab er sich einen Ruck und nickte seinem Kollegen zu, der die Tür öffnete und Ruffs Witwe auf dem Beifahrersitz Platz machte.

»Danke!«, rief Hansen dem Bestatter noch nach, aber der war mit säuerlicher Miene schon wieder angefahren.

Nachdem Haffmeyer ihn vor seinem Haus abgesetzt hatte, versuchte sich Hansen noch einmal am Bogenschießen, aber er konnte sich kaum konzentrieren. Sobald er die Augen schloss, um seine Körperhaltung auszurichten, gingen ihm die Bilder des Toten im Moor durch den Kopf – und mehr noch die leidenden Gesichter der beiden Frauen, die Thomas Ruff trauernd hinterlassen hatte.

Schließlich gab er auf und ging nach drinnen. Auf dem Küchentisch lag behaglich ausgestreckt der Kater. Ignaz sah kurz auf, als Hansen den Raum betrat, hielt es aber offensichtlich nicht für nötig, sich zu erheben und vom Tisch zu springen.

»Sch, sch!«, machte Hansen ein paarmal, und Ignaz sah auch interessiert zu ihm hin. Aber als nichts weiter geschah, richtete er sich nur auf und begann sich in aller Ruhe zu putzen.

Hansen ging kopfschüttelnd zum Kühlschrank und holte die Zutaten für ein improvisiertes Nudelgericht heraus. Als er Zwiebeln und Knoblauch klein geschnitten hatte und die Nudeln ins kochende Wasser tat, sah er sicherheitshalber noch einmal zum Tisch hinüber. Ihm huschte ein Lächeln über das Gesicht: Ignaz hatte sich endlich verzogen und war nun wohl irgendwo im Haus unterwegs, wo er nicht weiter störte. Ein flüchtiger Blick zeigte ihm außerdem: Der geöffnete Sahnebecher stand noch immer auf dem Fensterbord, alles schien in bester Ordnung.

Während der Kater durchs Wohnzimmer streifte und sich ein behagliches Plätzchen suchte, wo er sich ein wenig ausruhen konnte, leckte er sich noch die Schnauze sauber. Als ein kurzer Schrei aus der Küche zu hören war und wenig später der neue Mitbewohner durch die Wohnung hetzte, ein großes Küchenmesser in der rechten und den leer geschleckten Sahnebecher in der linken Hand, verdrückte sich Ignaz lieber im Schuppen.

Sonntag, 9. Juni

Willy Haffmeyer holte Hansen am Sonntagvormittag gegen zehn ab. »Hanna hat mich vorhin angerufen«, erklärte er. »Sie hat sich den Fuß gezerrt oder verdreht, jedenfalls tut er ordentlich weh, und heute muss sie passen. Morgen, meinte sie, wird's aber wohl schon wieder gehen.«

»Oh, das klingt schmerzhaft. Wie ist es denn passiert?«

»Ach, sie macht um diese Jahreszeit immer Gymnastik, um sich vorzubereiten.«

»Vorzubereiten? Worauf denn?«

Haffmeyer zögerte kurz, dann zuckte er mit den Schultern.

»Keine Ahnung.«

Sein Blick strafte ihn Lügen, aber Hansen ließ es fürs Erste dabei bewenden und genoss während der Fahrt nach Burggen die Landschaft, die im Sonnenschein in kräftigen Farben leuchtete.

Ein gutes Stück vor dem Ort wies ein Schild mit der Aufschrift »Pferdehof Ruff« nach rechts in einen Feldweg, der bergauf durch ein kleines Waldstück führte. Nach knapp hundert Metern öffnete sich der Blick auf eine Wiese, die links und rechts von Bäumen gesäumt war. Linker Hand standen einige Gebäude, die sich unter den Waldrand zu ducken schienen. Das ausladende Wohngebäude war mit Holzbalkonen versehen, von denen Blumentröge mit üppig blühenden Geranien hingen.

Der geteerte Hof sah nicht besonders sauber aus. Anhänger und Gerätschaften aller Art standen herum, kreuz und quer über die gesamte freie Fläche verteilt. Haffmeyer stellte den Wagen hinter zwei verdreckten Pferdeanhängern ab, und Hansen deutete auf eine Stalltür, durch die er beim Heranfahren einen Mann mit Schubkarre hatte verschwinden sehen.

Als sie ausstiegen, kam der Mann wieder heraus und wischte sich die Hände an der Hose ab, während er mit schweren Schritten auf sie zuhielt. Dann schüttelte er den Kopf und musterte die beiden Männer mit einem abschätzigen Grinsen.

»Na, so bekommen Sie den Anhänger ja wohl nicht an Ihr Auto!«

Hansen sah ihn fragend an.

»Die Anhängerkupplung«, sagte der Mann und sah Hansen an, als sei der etwas schwer von Begriff. »Sie werden die Kupplung nicht an der Seite haben, oder?«

Er schnaubte ungeduldig und sah mit genervter Miene auf Hansen herab, den er fast um einen Kopf überragte.

»Stimmt«, versetzte Hansen trocken. »Aber hinten haben wir auch keine.« Damit zog er seinen Ausweis hervor und hielt ihn seinem verblüfften Gegenüber unter die Nase. »Das ist mein Kollege Haffmeyer, und Sie sind Herr Ruff?«

»Ja, der bin ich, wieso?«

»Wir sind wegen Ihres Bruders hier.«

»Hm«, brummte Hermann Ruff und verzog das Gesicht. »Warum überrascht mich das nicht?«

Hermann Ruff schien noch nichts vom Tod seines Bruders gehört zu haben. Er sah aus, als würde er gespannt darauf warten, was sein kleiner Thomas nun schon wieder ausgefressen hatte.

»Haben Sie einen Moment? Können wir vielleicht ins Haus gehen?«

»Typisch Thomas. Wenn er Scheiße baut, hat er plötzlich wieder einen Bruder. Na, meinetwegen, kommen Sie mit.«

Er drehte sich um und stapfte auf eine Scheuer zu, die sich etwas windschief an das Wohnhaus lehnte. Hansen und Haffmeyer folgten ihm, warteten aber vor der Holztür. Der Pferdehof lag still und menschenleer da, nur ab und zu war ein Schnauben aus einem der Stallgebäude zu hören, und irgendwo in der Ferne rumpelte ein Traktor vorbei.

Ruff verschwand in der Scheuer, aus dem halbdunklen Inneren war zu hören, wie er seine Stiefel irgendwohin schleuderte, dann knarrte eine Tür, und Ruffs Stimme polterte: »Ich dachte, Sie wollen rein? Kommen Sie endlich, ich hab heut auch noch was anderes vor.«

Die Tür schlug zu, und Schritte entfernten sich. Hansen betrat die Scheuer, sah sich kurz um und stieg schließlich über die verstreut liegenden Gummistiefel hinweg auf eine geschlossene graue Stahltür zu, die in Richtung

Wohnhaus führte. Sie ließ sich nur schwer öffnen, dahinter befand sich ein mit schwarz-weißen Fliesen gekachelter Hausflur.

Als Hansen und Haffmeyer die große Essküche betraten, hatte es sich Ruff schon auf der Eckbank bequem gemacht. Er deutete auf zwei freie Stühle, auf dem ausladenden Holztisch standen Gläser und zwei Sprudelflaschen.

»Oder wollen Sie lieber einen Kaffee?«

»Ach, gerne, wenn es Ihnen keine Mühe macht«, sagte Hansen, bereute es aber sofort.

»Mir nicht«, murmelte Ruff und schrie aus voller Kehle: »Lara!«

Hansen zuckte zusammen, und keine Sekunde später stand eine kleine, etwas dickliche Frau im Zimmer, die ängstlich zu Ruff hinsah. Sie musste hinter der Tür gelauscht haben, die ins Nebenzimmer führte.

»Kaffee, dawai!«

Die Frau huschte zur Küchenzeile und hantierte eilig an der Kaffeemaschine herum.

»Ihre Frau?«, fragte Hansen.

»Ja«, brummte Ruff, zuckte mit den Schultern und machte eine Miene, als müsse er sich dafür entschuldigen.

Hansen stand auf und machte Anstalten, sich Frau Ruff vorzustellen.

»Das können Sie bleiben lassen«, rief Ruff ihm zu. »Die versteht Sie nicht, kein Wort, glauben Sie mir.«

Hansen sah zwischen den Eheleuten hin und her, aber

die Frau werkelte weiterhin an der Kaffeemaschine und wandte ihm den Rücken zu.

»Das geht die auch nix an, die soll Kaffee kochen. Ich hab ihr die nötigsten Kommandos beigebracht, mehr deutsche Wörter als Kaffee, Putzen und Stall kennt sie nicht.«

Hansen setzte sich wieder. Wie dieser Trampel seine Frau behandelte, ging ihm gehörig gegen den Strich.

»Also, was ist jetzt mit meinem sauberen Bruder?«

»Er ist tot«, sagte Hansen frei heraus. Was sollte er diesen Mann auch schonend behandeln, wenn er so mit seiner Frau umsprang?

Ruff reagierte erst gar nicht, dann hob er fragend eine Augenbraue, und Hansen nickte. Ein bitteres Lächeln zog über Ruffs Gesicht, dann wurde er wieder ernst, schenkte sich Sprudel ein und trank das Glas in einem Zug aus.

»So, so, tot ist der Thomas«, brummte er nach einer Weile. »Und wie ist er gestorben?«

»Er ist von der Brücke zwischen Lechbruck und Gründl gestürzt.«

»Ach, war er wieder auf dem Weg zu seiner Schlampe?«

»Wenn Sie damit Frau Wontarra meinen: Er war auf dem Heimweg.«

»Na, dann hat er vor seinem Tod ja noch was Schönes erlebt.« Ruff sah mürrisch zur Küchenzeile hinüber. »Lara, Kaffee! Hopp!«

Die Frau antwortete nicht, beeilte sich aber noch ein bisschen mehr und brachte Milch und Zucker an den Tisch. Kurz darauf stellte sie vor die drei Männer Tassen hin und füllte sie aus einer halb vollen Glaskanne. Hansen hob seine Tasse ein wenig an, um ihr das Einschenken zu erleichtern, Lara Ruff bedankte sich mit einem scheuen Lächeln, senkte aber sofort wieder den Blick und ging aus dem Zimmer.

»Und warum beschäftigt sich die Kripo damit?«

»Weil wir glauben, dass Ihr Bruder ermordet wurde«, antwortete Hansen.

Ruff riss die Augen auf. Dann goss er Milch in seinen Kaffee, gab zwei Stück Zucker dazu und rührte um. Ein, zwei Minuten lang war im Raum nur das Klappern des Löffels gegen das Porzellan der Tasse zu hören, dann verstummte auch dieses Geräusch. Hansen war es, als hätte er hinter der Tür etwas gehört. Stand Ruffs Frau dort und horchte? Wohl eher nicht: Sie verstand ja kein Deutsch.

»Und wer war's?«

»Wissen wir noch nicht, deshalb wollten wir ja mit Ihnen reden. Wann haben Sie Ihren Bruder zuletzt ...«

Ruff ließ ihn nicht ausreden, sondern polterte sofort los: »Glauben Sie etwa, dass ich ...« Er war aufgesprungen und hatte die Fäuste geballt. Hansen hätte sich nicht gewundert, wenn er nach ihm geschlagen hätte. Haffmeyer war ebenfalls aufgestanden und machte sich bereit, dazwischenzugehen – was aber angesichts seiner dürren Statur wohl wenig ergiebig gewesen wäre.

»Setzen Sie sich wieder, Herr Ruff«, sagte Hansen ruhig, aber bestimmt. »Wir ermitteln in einem Mordfall, dazu müssen wir uns erst einmal ein Bild von Herrn Ruffs Lebensumständen machen. Und da stehen Sie als sein

Bruder natürlich ganz oben auf der Liste der Leute, von denen wir uns hilfreiche Informationen versprechen.«

Langsam ließ sich Ruff wieder auf seine Eckbank sinken, sein Atem ging schwer, aber sonst verrieten nur noch die pochende Ader an seiner Schläfe und seine tiefrote Gesichtsfärbung seine Anspannung.

»Mit Ihrer Schwägerin haben wir auch schon gesprochen.«

»Und? Wie hat sie die Nachricht von seinem Tod aufgenommen?«

»Na ja, den Umständen entsprechend. Hat sie Ihnen nicht Bescheid gegeben?«

Ruff schüttelte den Kopf.

»Ihr Bruder ist tot, und Ihre Schwägerin ruft Sie deswegen nicht einmal an?«

»Thomas und ich haben ... hatten keinen Kontakt mehr, schon seit Jahren nicht. Das hat Marlene vielleicht auch auf sich bezogen – ich habe schon ewig nicht mehr mit ihr gesprochen.«

Er rührte in seinem Kaffee. »Eigentlich kann sie froh sein, dass sie ihn endlich los ist. Wissen Sie: Thomas hat Marlene übel mitgespielt, zuletzt natürlich vor allem durch die Affäre mit dieser Kessie, aber auch die Jahre davor waren nicht leicht für meine Schwägerin. Bis zur Hochzeit hat er ihr fast jeden Wunsch von den Augen abgelesen, Marlene schwebte damals wie auf Wolken. Aber als sie verheiratet waren und der Vater den beiden den Hof überschrieb, war es vorbei mit dem Geturtel. Für Marlenes Vater hatte nun Thomas das Sagen, schon weil seine Tochter all die Jahre keine rechte Begeisterung für die Landwirtschaft gezeigt hatte. Irgendwann nach zwei oder drei Jahren konnte sie ihn überreden, mit ihr in den Urlaub zu fahren. Als die beiden nach zehn Tagen zurück auf den Hof kamen, schien Marlene wieder glücklicher zu sein – aber das blieb nicht so: Nach knapp einem Jahr war die Ehe vollends im Eimer, und Thomas hat angefangen, sich nach anderen Frauen umzusehen.«

Ruff machte eine Pause und sah Hansen an. Offenbar wartete er auf eine Zwischenfrage, aber als die nicht kam, fuhr er fort: »Marlene wollte ein Kind, aber es hat nicht geklappt. Thomas hat sie zum Arzt geschickt, der hat aber nichts Auffälliges gefunden, bei ihr war wohl alles in Ordnung. Dann wäre eigentlich Thomas dran gewesen mit dem Arztbesuch, aber da hat er gekniffen, der Feigling. Typisch für meinen Bruder.«

Er ging zur Küchenzeile hinüber und schenkte sich Kaffee nach. »Tja, und seither herrscht zwischen den beiden Eiszeit, und Thomas tobt sich bei anderen Frauen aus. Und dass er einer ein Kind macht, muss er ja nicht befürchten. Praktisch, nicht?«

»Haben Sie Kinder?« Hansen hatte dem Impuls nicht widerstehen können, bei diesem ungehobelten Klotz nach einem wunden Punkt zu suchen.

»Mit der?« Ruff deutete ein Kopfnicken in Richtung der Tür an, durch die seine Frau die Küche verlassen hatte. »Lieber nicht.«

»Und woher wissen Sie das alles über Ihren Bruder und Ihre Schwägerin? Sagten Sie nicht vorhin, dass

Sie schon lange keinen Kontakt mehr miteinander haben?«

»Ach, da trifft man diesen oder jenen, es wird viel geredet – und dann kann ich mir den Rest auch zusammenreimen. In den ersten Jahren der Ehe von Thomas und Marlene hatten wir ja noch Kontakt. Freunde waren wir nicht, aber geredet haben wir miteinander.«

»Was für ein Problem hatten Sie und Ihr Bruder miteinander?«

Ruff sah Hansen nachdenklich an, dann zuckte er mit den Schultern.

»Das hat mit unserem Vater zu tun. Er und Thomas haben sich ständig gestritten – wahrscheinlich waren sich die beiden einfach zu ähnlich, um miteinander auskommen zu können. Vater hat meinen Bruder zu den Pferden mitgenommen, zu den befreundeten Züchtern, zu Rennen und Pferdemärkten – der hat ihn richtig aufgebaut als seinen potenziellen Nachfolger. Und Thomas hat sich auch sehr für die Branche interessiert. Pferde, das war schon immer seins. Aber er und Vater sind immer wieder aneinandergerasselt, und irgendwann war der Punkt erreicht, an dem klar war: Die beiden auf einem Hof – das geht nie und nimmer gut.«

»Waren Sie nicht eifersüchtig? Immerhin sind Sie der ältere Bruder, da wären doch Sie als Nachfolger hier auf dem Hof an der Reihe gewesen.«

Ruff lachte. »Nein, danke, ich hatte noch nie großes Interesse an Pferden. Ich bin ganz geschickt, was handwerkliche Arbeiten angeht, und ein Bekannter meines

Vaters hat mir eine Lehrstelle in seinem Flaschnerbetrieb gegeben. Ich hab dann zwar noch daheim gewohnt und abends und am Wochenende im Stall geholfen, weil ich mir von dem bisschen Lehrlingsgeld keine eigene Wohnung leisten konnte – aber den Hof wollte ich nie übernehmen. Ich war heilfroh, dass Thomas Interesse gezeigt hat, und ich hab immer wieder zwischen den beiden Dickschädeln vermittelt, damit die sich wieder halbwegs zusammenraufen und mein Bruder den Hof auch wirklich übernehmen würde.«

»Und warum hat das nicht geklappt? Immerhin führen jetzt Sie den Hof.«

»Die beiden haben sich halt einmal zu oft gestritten«, brummte er. »Da war dann nichts mehr zu kitten, leider. Thomas hat sich dann ... sagen wir mal: anderweitig orientiert. Kurz darauf war er mit Marlene zusammen, und als er den Hof von ihren Eltern übernahm und sich mit ganzem Eifer darauf stürzte, daraus sein ›Rossparadies‹ zu machen ... Na ja, vermutlich ist sogar Marlene bald der Verdacht gekommen, dass sich ihr lieber Thomas zuerst in den Hof ihrer Eltern und dann praktischerweise auch noch in sie verliebt hat.«

»Das hat Ihren Vater sehr getroffen, nehme ich an.«

»Allerdings. Und dann hat er mich bearbeitet. Meine Mutter war damals schon ziemlich krank, und mein Vater schaffte die ganze Arbeit nicht allein. Das war auch mit meiner Hilfe nach Feierabend nicht mehr zu machen – also hat sich mein Vater bei seinem Freund, meinem Chef, ausgeheult über seine undankbaren Söhne und darüber, dass ich ihn und meine Mutter mit meiner Weigerung, endlich den Hof zu übernehmen, noch ins Grab bringe. Wenig später habe ich die Kündigung bekommen. Angeblich war meinem Chef ein wichtiger Auftrag geplatzt, und nun stehe er mit dem Rücken zur Wand. Vater hat mir ganz großzügig angeboten, den Hof auf mich zu überschreiben, dann hätte ich doch auch eine Existenz und würde auf eigenen Beinen stehen – und ich Depp hab mich drauf eingelassen. Ein halbes Jahr später war mein Vater tot, Herzversagen, eines Abends draußen auf der Koppel. Ich hab ihn erst zwei Stunden später gefunden, da war natürlich nichts mehr zu machen. Und auf der Beerdigung habe ich schließlich die wahren Hintergründe meiner Kündigung erfahren: Da nahm mich mein alter Chef beiseite, er wollte wohl sein Gewissen erleichtern, und hat mir alles erzählt – der war ziemlich fertig, weil er doch nur helfen wollte und nun trotzdem am Grab seines Freundes stand.«

Ruff kniff die Lippen zusammen.

»Zwei Monate später ist dann auch noch meine Mutter gestorben, und irgendwann hab ich diese verdammte Einsamkeit nicht mehr ausgehalten. Immer nur Pferde um einen rum ... Tja, und dann hab ich mir die da angelacht.« Er deutete zur Tür.

»Wie lange sind Sie denn schon verheiratet?«

»Wozu müssen Sie das wissen?«

»Im Moment interessiert mich alles, Herr Ruff.«

»Scheint so.«

»Wo haben Sie Ihre Frau denn kennengelernt?«

»Leider erst hier, nach der Hochzeit, da war's dann auch schon zu spät.«

Hansen sah ihn verwundert an.

»Lara hab ich aus dem Katalog. Heutzutage findest du als Bauer nicht mehr so einfach eine Frau. Die harte Arbeit mag nicht jede, und wenn einer aus dem Stall kommt, riecht er halt auch nicht nach Veilchen. Und bevor Sie fragen: ›Bauer sucht Frau‹ gab's damals noch nicht – aber in so einer Fernsehsendung hätte ich mich sowieso nicht zum Affen gemacht.« Er stierte missmutig in seine Kaffeetasse. »Na, egal. Ich hab mich umgehört, und ein Kollege aus dem Nachbardorf hat mir die Adresse einer Agentur gegeben, die Frauen aus Osteuropa vermittelt. Der hat eine Russin, recht hübsch, schön knackig, und ordentlich arbeiten kann sie auch. Den Katalog hab ich mir kommen lassen, und Lara war auf den Fotos eine der Hübschesten.«

Ruffs Blick bekam etwas Verträumtes.

»Mein Gott, wie sie hier ankam, damals. Ich hab an die Agentur Geld für das Ticket überwiesen, für die Taxifahrt vom Bahnhof bis hierher und natürlich für den ganzen Behördenkram und die Vermittlungsprovision. Sechs Wochen lang hab ich gewartet, und ich hatte schon Angst, die hätte mich reingelegt. Da stand sie plötzlich draußen auf dem Hof: zierlich, dick bepackt mit zwei großen Taschen und noch viel schöner als im Katalog. Schlank war sie, gestrahlt hat sie bis über beide Ohren – ich hab mich gleich in sie verliebt.« Er seufzte. »Zehn Jahre ist das jetzt her, und schauen Sie sich das Elend heute mal an.«

Ärger stieg in Hansen auf. Wenn Ruff seine Frau schon damals so behandelt hatte wie heute, musste er sich nicht darüber beschweren, dass sie neben ihm verwelkte.

»Die kriegt nix auf die Reihe, sag ich Ihnen! Dass sie kein Deutsch kann, ist auch nicht mein Fehler. Ich hab sie extra bei der Volkshochschule für einen Sprachkurs angemeldet – an zwanzig Nachmittagen sollte sie das Nötigste lernen. Und als der Kurs halb um war, habe ich zufällig erfahren, dass sie dort nur ein einziges Mal aufgekreuzt ist – ein einziges Mal! Wahrscheinlich hat sie sich irgendwo in der Stadt rumgetrieben und mein Geld in irgendeinem Café verprasst – ich bin ihr nämlich auch noch draufgekommen, dass in dieser Zeit immer wieder was in der Haushaltskasse fehlte. Sie wollte mir weismachen, dass sie damit den Kurs bezahlt hätte – aber das Geld hab ich schon vorab an die Volkshochschule überwiesen. Dieses Miststück hat mich von Anfang an beschissen, und schwanger ist sie auch nicht geworden, als ich noch mit ihr Kinder wollte.« Ruff setzte die Kaffeetasse an und nahm einen großen Schluck.

»Na ja«, sagte Hansen, »Ihr Bruder wurde schließlich auch nicht Vater.«

Die Tasse knallte heftig auf die Tischplatte, und Ruff funkelte sein Gegenüber wütend an. »Bei mir ist alles tiptop«, zischte er. »Und Sie brauchen sich gar nicht darüber lustig zu machen, dass ich in diesem Frauenkatalog eine Niete gezogen habe.« Damit stand er auf, schnappte die drei Tassen und trug sie hinüber zur Spüle.

»Wollen Sie noch was wissen?«, fragte er von dort. »Ich würde jetzt nämlich gerne weiterarbeiten.«

»Nein, das war's für den Moment, danke«, sagte Hansen. Eigentlich hatte er Ruff auch über die Pferdezucht ausfragen wollen – aber das war jetzt nicht der passende Moment. »Wir finden allein raus, Herr Ruff, Sie müssen sich nicht bemühen. Aber es wäre gut, wenn Sie sich zu unserer Verfügung halten würden – wir haben sicher noch weitere Fragen.«

»Sie wissen ja, wo Sie mich finden.«

Ruff stand noch am Küchenfenster, als die beiden Beamten den Hof schon längst wieder verlassen hatten. Dann ging ein Ruck durch ihn, und er ging ins Wohnzimmer hinüber.

Hier draußen, dachte er grimmig und krempelte die Ärmel hoch, kann sie so laut schreien, wie sie will, das hört keiner.

Um dreizehn Uhr traf sich die Sonderkommission zum ersten Mal, und Haffmeyer und Hansen mussten sich beeilen, damit sie halbwegs rechtzeitig in der Kripoinspektion Kempten waren. Im Besprechungsraum waren schon fast alle Plätze besetzt, und Staatsanwältin Gudrun Labranz sah demonstrativ auf die Uhr, als Hansen und Haffmeyer in den Raum huschten und entschuldigend in die Runde schauten.

Hansen sah seinen Stellvertreter Hartmut Koller am Tisch sitzen, daneben Hannes Rabner, Klaus Frahm und Sabine Altmahr, die sich alle nicht besonders wohlzufühlen schienen. Sie blickten ab und zu unsicher zu Hansen hinüber, der ihnen aber nur mit neutralem Gesichtsausdruck zunickte. Rosemarie Schwegelin hatte sich neben Kripochef Huthmacher gesetzt und machte sich eifrig Notizen.

Außerdem gehörten noch die Leiterin des Kemptener Erkennungsdienstes, der Pressechef des Präsidiums und die Rechtsmedizinerin Resi Meyer zur Runde. Diese nickte Hansen lächelnd zu.

Nachdem er seine Mitarbeiter vorgestellt hatte, meinte der Rosenheimer Polizeipräsident Joseph Fernthaler: »Damit sind wir komplett, hoffe ich?«

»Nicht ganz«, wandte Hansen ein, was ihm sofort einen tadelnden Blick aus den zusammengekniffenen Augen der Staatsanwältin einbrachte.

»Wer fehlt denn noch, Herr Hansen?«

»Zum einen die Kollegin Fischer, Hanna Fischer, aus dem Kemptener K1. Sie ist von Anfang an Teil der Ermittlungen gewesen – und ich hätte sie gerne weiterhin im Team, wenn das ginge.«

Koller und Rabner sahen sich fragend an, Labranz blätterte in ihren Unterlagen. »Stimmt, sie ist hier aufgeführt. Wo steckt sie denn?«

»Sie hat sich heute früh den Fuß verstaucht, meint aber, dass sie morgen schon wieder einigermaßen fit sein wird.«

»So, so, meint sie das?«

Hansen hielt ihrem stechenden Blick mit ruhiger Miene stand.

»Sie hat sich ordnungsgemäß krankgemeldet, nehme ich an, Herr Hansen?«

»Sie hat mich gleich heute früh informiert, aber eine Krankmeldung habe ich nicht. Das dürfte am Sonntag ja wohl auch nicht zwingend nötig sein.«

Labranz stutzte, dann nickte sie ihm knapp zu. »Sonntag, stimmt ja. Und wen vermissen Sie noch?«

»Polizeihauptmeister Manfred Kerricht, PI Füssen. Ein Bekannter hat ihm den Mord an Ruff gemeldet, woraufhin er inoffiziell die ersten Schritte eingeleitet hat, um die Meldung zu überprüfen.«

Labranz verzog das Gesicht, als habe sie Zahnschmerzen. »Inoffiziell ... Ja, davon habe ich schon gehört. Und warum halten Sie es für eine gute Idee, dass Herr Kerricht trotz dieses ... nun ja ... unkonventionellen Vorgehens in der Mordnacht an den Ermittlungen beteiligt wird?«

»Kollege Kerricht kennt in Lechbruck praktisch jeden, er ist die Person, zu der unser Augenzeuge Pröbstl größtes Vertrauen hat, und er hat einen der Suchtrupps in dieses Moor geführt, in dem Thomas Ruffs Leiche gefunden wurde.«

»Schön, dass Sie ihn mir hier in so positiven Farben ausmalen. Aber hat er mit seiner ... inoffiziellen Information an die Kollegen in Füssen und Schongau nicht letztlich auch verhindert, dass sofort nach dem Toten gesucht wurde, mit Wärmebildkamera, Wasserwacht und allem Drum und Dran?«

»Als er von dem Mord hörte, lag die Leiche nach allem, was der Erkennungsdienst und die Rechtsmedizin bisher herausgefunden haben, nicht mehr am Lechufer. Die Wasserwacht hätte ihn also nicht finden können, und der Hubschrauber ... na ja, man weiß es nicht. Außerdem hatte Herr Kerricht gute Gründe zur Annahme, dass die Zeugenaussage nichts wert war – und auch dazu, dass Thomas Ruff in seinem Bett lag und schlief.«

»So, so«, machte sie und sah noch einmal auf die Liste der Soko-Mitglieder, die sie vor sich liegen hatte. Dann zuckte sie mit den Schultern. »Meinetwegen, dann halt auch noch Kerricht, wenn Sie das so wichtig finden. Wer gibt ihm Bescheid?«

Koller hob den Arm.

»Gut. Herr Scheithardt hier neben mir wird die Leitung der Soko Lechbrücke übernehmen. Herr Scheithardt, bitte.«

Die Staatsanwältin drehte sich zu ihm um. Scheithardt saß seelenruhig da und nickte schließlich anerkennend. »So, wir werden diesen Fall also gemeinsam lösen. Freut mich, Kollegen, freut mich wirklich. Besonders gut gefällt mir zweierlei. Das Erste: Ihr habt's hier erfreulich wenige Fliegen, eigentlich gar keine – da müsst ihr mir mal verraten, wie wir das in Weilheim auch hinbekommen. Und zweitens freut mich, dass wir diesmal über die Präsidiumsgrenzen hinweg zusammenarbeiten – und dass das bisher schon sehr gut geklappt hat. Wenn sich keiner unnötig aufbläst, werden wir gut miteinander auskommen.«

Hansen hatte sich von Haffmeyer an der Abzweigung zum Pferdehof von Hermann Ruff absetzen lassen, denn er wollte die zweihundert Meter bis zum Hof für einen kleinen Spaziergang durch das Waldstück nutzen. Er hoffte, Hermann Ruff noch einmal sprechen zu können und von ihm ein paar Infos rund um die Pferdezucht zu bekommen. Haffmeyer sollte währenddessen in Burggen den Vorsitzenden des Ländlichen Reit- und Fahrvereins treffen und ihn nach Thomas Ruffs Rolle beim bevorstehenden Rosstag fragen, einem Fest, das alle zwei Jahre im Dorf für mächtig Auftrieb sorgte.

Als Hansen aus dem Wald trat, sah er am anderen Ende des Hofs Hermann Ruff gerade auf einem Traktor wegfahren. Der Züchter hielt auf einen Feldweg zu und war schon kurz darauf aus Hansens Blickfeld verschwunden. Enttäuscht zückte Hansen sein Handy, um sich gleich wieder von Haffmeyer abholen zu lassen, da sah er Lara Ruff in Stiefeln und Arbeitskleidung aus einem der Ställe kommen. Sie hatte ihn nicht bemerkt und ging auf eine geöffnete Luke zu, durch die ein brauner Hengst seinen schlanken Hals streckte. Lara Ruff zog sich einen Schemel heran, klappte die daran montierten Trittstufen aus und stieg hinauf, bis sie dem Pferd bequem den Hals streicheln konnte.

Langsam ging Hansen auf sie zu.

Die Frau schien ganz versunken, und als er sich bis auf ein paar Schritte genähert hatte, hörte er sie in einer fremden Sprache mit dem Tier reden. Das Pferd hatte ihn längst bemerkt und sah ihm mit gespitzten Ohren entgegen, nun schnaubte es leise und stupste Lara Ruff an. Sie drehte sich um, sah den Kommissar fast direkt hinter sich stehen und erschrak.

Erst jetzt fiel Hansen wieder ein, dass sie ja kein Wort Deutsch verstand, also gestikulierte er wie wild und versuchte sie damit zu beruhigen – doch als sich ihr erster Schrecken allmählich legte, schlich sich ein amüsierter Zug in ihren Blick.

»Sie können damit aufchören«, sagte sie schließlich und lachte heiser. »Jurij kann Fliegen auch selbst wegwedeln.«

»Der Hengst heißt Jurij?«

»Ja, wie Chauptfigur bei Pasternak.« Sie tätschelte dem Pferd noch einmal den Hals, dann stieg sie von ihrem Schemel herunter und setzte sich. »Nehmen Sie auch Platz, bitte.« Sie deutete auf einen dreibeinigen Hocker an der Wand.

Hansen zog ihn zu sich her und setzte sich ebenfalls. »Sie sprechen Deutsch?«

»Ja, mehr, weniger, reicht aber.«

»Aber Ihr Mann hat gesagt …«

Ein Schatten huschte über ihr Gesicht. »Muss Chermann nicht wissen, ja?«

»Ich sag's ihm bestimmt nicht, keine Sorge. Aber warum wollen Sie nicht, dass er es weiß?«

»Ist schlechter Mann, und ich … Egal, Chermann muss nicht wissen.«

»Er hat mir erzählt, dass Sie den Sprachkurs nur ein einziges Mal besucht hätten. Wo haben Sie dann Deutsch gelernt?«

»Nach erstem Kurs chat mir Kopf gedreht, und andere Russin chat mir Tipp mit Privatkurs gegeben. Chat geklappt, bin dann immer chin, wenn Kurs mit Gruppe war. Bezahlt chab ich mit Geld aus Küchenkasse. Chat eine Weile geklappt, dann Chermann chat's gemerkt. War blöd.« Sie zuckte die Schultern. »Egal. Cheute kann ich bisschen, mal sehn, was kommt.«

»Und Ihren Mann lassen Sie im Glauben, dass Sie ihn nicht verstehen?«

»Ist besser. Schlechter Mann, oft wütend, und dann ...«

Hansen sah auf ihre Arme. Sie trug trotz des schönen Wetters ein dünnes langärmliges Oberteil, die Ärmel waren etwas hochgerutscht, direkt neben dem Stoff war etwas zu sehen, das der Rand eines blauen Flecks sein konnte.

»Schlägt er Sie?«

Lara Ruff folgte seinem Blick und zog den Ärmel etwas herunter.

»Ich bin von der Polizei, ich kann Ihnen sicher helfen. Sie müssen sich das nicht gefallen lassen, Frau Ruff.«

»Lass nicht gefallen, nicht mehr lange, aber bitte: keine Polizei, ja?«

»Aber ...«

»Bitte!«

Hansen wollte gerade noch einmal ansetzen, da legte sie den Zeigefinger auf den Mund.

»Pscht. Ich geh weg, choffentlich schon bald, chabe etwas Geld gespart.« Sie lächelte. »Und etwas ... wie cheißt es? Abgezweigt?«

»Ja, abgezweigt, so heißt es.«

»Chermann weiß nicht, choffentlich, und Polizei

würde ihn vielleicht aufmerksam machen oder misstrauisch.«

Hansen zog eine Visitenkarte aus der Tasche und hielt sie ihr hin. »Für alle Fälle«, sagte er.

»Gut, danke. Sie chaben das mit Pasternak verstanden?«

»Sie meinen, warum Ihr Pferd Jurij heißt?«

Sie nickte.

»So ungefähr. Hieß nicht die Hauptfigur in Pasternaks ›Doktor Schiwago‹ Jurij mit Vornamen? Na ja, und Sie heißen Lara ... wie Schiwagos große Liebe, stimmt's?«

Sie nickte wieder, sichtlich erfreut. Hansen hatte den Schinken vor Jahren seiner Frau zuliebe gelesen, danach hatten sie sich die DVD mit Julie Christie und Omar Sharif angesehen und ... Hansen schloss die Augen, rieb sich die Stirn und räusperte sich. Als er die Augen wieder öffnete, bemerkte er, dass Lara Ruff ihn musterte.

»Chaben Sie Kummer?«

»Wie bitte?«

»Mit Ihrer Lara?« Sie lächelte wehmütig, und Hansen nickte nach kurzem Zögern. »Erzählen? Ich bin gut im Zuchören. Und ich erzähle niemandem. Kann ja kein Deutsch.«

Sie lachte kurz, Hansen grinste, schüttelte aber den Kopf.

»Danke für das Angebot, aber heute ist mir nicht so nach Erzählen zumute, Frau Ruff.«

»Lara, bitte.«

Hansen stutzte.

»Ruff ist Arschloch, mag nicht so gern seinen Namen als meinen chören.«

Er lächelte. »Sie können wirklich sehr gut Deutsch. Wenn Sie also mal auf eigenen Beinen stehen müssen: An der Sprache wird's nicht scheitern. Und wenn ich Ihnen irgendwie helfen kann ...« Er deutete auf seine Visitenkarte, die sie noch in der Hand hielt.

»Chole ich Sie sofort. Danke.«

»Warum haben Sie mir das eigentlich alles erzählt, mit dem Sprachkurs und Ihrem Plan, eines Tages von hier wegzugehen?«

Sie deutete mit ernster Miene auf den Pferdekopf über sich. »Jurij chat gesagt, ich kann erzählen.«

Hansens fragenden Blick quittierte sie erneut mit einem Lachen. »Nein, Sie chaben bei erstem Besuch Chermann streng bechandelt, hat mir gut gefallen. Dachte mir, sie sind nicht auf Chermanns Seite.«

»Da könnten Sie recht haben«, sagte Hansen und erhob sich. »Ich mag Männer nicht, die Frauen wie Dreck behandeln.«

»Ich auch nicht.«

»Dann viel Glück für Ihren Plan, und wenn was ist: gleich anrufen, ja?«

Damit wandte er sich zum Gehen, sah sich noch kurz nach allen Seiten um, aber Ruff war nirgendwo zu sehen.

Haffmeyer, den er per Handy herbeigerufen hatte, holte ihn an der Hauptstraße ab, und als der Wagen wieder Fahrt aufnahm, war Hansen irgendwie erleichtert darüber, dass er Ruff nicht noch einmal hatte sprechen müssen.

Montag, 10. Juni

Als Fischer, Haffmeyer und Hansen in den Besprechungsraum kamen, waren einige Kollegen noch ausgeschwärmt,
um Details zu überprüfen, und der Staatsanwalt hatte
dringende andere Termine.

»Ich habe mich in Burggen mit dem Vorsitzenden des
Vereins unterhalten, der dort alle zwei Jahre den Rosstag
ausrichtet«, fasste Haffmeyer seine Ergebnisse zusammen. »Thomas Ruff war im Verein sehr engagiert, ist aber
auch schon mal mit dem einen oder anderen aneinandergeraten – nichts Dramatisches allerdings, Ruff hat wohl
einfach nur gerne seinen Kopf durchgesetzt. Und soweit
ich gehört habe, glich er darin sehr seinem verstorbenen
Vater. Auch Ruff senior war früher aktives Vereinsmit-
glied, und Thomas Ruff war praktisch von Kindesbeinen
an dabei. Für den bevorstehenden Rosstag hatte er die
Aufgabe, die Kontakte mit den Züchtern zu halten und
alles zu organisieren, was rund um die Hengstparade zu
beachten ist, die in diesem Jahr zum ersten Mal im Rah-
men des Rosstags stattfindet. Ruff hat sich wohl mächtig
reingekniet, hat sogar eine eigene Auszeichnung gestal-
tet – eine Schleife oder wie man das nennt, die den Sieger-
pferden der Parade ans Zaumzeug gebunden wird.«

Haffmeyer hatte sich vom Vereinsvorsitzenden einen Farbausdruck in DIN A4 mitgeben lassen und hielt ihn nun hoch. Zu sehen war ein kreisrundes Abzeichen auf knallrotem Grund. Das goldfarbene Motiv im Mittelpunkt zeigte einen Reiter auf seinem Pferd, und der rote Stoff, der das Ganze einrahmte, war aufgerüscht. Drei Bänder im selben kräftigen Rot hingen von der runden Auszeichnung, wovon das mittlere obendrein mit einem goldenen Symbol verziert war, das vage an ein stilisiertes M erinnerte.

»Aha«, machte Hansen und besah sich die Verzierung an der Schleife genauer.

»Das ›M‹ steht wohl für Max«, erklärte ihm Haffmeyer. »Der Vorsitzende des Vereins meinte, dass Thomas Ruff die Auszeichnung auch zum Gedenken an seinen Vater Max Ruff einführen wollte.«

»Aus schlechtem Gewissen?«

Haffmeyer zuckte die Schultern.

Soko-Leiter Scheithardt, der bis dahin entspannt in seinem Sessel lümmelte und sich Notizen machte, verstand die Anspielung nicht und machte ein fragendes Gesicht.

»Ruff«, erklärte Hansen, »hatte zu seinem Vater gegen Ende kein besonders gutes Verhältnis, und er wollte es dem Senior mit einem eigenen, möglichst erfolgreichen Pferdehof mal so richtig zeigen. Das hat aus zwei Gründen nicht so richtig geklappt: Zum einen dümpelte das Ruff'sche ›Rossparadies‹ immer hart an der Grenze zur Pleite entlang – und als es in diesem Frühjahr dank Salvatore endlich aufwärts zu gehen versprach, war der Vater längst gestorben.«

»Stimmt, das ist blöd«, meinte Scheithardt und kritzelte etwas in seinen Block. »Und jetzt, glauben Sie, will er mit dem Max-Preis, oder wie immer der heißen wird, nachträglich allen zeigen, wie stolz sein Vater auf ihn sein kann?«

»Burggener Maximilian in Gold«, sagte Haffmeyer. »So soll der Preis heißen oder besser: sollte. Der Vereinsvorsitzende war sich nicht sicher, ob aus der ersten Hengstprämierung beim diesjährigen Rosstag wirklich etwas wird. Der ganze Termin für das Fest scheint im Moment zu wackeln – offenbar sind die Vorarbeiten ziemlich aufwendig, und Thomas Ruff hatte sich dabei ziemlich unentbehrlich gemacht. Tja, er kann ja nun nicht mehr helfen.«

»Wann findet dieses Fest denn statt?«, wollte Scheithardt wissen.

»Immer am zweiten Sonntag im September, in diesem Jahr also am 8. September. Aber die Vorbereitungen laufen schon lange, das geht über Monate – wahrscheinlich gibt es das Fest auch deshalb nur alle zwei Jahre.«

»Könnte er sich im Zusammenhang mit diesem Rosstag Feinde gemacht haben?«

»Möglich ist alles, aber es deutet nichts darauf hin. Das Festprogramm hat sich bisher immer ausschließlich um Gespanne gedreht – dass Ruff diesmal auch Zucht- und Rennpferde mit reinnehmen wollte, hat nicht allen gefallen, aber als Mordmotiv ...«

Haffmeyer zuckte die Schultern, Scheithardt nickte und strich eine seiner Notizen durch.

»Ich habe heute mit Lara Ruff geredet, der Schwägerin des Mordopfers«, meldete sich Hansen zu Wort.

Scheithardt stutzte, blätterte in seinem Block und meinte dann: »Können Sie Russisch? Sie sagten doch nach Ihrem ersten Besuch auf dem Ruff-Hof, die Frau spreche kein Deutsch.«

»Da ist ihr Mann wohl nicht gut informiert«, grinste Hansen. »Sie hat heimlich einen Privatkurs besucht und spricht sehr gut Deutsch, wie ich finde. Ruff behandelt sie wohl nicht besonders gut, und sie will abhauen, sobald sie genügend Geld beisammenhat.«

»Das hat sie Ihnen erzählt? Respekt!«

»Sie war wohl ganz froh, mal jemanden zum Reden zu haben. Und ich glaube, sie vermisst ihre russische Heimat.«

»Ist schön da«, sagte Scheithardt. »Ich habe mal eine Studienreise auf den Spuren von Pasternak mitgemacht, tolle Sache, sehr spannend, und wenn Sie ›Doktor Schiwago‹ gelesen haben ...«

»Ihr Hengst heißt übrigens Jurij.«

»Ach, und sie Lara ... wie schön. Ich glaube, die Frau ist mir sympathisch.« Scheithardt lachte, dann bemerkte er, dass außer Hansen und ihm selbst offenbar niemand in der Runde etwas mit dem Scherz anfangen konnte.

»Doktor Schiwago heißt mit Vornamen Jurij«, erklärte er, »und seine große Liebe ist Lara – tragisch, das alles, große Gefühle, Verzicht und so. Vielleicht haben Sie ja mal den Film gesehen.«

Hanna Fischer notierte sich den Filmtitel und machte ein Ausrufezeichen dahinter, die anderen wirkten etwas genervt von Scheithardts Einlassungen.

»Gut, zurück zum Fall.« Der Soko-Leiter räusperte sich. »Wissen wir denn schon, woher Ruff das Geld für diesen Gaul hatte? Die Konten des Gestüts sind ziemlich leer, da sehe ich nicht, wo Ruff die Mittel für eine solche Investition hernehmen sollte. Haben wir einen Kreditvertrag gefunden?«

Hannes Rabner, der für den Innendienst eingeteilt und unter anderem auf dieses Thema angesetzt war, schüttelte den Kopf.

»Aber Kollege Haffmeyer und ich würden gerne gleich nach der Besprechung zu diesem Schwabinger nach Memmingen fahren«, meinte Hansen. »Dort hat Ruff den Salvatore gekauft.«

Scheithardt nickte, und kurz darauf war die Besprechung beendet.

Das Gestüt von Lorenz Schwabinger lag ein paar Kilometer außerhalb von Memmingen und war von der A7 aus schnell zu erreichen. In Sichtweite eines Dorfes namens Dickenreishausen und vor dem Lärm und dem Anblick der Autobahn durch ein Waldstück geschützt, reihten sich mehrere Koppeln aneinander. Zwei Wohngebäude, einige Schuppen und mehrere Ställe bildeten das eigentliche Anwesen. Das ganze Areal war im Hintergrund von dichtem Wald begrenzt. Eine Starkstromleitung zog sich quer über das Gestüt, aber die Pferde grasten so entspannt zu Füßen der Stahlmasten, dass nicht einmal die Stromleitung die Idylle wirklich störte.

Hanna Fischer war am Morgen wieder zum Dienst erschienen, und bis auf ein leichtes Humpeln war nichts mehr von ihrer Verletzung zu merken, von der Haffmeyer am Sonntag gesprochen hatte, aber Hansen teilte sie diesen einen Tag trotzdem für den Innendienst ein.

Auf der Fahrt nach Memmingen ging er in Gedanken noch einmal die Fragen durch, die er dem Pferdezüchter stellen wollte, der Thomas Ruff diesen angeblich so vielversprechenden Deckhengst Salvatore verkauft hatte.

Schwabinger war nicht da, obwohl sie vorab telefonisch einen Termin verabredet hatten, aber seine Frau schien das nicht weiter seltsam zu finden, sondern schlug den beiden vor, sich die Wartezeit damit zu vertreiben, sich ein wenig in den Ställen oder auf den Koppeln umzusehen.

»Wie lange wird es denn dauern?«, fragte Hansen.

»Weiß nicht«, sagte sie völlig unbeschwert und zuckte mit den Schultern. »Ich geb ihm gleich übers Handy Bescheid, aber manchmal hat er das ausgeschaltet.« Damit war sie auch schon wieder im Haus verschwunden.

Hansen schaute sich um. Das Wetter war eindeutig zu schön, um durch womöglich düstere Ställe zu streifen, also ging er mit Haffmeyer hinüber zu einem schattigen Plätzchen, an dem sich zwei umzäunte Wiesen trafen. Ein paar große Bäume verbanden ihre gewaltigen Kronen zu einem dichten Blätterdach, darunter waren ein grob gezimmerter Holztisch und zwei Bänke aus halbierten

Baumstämmen aufgestellt. Sie setzten sich mit Blick auf die Pferdekoppeln, lehnten sich gemütlich zurück und unterhielten sich über den Fall.

Ein sehr schlankes Pferd mit angelegtem Zaumzeug hob den Kopf und sah zu ihnen herüber. Dann rupfte es ein paar Grasbüschel aus dem Boden, kaute gemächlich und setzte sich in Bewegung, bevor es in einen leichten Trab verfiel und schließlich direkt am Zaun stehen blieb, der seine Koppel begrenzte.

Hansen lächelte dem Tier zu, das weiter interessiert zu ihnen hersah und dabei die Ohren aufstellte. Unter dem hellen Fell war das Spiel der Muskeln zu erkennen, und der leichte Wind schob immer wieder einige Haarsträhnen über die Augen des Tiers. Der Hals war schön geschwungen, der Kopf edel gereckt, und die Mähne bauschte sich voll und sah aus wie frisch geföhnt.

Hansen ging zum Zaun, stellte sich eine halbe Armlänge von dem Pferd entfernt auf und sah ihm in die dunklen Augen. Ein paar Minuten standen sie sich stumm gegenüber, dann begann Hansen leise auf das Pferd einzureden.

»Na, du bist mir ja ein Schöner«, murmelte er und lächelte. »Hast es aber fein hier draußen.«

Das Pferd bewegte die Nüstern, als wolle es erschnuppern, was es mit diesem fremden Zweibeiner vor ihm auf sich hatte, und schlug währenddessen mit dem Schweif nach ein paar Fliegen.

Langsam hob Hansen die rechte Hand und hatte fast den Hals des Pferds erreicht, da wandte es sich von ihm ab und konzentrierte sich auf den Mann, der hinter Hansen mit großen Schritten herankam.

»Grüß Gott, die Herrschaften«, dröhnte er gut gelaunt, tätschelte dem Tier kurz und kräftig den Hals, rieb ihm einmal über die Schnauze und drückte anschließend Hansen und Haffmeyer die Hand. »Lorenz Schwabinger«, sagte er, deutete auf die Sitzgruppe und ließ sich auf eine der Bänke sinken. »Setzen Sie sich doch. Sie sind die beiden Herren von der Kripo?«

»Ja.« Hansen nickte, stellte sich und Haffmeyer vor und wischte sich halbwegs unauffällig die nasse Hand an der Hose ab. Dann sah er kurz auf die Uhr. »Wir waren vor einer halben Stunde verabredet.«

»Ja«, antwortete Schwabinger ganz entspannt. »Und wie kann ich Ihnen nun helfen?«

Irgendwie hatte Hansen erwartet, dass sich der Mann für seine Verspätung entschuldigen würde, aber damit brauchte er offenbar nicht mehr zu rechnen.

»Wir ermitteln in einem Mordfall«, erklärte er. »Thomas Ruff aus Lechbruck ist tot, er wurde von der Lechbrücke gestoßen.«

»Ach was?«, sagte Schwabinger und sah dabei überrascht, aber nicht unbedingt schockiert aus. Entweder hatte dieser Mann die Ruhe weg, oder es war in seiner Branche keine Seltenheit, dass jemand von einer Brücke gestoßen wurde.

»Sie haben ihm einen Hengst verkauft.«

»Ja, klar, damit verdiene ich mein Geld, unter anderem. Ist was mit Salvatore?«

»Nicht dass ich wüsste. Was sollte denn sein?«

Schwabinger sah zwischen Hansen und Haffmeyer hin und her, dann lehnte er sich zurück und verschränkte die Arme vor der Brust.

»Seien Sie mir nicht böse: Aber dieses Gespräch gefällt mir nicht. Sie sagen was, ich reagiere drauf, Sie fragen komisch zurück ... Wissen Sie, mein Terminplan für heute ist ein bisschen auf Kante genäht, da wäre es schön, wenn Sie mich einfach fragen, was Sie wissen wollen, und ich antworte Ihnen darauf, so gut ich kann.«

Hansen hatte gute Lust, eingeschnappt zu sein, aber insgeheim musste er dem Mann recht geben. Durch dessen unentschuldigte Verspätung war er ihm gegenüber unangemessen angriffslustig eingestellt. Nicht sehr professionell, schalt er sich in Gedanken. Schwabinger war Züchter, er hatte Ruff einen Hengst verkauft, und beide Seiten waren vermutlich mit dem Handel zufrieden gewesen.

»Sie haben recht, Herr Schwabinger. Also: Könnten Sie sich jemanden vorstellen, der ein Interesse am Tod von Thomas Ruff oder einen Vorteil davon haben könnte?«

Schwabinger dachte nach. »Nein, eigentlich nicht. Thomas konnte ein ziemlicher Dickkopf sein, das hat sicher nicht jedem geschmeckt – aber wir beide hatten kein Problem miteinander. Am meisten Zoff hatte er mit seinem Bruder Hermann, aber ...« Er schüttelte heftig den Kopf. »Mir fällt wirklich niemand ein, der Thomas so gehasst haben könnte, dass er ...« Er unterbrach sich. »Sie sind sicher, dass er ermordet wurde? Ich meine: von einer Brücke kann man ja auch einfach runterfallen. Er hat schon gern mal einen über den Durst getrunken, und ... na ja ...«

»Wir haben einen Zeugen, der zwei Männer dabei beobachtet hat, wie sie ihn übers Geländer geworfen haben.«

Hansen schwieg und musterte Schwabinger, der nun sehr nachdenklich vor ihnen saß. Der Mann war ein Koloss: gut eins neunzig groß, struppige dunkelbraune Haare, ein etwas feistes Gesicht, aber ansonsten von eher vollschlanker Statur, und die muskulösen Unterarme deuteten darauf hin, dass er ordentlich zupacken konnte.

»Sie wollten wissen, wer einen Vorteil aus seinem Tod ziehen könnte. Ich jedenfalls nicht: Ich hatte gehofft, dass ich ihm noch ein paar Pferde verkaufen könnte, sobald er sich dank Salvatore finanziell ein wenig berappelt hätte. Seine Frau Marlene ... eigentlich auch nicht. Die muss den Hof jetzt allein auf die Beine bringen – mal sehen, wie sie das hinbekommt. Von Pferden hat sie keine Ahnung, und dieser Klemens Pröbstl, der auf dem Hof arbeitet, ist nicht schlecht, aber Thomas kann er nicht das Wasser reichen.« Er machte eine kurze Pause, dann sah er Hansen prüfend an. »Ich weiß nicht, ob Sie ... wie vertraut Sie mit den ... nun ja ... privaten Verhältnissen von Thomas sind. Ich ... äh ...«

»Wir wissen von seinem Verhältnis zu Frau Wontarra, wenn Sie das meinen.«

Er schien erleichtert. »Ja, die Kessie ... Er hatte sie mal bei sich, als wir noch wegen des Preises für Salvatore feilschten. Heißes Mädel.« Er grinste und wiegte seinen Kopf. »Kann ich ihm nicht verdenken, dass er dafür seine Marlene links liegen ließ.« Ein Lächeln glitt über sein Gesicht, dann wurde er wieder ernst. »Mir kam es damals so vor, als wolle er Kessie ... wie soll ich es ausdrücken? Als wolle er sie gewissermaßen in das Thema Pferdezucht einführen. Vielleicht hatte er ihr versprochen, sich von Marlene zu trennen und sie zu heiraten. Vielleicht hatten die beiden vor, Marlene auszubooten und das ›Rossparadies‹ gemeinsam weiterzuführen. Natürlich weiß ich nicht, ob das überhaupt gegangen wäre – den Betrieb hat zwar Thomas geführt, aber es war mal der Hof von Marlenes Eltern gewesen. Ich nehme an, dass die das Anwesen ihrer Tochter vermacht haben und nicht dem Schwiegersohn, aber wie gesagt: Da weiß ich nichts Näheres.«

»Sie hatten erwähnt, dass Sie um Salvatores Preis längere Zeit gefeilscht haben.«

»Ja, aber das ist nicht ungewöhnlich in meiner Branche. Pferdehändler waren ja auch in früheren Zeiten schon sprichwörtlich für ihre Verhandlungswut.« Er lachte. »Und Thomas war ohnehin der Typ dafür: immer noch einen kleinen Deal hier und einen Nebendeal dort. Hat mir immer gut gefallen mit ihm, auch wenn wir nicht oft ins Geschäft gekommen sind. Er war halt nicht allzu flüssig.«

»Und wie konnte er sich dann Salvatore leisten?«

»Ach, ich glaube, Sie machen sich falsche Vorstellungen von den Preisen, die da aufgerufen werden. Da geht's in unserer Liga nicht um Millionen oder um Hunderttausende. Einen Totilas hatte ich hier bisher noch nicht.«

»Totilas? Sie meinen diesen Wunderhengst, der mal in der Zeitung stand?«

»Ja, genau den. Der stellte 2010 mit mindestens zehn Millionen Euro Kaufsumme einen neuen Rekord als teuerster Dressurhengst der Welt auf.«

»Klingt gut.«

»Ja, ist aber die Ausnahme. Einen normalen, gut gebauten und einigermaßen vernünftig einzusetzenden Deckhengst bekommen Sie als Arabervollblut schon ab fünf- oder sechstausend Euro.«

»Wenn ich mir überlege, wie viel Hoffnung Thomas Ruff offenbar in Salvatore gesetzt hat, muss der doch teurer gewesen sein. Wenn ein solcher Hengst ein ganzes Gestüt finanziell retten soll, hat er doch großes Potenzial – und das lassen Sie sich doch sicher bezahlen, oder irre ich mich da?«

»Nein, das sehen Sie schon richtig: Ich versuche natürlich einzuschätzen, was das jeweilige Pferd für meinen Käufer wert sein könnte – und das spiegelt sich in dem Preis wider, den ich fordere.«

»Und wenn Sie wissen, wie sehr Herrn Ruffs Erfolg von diesem Pferd abhängt, macht das die Sache wohl auch nicht billiger.«

»Vorsicht, Herr Hansen! Unterstellen Sie mir nicht, dass ich meine Käufer bescheiße oder dass ich Notsituationen ausnutze!« Plötzlich war alles Gemütliche und Entspannte an Schwabinger verschwunden. Obwohl er scheinbar lässig an der Rückenlehne lümmelte, waren seine Augen doch schmal und sein Blick stechend geworden.

»War nicht so gemeint, Herr Schwabinger. Würde Ihnen ein solcher Ruf in der Branche sehr schaden?«

»Und ob!« Schwabinger schaute schon wieder etwas weniger grimmig drein.

»In welcher Höhe muss ich mir Salvatores Preis denn vorstellen?«

»Natürlich höher als ein paar Tausend Euro. Der Preis hängt von der Abstammung ab, von den Erfolgen und vom allgemeinen Zustand des Tiers. Es kommt darauf an, wozu der Käufer das Pferd einsetzen will und wozu es sich am besten eignet. Salvatore war und ist für die Zucht gedacht, Thomas hätte ihn gleich in den nächsten Wochen als Privatbeschäler einsetzen können.«

»Als was?«

Schwabinger quittierte den verblüfften Gesichtsausdruck des Kommissars mit einem herzhaften Lachen. »Ich glaube, ich sollte mal ganz vorne beginnen, oder?«

Hansen zuckte mit den Schultern.

»Ich tu jetzt mal so, als hätten Sie von der Pferdezucht im Allgemeinen und von der Vollblutzucht im Besonderen keinen blassen Schimmer, einverstanden?«

»Einverstanden«, meinte Hansen und grinste. »Das trifft es ziemlich genau.«

Schwabinger nickte anerkennend. »Das finde ich sehr angenehm, dass Sie sich nicht mit angelesenem Halbwissen durchlavieren wollen, sondern geradeheraus zugeben, keine Ahnung vom Metier zu haben.«

»So ist es ja auch, und Sie hätten es ja ohnehin gleich gemerkt.«

»In der Zucht erhofft man sich, die besten genetischen Anlagen einer Erblinie zu bewahren, vielleicht sogar in Kombination mit einer anderen Erblinie zu verstärken. In Salvatores Fall war das das Tempo, das er gehen kann, und sein Körperbau, der sich vor allem für Pferderennen eignet. Außerdem hat er bei allen Hengstschauen, an denen er teilgenommen hat, sehr gute Punktzahlen in der Typnote bekommen – da geht es um die Form von Hals und Kopf, manche Züchter schauen nur noch darauf. Nun gibt es zwei Möglichkeiten, mit guten Erbanlagen Geld zu verdienen. Sie lassen sich dafür bezahlen, dass Ihr Hengst die Stuten anderer deckt – da bekommen Sie das Geld, und der Besitzer der Stute bekommt das Fohlen. Oder Sie besitzen selbst eine geeignete Stute, die natürlich ebenfalls aus einer guten Linie stammen sollte, oder Sie nehmen sich eine entsprechende Stute als Leihmutter – dann gehört das Fohlen später Ihnen, und Sie können hoffen, mit dem Verkauf des Fohlens Geld zu verdienen. Das bindet, vor allem wenn Sie auch die Stute besitzen, mehr Kapital, bietet finanziell die größeren Chancen – dafür liegt aber auch das komplette Risiko bei Ihnen.«

»Wenn das Fohlen nicht den erhofften Preis bringt?«

»Das auch. Aber die Stute kann das Fohlen zum Beispiel auch vor der Geburt verlieren. Deshalb verabreden Züchter oft auch eine gestaffelte Fälligkeit für die Decktaxe.«

Hansen sah fragend drein, und Schwabinger hob abwehrend die Hände. »Schon gut, schon gut, ich hab was übersprungen. Gehen wir noch einmal zurück: Sie haben also einen Hengst, der sich für die Zucht eignet. Also melden Sie ihn zur Körung an – da wird geprüft, ob Ihr Pferd auch alle Voraussetzungen für einen Deckhengst mitbringt. Die Vorfahren müssen über mehrere Generationen hinweg bekannt sein, und es darf keine gesundheitliche Einschränkung geben, die weitervererbt werden könnte. Ist das Pferd gekört, darf es an der Hengstleistungsprüfung teilnehmen, bei der getestet wird, ob das Tier alle erwünschten Eigenschaften mitbringt. Ist auch das bestanden, wird das Pferd als Deckhengst oder Beschäler ins Hengstbuch eingetragen. Und diese Deckhengste werden danach unterschieden, wo sie stehen. Ein Hauptbeschäler dient in einem Hauptgestüt als Deckhengst – also einem staatlichen Gestüt, das mit eigenen Hengsten und Stuten Zucht betreibt, wie zum Beispiel in Marbach. Ein Landbeschäler steht in einem Landgestüt – das sind staatliche Einrichtungen, die selbst nicht züchten, sondern nur Deckhengste bereitstellen. Und Salvatore ist ein Privatbeschäler: ein Deckhengst in Privatbesitz. Thomas Ruff hatte weder genügend Kapital, um die Fohlen selbst zu behalten, noch besaß er eigene Stuten von ausreichender Qualität. Deshalb wollte er über die sogenannte Decktaxe Geld verdienen. Das ist die Summe, die den Besitzern eines Deckhengstes fürs Decken einer Stute gezahlt wird.«

»Über welchen Betrag reden wir da?«

»Das ist ganz unterschiedlich. Der eine Hengst ist fünfhundert Euro wert, der andere um die zehntausend – da
kann übers Jahr schon einiges zusammenkommen für
den Eigentümer.«

»Und wie oft kann so ein Hengst ... äh ... ran im Jahr?«

»Wenn Sie die gesamte Saison geschickt nutzen, kann
ein Hengst zwischen sechzig und hundertfünfzig Stuten
decken, aber Thomas hatte in diesem Jahr noch nicht so
richtig Fuß gefasst, und er hatte den Hengst ja auch noch
nicht so lange – die Decksaison geht bei uns von etwa
Mitte Februar bis Ende Juli, Anfang August, da ist demnächst also wieder Feierabend. Und soweit ich das mitbekommen habe, konnte Salvatore bei Thomas bisher
nur sechs oder sieben Stuten decken. Viel mehr als sechs-
oder achttausend Euro wird er also kaum erzielt haben –
und vermutlich bekommt er die Hälfte des Geldes erst im
Herbst, wenn die Stuten dann noch trächtig sind.«

»Und mit den paar Tausend Euro sollte Salvatore den
Ruff-Hof finanziell retten?«

»Im nächsten Jahr hätte Thomas die gesamte Saison
nutzen können. Salvatore ist wohl auch recht unkompliziert als Deckhengst, das hätte sich unter den Züchtern
herumgesprochen – also wäre er häufiger gebucht worden, und das hätte wiederum die Decktaxe nach oben
getrieben. Außerdem hat Salvatore gute Voraussetzungen, mit den Jahren immer mehr wert zu werden.«

»Wovon hängt das ab?«

»Von der Abstammung des Deckhengstes, von seinen
Erfolgen auf der Rennbahn – und irgendwann, wenn die

ersten Nachkommen eines Deckhengstes selbst Rennen laufen, haben auch deren Erfolge Auswirkungen auf die Decktaxe. Salvatores Vater Saetta hat einige prominente Rennen gewonnen, dessen Vater Sassonia galt als eines der besten Pferde seines Jahrgangs in ganz Europa – und auch die Linie der Mutter konnte sich sehen lassen.«

»Und wie kam Salvatore zu Ihnen?«

»Das sächsische Gestüt, in dem er aufwuchs, geriet in finanzielle Schwierigkeiten. Salvatore hatte schon bei ein paar Hengstschauen Bestnoten abgeräumt. Doch bevor die Besitzer einen vernünftigen Kaufpreis aufrufen konnten, zog sich Salvatore eine Sehnenverletzung zu. Er wurde behandelt, ruhiggestellt und bekam danach Aufbautraining. Manche Besitzer lassen ein solches Tier einschläfern oder geben es zum Abdecker, die Kollegen in Sachsen dagegen haben alles versucht, ihn wieder aufzupäppeln. Als dem Gestüt das Geld ausging, verkauften sie Salvatore und einen anderen Saetta-Nachkommen und behielten nur den jüngsten Hengst für sich – der hat übrigens auch schon ordentlich Furore gemacht, und inzwischen sieht es für die berufliche Zukunft meiner Kollegen schon wieder ganz gut aus.«

»Sie haben also Salvatore gekauft.«

»Ja, war nicht mal teuer – wie gesagt: die Kollegen wollten schnell verkaufen, und Salvatore war da noch nicht einmal ganz zu Ende behandelt.«

Hansen musste nun doch grinsen.

»Da brauchen Sie gar nicht so zu schauen«, wandte Schwabinger ein. »Ich hab sie nicht allzu sehr runtergehandelt, die kamen von sich aus mit einem erfreulich niedrigen Preis an. Ich nutze keine Notlagen aus, das hab ich Ihnen schon gesagt. Außerdem habe ich beide Saetta-Fohlen gekauft, die sie angeboten hatten – da gab's also gewissermaßen einen Paketpreis.«

Schwabinger deutete zu dem Hengst hin, der noch immer am Zaun seiner Koppel stand und die Männer im Schatten aufmerksam beobachtete. »Gestatten: Sballato, Salvatores Bruder.«

»Und was bedeutet dieser Name nun wieder?«

Schwabinger lachte leise. »Das hab ich am Anfang auch nicht gewusst, aber das passiert mir nicht mehr: Ich hab mir ein Italienisch-Wörterbuch gekauft und pauke ab und zu im Internet Vokabeln, wenn ich dazu komme. In seinem Fall ist wohl ›der Ausgeflippte‹ gemeint, und das passt leider: Manchmal spinnt Sballato etwas und tobt wie blöd auf der Wiese rum. Da bin ich meinen sächsischen Kollegen ein bisschen auf den Leim gegangen, verkaufen kann ich den wohl nicht so bald, und durch die ständige Rennerei kostet er mich eine Menge teures Kraftfutter – aber er bringt mir ordentlich Decktaxe.«

»Und was haben Sie für Salvatore bezahlt?«

»Gut neuntausend Euro – und dann kamen noch die restlichen Kosten für den Tierarzt dazu.«

»Also hat Ihnen Thomas Ruff mehr als neuntausend Euro für den Hengst bezahlt.«

»Ja, logisch – ich lebe vom Pferdehandel, da kann ich ja wohl schlecht draufzahlen.«

»Und wie viel haben Sie von ihm bekommen?«

»Neunzehntausend.«

»Nicht schlecht.«

»Das war für Thomas ein mehr als fairer Preis, ich hätte auch über zwanzigtausend bekommen können. Salvatore war wieder ganz fit, und für einen Deckhengst brachte er alles mit. Salvatores Bruder, der noch in Sachsen auf dem Gestüt lebt, hat inzwischen einen ganzen Haufen Preise gewonnen – das nützt Salvatores Ruf, aber auch dem von Sballato.«

»Und obwohl Thomas Ruffs Finanzen nicht zum Besten standen, konnte er sich trotzdem Salvatore leisten?«

»Scheint so. Ich hatte ihm noch angeboten, dass er nur einen Teil des Preises bezahlt und wir uns hinterher die Decktaxe teilen – ich wusste ja, dass er klamm war. Aber er hat nicht eingeschlagen. Und dann hat er Anfang April die komplette Summe bar auf den Tisch gelegt, und ab ging's mit Salvatore in den Hänger.«

»Hat Sie das nicht gewundert, dass er das Pferd bar bezahlt?«

»Das ist in meiner Branche zwar nicht der Normalfall, kommt aber vor. Wenn Privatleute bei mir ein Pferd kaufen, ist es mir ganz recht, dass ich die Scheine gleich in der Hand habe – die Zahlungsmoral ist in den vergangenen Jahren leider nicht besser geworden. Und unter Händlern wird der Kaufpreis zwar oft überwiesen, aber eben manchmal auch bar bezahlt.«

»Aber hätte er mit Ihnen keine Ratenzahlung verabreden können, anstatt den vollen Betrag gleich auf den Tisch zu legen?«

Schwabinger wand sich ein wenig. »Na ja, genau genommen hatte er am ersten Tag noch nicht das gesamte Geld dabei. Er hat mir sechzehntausend hingelegt, und ich wollte ihn schon wieder wegschicken, weil ich dachte, er wolle noch einmal mit mir über den Preis verhandeln – dabei bin ich ihm schon sehr entgegengekommen. Aber er meinte dann, er bringe mir den Rest ein paar Tage später, brauche den Hengst aber jetzt gleich. Er hatte wohl schon eine Anfrage von einem Züchter in Schongau, das wollte ich ihm nicht vermasseln – und er hat die fehlenden dreitausend auch wirklich vier Tage später vorbeigebracht. Er schuldet mir also nichts mehr.«

Hansen dachte an das Gerücht, von dem die alte Maria Waghuberl erzählt hatte, dass Salvatore Ruff womöglich noch gar nicht ganz gehöre. Entweder war das nichts als Tratsch gewesen, oder Ruff schuldete jemand anderem Geld – Salvatores Verkäufer jedenfalls schien keine Ansprüche mehr an den Toten zu haben.

Schwabinger beobachtete Hansen ein, zwei Minuten lang, dann wurde ihm die Pause zu lang. »Wissen Sie jetzt alles von mir, was Sie brauchen?«

»Ja, Herr Schwabinger, jetzt müsste ich fürs Erste genug über Pferdezucht wissen – mehr jedenfalls, als ich je wissen wollte.«

»Gut, ich muss dann auch weiter. Zum Abschied noch ein Witz? Kennen Sie den mit dem Pferdeschwanz, wo die Frau eine Bekanntschaftsanzeige aufgibt und ...«

»Nein, danke, Herr Schwabinger, das lassen wir lieber. Ich hab's nicht so mit Witzen. Vielen Dank für die umfassenden Informationen. Herr Haffmeyer, kommen Sie bitte?«

Der Kollege wirkte etwas enttäuscht, offenbar hatte er sich schon auf den Witz gefreut. Er machte eine bedauernde Geste gegenüber Schwabinger, der die beiden daraufhin mit einem kräftigen, diesmal trockenen Händedruck verabschiedete.

Kurz vor Kempten bekam Hansen einen Anruf von Scheithardt, der ihm erzählte, dass die Rechtsmedizinerin ihren Bericht fertig habe und anbiete, noch heute Nachmittag die wichtigsten Erkenntnisse mit der Kripo durchzusprechen. Der Soko-Leiter bat Hansen, von seinem Termin bei Memmingen aus direkt in die Rechtsmedizin nach München zu fahren.

Damit war der ursprüngliche Plan hinfällig, Ruffs Witwe zu besuchen und sie zu befragen, woher ihr Mann das Geld für den Kauf von Salvatore gehabt hatte. Irgendwo musste das Geld herkommen, von dem das Ehepaar lebte – und mit der Decktaxe allein warf so ein Hof ja wohl kaum genug ab. Haffmeyer versuchte während der Fahrt, mit Marlene Ruff einen Termin für den folgenden Vormittag zu verabreden, aber es ging niemand ans Telefon.

»Kein AB dran?«, fragte Hansen nach.

Haffmeyer schüttelte den Kopf.

»Kein Wunder, dass der Pferdehof nicht so besonders gut läuft. Meine Güte, Montag am späten Nachmittag, und niemand ist zu erreichen!«

Die Fahrt nach München verlief erfreulich reibungslos. Vor dem Eingang zum Rechtsmedizinischen Institut stand Resi Meyer und biss gerade in ein belegtes Brot.

»Leberwurst?«, fragte Haffmeyer und grinste.

»Nein, danke«, versetzte sie mit vollem Mund. »Da ist kalter Braten drauf, mit Innereien hatte ich heute schon genug zu tun.«

Hansen lächelte ein wenig gezwungen, Scherze über Leichenteile schlugen ihm immer auf den Magen.

»Wollen wir?«, fragte Meyer und ging in flottem Tempo voran. Wenig später standen sie in einem Sektionssaal, und die Rechtsmedizinerin präsentierte ihnen Ruffs Leichnam.

»Ihre Kollegen von der Kriminaltechnik waren schon hier, als ich die Obduktion durchgeführt habe. Sie haben Proben genommen und die Verletzungen mit den Gegebenheiten unter der Lechbrücke verglichen – mir fällt nichts ein, was dagegen spricht, dass er von der Brücke fiel und unten in jenem Bereich des Ufers aufschlug, in dem Sie diesen Knopf und die Blutreste unter dem Stein gefunden haben.«

Sie deutete auf die verletzten Stellen im Gesicht und auf einige Schrammen und Verletzungen an den Unterarmen.

»Im Fallen muss er noch bei Bewusstsein gewesen sein, sonst hätte er nicht versucht, den Aufprall mit den Armen abzumildern. Geholfen hat es ihm nicht viel, der steinige Untergrund hat ihm sofort das Licht ausgeknipst. Da muss auch ordentlich Blut auf dem Boden gewesen sein – die Täter haben sich viel Mühe gegeben, die Spuren zu beseitigen. Als sich Ihre Kollegen direkt in der Nacht dort unten umsahen, haben sie deshalb nichts entdeckt – und dass Sie den kleinen Fleck, der von den Tätern übersehen wurde, überhaupt entdeckt haben, ist auch bei Tageslicht nicht selbstverständlich.«

Sie machte ein paar Schritte an der Leiche entlang und lenkte die Aufmerksamkeit ihrer Gäste auf die Oberschenkel des Toten.

»Sehen Sie diese abgeschürften Stellen hier? Ich bin mir ziemlich sicher, wie die entstanden sind.« Damit trat sie ein paar Schritte vom Sektionstisch weg. »Kommen Sie mal, Herr Haffmeyer?«

Er ging zu ihr hin.

»Und nun gehen Sie doch mal bitte langsam zwei, drei Schritte – und nicht erschrecken!«

Während Haffmeyer vorwärtsging, griff die Rechtsmedizinerin ihm blitzschnell von hinten durch die Beine, umschloss seinen linken Oberschenkel mit den Armen und schob ihn kräftig nach oben. Er sah völlig perplex zu ihr hinunter und hatte seine liebe Not, das Gleichgewicht nicht zu verlieren.

»Entschuldigen Sie bitte den Überfall, Herr Haffmeyer«, sagte Resi Meyer, als sie ihr verblüfftes Opfer losgelassen hatte. »Aber ich habe den Überraschungseffekt gebraucht.«

Hansen verkniff sich ein Grinsen.

»Stellen Sie sich vor, Thomas Ruff ist auf dem Heimweg und befindet sich auf der Brücke«, fuhr sie fort. »Von vorn kommt ein Mann auf ihn zu, hält ihn auf und lenkt ihn ab.

Vielleicht unterhalten sich die beiden, keine Ahnung. Inzwischen kommt von hinten ein zweiter Mann heran, Ruff bemerkt ihn nicht, will wieder losgehen, macht einen Schritt – und schwups, greift ihm der andere von hinten um den Oberschenkel, drückt mit den Armen zu und zieht gleichzeitig schnell und kräftig nach oben. Wenn nun noch der andere zupackt – zum Beispiel an den Schultern oder im Bereich des Brustkorbs –, verliert Ruff vollends das Gleichgewicht, und mit einem kleinen Schubs ist er auch schon auf dem Weg hinunter von der Brücke.«

»So hat es auch unser Zeuge beschrieben: Zwei Männer stoßen Ruff von der Brücke.«

»Und so passt es auch zu Ruffs Verletzungen. Übrigens haben auch Ihre Kriminaltechniker an der Kleidung des Toten Risse und andere Schäden festgestellt, die die Aussage Ihres Zeugen bestätigen.«

»Prima. Und wann ist Ruff gestorben?«

»Zwischen sieben und acht Uhr am Donnerstagabend. Der Körper wurde eindeutig in den ersten Stunden nach Eintritt des Todes transportiert. Ihre Kollegen von der Spurensicherung haben auf der Oberseite von Ruffs Schuhen Kratz- und Schleifspuren festgestellt. Das ist natürlich nicht anders zu erwarten: Wenn Sie einen Toten irgendwo wegbringen müssen, hilft der Ihnen ja nicht mehr – also schleifen Sie ihn weg, indem Sie ihn sich entweder auf den Rücken packen oder, wenn Sie einen Helfer haben, indem Sie und der andere je einen Arm unterhaken. Allerdings sind die Schleifspuren an Ruffs Schuhen ungewöhnlich stark – das bekommen Sie im normalen Fußgängertempo eigentlich nicht hin.«

»Das heißt?«

»Wir haben an Ruffs Hintern und in seinem Intimbereich Druckstellen gefunden, die auf eine Sitzposition hindeuten, als habe er stark vornübergebeugt auf so etwas wie einer Bank gesessen, und zwar rittlings.«

Hansen stutzte kurz, dann dämmerte es ihm. »Sie reden von einem Motorrad.«

»Genau«, sagte sie mit zufriedenem Lächeln. »Ein Motorrad oder Moped oder Motorroller – mit einer nicht allzu weich gepolsterten Sitzbank.«

»Und wieso ist der tote Ruff nicht spätestens in der ersten Kurve von der Sitzbank gefallen oder gerutscht?«

Resi Meyer ging zu einem Schreibtisch und zog ein Foto aus der Schublade. Es zeigte den Rücken des Toten, auf dem ein Stück unterhalb der Schulterblätter eine Druckstelle zu sehen war, die sich wie eine Linie über die ganze Breite des Rückens zog.

»Die haben ihn festgebunden?«

Meyer nickte. »Mit einem Gürtel oder vielleicht auch einem Lederriemen – und es muss etwas Längeres gewesen sein, schließlich musste es um zwei Oberkörper herumpassen.«

Der dritte von vier Pfeilen blieb endlich in der Zielscheibe stecken. Hansen ging durch den Garten, um die Geschosse aus dem Gebüsch hinter der Zielscheibe zu holen. Dabei stieß er auf eine nicht gerade angenehme Überraschung:

Eine der Pfeilspitzen hatte eine Maus durchbohrt, von der allerdings nicht mehr viel übrig war – nur direkt um den Pfeil herum war das Tier nicht ganz abgenagt.

Angewidert trug Hansen den Pfeil zum Haus und sah sich nach etwas Altpapier um, damit er den Kadaver von der Spitze in den Mülleimer streifen konnte. Schließlich hatte er eine alte Zeitung gefunden, die zusammengefaltet neben einem Stapel Brennholz lag. Er klappte den Mülleimer auf und befreite den Pfeil von den Mausresten. Am Ende der Prozedur hörte er dicht an seinem Kopf ein Fauchen, gefolgt von einer Art Knurren, wie es nur angriffslustige Katzen zustande bringen.

Langsam wandte er den Kopf: Auf einem Balken unterhalb des Vordachs, keinen halben Meter von seinem Gesicht entfernt, lauerte Ignaz, bleckte die Zähne, fauchte und knurrte und schien zum Sprung bereit.

Hansen, völlig genervt von dem anstrengenden Tier, drehte sich langsam um, fixierte die Augen des Katers und hob den Pfeil an, bis seine Spitze genau auf Ignaz zeigte.

»Na, komm, Kätzchen, dann spring doch!«

Eine Weile standen sich die beiden gegenüber, dann begann Hansen plötzlich die Knurr- und Fauchgeräusche des Katers nachzuahmen. Ignaz stellte die Ohren auf, starrte den Zweibeiner schräg unter sich an, dann legte er den Kopf schief.

Auf einmal sprang Hansen aus dem Stand nach oben, fauchte erneut, riss die Augen auf – und Ignaz, so unvermittelt nur noch Zentimeter von großen, irr blickenden

Menschenpupillen entfernt, bekam einen Heidenschreck und flitzte das Dachgebälk entlang, bis er am Ende des Hauses mit ein paar großen Sätzen die Wiese erreicht hatte.

Hansen freute sich über seinen glorreichen Sieg – bis er im Küchenregal die zerfetzte und fast leere Kekspackung entdeckte.

Dienstag, 11. Juni

Hanna Fischer und Haffmeyer holten Hansen kurz nach halb acht daheim ab. Vor der nächsten Soko-Besprechung um zehn wollten sie versuchen, mit Marlene Ruff und den Anwohnern der Lechbrücke zu reden. Hansen hatte die Witwe des Pferdezüchters kurz nach sieben endlich ans Telefon bekommen, sie klang müde, versprach aber, im Haus auf ihn zu warten.

Während sie die schmale Straße am Lechbrucker Ortsrand entlangfuhren, ließ Hansen den Blick schweifen. Linker Hand lag malerisch das Lechtal unter ihnen, rechts der Straße waren einige hübsche Wohnhäuser zu sehen, und weiter oben duckte sich ein Café unter den Bäumen eines kleinen Waldstücks. Schließlich bog Haffmeyer in die Einfahrt zu »Ruffs Rossparadies« ein.

Marlene Ruff saß auf der Bank vor ihrem Haus, Klemens Pröbstl saß neben ihr, eine Zigarette in der Hand, und redete auf sie ein. Als er das Auto heranfahren hörte, stand er auf und machte sich in Richtung Stall davon.

»Wann fängt Herr Pröbstl denn morgens mit der Arbeit auf dem Hof an?«, wollte Hansen von Ruffs Witwe wissen, während sie ins Haus gingen.

»Normalerweise zwischen sieben und acht, aber er ist

gestern Abend auf dem Hof geblieben. Ich konnte ihn nicht davon abbringen, hier zu übernachten. Der Klemens macht sich Sorgen um mich, das tut natürlich gut, aber ich finde, dass er es etwas übertreibt.«

Fischer und Haffmeyer sahen sich verblüfft an, und Hansen fragte nach: »Hat er denn hier auf dem Hof ein Zimmer?«

»Über dem vorderen Stall gibt es ein paar Räume, die früher mal für Saisonarbeiter gedacht waren, aber seit wir nur noch mit Pferden arbeiten ... Wir haben die Zimmer inzwischen ganz hübsch hergerichtet, ab und zu hat eine Praktikantin mal dort droben geschlafen, und im kommenden Jahr wollten wir sie an Feriengäste vermieten. ›Urlaub im Rossparadies‹ – die Flyer sind schon gedruckt, ich kann Ihnen gerne einen mitgeben.«

Sie zog ein beidseitig bedrucktes A4-Blatt aus einer Schublade und drückte es Hansen in die Hand. Das Papier war etwas dicker als normales Kopierpapier, aber der schwarz-weiß bedruckte Zettel wirkte dennoch reichlich provisorisch.

»Mehr können wir uns gerade nicht leisten«, sagte Marlene Ruff, die seinen Blick richtig gedeutet hatte, und zuckte mit den Schultern. »Aber wir wollen ja ohnehin nicht die Hochglanzgäste hierherlocken – da passt dieser selbst gemachte Zettel vielleicht ganz gut.«

In der Wohnküche hing ein leichter Geruch von Zigarettenqualm in der Luft. Auf dem Tisch stand ein Aschenbecher mit zwei Kippen.

»Sie rauchen?«, fragte Hansen.

»Thomas hat mir den Mist abgewöhnt, aber jetzt stört es ihn ja nicht mehr – und irgendwie war mir heute früh nach einer Zigarette.«

»Hatten Sie denn welche im Haus, als Nichtraucherin?«

»Nein, Klemens hat mir eine gegeben.«

Hansen überlegte schon, wie er noch einmal halbwegs taktvoll danach fragen konnte, ob Klemens Pröbstl nicht vielleicht doch hier im Haus übernachtet hatte, da sprach sie schon weiter.

»Zum Frühstück ist er aus dem Stall rübergekommen. Er hatte schon eine Stunde gearbeitet, als ich aufstand. Ich glaube, den Klemens treibt der Tod meines Mannes auch ganz schön um. Wir haben dann Kaffee getrunken, geraucht und einfach mal eine Weile gequatscht. Hat gutgetan. Und dann haben ja auch schon Sie angerufen.«

Sie stand auf, leerte den Aschenbecher aus und kehrte an ihren Platz zurück.

»Komisch, ich kann diesen Aschegeruch gar nicht mehr leiden.« Sie lächelte matt. »Und was wollen Sie jetzt eigentlich von mir wissen?«

»Zum einen wollte ich Sie fragen, ob Sie mich mal über den Hof führen könnten. Ich würde gerne ein Gefühl dafür bekommen, wie ein solches Gestüt funktioniert, was für Arbeiten anfallen, wo da die Einnahmen herkommen.«

»Das müsste Klemens übernehmen, aber der ist heute Vormittag etwas im Stress, er hat nachher noch einen Termin.«

»Und Sie könnten mir den Hof nicht zeigen? Sie sind doch die Chefin.«

»Ich mag keine Tiere. Und in den Stall ...« Sie lachte, aber es klang nicht fröhlich. »Fast hätte ich gesagt: In den Stall bringen mich keine zehn Pferde!«

»Sie mögen keine Tiere, aber Sie haben einen Pferdehof?«

»Thomas hatte den Pferdehof. Ich hab mich nur um den Bürokram gekümmert, und Thomas wusste, dass ich mit dem ganzen Viehzeug nichts zu tun haben will. Diese ganzen Hühner und Kühe, die meine Eltern gehalten haben, die paar Pferde und Ziegen haben mir die Jugend versaut – damit bin ich durch, um ehrlich zu sein. Thomas wollte so gerne ein paar Hunde haben, das hat er sich meinetwegen verkniffen. Nur zwei Katzen streunen auf dem Hof herum und jagen Mäuse, aber ins Haus dürfen mir die Viecher nicht. Die legen doch überall ihre halb abgenagten Ratten und Vögel hin.« Sie schüttelte sich. »Bah! Nein, das brauch ich wirklich nicht!« Dann sah sie Hansen an. »Sie haben gesagt, Sie wollten sich zum einen den Hof zeigen lassen. Und zum anderen?«

»Es geht noch einmal um den Kauf von Salvatore.«

»Okay, und?«

»Sie haben uns erzählt, dass es um Ihren Hof nicht besonders gut steht, finanziell, meine ich.«

Sie nickte.

»Wir fragen uns deshalb, woher Ihr Mann das Geld hatte, um Salvatore in bar zu bezahlen. Gab es zuletzt doch größere Einnahmen?«

»Nein, das nicht, aber Thomas hat schon ein Weilchen auf diesen Hengst gespart. Die Verhandlungen mit Schwabinger zogen sich eine Zeit lang hin, und Thomas hat immer wieder ein paar Scheine beiseitegelegt. Na ja, und den Rest hat er dann halt vom Geschäftskonto abgehoben – da war zu diesem Zeitpunkt gerade mal wieder ein bisschen was drauf.«

»Das mag ja sein, aber auf diese Weise wird er wohl kaum die neunzehntausend Euro zusammenbekommen haben.«

»Wieso neunzehntausend? Salvatore hat nur neuntausendfünfhundert gekostet, ich kann Ihnen die Rechnung gerne zeigen.«

»Das wäre nett, danke.«

Sie stand auf, ging über den Flur in ein kleines Arbeitszimmer und kehrte nach ein paar Minuten wieder zurück. In der Hand hielt sie einen Aktenordner, den sie vor Hansen auf den Tisch legte. Sie blätterte bis zu einer Rechnung, die zusammen mit dem Kaufvertrag für Salvatore abgeheftet war. Dort stand tatsächlich ein Betrag von neuntausendfünfhundert Euro.

»Diese Unterlagen sollte ich mitnehmen«, sagte Hansen. »Wir bekommen natürlich problemlos die Erlaubnis von der Staatsanwaltschaft, um alles Nötige hier im Haus zu beschlagnahmen, aber Sie haben ja sicher auch ein Interesse daran, dass wir die Mörder Ihres Mannes zu fassen kriegen.«

»Reicht es Ihnen nicht, wenn Sie herkommen und die Unterlagen hier durchsehen, wenn Sie etwas wissen müssen?«

»Nein, leider nicht.« Hansen schüttelte den Kopf. Den Hinweis, dass sie dann ja einfach alles Unliebsame verschwinden lassen konnte, verkniff er sich.

»Und wie halte ich den Hof am Laufen?«

Hansen zuckte mit den Schultern.

»Sie machen mir Spaß«, schnaubte Marlene Ruff, aber sie schob Hansen den Ordner hin und machte eine einladende Geste in Richtung Arbeitszimmer. Haffmeyer und Fischer erhoben sich und gingen hinüber, um sich einen Überblick zu verschaffen. Hansen hörte, wie seine Mitarbeiterin in Füssen anrief und einen Streifenwagen anforderte, der ausreichend Kartons für den Transport der Unterlagen und des Computers mitbringen sollte.

»Wegen der Besichtigung Ihres Hofs, Frau Ruff: Heute Nachmittag kann sich Ihr Mitarbeiter doch sicher Zeit dafür nehmen, oder?«, meinte Hansen.

»Kann ich ihm sagen.«

»Und nun noch einmal zu Salvatore. War der Hengst denn versichert?«

»Ja, natürlich, aber nicht besonders hoch. Die Summe belief sich auf zwölftausendfünfhundert Euro – unser Versicherungsvertreter kannte den Kaufvertrag, und dann haben wir noch etwas Decktaxe draufgerechnet, die wir für die nähere Zukunft erwarteten. Warum haben Sie gerade von einem höheren Kaufpreis gesprochen, Herr Hansen? Neunzehntausend Euro – das wäre, so wie Thomas von Salvatore geschwärmt hat, immer noch ein fairer Preis gewesen, aber ein totales Schnäppchen wäre der Hengst dann nicht mehr.«

»Die neunzehntausend hat uns Lorenz Schwabinger genannt. Das ist allerdings eine ziemliche Dummheit von ihm gewesen, würde ich sagen.«

»Warum das denn?«

»Na ja, wenn die Rechnung nur den halben Kaufpreis ausweist, wird die andere Hälfte wahrscheinlich am Finanzamt vorbeigeflossen sein – und das würde ich der Kripo an seiner Stelle nicht erzählen.«

»Ich hätte da auch nie zugestimmt! Ich zahle neunzehntausend, lasse mir aber nur neuneinhalb quittieren – und kann den halben Kaufpreis nicht einmal von der Steuer absetzen? Das ist für uns kein gutes Geschäft!«

Hansen dachte nach. Drüben im Arbeitszimmer war erst ein lauter Knall zu hören, dann noch einer. Marlene Ruff sprang auf und ging hinüber, Hansen folgte ihr. Hanna Fischer stand bedröppelt vor den Einzelteilen eines zierlichen Schreibtisches, dahinter lag ein altmodischer Röhrenmonitor auf dem Boden.

»Tut mir leid, Chef«, sagte sie und schluckte. »Ich wollte den Rechner vorziehen, da bin ich wohl am Tisch hängengeblieben und dann ...«

»Da sehen Sie«, bemerkte Marlene Ruff, »dass wir nur das Allernötigste ausgeben: wackeliger Schreibtisch, alter Monitor ... Wir haben das gebraucht gekauft, aber quittiert ist der volle Betrag, und da ging's um eine viel kleinere Summe als bei Salvatore.«

»Den Tisch bekommen Sie natürlich ersetzt«, sagte Hansen. »Und der Bildschirm ist hoffentlich nicht kaputtgegangen, sonst werden wir uns selbstverständlich auch darum kümmern.«

»Schon recht, aber zerdeppern Sie mir bitte nicht noch mehr. Die Bilder an der Wand hat mein Opa gemalt, die würde ich gerne behalten.«

Drei großformatige Ölgemälde zeigten altertümliche Szenen aus der Landwirtschaft, im Hintergrund ragte eine Bergkette in den Himmel, wie sie auch den Blick vom Ruff'schen Hof aus dominierte.

Marlene Ruff nickte und ging dann langsam auf den Flur hinaus. Kurz darauf fiel die Haustür ins Schloss.

Hansen schaute sich noch ein wenig in dem kleinen Arbeitszimmer um. Abgesehen von einer Regalwand voller Aktenordner und einigen Unterlagen in einer schwarzen Dokumentenmappe auf dem Schreibtisch sah auf den ersten Blick nichts besonders interessant aus. Haffmeyer fing den etwas gelangweilten Blick seines Vorgesetzten auf.

»Sie wollten doch noch ein paar Anwohner drunten an der Brücke befragen, Herr Hansen. Wollen Sie und die Kollegin schon mal losfahren? Ich kann hier auch allein auf die Streife warten. Die Kollegen können mich dann gleich zu Ihnen bringen, und wir fahren zur Soko-Besprechung.«

»Gute Idee, Herr Haffmeyer, aber ich würde gerne zu Fuß zur Brücke gehen, am besten auf dem Weg, den wahrscheinlich auch Thomas Ruff am liebsten nahm: hinten raus, dann die Wiesen hinunter und auf der Straße am Ufer entlang bis zur Brücke.«

»Dann warte ich hier«, schlug Hanna Fischer schnell vor. Es war ihr deutlich anzusehen, wie viel Lust sie zu einem so ausgedehnten Spaziergang hatte.

Haffmeyer grinste und tätschelte ihre Schulter. »Lieb von dir, Hanna, ich bin eh lieber draußen als hier zwischen diesen Akten.«

»Und es macht Ihnen wirklich nichts aus, hier allein auf die Streifenkollegen zu warten, Frau Fischer?«

»Nein, Herr Hansen, wirklich nicht. Und während die Kollegen hier alles einladen, schau ich mich noch einmal drüben im Stall um. Gehen Sie nur, wir treffen uns nachher am Parkplatz des Restaurants, ja?«

Im Flur blieb Hansen noch kurz stehen und machte Haffmeyer auf das Bild aufmerksam, das sich ihnen beim Blick durchs Küchenfenster bot.

Marlene Ruff stand mit hängenden Schultern auf dem Hof und wandte ihnen den Rücken zu. Auffallend dicht vor ihr stand Klemens Pröbstl, der beruhigend auf sie einredete und sie an den Schultern festhielt. Dann zog er sie ein wenig zu sich heran und nahm sie in den Arm.

Der Weg über die Wiesen hinunter zur Helmensteiner Straße war wunderschön, aber etwas beschwerlich. Ein älterer Mann kam ihnen auf einem Traktor entgegen und tuckerte vorbei, von Helmenstein her fuhr ein rostbrauner Kombi mit einem kleinen Anhänger in Richtung Lechbruck und wirbelte um sie herum eine kleine Staubwolke auf. Nach knapp fünfhundert Metern kamen sie an ein großes umzäuntes Areal mit einem L-förmigen Gebäudetrakt.

»Das ist das Wasserkraftwerk«, erklärte Haffmeyer, »und dort sehen Sie den Damm, auf dem man die Landzunge zwischen den beiden Lecharmen erreichen kann.«

»Ist hier irgendwo ein Tor offen?«

»Nein, aber Sie sehen ja selbst, dass der Holzzaun um das Gelände herum gerade mal gut hüfthoch ist. Das hat Pröbstl wohl nicht aufgehalten.«

Bald danach hatten sie die Brücke erreicht, und Hansen rechnete in Gedanken hoch, wie lange er nun noch zu Fuß zu Kerstin Wontarra brauchen würde – er war nicht unsportlich, aber für Besuche bei der heimlichen Freundin hätte er sicher lieber den Wagen irgendwo versteckt, als sich jedes Mal diese Wanderung den Hang hinunter und wieder hinauf zuzumuten. Vermutlich hatte Ruff eine sehr gute Kondition gehabt.

In diesem Moment kam Maria Waghuberl mit einem Eimer in der Hand auf sie zu.

»Ah, guten Tag, Frau Waghuberl«, sagte Hansen. »Ist Ihnen noch etwas eingefallen, das uns weiterhelfen könnte?«

»Noi, eher it, aber i wollt Sie um was bittn. Mir ham bei uns herunten zwei, drei so Rabauken, die allaweil mit eahna Mopeds rumrasat. Zwei von dene san zletscht drunten am Lechufer umanandgfetzt und den Wanderweg ins Gehölz nei. Könnt denen net irgendoiner mal des Handwerk lega, Herr Kommissar?«

Haffmeyer bemühte sich vergeblich um einen ernsten Gesichtsausdruck, Hansen gelang es besser.

»Na ja, Frau Waghuberl, das kann ich gerne den Kollegen in Füssen ausrichten, aber die werden im Moment nicht viel Zeit haben – wir ermitteln in einem sehr kniffligen Mordfall, da bleibt manches andere leider liegen.«

»Da ham S' freilich recht, aber mit dem Mordfall hat's ja auch zu tun: Den Wanderweg san s' langgfahrn am selben Abend, als der Ruff Thomas von dr Brückn gstürzt isch.«

»Ach? Und wissen Sie noch, wann genau das war?«

Sie sah ihn tadelnd an.

»Das können Sie nur wissen, wenn Sie gerade auf die Uhr gesehen haben«, fügte Hansen hinzu, »ganz zufällig natürlich.«

Das besänftigte sie ein wenig, und sie dachte nach. »Des muass kurz nach zehne gwäsa sei.«

»Es waren zwei Mopeds?«

»Ja, an Deifelsradau ham di gmacht, aber lang isch's net ganga.«

»Und die sind diesen Wanderweg unten am Lechufer langgefahren?«

»Freilich, wenn i's doch sag! I hab's no saga wella, wia Sie das erschte Mol bei mir worn, aber da hab i's glatt verschwitzt.«

»Ist Ihnen noch etwas aufgefallen?«

»Noi, tuat mir leid. Hilft Eahne des wenigschtens a bissle?«

»Sogar sehr, Frau Waghuberl, vielen Dank.«

Die alte Frau stand vor ihm und wartete offensichtlich darauf, dass er ihr erklärte, wie diese Information denn nun genau in das aktuelle Ermittlungspuzzle passte, aber Hansen hatte keine Lust, der Soko die Arbeit durch das Getratsche in Gründl und Lechbruck weiter zu erschweren. Also nickte er ihr noch einmal freundlich zu, schüttelte ihr die Hand und sah zu, dass er schnell über die Straße kam, wo schon Hanna Fischer auf ihn wartete.

»Schauen Sie mal, Herr Hansen.«

Sie stand hinter der geöffneten Heckklappe des Dienstwagens und hielt die beiden Enden einer im Kofferraum liegenden Leine aus blauem Nylon in der Hand. Am einen Ende war eine Lederschlaufe mit einer Schnalle zu sehen, das andere Ende bildete eine einfache Schlaufe.

»Das ist eine Longe«, erklärte sie. »Diese Leine wird beim Voltigieren benutzt oder wenn man ein junges Pferd ausbilden will. Sie ist etwa acht Meter lang und könnte zu den Spuren passen, die am toten Ruff gefunden wurden.«

»Sie meinen, damit könnte er an den Fahrer eines Motorrads gebunden worden sein?«

Sie nickte eifrig und nahm eine weitere Leine aus dem Kofferraum. Die war knapp drei Meter lang und bestand teils aus Leder, teils aus hellbraunem Gurtmaterial, in das alle zehn bis zwanzig Zentimeter ein Quersteg eingearbeitet war.

»Dieser Zügel gehört zu einem Bitless Bridle, einem in den USA entwickelten Zaumzeug, das den Zug des Reiters nicht aufs Maul des Pferdes konzentriert, sondern ihn auf Nasenrücken, Kinnbacken und Genick verteilt. Die Ruffs setzen das ein, weil sie glauben, damit ihre Reitpferde schonender führen zu können.«

»Aha. Und woher wissen Sie das alles?«

»Ich hab mich im Internet ein bisschen schlau gemacht, und das mit dem Zaumzeug und dem Schonen der Pferde breiten die Ruffs sehr pathetisch auf ihrer Homepage aus.«

Hansen nahm den Zügel in die Hand. Er war etwa zwei Zentimeter breit und konnte ebenfalls zu den von der Rechtsmedizinerin gefundenen Druckstellen an Ruffs Rücken passen. Mit einem solchen Gurt könnten problemlos zwei Menschen am Oberkörper zusammengebunden werden.

»Und die haben Sie vom ›Rossparadies‹ mitgebracht?«

Sie nickte.

»Gute Arbeit, Frau Fischer, danke.«

»Gern. Und jetzt?«

»Jetzt rufen Sie bitte die Kollegen an, die gerade die Sachen aus Ruffs Arbeitszimmer einpacken. Die werden ja bald fertig sein, nehme ich an.«

Sie nickte.

»Sie sollen gleich im Anschluss den Wanderweg absperren, der unterhalb der Lechbrücke in das Waldstück am Ufer führt. Keine Ahnung, wo der Weg wieder rauskommt, aber sie sollen bitte an beiden Enden niemanden durchlassen, bis der Erkennungsdienst kommt. Dort müssten sich Spuren von zwei Mopeds oder Motorrädern finden lassen – es dürften die sein, mit denen der tote Ruff weggebracht wurde.«

Sie pfiff leise durch die Zähne und nestelte ihr Handy hervor. Hansen rief währenddessen den Kriminaltechnikchef Kleinauer an und erzählte ihm von dem neuen Hinweis.

Auf dem Weg zu Marco Schwarzacker, dem früheren Freund von Kerstin Wontarra, überquerten sie in Urspring die erste Kreuzung, passierten die Dorfkirche und erreichten wenig später ein schönes Einfamilienhaus, in dessen kleinem Garten ein paar Kinderspielzeuge herumlagen. Vor dem Haus standen ein Van und ein Kleinwagen, dazwischen hing ein Geländemotorrad mit verdrecktem Nummernschild etwas windschief auf seinem Ständer.

Haffmeyer kniete sich neben das Motorrad, machte ein paar Fotos und zog eine Plastiktüte hervor, um einige Erdkrümel vom verschmutzten Nummernschild für weitere Untersuchungen mit nach Kempten zu nehmen. Hansen und Fischer gingen zur Haustür. Drinnen war Kindergeschrei zu hören, das den dünnen Klang der Türglocke vermutlich übertönte. Tatsächlich dauerte es eine Weile, bis jemand im Haus auf das Klingeln reagierte.

Eine junge, sehr schlanke und kleine Frau öffnete die Tür. Sie hatte ein weinendes Kind auf dem Arm und sah müde aus.

»Guten Tag, Frau Schwarzacker«, sagte Hansen und stellte sich und die Kollegin vor. »Ist denn Ihr Mann da?«

»Ja, klar, der ist im Wohnzimmer, aber ...« Sie verzog ihr Gesicht. »Mit dem werden Sie grad nicht viel anfangen können.«

»Können wir trotzdem mal reinkommen? Wir sollten mit ihm reden.«

Sie zuckte mit den Schultern. »Wenn Sie gute Nerven haben, kommen Sie ruhig mit.«

Damit wandte sie sich ab, ließ die beiden stehen und ging ins Wohnzimmer voraus. Hansen musste den Boden im Blick behalten, um nur ja nicht auf eines der vielen Kleidungsstücke oder Spielzeuge zu treten, die auf dem Parkettboden verstreut waren. Dazwischen lagen Essensreste, ein Babyfläschchen und ein paar frische Windeln.

Das Sofa war über und über mit Decken und Kuscheltieren unterschiedlicher Größe bedeckt, und mitten in diesem Chaos lag ein großer, sehr muskulöser Mann im Feinrippunterhemd. Er streckte seine Beine lang von sich, hielt ein weiteres Kleinkind in seinen mächtigen Armen und schnarchte in beachtlicher Lautstärke.

»Bitte schön«, sagte die Frau. »Das ist mein Mann. Ich hab Ihnen ja gesagt, dass er Ihnen im Moment vermutlich nicht allzu sehr behilflich sein kann.«

»Könnten Sie ihn bitte wecken?«

Sie lachte und schüttelte dabei den Kopf. Das Kind auf ihrem Arm kniff sofort die Augen zusammen und machte Anstalten loszuschreien. Sie strich ihm sanft über den Kopf, drückte das Kind an ihr Gesicht und murmelte etwas. Der Kleine beruhigte sich wieder, gab aber noch ein paar ungnädige Geräusche von sich, bevor er sich wieder gegen die Brust seiner Mutter sinken ließ.

»Entschuldigen Sie bitte, Frau Schwarzacker, aber wir

ermitteln in einem Mordfall. Und ich möchte Sie wirklich bitten, nun Ihren Mann aufzuwecken. Wir haben dringend mit ihm zu reden! Auch über das Motorrad draußen vor dem Haus.«

»Ach«, sagte sie und sah ihn überrascht an, »ist das wieder da?«

»Steht draußen und sieht ziemlich dreckig aus. War es denn weg?«

»Ja, das ist immer wieder mal fort, wird aber jedes Mal zurückgebracht.«

Hansen wollte gerade nachfragen, was das zu bedeuten hatte, aber da hob sie schon abwehrend die freie Hand, während sie in einem fort das Kind auf dem anderen Arm leicht wiegte.

»Das muss Ihnen wirklich mein Mann erklären, aber der ... Sie sehen es ja selbst, der kann grad nicht.«

Sie beugte sich zu ihm hinunter und rüttelte heftig an seiner Schulter. Das Kind auf seinem Arm blinzelte ein bisschen, murrte ein-, zweimal halblaut und schlief dann wieder ein. Marco Schwarzacker ließ sich nicht stören, sondern lag da wie zuvor.

»Und wie lange dauert es, bis er wieder aufwacht?«

»Unterschiedlich. Meistens kommt er nach einer guten halben Stunde wieder zu sich.«

»Und wie lange liegt er da schon?«

»Zwanzig Minuten.«

Hansen sah seine Kollegin an, die zuckte nur mit den Schultern.

»Tja, dann warten wir halt. Dürfen wir uns setzen?«

»Klar, suchen Sie sich ein Plätzchen, ich kann auch noch Stühle aus der Küche holen.«

»Ja«, sagte Hansen, »zwei Stühle wären schön. Aber ich kann sie gerne selbst holen.«

Die Frau nickte zur Küche hinüber, wo vier helle Holzstühle um einen kleinen Tisch herumstanden. Dann saßen sie im Wohnzimmer und warteten darauf, dass Marco Schwarzacker erwachte. Die Klingel summte noch einmal, Frau Schwarzacker öffnete, Haffmeyer kam herein und registrierte staunend die gemütliche Runde.

»Wir warten«, erklärte Hansen, »Herr Schwarzacker müsste jeden Moment aufwachen.«

Haffmeyer sah kurz auf die Uhr, es war noch Zeit, also holte er sich ebenfalls einen Stuhl aus der Küche und setzte sich zu den anderen.

»Was haben Sie denn für Probleme?«, fragte Hansen nach einer Weile, als ihm die bloße Warterei zu lang wurde.

»Nichts Besonderes«, sagte Frau Schwarzacker. »Die beiden Kleinen schlafen halt im Moment sehr schlecht.«

»Im Moment?«

»Na ja, ich muss zugeben: Der Moment dauert schon gut zwei Monate an.« Sie grinste müde.

»Sind Ihre Kinder denn krank?«

»Nein, wieso?«

»Na, wenn sie nicht schlafen können ...«

»Sie haben keine Kinder, oder?«

»Nein«, sagte Hansen, und angesichts des Chaos um ihn herum war er darüber gerade auch recht froh.

»Das klappt halt mal, und mal klappt es nicht. Bei unseren Zwillingen ist es natürlich besonders toll: Schläft der eine endlich, wacht der andere auf – und weckt seinen Bruder mit seinem Geschrei, und schon geht alles von vorne los. Freunde von uns haben ebenfalls Zwillinge – und die schlafen schon im sechsten Jahr in getrennten Zimmern, und jeder hat eines der Kinder bei sich im Bett.«

Hansen schüttelte den Kopf und tauschte einen genervten Blick mit Haffmeyer. Als er zu Hanna Fischer hinübersah, bemerkte er, dass die Kollegin ganz verträumt zwischen den beiden kleinen Jungs hin und her sah.

»Und wie kommt es, dass Ihr Mann hier am helllichten Dienstag auf dem Sofa schlafen kann? Hat er Urlaub?«

»Sozusagen. Er ist im Außendienst, verkauft Nahrungsergänzungsmittel und Aufbaupräparate an Fitnessstudios, und als es vor zwei Wochen besonders schlimm wurde mit den beiden Jungs, hat er mit seinem Chef gesprochen. Jetzt fährt ein Kollege seine Tour zum Teil mit, und Marco versucht per Telefon und Computer von zu Hause aus das Wichtigste am Laufen zu halten. Das Geld brauchen wir ja, wir haben erst gebaut, da können wir uns einen richtigen unbezahlten Urlaub gar nicht leisten.«

»Und seit zwei Wochen geht er nicht mehr zur Arbeit?«

»Wie gesagt: Er sitzt ab und zu oben in seinem Arbeitszimmer und hält den Kontakt mit den Kunden, aber rausgefahren ist er seither nicht mehr, das stimmt.«

»Ist er denn den ganzen Tag daheim?«

Sie sah ihn fragend an. »Wollen Sie etwa abklopfen, ob Marco ein Alibi hat?«

»Wir müssen wissen, wo Ihr Mann in den vergangenen Tagen war. Vor allem der vergangene Donnerstag interessiert uns: von etwa sechs Uhr abends an und die gesamte Nacht auf Freitag.«

Sie schüttelte den Kopf, als könne sie seine Frage nicht fassen.

»Frau Schwarzacker, bitte!«

»Wir wechseln uns hier tatsächlich Tag und Nacht mit den Kindern ab, kümmern uns rund um die Uhr um die beiden Kleinen. Meine Eltern sind ziemlich krank, die brauchen eher unsere Hilfe, als dass sie uns beistehen könnten. Und Marcos Eltern sind schon gestorben, die hatten vor einigen Jahren einen Autounfall. Wenn ich mal Pause habe, lege ich mich sofort hin und versuche so viel zu schlafen, wie es geht. Und Marco macht das meistens genauso, nur manchmal schnürt er die Laufschuhe und geht joggen.«

»Und wie lange ist er dann üblicherweise unterwegs?«

»Eine Stunde, vielleicht auch mal etwas mehr. Aber seit die Kinder da sind, ist er nicht mehr so fit wie früher. Ich glaube, dass er nicht mehr die ganze Zeit durchrennt, sondern sich auch mal irgendwo im Wald hinsetzt oder ein Stück geht.«

Hansen wunderte sich schon, wie leichthin sie Lücken im Alibi ihres Mannes eingestand, und noch mehr wunderte er sich über ihr siegesgewisses Lächeln, das nun auf ihrem Gesicht erschien. Aber er wunderte sich nicht lange.

»Und von Donnerstag an war Marco bis Freitagnachmittag im Krankenhaus. Tom hatte gar nicht mehr aufgehört mit Schreien, und irgendwann wussten wir uns nicht mehr anders zu helfen und sind zum Kinderarzt – der hat zwar nichts gefunden, hat uns aber sicherheitshalber nach Schongau ins Krankenhaus geschickt, um Tom mal über Nacht beobachten zu lassen. Marco ist mit ihm hingefahren und über Nacht dort geblieben, ich war so lange mit Tim hier.«

»Das ist gut, danke«, sagte Hansen.

Natürlich würden sie das alles nachprüfen müssen, aber mit einem solchen Alibi sollte Marco Schwarzacker aus dem Schneider sein – er hatte offensichtlich auch so schon mehr als genug am Hals. Blieb noch die Frage nach dem Motorrad drunten vor dem Haus.

»Da müssen Sie wirklich meinen Mann fragen.«

Hansen musste nicht lange warten. Schwarzacker gähnte mit geschlossenen Augen, dann blinzelte er zwei-, dreimal, setzte sich aufrecht hin und sah in die Runde.

»Wer sind Sie denn alle?«

»Kripo Kempten. Mein Name ist Hansen, und das sind meine Kollegen Fischer und Haffmeyer.«

»Aha. Und worum geht's?«

»Thomas Ruff wurde von der Lechbrücke gestoßen, der war Pferdezüchter drüben in Lechbruck.«

»Den kenn ich«, sagte er nur, hinter seiner Stirn schien es fieberhaft zu arbeiten.

»Und er war der Freund von Kerstin Wontarra, wie Sie sicher auch wissen.«

Schwarzackers Körper verkrampfte sich, und er hatte offensichtlich große Mühe, sich unter Kontrolle zu halten. Schließlich bettete er sehr sanft das Kind von seinem Arm auf eine der Decken neben sich, stemmte seine riesigen Pranken auf die Oberschenkel und beugte sich nach vorn.

»Glauben Sie, ich hab mit dieser Geschichte was zu tun?«

Schwarzackers Stimme vibrierte vor Zorn, seine Frau legte ihm die Hand auf den Unterarm.

»Marco, sie wissen schon, dass du in der Zeit mit Tom im Krankenhaus warst.« Sie sah zu Hansen hin. »Ruff wurde doch am Donnerstagabend oder in der Nacht auf Freitag von der Brücke gestoßen, oder?«

»Am Donnerstagabend, ja«, sagte Hansen.

Mittlerweile war Schwarzacker aufgestanden und wirkte in voller Größe nun doch recht bedrohlich.

»Sind Sie eigentlich total irre?«, rief er. »Sie kommen hierher, hocken in meinem Wohnzimmer herum, während ich schlafe, total erschöpft von unseren Kindern, und Sie fragen meine Frau allen Ernstes, ob ich ein Alibi für den Mord an diesem Arschloch habe?«

»Bitte, Marco!« Frau Schwarzacker sah ihren Mann ängstlich an.

»Ist doch wahr! Raus hier!«

»Wir gehen gleich«, antwortete Hansen. »Aber eine Frage haben wir noch: Ihre Frau erwähnte, dass das Motorrad, das unten vor dem Haus steht, zuletzt weg war – aber Genaueres, meinte sie, könnten nur Sie uns dazu sagen.«

»Ach, der Göppel ist wieder da? Schön.«

»Wo war er denn?«

»Woher soll ich das wissen? Weg war er halt, und jetzt ist er wieder da. Haben Sie doch gerade selbst gesagt.«

»Wie lange war das Motorrad denn weg?«

Schwarzacker zuckte mit den Schultern.

»Denken Sie bitte nach«, bat ihn Hansen. »Und setzen Sie sich doch wieder hin. Es ist lästig, ständig zu Ihnen hinaufschauen zu müssen. Außerdem …« Hansen grinste leicht. »Außerdem wissen Sie wahrscheinlich selbst sehr gut, dass das recht bedrohlich wirkt – Sie da in voller Größe und mit dem knappen Unterhemd und all den Muskeln.«

Erst quittierte der Mann Hansens Bemerkung mit einem stechenden Blick aus zusammengekniffenen Augen, aber als Hansen unverändert freundlich dreinschaute, schlich sich auch bei ihm ein Grinsen aufs Gesicht, und er setzte sich langsam wieder hin. Hanna Fischer räusperte sich, und Haffmeyer atmete leise wieder aus.

»Besser so?«, fragte Schwarzacker im Sitzen und strich ganz nebenbei mit seiner Pranke sanft und zärtlich über den Kopf des schlafenden Kindes.

»Ja, viel besser, danke. Wie lange war das Motorrad also weg?«

»Paar Tage, vielleicht seit Dienstag oder Mittwoch vergangener Woche – ich kann es Ihnen wirklich nicht genauer sagen. Ich benutze das Ding seit Langem nicht mehr, und wenn ich zum Fenster raussehe, ist es entweder von unserem einen Wagen oder vom anderen oder von beiden verdeckt. Ist ja nicht besonders groß, die alte Kiste.«

»Und warum, glauben Sie, hat der Dieb das Motorrad wieder zurückgebracht?«

»Wieso Dieb? Das muss niemand klauen, der Schlüssel klemmt unter dem Sattel, und wer das Ding braucht, nimmt es sich halt und bringt es dann wieder. Das Moped haben meine Kumpels und ich immer schon gemeinsam genutzt.«

»Ach so, ich dachte, das ist ein Motorrad und kein Moped.«

»Natürlich ist es ein Motorrad, aber ich sag schon immer Moped dazu – ich glaub, das machen viele Motorradfahrer.«

»Und wer sind diese Kumpels, mit denen Sie sich dieses ... Moped teilen?«

»Axel, Klaus, Korbi, Holger und Assi.«

»Sie haben sicher auch die vollständigen Namen. Wir müssten mit Ihren Freunden nämlich klären, wo Ihr Motorrad am Donnerstag und Freitag benutzt wurde.«

»Sie meinen ...?«

Hansen nickte.

»Das Kennzeichen«, schaltete sich Haffmeyer ein, »ist offenbar erst vor Kurzem verschmutzt worden. Nachher werden sich ein paar Kollegen von der Spurensicherung das Motorrad noch genauer ansehen. Möglicherweise nehmen wir es auch mit nach Kempten. Wir suchen im Zusammenhang mit dem Mordfall nach einem Motorrad, da müssen wir uns Ihres natürlich auch ganz genau ansehen.«

»Könnten Sie mir die Namen Ihrer Kumpels sagen«, fasste Hansen nach, »und vielleicht auch den Wohnort?«

»Axel Röhm wohnt hier in Urspring, Klaus Wulfgartner drüben in Steingaden. Korbi ... ich meine: Korbinian Hauser wohnt in Lechbruck, Holger Zürn in Bernbeuren und Maximilian Assmann, also der Assi, in Halblech.«

Hanna Fischer notierte sich alles und ging dann in den Flur hinaus, um den Kollegen übers Handy die Namen und Wohnorte durchzugeben und sie um die vollständigen Adressen zu bitten.

»Danke, Herr Schwarzacker.«

»Aber mit dem Mord an Ruff hat garantiert keiner von denen was zu tun, glauben Sie mir. Das sind gar nicht die Typen dafür.«

»Mag sein, aber befragen müssen wir sie trotzdem.«

»Außerdem kann das Moped auch jeder andere genommen haben.«

»Hätten Sie das denn nicht bemerkt?«

»Nein, wie denn? Bei dem Radau, den unsere Jungs hier immer wieder veranstalten, hören wir oft nicht mal die Türglocke.«

Stimmt, dachte Hansen. Laut sagte er: »Er oder sie muss aber wissen, dass der Schlüssel unter dem Sattel steckt.«

»Na ja, das mach ich jetzt schon seit zehn Jahren so, das kann jeder hier im Dorf mitbekommen haben. Und wenn man nur aufmerksam genug hinschaut, kann man den Schlüssel auch finden, wenn man es nicht genau weiß.«

»Haben Sie denn hier neugierige Nachbarn, die es mitbekommen haben könnten, wenn sich jemand das Motorrad nimmt?«

Schwarzacker lachte. »Ja, neugierig sind sie hier schon, die meisten jedenfalls, aber halt auch sehr umtriebig – tagsüber hat keiner Zeit, drauf zu achten, ob mein Moped vor dem Haus steht oder nicht. Wenn sich also nicht zufällig jemand in dem Moment auf das Ding schwingt, wenn ein Nachbar gerade mit dem Schlepper vom Feld oder mit dem Auto vom Büro heimkommt ...« Er schüttelte den Kopf.

»Na gut, dann wollen wir mal nicht weiter stören«, sagte Hansen und stand auf. Im Zimmer machte sich ein durchdringender Geruch breit, der das Ehepaar nicht weiter zu stören schien. Auch Haffmeyer beeilte sich, nur Hanna Fischer sah noch kurz sehnsüchtig auf die beiden Kleinen, bevor sie sich auch verabschiedete.

»Ich bring Sie noch raus«, sagte Schwarzacker, »aber dann muss ich meiner Frau beim Wickeln helfen. Das riecht verdächtig nach einer doppelten Portion.«

Als die Kommissare draußen waren und Marco und Andrea Schwarzacker nebeneinander im Bad standen und ihre Kinder wickelten, musterte er sie aufmerksam und legte ihr dann eine Hand auf den Arm.

»He, komm, Andrea, mach dir keine Gedanken. Ich war's wirklich nicht. Du weißt doch selbst, dass ich die

Nacht von Donnerstag auf Freitag im Krankenhaus verbracht habe. Die werden dort nachfragen, und die Schwestern werden das bestätigen. So wie ich die immer wieder genervt habe mit meiner Sorge um Tom ... das haben die sicher noch nicht vergessen.«

Sie nickte und zwang sich zu einem dünnen Lächeln. Kurz darauf hielt sie ihr frisch gewickeltes Kind auf dem Arm. Ihre Gedanken waren bei Thomas Ruff. Sie hatte ihn lange nicht gesehen, und Marco hatte keine Ahnung, dass sie ihn von früher kannte. Mein Gott, dachte sie, wenn Marco das wüsste, der würde Thomas glatt ...

Sie wurde ganz blass bei dem Gedanken, und ihr Mann holte ihr schnell ein Glas Wasser aus der Küche.

Hansen hatte Soko-Leiter Scheithardt auf den aktuellen Stand gebracht und dabei auch gleich erfahren, dass ein Team vom Erkennungsdienst bereits auf dem Weg nach Urspring war. Haffmeyer hatte seine Fotos vom Hinterreifen und dem verdreckten Nummernschild per Handy an Kleinauer übermittelt, und auf den ersten Blick passte das Profil des Reifens ziemlich gut zu den im Moor gefundenen Spuren. Die Kollegen würden Schwarzackers Motorrad im geschlossenen Anhänger nach Kempten bringen und dort genauer untersuchen. Anschließend sollten auf dem Wanderweg im Waldstück Spuren gesichert und mit dem Reifenprofil des Motorrads abgeglichen werden.

Währenddessen hatte Hanna Fischer beim Soko-Innendienst nachgefragt: Zu Schwarzackers Kumpels waren Kripobeamte in zivilen Dienstwagen unterwegs, um zu klären, ob die Männer daheim waren, und dafür zu sorgen, dass sie nicht plötzlich spurlos verschwanden, bevor Hansen mit ihnen hatte sprechen können. Andernfalls sollten sie unauffällig in Sichtweite der Wohnungen warten, bis die Männer nach Hause kamen, und dann sofort die Kollegen vom Innendienst informieren.

»Danke, Frau Fischer«, sagte Hansen. »Und falls uns doch einer ausbüxt, haben wir wenigstens jemanden, der sich verdächtig macht.«

Die Besprechung der Soko musste diesmal ohne Hansen, Haffmeyer und Fischer stattfinden. Als die drei das Haus der Schwarzackers verließen, war es schon dreiviertel zehn. In einer Viertelstunde war der Weg nach Kempten beim besten Willen nicht zu schaffen – und womöglich stellte sich auf der Fahrt dorthin heraus, dass einer von Schwarzackers Kumpels doch zu Hause war und sofort befragt werden konnte.

Also schenkten sie sich den Stress und ließen sich von Haffmeyer zur Käse-Alm in Gründl leiten, wo sie sich eine deftige Brotzeit mit Rauchwurst, würzigem Käse und einem herrlich saftigen Laib Bauernbrot gönnten. Anschließend fuhren sie nach Lechbruck hinüber, um mit Horst Pröbstl zu reden. Vielleicht war dem noch etwas eingefallen.

Unterwegs erfuhr Hansen übers Handy, dass keiner von Marco Schwarzackers Kumpels zu Hause gewesen war – zu dieser Uhrzeit kein Wunder. Aber die Kollegen wollten es am Abend erneut versuchen.

Heute schien Horst Pröbstl noch nicht betrunken zu sein. Er saß auf der Holzbank vor seinem Haus, klaubte ab und zu ein Stück Wurst aus einer Plastikschüssel auf seinem Schoß und warf sie vor sich auf die Straße, wo sich drei junge Katzen um die Leckerbissen balgten.

»Hallo, Herr Pröbstl«, sagte Hansen. »Heute scheint's Ihnen besser zu gehen.«

»Das täuscht. Ich hätte große Lust auf ein paar Bier oder einen Schnaps. Aber ich hab mir gedacht, das hat auch später am Tag noch Zeit.«

»Freut mich zu hören. Darf ich?« Er deutete auf die Bank.

Pröbstl nickte und rutschte ein Stück zur Seite, damit sich der Kommissar setzen konnte. Eines der Kätzchen strich sofort um sein Hosenbein, behielt dabei aber aufmerksam Pröbstls Hand im Blick, mit der er nach dem nächsten Wurststück griff.

»Und was haben Sie rausbekommen? Wissen Sie schon, wer Thomas von der Brücke geworfen hat?«

»Nein, noch nicht. Aber wir sind ja auch nicht beim Fernsehen, wo der Kommissar nach neunzig Minuten fertig sein muss.« Hansen grinste. »Übrigens hat sich bisher durch die Sicherung der Spuren und die Untersuchung des Leichnams alles bestätigt, was Sie Herrn Kerricht gegenüber ausgesagt haben.«

Nun lächelte Pröbstl und wandte sich an Hansen. »Sie wissen gar nicht, wie gut mir das tut.« Er hatte Tränen in den Augen. »Wenn man immer nur als Depp abgestempelt wird und wenn es heißt: ›Ach, was der Pröbstl schon daherredet, der ist eh besoffen und weiß nicht, was er sagt.‹ Das trifft einen. Und irgendwann verlieren Sie den Respekt vor sich selbst, wissen Sie?«

»Das glaub ich Ihnen.«

Pröbstl lehnte sich auf der Bank zurück, stierte zum Himmel hinauf und atmete ein paarmal schwer ein und aus. Die Kätzchen suchten schnuppernd den Boden ab, und als sie nichts mehr fanden, strichen sie um Pröbstls Beine oder stupsten seine Waden mit ihren Schnauzen an. Er rieb sich mit der Hand über die Stirn, wischte sich die Augen trocken und sah zu den Katzen hinunter.

»Die sind da nicht so heikel, die drei Kleinen. Solange man denen etwas zu fressen gibt, lieben sie einen. Und wenn die Schüssel leer ist, lieben sie halt den nächsten.«

Er grinste und zeigte den Kätzchen die leere Schüssel, woraufhin sie sich trollten.

Hansen sah sich um. Es wirkte so friedlich hier, auch Pröbstls alter Bauernhof lag idyllisch in der Sonne, und nichts deutete darauf hin, dass ganz in der Nähe ein Mord geschehen war. Der Verkehr auf der Hauptstraße war als eine Art Grundrauschen zu hören, ansonsten klapperten irgendwo in der weiteren Nachbarschaft Werkzeuge, und Bretter wurden gestapelt oder umgeräumt.

Ein leise kratzendes Geräusch beendete Hansens Träumereien. Pröbstl hatte eine Weidenrute in der Hand und zeichnete damit geschickt und schnell Striche in den sandigen Boden zu seinen Füßen. Hansen sah schweigend zu. Pröbstl wirkte sehr konzentriert, seine Hand zitterte fast gar nicht – dann zog er noch einen Kreis um die Zeichnung und lehnte sich zufrieden zurück. Hansen erkannte das Motiv des »Burggener Maximilian«, jener Schleife, mit der Thomas Ruff vom nächsten Rosstag an die besten Hengste prämieren wollte.

»Ist das auch von Ihnen?«

»Ja«, sagte Pröbstl. »Nicht schlecht, was?«

»Das hab ich schon mal gesehen. Thomas Ruff hatte dieses Motiv für eine Prämierungsschleife vorgeschlagen und wohl auch durchgesetzt. Das sollte in diesem Jahr erstmals verliehen werden, drüben in Burggen.«

»Ach, beim Rosstag?«

Hansen nickte.

»Wussten Sie das nicht?«

Pröbstl schüttelte den Kopf, aber er lächelte dabei.

»Hat Herr Ruff Ihren Entwurf geklaut? Sie müssten doch zustimmen, wenn er so etwas verwenden will.«

»Zugestimmt hab ich im Prinzip schon vor einiger Zeit. Ich hab Thomas einige meiner Skizzen gezeigt, die zu der Zeit entstanden sind, als ich ihm das Logo für sein ›Rossparadies‹ gezeichnet habe. Wegen meiner zittrigen Hände war davon nichts als endgültig zu gebrauchen, aber er hat mir trotzdem einen richtig fairen Preis für meinen krakeligen Entwurf bezahlt, also hab ich ihm die anderen, die verworfenen Motive, ohne zusätzliches Honorar überlassen.« Er verwischte seine Skizze im Sand, zeichnete eine neue, verwischte auch diese und zeichnete eine dritte.

»Sie kommen langsam wieder rein, stimmt's?«

»Ja, und das fühlt sich gut an.«

Hansen stand auf. »Ich will zum ›Rossparadies‹ raus, mich ein wenig umsehen. Ich weiß noch immer nicht viel darüber, wie ein solcher Hof überhaupt funktioniert, woher da die Einnahmen kommen und welche Arbeiten anstehen.«

Er hielt Pröbstl die Hand hin. »Tschüs, bis bald«, sagte er und schaute freundlich auf den Mann hinunter.

»Pfüat Eahna, heißt das bei uns hier«, gab Pröbstl zurück, grinste breit und drückte Hansens Hand.

Als Hansen ein paar Schritte gegangen war, rief ihm Pröbstl nach: »Sagen Sie mal, Herr Kommissar: Wo sich doch jetzt meine Aussage wegen des Mordes als richtig herausgestellt hat … könnten Sie nicht noch einmal nachsehen, ob womöglich auch an diesem Einbruch in Salvatores Box was dran ist?«

»Mach ich«, antwortete Hansen und war ganz erschrocken, dass er das bisher so sträflich vernachlässigt hatte. Pröbstl hatte ihm ja von dem vermeintlichen Einbruch berichtet, aber irgendwie hatte er es im Durcheinander der beginnenden Ermittlungen wieder völlig vergessen. Noch im Hinausgehen zückte er sein Handy und gab Sepp Kleinauer Bescheid, dass unbedingt noch die Pferdebox von Salvatore auf Spuren untersucht werden musste, vor allem auf DNA – für alles andere war es inzwischen ohnehin zu spät.

Klemens Pröbstl schob gerade eine Schubkarre, in dem ein Futtersack lag, über den Hof. Als er Hansen sah, stellte er den Karren ab und ging ihm entgegen.

»Grüß Gott, Herr Hansen. Marlene hat mir schon gesagt, dass ich Sie ein bisschen rumführen soll.«

»Wenn Sie grad Zeit haben ...«

»Die nehm ich mir halt. Was wollen Sie denn wissen?«

»Ach, ich würde mich gern einfach mal umsehen, um ein Gefühl für Ihre Arbeit zu bekommen. Und nebenbei frage ich Ihnen Löcher in den Bauch, okay?«

»Klar, kein Problem.« Er sah sich um, als überlege er, wo er mit seiner kleinen Tour beginnen sollte.

»Wie viele Pferde haben Sie denn hier auf dem Hof?«, fragte Hansen.

»Fünfunddreißig, davon elf eigene. Die übrigen sind Pensionspferde, die ihre Besitzer bei uns unterstellen. Dafür zahlen sie eine monatliche Gebühr, und wir kümmern uns um Futter, Auslauf und so weiter.«

Hansen deutete auf die Schubkarre mit dem Futtersack. »Ist das nicht ein bisschen wenig für fünfunddreißig Pferde?«

Klemens folgte seinem Blick, dann lachte er. »Das ist Kraftfutter, damit helfen wir ein wenig nach, wenn ein Pferd zu dünn wird. Die Tiere bekommen im Stall Heu und natürlich Wasser, aber meistens sind sie ohnehin draußen auf der Koppel. Dort haben sie dann Gras genug. Jetzt kommen Sie einfach mit, wir schauen uns das jetzt mal an.«

Pröbstl zeigte auf ein Gebäude vor ihnen, das in zwei Bereiche unterteilt war. Die eingezäunte Freifläche war betoniert. Ein paar Pferde standen dort beisammen, wedelten mit dem Schweif monoton Fliegen weg, schienen sich aber sonst für nichts zu interessieren.

»Diese Pferde können sich aussuchen, wo sie sich aufhalten«, erklärte Klemens. »Meistens bleiben sie drau-ßen, aber wenn die Fliegen sie zu sehr nerven, können sie in den Stall gehen.«

Er deutete auf einen breiten Durchlass, der von der Freifläche ins Gebäude führte. Davor hingen schwere Kunststoffstreifen als Fliegensperre.

»Mit unseren Gattern schranken wir ihnen dann den Weg zu der Weide ab, auf der wir sie am jeweiligen Tag haben wollen. Wenn die Pferde überall hin könnten, wür-den sie immer wieder an denselben Stellen fressen, dort eben, wo es ihnen mal am besten geschmeckt hat – und dort würde dann bald nichts mehr wachsen. Also sorgen wir für Abwechslung. Wenn es so schwül ist wie heute, stehen die Tiere viel hier oben und schlafen – an kühleren Tagen sind sie lieber auf den Wiesen unterwegs.«

»Schlafen die im Stehen?«

»Meistens, aber das ist ein sehr leichter Schlaf, fast ein Dösen. Sehen Sie da vorne den kleinen Braunen?«

Klemens deutete auf ein Pferd direkt am Gatter, das regungslos dastand, nur der Schweif wedelte ab und zu übers Hinterteil.

»Der schläft gerade, Sie können es am rechten Hinter-huf erkennen: Der ist leicht angewinkelt und wird im Moment nicht belastet, sehen Sie das?«

Hansen nickte und schob mit dem Ellbogen einen Schimmel beiseite, der sich mit den Zähnen an seinem Hemdsärmel zu schaffen machte.

»Im Liegen schlafen sie auch«, erklärte Klemens wei-ter, »aber nur etwa eine halbe Stunde am Tag.«

Als er sah, dass Hansen mit dem Schimmel nicht zurechtkam, rief er einmal kurz und kräftig »Hey!« und drängte das Pferd etwas ab.

»Kommen Sie, wir gehen wieder raus, bevor Sie noch im Unterhemd vor mir stehen.«

Er lachte, aber Hansen kannte sich mit Pferden zu wenig aus, um zu erkennen, ob das ein Witz war oder eine ernst gemeinte, wenn auch lustig verpackte Warnung.

Klemens ging durch eine offen stehende Tür in den linken, kleineren Bereich des Gebäudes. Gleich in der ersten Box stand ein großer brauner Hengst, der mit gespitzten Ohren beobachtete, was da gerade auf ihn zukam. Klemens öffnete die Gittertür und schob Hansen vor sich her in die Box. Viel Platz war nicht, und da jetzt ein Pferd und zwei Männer in dem kleinen Raum standen, musste Hansen das Tier wohl oder übel berühren. Er grinste unsicher und fuhr dem Hengst langsam mit der flachen Hand über den Nasenrücken.

»Na, du?«, sagte er, und es kam ihm schon im selben Moment ziemlich dämlich vor.

»Bertie will gerne raus, aber er darf noch nicht. Ihm wurde unlängst ein Rückenwirbel eingerenkt, jetzt muss er zur Schonung noch ein paar Tage in der Box bleiben. Das ist übrigens ein Kandidat für das Kraftfutter, das Sie vorhin gesehen haben: Wenn der draußen auf der Weide ist, springt der ständig umher. Da hat er gar keine Zeit, ans Fressen zu denken. Und damit er trotzdem nicht zu dünn wird, füttern wir zu. Und falls Sie sich wundern, dass die Box so klein ist: Wir halten die Tiere vorwiegend draußen, da brauchen sie hier drin nicht so viel Platz. Außerdem war das früher mal ein Kuhstall, da mussten sich Thomas und Marlene eben auch nach den Gegebenheiten richten. Ich konnte den beiden übrigens Tipps für den Umbau geben, witzige Geschichte.«

Es war offensichtlich, dass er danach gefragt werden wollte, und Hansen tat ihm den Gefallen.

»Ich hab Pferdewirt gelernt, Fachrichtung Zucht und Haltung, und war danach auf verschiedenen Gestüten tätig. Meine letzte Station, bevor ich hierherkam, war ein Hof in der Nähe von Stuttgart, mit Weiden direkt bis an den Waldrand, schön gelegen, nettes Team. Auch dort wurden Kuh- und Hühnerställe für die Pferdehaltung umgebaut, und ich hab mir dabei manches abgeschaut. Einmal bin ich sogar mit Thomas hingefahren, um mir vor Ort alles anzusehen. Wir machen heute mit dem ›Rossparadies‹ vieles so, wie ich es auch auf dieser schwäbischen Ranch erlebt habe.«

»Und wie verdient man mit einem solchen Pferdehof Geld?«

Klemens kam nur ungern zurück ins Hier und Jetzt. Er tätschelte Bertie noch einmal den Hals, dann gingen sie durch den schmalen Gang aufs entgegengesetzte Ende des Stallgebäudes zu.

»Von den Pensionspferden hab ich Ihnen schon erzählt – die Besitzer bezahlen eine monatliche Gebühr fürs Unterstellen. Dann geben wir Reitstunden – das hat zwar den Nachteil, dass wir als gewerbliche Pferdehalter eingestuft werden und mehr Auflagen beachten müssen, aber es rechnet sich trotzdem. Außerdem bieten wir Reit-beteiligungen an: für unsere eigenen Pferde und für einige Pensionspferde, falls deren Besitzer einverstanden sind – die bezahlen dann im Gegenzug weniger Einstell-gebühr. Das ist vor allem für die Mädels aus der Gegend eine feine Sache: Die zahlen achtzig oder hundert Euro, und wir lassen die dann ohne Stundenlimit auf einem der verfügbaren Pferde reiten, wann immer sie zu uns kom-men.«

»Und dafür müssen die Ihre Pferde striegeln, nehme ich an.«

»Nein, das ist Blödsinn. Man muss die Pferde vor dem Reiten unter dem Sattel reinigen – das ist wichtig, damit kein Dreck drunter ist, der beim Reiten die Haut auf-scheuern kann. Aber sonst? Wenn Sie nach dem Reiten Ihr Pferd schniegeln und striegeln, schaffen Sie es wahr-scheinlich nicht mal bis zu Ihrem Wagen, bevor das Pferd sich in der nächsten Dreckstelle wälzt. Die wollen ihr Fell nicht sauber haben – etwas Dreck schützt die Haut, auch vor den Fliegen. Das mit dem Saubermachen ist Men-schenkram.«

Zwei junge Mädchen in T-Shirt, Reiterhosen und Stie-feln kamen ihnen entgegen und grüßten fröhlich.

»Müssen Sie gar nicht nach den Pferden sehen?«

»Doch, natürlich. Wenn eines lahmt oder sonst ein Problem hat, wird sofort nachgeschaut. Alle acht bis zehn Wochen kommt der Hufschmied, und einmal im Jahr wird nach den Zähnen gesehen.«

Hansen fragte lieber nicht nach, so viel hatte er sein

Lebtag nicht über Pferde wissen wollen. Und er hatte immer noch nichts über die Zucht erfahren.

»Wie läuft es eigentlich mit der Zucht? Ist das ein einträgliches Geschäft?«, erkundigte er sich.

Klemens schwieg und ging nach draußen. Hansen hatte schon Angst, er hätte ihn verprellt, aber als er ihm ins Freie und um die nächste Ecke folgte, sah er seinen Gästeführer an einer frei stehenden Pferdebox, neben sich einen großen Hengst mit weißem Fell, über das sich vor allem im Bauchbereich viele schwarze Flecken verteilten.

»Gestatten: Hieronymus. Vor dem Kauf von Salvatore war das unser bester Deckhengst.«

An dieser Box war allein die Freifläche doppelt so groß wie die von Bertie, und durch eine offene Tür konnte sich der Hengst in den ebenso großen geschlossenen Bereich zurückziehen.

»Wenn ich das mit Bertie vorher richtig verstanden habe, dann kommt dieser Hengst hier nicht so oft raus auf die Weide, stimmt's?«

»Genau, gut aufgepasst, Herr Hansen. Hieronymus steht hier, darf auch mal allein auf die Weide, und natürlich wird er geritten – aber mit den Stuten könnten wir den nie zusammen rauslassen.«

Dem Hengst hing der vordere Teil seiner Mähne bis weit über die Augen. Hansen deutete auf die langen weißen Fransen.

»Heißt das bei Pferden eigentlich auch Pony?«

Klemens lachte.

»Nein, das ist der Schopf, hinter den Ohren folgt die

Mähne, und das ganz hinten sollten Sie bitte nie Schwanz nennen, das ist der Schweif. Da sind Pferdeliebhaber sehr empfindlich. Deshalb verstehen die auch diesen Witz nicht, wo eine Frau per Annonce einen Mann sucht mit –«

»Danke, keine Witze, bitte. Und wie läuft jetzt so eine Deckaktion ab?«

»Die Züchter haben alle untereinander Kontakt, die wissen recht gut, welcher Hengst zu ihrer Stute passt. Wenn eine Stute rossig wird, ruft er beim Hengstbesitzer an und macht kurzfristig einen Termin aus. Dann bringt er die Stute her, und wenn's der Hengst so gut kann wie unser Hieronymus hier, dann riecht der sofort, ob die Stute auch wirklich so weit ist. Führt ein Züchter einen unerfahrenen Hengst zu früh zur Stute, wird's schmerzhaft: Die Stute schlägt ihn weg. Na ja, und wenn der Hengst pünktlich kommt ...«

Klemens grinste, Hansen räusperte sich.

»Und das ist dann die Besamung?«

»Das ist der Deckakt oder Natursprung. Besamung sagt man eher, wenn dem Hengst zuvor Sperma entnommen wurde und das hinterher der Stute beigebracht wird – aber das passiert in der Regel in speziell eingerichteten Besamungsstationen, hier bei uns nicht.«

»Und dafür wird dann der Besitzer des Hengstes bezahlt?«

»Es bezahlt immer der, bei dem hinterher das Fohlen bleibt – üblicherweise der Besitzer der Stute, aber manche Stuten werden auch als Leihmutter eingesetzt.«

»Und wie ist es bei Salvatore?«

»Da Thomas mit ihm Geld verdienen wollte, hat er auf die Decktaxe spekuliert. Wir haben das Pferd ja erst nach Beginn der Decksaison bekommen, aber trotzdem hatte er schon die ersten Anfragen, insgesamt war bisher ein halbes Dutzend Stuten hier. Das ließ sich ganz gut an, und im kommenden Jahr wären wir mit Salvatore richtig durchgestartet. So ein Hengst ... das muss sich ja auch erst einmal herumsprechen. Sie müssen Anzeigen schalten, die nicht billig sind, und so weiter. Thomas hat das recht geschickt und, soweit ich mitbekommen habe, erfreulich günstig eingefädelt. Und er war in diesem Jahr auch noch recht kulant, was die Höhe der Decktaxe anging: Er blieb jedes Mal unter tausend Euro, obwohl er für einen Hengst dieser Abstammung locker auch fünfzehnhundert oder mehr hätte nehmen können. Schon Hieronymus bringt siebenhundert, und der hat keine besonders ausgesuchten Erbanlagen. Aber den angemessenen Preis für Salvatore wollte sich Thomas fürs nächste Jahr aufheben.«

»Das klingt ja alles ganz zuversichtlich.«

»Ja, solange die Bank Geduld hat bis zum nächsten Jahr.«

»Ach, hatte sie die nicht?«

Klemens zuckte mit den Schultern. »Da müssen Sie Marlene fragen. Die kümmert sich um die Zahlen.«

»Mach ich. Und was passiert mit dem Hof, jetzt, wo Ihr Chef tot ist?«

»Marlene hatte ihn ja ursprünglich von ihren Eltern geerbt – vielleicht will sie ihn weiterbetreiben.«

»Ich hatte nicht den Eindruck, dass sie mit Pferden viel anfangen kann. Mir sagte sie, dass sie Tiere generell nicht mag – da dürfte es eher schwierig sein, ein Gestüt zu betreiben, meinen Sie nicht?«

Klemens sah erstaunt aus, das war offenbar neu für ihn, aber er fing sich schnell wieder. »Na, mich hat sie ja auch noch, ich helf ihr da schon, wenn sie will. Und das weiß sie auch.«

»Ja«, sagte Hansen, nickte ihm knapp zum Abschied zu und stapfte zum Wohnhaus zurück.

Klemens Pröbstl sah ihm nach und fragte sich, was genau der Kommissar mit seinem letzten Wort gemeint hatte. Doch er konnte seinen Gedanken nicht lange nachhängen: Sein Handy klingelte.

Die Nummer des Anrufers war unterdrückt, und die Stimme war auch diesmal nur ein heiseres Zischen.

»Wenn du dem Bullen irgendeinen Scheiß erzählt hast, kannst du schon mal zur Lechbrücke rübergehen.«

Dann wurde die Verbindung auch schon unterbrochen.

Zitternd steckte Klemens das Telefon wieder weg.

Als Hansen nach Hause kam, sah er sich um und war fast enttäuscht, dass er den Kater nicht entdeckte.

Erstaunlich, dachte er, wie schnell man sich an ein Tier gewöhnen kann – selbst wenn es kein besonders sympathisches ist.

Auf dem Küchentisch stand ein Körbchen frischer Erdbeeren, darunter klemmte ein Zettel mit lieben Grüßen von seiner Vermieterin und der Ankündigung, sie werde ihn heute im Verlauf des Abends noch anrufen.

Das Klingeln störte mitten in den Nachrichten.

»Herr Hansen«, begann Walburga Lederer ohne Umschweife, »ich mache mir Sorgen um Ignaz.«

»Warum das denn?«

»Ich weiß nicht, was er hat, aber als ich heute Vormittag bei Ihnen nach dem Rechten geschaut habe, war er erst nicht zu sehen, und als ich ihn dann doch entdeckte, hockte er völlig verschreckt unter einem der Büsche und wollte auf gar keinen Fall herauskommen.«

Hansen gönnte sich ein Grinsen, versuchte aber seiner Stimme einen möglichst mitfühlenden Tonfall zu verleihen.

»Und was, glauben Sie, könnte dem armen Kater so zu schaffen machen?«

»Keine Ahnung, Herr Hansen, das ist es ja. Vielleicht könnten Sie ein Auge auf ihn haben? Wer weiß, womöglich plagt ihn einer aus der Gegend, quält ihn, erschreckt ihn – Sie glauben ja nicht, wozu Menschen den armen Kreaturen gegenüber alles fähig sind.«

»Oh doch, Frau Lederer ...«

»Frau Walburga, bitte, Sie sollen doch Frau Walburga zu mir sagen.«

»Gerne, liebe Frau Walburga, und ich weiß sehr gut, was Sie meinen.« Das war nicht einmal gelogen.

»Haben Sie bitte ein Auge auf Ignaz, ja?«

»Aber sicher, sogar zwei.«

Mittwoch, 12. Juni

Hansen saß in seinem Büro und beriet sich mit Fischer und Haffmeyer.

»Ich wüsste gern, wer sonst noch in der Gegend ein Geländemotorrad hat«, sagte er. »Wir könnten natürlich die Liste aller gemeldeten Maschinen durchgehen, aber vielleicht gibt es jemanden, der sich mit den Motorrädern und ihren Fahrern auskennt?«

Haffmeyer wusste Rat: Er erzählte von einer Gruppe Motorradfahrer, die sich einmal wöchentlich in einem Burggener Gasthof trafen, und zwar immer mittwochs. Damit stand auch schon fest, wo Hansen mit den beiden Kollegen seinen Arbeitstag beschließen würde.

Der Gasthof Kiefl lag ein wenig abseits. Vom Vorplatz konnte man den Ort Burggen schön überblicken. Hansen, Haffmeyer und Fischer traten sich unter dem Vordach die Schuhe ab und gingen hinein.

Drinnen dudelten Oldies, es war das Klappern von Besteck und Geschirr zu hören, und am Stammtisch saß eine Handvoll Männer, die auf den ersten Blick verwegen wirkten. Die drei Kripobeamten setzten sich an einen freien Tisch, von dem aus sie den Stammtisch gut einsehen konnten, und bestellten Getränke.

Die Tür schwang auf, und zwei Typen stapften herein, beide in schwarzen Lederhosen und Motorradstiefeln. Über die schwarze Lederjacke hatten sie ärmellose Jeansjacken gezogen, die an den Nähten ausfransten.

»He, du Schwabbel«, dröhnte der Ältere der beiden und stupste im Vorübergehen Hanna Fischer mit dem Zeigefinger unsanft an die Schulter. Seine Lederjacke stand vorne offen, darunter schwappte ein strammer Bierbauch. »Wenn ich vom Pissen wiederkomme und dich noch immer hier sitzen sehe, kann ich gleich kotzen gehen.«

Hansen war kurz sprachlos, dann sprang er auf, um dem Mann, der schon ein paar Schritte weitergegangen war, ordentlich die Meinung zu sagen.

Doch Hanna Fischer hielt ihn zurück. »Lassen Sie das, Chef, das ist der Blödmann nicht wert, glauben Sie mir.« Sie sah dem Biker noch nach, aber nichts an ihrem Gesichtsausdruck verriet, dass sie sich durch die Pöbelei verletzt fühlte.

»Das müssen Sie sich nicht gefallen lassen, Frau Fischer.«

»Lass ich nicht, keine Sorge.« Sie grinste breit, nahm einen großen Schluck von ihrem Bier und lehnte sich bequem auf ihrem Stuhl zurück.

Der Biker hatte mit seinem Freund inzwischen den großen Stammtisch erreicht und ließ sich ganz hinten nieder, von wo er einen guten Blick auf den Tisch der Kommissare hatte.

»Wissen Sie, Herr Hansen, solche Typen sind eigentlich ganz arme Würstchen. Und glauben Sie mir, insgeheim ...« Sie beugte sich etwas näher zu ihm hin und senkte ihre Stimme. »... insgeheim steht der total auf mich, aber er ist halt zu feig, mir das auch zu zeigen.«

Sie lachte leise, und der unverschämte Biker von vorhin sah einen Moment lang zu ihr hinüber, ehe er sich wieder abwandte und ein Gespräch mit seinem Tischnachbarn begann.

Hansen und Haffmeyer fragten sich, wann ein guter Zeitpunkt sein könnte, um sich unter den Motorradfahrern am Stammtisch ein wenig umzuhören. Aus den Augenwinkeln bemerkte Hansen, dass die Kollegin nicht bei der Sache war, sondern dem Biker von vorhin immer wieder Blicke zuwarf. Durchaus aufmunternde Blicke, wie Hansen irritiert feststellte.

»Sagen Sie mal, Chef«, begann sie in einer Pause, als Haffmeyer gerade einen Schluck nahm und Hansen die Stammgäste gemustert hatte. »Wenn ich so auf die Uhr sehe, habe ich doch eigentlich längst Feierabend, nicht wahr?«

»Wollten wir nicht noch mit den Motorradfahrern reden? Ich meine, Sie können gerne Schluss machen für heute, kein Problem. Haffmeyer und ich schaffen das auch allein. Aber wie kommen Sie denn dann nach Hause?«

»Ach, das ergibt sich dann schon, keine Bange. Vielleicht bin ich ja auch bald wieder da.«

Sie trank einen großen Schluck, setzte das Glas ab und lächelte ihrer Bikerbekanntschaft so breit zu, dass ihr fast die weiße Schnute aus Schaum von der Oberlippe gerutscht wäre. Dann nahm sie noch einen Schluck, leckte sich die Oberlippe genüsslich trocken, stand auf, klopfte mit den Knöcheln auf den Tisch und sagte lauter als nötig: »Ich muss mal raus, man sieht sich.«

Sie sah noch einmal zu dem Biker hinüber und bewegte sich langsam auf die Tür zu. Es war bei ihrer Figur nicht gut zu erkennen, aber Hansen hatte den Eindruck, dass sie dabei mit dem Hintern wackelte. Keine zwei Minuten später stand der Biker auf, erntete für eine kurze halblaute Bemerkung ein dreckiges Lachen und marschierte an den Kommissaren vorbei auf die Ausgangstür zu.

Hansen machte Anstalten, sich zu erheben, aber Haffmeyer hielt ihn davon ab.

»Der geht der Kollegin nach, das sehen Sie doch auch«, protestierte Hansen. »Wollen Sie denn, dass ihr etwas geschieht?«

»Hanna geschieht nichts«, grinste Haffmeyer seelenruhig und bestellte per Handzeichen noch drei Bier. »Hanna nicht, keine Sorge.«

»Wieso drei? Frau Fischer ist doch gerade eben ...«

»Ja, nun warten Sie halt mal ab. Geben Sie ihr fünf Minuten, höchstens zehn.«

Hatte Frau Fischer es denn tatsächlich so nötig, dass sie sich mit einem dahergelaufenen Widerling einließ, der sie obendrein übelst beschimpft hatte?

Nach einer Weile – es waren noch keine fünf Minuten vergangen – war von draußen ein besonders unsympathisches, anzügliches Männerlachen zu hören. Es wurde lauter und brach dann abrupt ab. Nun waren unregelmäßig polternde Schritte zu hören, jemand oder etwas schien ein paarmal gegen die Wand zu stoßen, dazu ertönten immer wieder kurze, mal klatschende, mal eher dumpfe Geräusche. Hätte Hansen nicht eine männliche Stimme nach jedem dieser Schläge aufstöhnen und jammern hören, er wäre der Kollegin sofort zu Hilfe geeilt. Doch Hanna Fischer schien keine Hilfe zu brauchen, und ein Blick in Haffmeyers zufrieden lächelndes Gesicht bestätigte ihn in seiner Vermutung.

Dann knallte draußen eine Tür gegen eine Mauer, kurz darauf schlug sie zu. Nun war Ruhe, und als Hansen sich streckte, sah er durchs Fenster, wie sich der Biker von vorhin fluchend und taumelnd aufrappelte, sich den Arm rieb und dann gebückt auf eines der Motorräder zuhumpelte.

Die Tür zum Gastraum öffnete sich, und Hanna Fischer marschierte herein. Sie rieb sich die Knöchel der rechten Hand, aber ansonsten war ihr nicht anzusehen, dass sie gerade in eine Schlägerei verwickelt gewesen war. Etwas außer Atem, aber lächelnd kam sie an den Tisch, setzte sich und zog eines der drei neuen Biergläser zu sich her.

»Ach, Willy, hast du dir deinen Teil schon gedacht? Sehr gut, danke, ich hab jetzt wirklich einen gescheiten Durst.«

Die Männer am Stammtisch tuschelten und sahen immer wieder zu ihr her.

»Na, Jungs, vermisst ihr euren Kumpel?«, rief sie. »Der hat heute, glaube ich, keine Lust mehr auf Gesellschaft. Richtet ihr diesem ... wie heißt er denn eigentlich?«

»Richie«, sagte einer der Männer.

»Richtet ihr eurem Richie bitte aus, er soll sich künftig höflicher benehmen?«

Die Männer wandten sich ab und murmelten aufgeregt durcheinander.

Hansen starrte seine Mitarbeiterin an.

»Was ist denn, Chef?«

»Sie können doch nicht einfach einen Mann verprügeln! Sie sind Kriminaloberkommissarin, da müssen Sie doch ein Vorbild sein, aber so ...«

»Halt, Chef! Ich hab doch vorhin extra noch gefragt, ob ich Feierabend machen kann. Und wie ich da arglos aus der Frauentoilette komme, ganz privat zu diesem Zeitpunkt, steht dieser Idiot, dieser Richie, vor der Tür und macht mich an. Ich hab natürlich ›nein‹ gesagt, aber der hat nicht hören wollen. Das hab ich dann als Notwehrsituation eingeschätzt. Meinen Sie, das war falsch?«

Sie sah ihn mit übertrieben naivem Augenaufschlag an, und Hansen musste lachen.

»Aber im Dienst«, sagte er noch und versuchte seiner Stimme einen strengen Klang zu geben, »will ich so etwas von Ihnen nicht sehen, verstanden, Frau Fischer?«

»Natürlich nicht, Chef. Apropos Dienst – jetzt hätte ich wieder Zeit und nichts anderes vor. Meinen Sie, ich könnte wieder mit ermitteln?«

Als sich die Tür zum Gasthof Kiefl das nächste Mal öffnete, kam Hermann Ruff herein. Er hatte die schütteren Haare nach hinten gegelt, trug ein Stirnband mit Verzierungen im Indianerstil, eine Lederjacke mit Fransen, eine etwas zu enge Jeans und schwere schwarze Lederstiefel. Unter dem Arm klemmte einer dieser Motorradhelme, die militärischen Stahlhelmen nachempfunden sind und besonders cool wirken sollen. Vorn auf der schmalen Stirnpartie des Helms war ein Aufkleber mit dem Schriftzug »Hermie for President« befestigt.

Breitbeinig stand er da und ließ langsam seinen Blick über den Gastraum schweifen, als wollte er allein damit seinen Führungsanspruch untermauern und in Ruhe prüfen, ob sich auch kein Unwürdiger in sein Revier gewagt hatte. Entsprechend baff war Ruff denn auch, als er tatsächlich einen solchen Unwürdigen im Lokal entdeckte.

»Was machen Sie denn hier?«, brummte er und sah Hansen und seine beiden Mitarbeiter ungnädig an.

»Wir wollten mit Ihnen reden«, gab Hansen zurück, obwohl er bisher keine Ahnung gehabt hatte, dass Hermann Ruff zu dieser Runde gehören würde.

»Da schau her. Und woher wissen Sie, dass ich mittwochs hierherkomme?«

»Na, das ist doch der Bikerstammtisch hier, oder nicht? Und Sie sind doch offenbar der Präsident dieser ... Gruppe.«

»Wir sind ein Chapter, keine Gruppe.«

»Aha. Und zu welcher Organisation gehört Ihr Chapter?«

»Das ... äh ... das müssen wir noch entscheiden. Vorerst sind wir eigenständig, vielleicht bleiben wir das auch, mal sehen.«

»Und wie heißt Ihre Gruppe, ich meine: Ihr Chapter?«

»Wir sind die Wild Horses, da können Sie im Umkreis jeden fragen.«

»Ach, das passt ja. Wo Sie doch Pferdezüchter sind.«

»Klar passt das, ich hab die Gruppe ja auch gegründet.«

»Das ist ja toll«, schmeichelte ihm Hansen und stand auf. »Wären Sie so freundlich und würden uns Ihre Freunde vorstellen?«

»Ich ... ja, warum eigentlich nicht. Kommen Sie.«

Hansen schnappte sich einen Stuhl, Haffmeyer und Fischer taten es ihm gleich, und so folgten sie Präsident Hermie an den Stammtisch.

»Grüß Gott, Leute, die hier sind von der Kripo und wollen euch kennenlernen.« Er deutete auf die drei Kommissare. »Das hier ist Hansen, und die anderen beiden ...«

»Hanna Fischer und Willy Haffmeyer«, half ihm Hansen. »Und Sie sind ...?«

Ruff deutete reihum auf die Anwesenden und stellte sie als Haken, Sepp, Rammler, FJ, Toni und Zigan vor.

»Angenehm«, sagte Hansen und schob seinen Stuhl in eine Lücke. Auch Haffmeyer und Fischer setzten sich. Vor allem der Kommissarin wurde bereitwillig Platz gemacht. Schließlich nahm Ruff auf dem einzigen Stuhl mit Seitenlehnen Platz und streckte genüsslich seine Beine aus.

»Sagt mal, Männer, wo ist denn Richie?«

Hanna Fischer grinste breit. »Der fühlte sich nicht mehr so wohl, da ist er wohl heimgefahren.«

Ruff sah die Kommissarin verblüfft an. »Okay, Sie sind

von der Kripo, aber hier am Tisch reden Frauen nicht ungefragt dazwischen, so viel Ordnung muss sein, ja?«

Der neben Ruff sitzende Toni beugte sich zu seinem Präsidenten und machte »pscht, lass mal«. Ruff wusste offenbar nicht so recht, was er mit der ganzen Situation anfangen sollte. Also begab er sich auf vertrautes Terrain.

»Ich erzähl Ihnen am besten mal, wie unser lieber Rammler dort drüben zu seinem Spitznamen gekommen ist ...«

Der wurde ganz bleich, hob abwehrend die Hände und schüttelte wie wild den Kopf.

»Was hast du denn, Rammler? Bist doch sonst immer ganz stolz auf deine Frauengeschichten!«

»Sie haben ja wahrscheinlich alle Spitznamen«, schaltete sich Hansen ein. »Ich nehme mal an, Toni heißt Antonio, Sepp kommt von Joseph und Richie vielleicht von Richard?«

Ruff nickte.

»Aber Haken ... das kann ich mir nicht so recht erklären.«

»Der heißt eigentlich Hagen mit Vornamen, aber wie schwul klingt das denn? Also heißt er bei uns nur Haken und ist auch ganz zufrieden damit, gell, Haken?«

Der Angesprochene nickte beflissen.

»Und Zigan?«

»Rajko stammt aus einer Roma-Familie, wie er das selbst nennt. Das sind Zigeuner, also Zigan. Sie wissen schon: Komm, Zigan, spiel ... und so weiter.«

»Ja, ja, ich weiß.«

Keine Frage: Ruff war ein Kotzbrocken.

»FJ ist wieder einfach«, tippte Hansen: »Franz-Joseph oder so etwas, richtig?«

Die Runde lachte schallend.

»Nein, der heißt eigentlich Thomas, fährt aber seine alte FJ 1200, seit ich denken kann.«

Also noch nicht lange, dachte Hansen grimmig, nickte aber mit gespielter Fröhlichkeit. Wenn Ruff auf diesem Niveau weitermachte, sollte es nicht allzu schwer sein, diesem Dorftrampel einige Bier später nützliche Informationen zu entlocken.

Donnerstag, 13. Juni

Hansen wusste nicht gleich, wo er sich befand. Was er aber sofort wusste, war, dass er heute eine Kopfschmerztablette brauchen würde. Hinter seinen Schläfen pochte es, der Druck strahlte bis zur Stirn aus. Außerdem gab es eine kleine Stelle am Hinterkopf, die so schmerzte, als läge er auf etwas Hartem. Mühsam stemmte er sich hoch. Mustertapete, Nachttisch, ein Kleiderschrank und rechts die Tür, die offenbar in einen kleinen Flur und zum Badezimmer führte. Auf dem Kissen lag ein winziges quadratisches Schokoladentäfelchen. Anscheinend war er gestern Abend zu müde gewesen, um dieses Betthupferl auch nur zu bemerken.

Allmählich schälte sich der gestrige Abend wieder aus dem Nebel, der sich über sein Gedächtnis gelegt hatte. Er war mit Ruff und den anderen Bikern ins Gespräch gekommen. Zwar hatte er zunächst nichts Nützliches erfahren, aber er hatte die Hoffnung gehabt, dass die Männer bei zunehmendem Bierkonsum gesprächiger werden würden. Also hatte er nach einer Weile Haffmeyer und Fischer verabschiedet, hatte sich ein Zimmer im Gasthof Kiefl genommen und das nächste Bier bestellt.

Nun zermarterte er sich den Kopf, was um Himmels

willen er womöglich später am Abend noch erfahren hatte – aber es sah ganz so aus, als hätte ihm die Aktion nicht viel mehr als einen Brummschädel und ein flaues Gefühl im Magen eingebracht. Die meisten Mitglieder der Wild Horses kutschierten mit aufgemotzten Choppern durch die Gegend, die sich durch möglichst tiefliegende Sättel, möglichst lange Vorderradgabeln und allerlei Verzierungen hervortaten.

Auf Geländemotorräder – vor allem auf so kleine, wie Hansen sie suchte – schauten die Burggener Biker nur verächtlich herab, und natürlich besaß so etwas keiner von ihnen, nicht einmal als Zweitgefährt.

»So ein Bubenbock kommt mir nicht in die Garage«, hatte FJ getönt, obwohl der ja mit seiner Tourenmaschine schon fast ein Außenseiter unter den Wild Horses war.

Immerhin kannten Haken, Toni und die anderen viele Motorradfahrer in der Gegend. Offenbar hatten sich die Wild Horses anfangs dadurch hervorgetan, dass sie Schüler auf ihren Mofas triezten und später auch durchfahrende »Herrenreiter« anpöbelten – so wurden in ihren Kreisen die etwas gesetzteren Fahrer genannt, die auf dicken BMW-Maschinen über die Bundesstraße brausten.

»Ich sag Ihnen, Hansen«, hatte Ruff gedröhnt und sich selbst ins Wort gerülpst, »damals gehörten uns die B 472 von Marktoberdorf bis Peißenberg und die Siebzehner bis zur Abfahrt Denklingen.«

Hansen hatte Anerkennung geheuchelt, auch wenn er nicht genau wusste, wo dieses Denklingen lag – aber allzu eindrucksvoll war der Machtbereich der Wild Horses wohl nie gewesen. Wenigstens waren ein paar Namen von Männern gefallen, die ein Geländemotorrad besaßen, wie Hansen es suchte: Marco Schwarzacker war dabei, ein gewisser Robert Gabler aus Steingaden und dann noch ein Walle aus Bernbeuren, den sie alle trotz seines kleinen Mopeds irgendwie cool fanden, von dem aber angeblich niemand den vollständigen Namen wusste.

»Frag den Uwe, der weiß so was«, hatte Zigan geraten. »Uwe Dreher, der schraubt in seinem Hinterhof in Lechbruck die unterschiedlichsten Kisten zusammen.«

Irgendwann hatten ihm die Biker ihre Maschinen gezeigt, hatten extra die Eingangstür zum Gasthof offen stehen lassen, damit noch etwas mehr Licht auf die Motorräder fiel und auf all die Fuchsschwänze, Hasenpfoten, Stoffsticker, Wimpel und Flaggen. Danach waren sie wieder an den Stammtisch zurückgekehrt, und drei Bier und zwei Schnäpse später war ihm das Licht ausgegangen.

Es klopfte an der Tür.

»Ja?« Seine Stimme krächzte, er erkannte sie kaum wieder.

»Ihr Kollege ist da, er will Sie abholen.«

Hansen sah auf die Uhr: Kurz nach neun, bis zur Soko-Besprechung war es keine Stunde mehr.

»Ist gut, ich komm gleich runter.«

Auf und neben dem einzigen Stuhl im Zimmer lagen seine Kleider. Duschen hätte keinen Sinn gehabt, weil er ohnehin keine frischen Klamotten dabei hatte, also schlüpfte er nach einer kurzen Katzenwäsche in die

Sachen vom Vortag, öffnete das Fenster zum Lüften und tappte hinunter.

Die Wirtstochter stand am Tresen, sah sehr wach aus und deutete auf einen Tisch, der für zwei gedeckt war. Vor einem der Teller saß Kriminalhauptkommissar Xaver Moll und ließ sich Wurstbrot, Rührei und Kaffee schmecken.

»Morgen, Kollege«, sagte er mit einem Lächeln. »Setzen S' sich her, schmeckt gut.«

»Aber müssen wir nicht los? Um zehn ist doch Soko-Besprechung.«

»Ja, schon, aber auf der werden S' hungrig und müd und können wenig reißen. Also: Mahlzeit!«

Das Frühstück tat wirklich gut. Zwischendurch erzählte Moll mit vollem Mund, wie Haffmeyer ihn noch gestern Abend angerufen und ihn gebeten hatte, den Kollegen doch bittschön auf der Fahrt von Weilheim nach Kempten in Burggen aufzulesen. Hansen wiederum musste zugeben, dass seine Idee, hierzubleiben und mit den örtlichen Bikern zu trinken, für die Ermittlungen nichts Verwertbares eingebracht hatte.

Moll ließ sich von der Wirtstochter ein Glas Sprudel bringen, nestelte eine Tablette hervor und schob beides zu Hansen hin.

»Ich weiß ja nicht«, sagte er grinsend, »wie anstrengend Ihre Ermittlungen gestern Abend noch geworden sind, aber fürs Erste sollte das helfen.«

Kurz darauf gab Moll am Ortsausgang Burggen ordentlich Gas, und Hansen rutschte im Beifahrersitz ein wenig weiter nach unten und war eingeschlafen, noch ehe der Kollege die Bundesstraße erreicht hatte.

Lara Ruff saß weinend im Schuppen. Spät in der Nacht war Hermann mit seinem Motorrad nach Hause gekommen, ziemlich betrunken. Er hatte sie aus dem Bett gezerrt, hinüber ins Wohnzimmer geschleift und sich dort – während Gitarrenrock aus den Siebzigern aus den Lautsprecherboxen dröhnte – an ihr ausgetobt, bis er endlich schwitzend und völlig außer Atem auf dem Sofa liegen geblieben und gleich danach eingeschlafen war.

Fast eine Stunde lang hatte sie vor ihm gestanden, überall Schmerzen und Scham und in der Hand das lange Küchenmesser. Doch dann hatte sie sich in den Schuppen verkrochen. Das Messer lag mit seiner blitzblanken Klinge neben ihr auf dem gestampften Boden.

Und nun weinte sie, weil Hermann Ruff im Wohnzimmer, während er über sie herfiel, lallend und keuchend mit sich selbst geredet hatte. Was für ein toller Kerl er sei, wie sehr er als Präsident von seinen Wild Horses respektiert werde. Er brabbelte über den Stammtisch im Gasthof Kiefl, über seine Bikerkumpels und über Kommissar Hansen, der den ganzen Abend mit ihm getrunken und sich dabei als gar kein so übler Kerl entpuppt habe.

»Chansen, Chansen ...« Sie schüttelte den Kopf, wischte sich zwischendurch die Nase am Ärmel ab und weinte weiter. »Immerchin chast du Chermann nicht verraten, dass ich seine Sprache kann.«

Als Hansen später am Tag mit Haffmeyer und Fischer in Lechbruck ankam und der Kollege ihn von der Rückbank aus zu Uwe Drehers Motorradwerkstatt lotste, merkte er, wie die Wirkung der Schmerztablette nachließ. Aber es lag nicht am Kopfweh, dass er den Bahnhof, von dem Haffmeyer ständig sprach, nicht fand: Es war keiner da, nur Drehers Adresse enthielt den Straßennamen Am Bahnhof.

»Nach Lechbruck kam früher der Zug aus Marktoberdorf, in den Fünfzigern auch der Schienen-Straßen-Omnibus, der abwechselnd auf Gleisen und Asphalt fuhr«, erklärte Haffmeyer. »Die Strecke wurde in den Siebzigern aber stillgelegt und abgebaut. Wenn Sie möchten, können Sie heute auf dem ehemaligen Bahndamm radeln: Da sind zwei ehemalige Strecken zu einem achtzig Kilometer langen Rundkurs verbunden, das wird als Dampflokrunde vermarktet.« Ihm war unschwer anzusehen, dass er selbst das Herumradeln für keine gute Idee hielt.

Der Weg zu Drehers Werkstatt führte hinter ein größeres Gebäude, und dort, auf einer nachlässig asphaltierten Freifläche, werkelte ein vollschlanker Endvierziger mit ausgedünnter Vokuhila-Frisur und einigen Bartzauseln an einem quietschgrünen Motorroller herum. Dabei zauberte er aus seinem ölverschmierten Blaumann immer neue Werkzeuge hervor oder ließ sie darin verschwinden. Aus einem offen stehenden Schuppen dudelte Bayern 3 herüber, und davor standen die unterschiedlichsten Zweiräder in Reih und Glied, manche von ausgelegten Einzelteilen umgeben.

»Herr Dreher, hätten Sie kurz für uns Zeit?«

Der Motorradschrauber musterte das seltsame Trio, das sich vor ihm aufgebaut hatte, dann stand er auf, wischte die Hände am Blaumann ab und schien nach einem Motorrad Ausschau zu halten, das sie mitgebracht haben könnten.

»Worum geht's denn?«

»Mein Name ist Hansen, ich bin von der Kripo Kempten, und das sind meine Kollegen Fischer und Haffmeyer.«

Drehers Blick wirkte nun ein wenig gehetzt.

»Äh ... Kripo? Wieso denn Kripo?«

»Sind sonst eher die uniformierten Kollegen hier?«, fragte Haffmeyer. Er ging zu den aufgereihten Motorrädern, hockte sich breit grinsend neben ein Mofa und klopfte mit den Knöcheln auf dessen Auspuff.

»Das ist nur ein Experiment, ich würde das Ding natürlich nie so auf die Straße ... ich meine ...«

»Herr Dreher, wir hätten ein paar Fragen«, zog Hansen das Gespräch wieder an sich. »Und es hat nichts mit frisierten Mofas zu tun, das kann ich Ihnen versprechen.«

Dreher sah noch immer nervös aus, aber als Haffmeyer sich wieder zu den anderen stellte, räusperte er sich und wandte sich an Hansen. »Gut, dann fragen Sie mal.«

Hansen hielt ihm ein Foto hin, eine Detailaufnahme von Marco Schwarzackers Geländemotorrad. »Wir suchen Leute, die solche Motorräder besitzen.«

»Geländemotorräder?«

Dreher nahm das Foto und hielt es sich mal näher und mal etwas weiter entfernt vor die Augen.

»Von dieser Marke gibt es in der Gegend nicht viele, zwei, drei vielleicht.«

»Und sonst hat kein Motorrad solche Reifen?«

»Doch, natürlich, das ist die gängigste Marke in diesem Bereich. Nicht teuer, hält ordentlich was aus und passt praktisch auf alle kleineren Geländemotorräder.«

»Und davon gibt es mehr?«

»Ja, klar, jede Menge. Die sind ziemlich beliebt, vor allem bei jüngeren Fahrern. Die großen Tourenmaschinen können die sich halt noch nicht leisten, und mit den alten Göppeln macht es im Gelände, auf Wanderwegen oder einfach quer über die Wiesen auch für weniger Geld schon richtig viel Spaß.« Er lächelte. »Mach ich selbst ab und zu ganz gern, aber im Moment hab ich keine solche Maschine.«

»Zu wie vielen Motorrädern in der Gegend könnte dieser Hinterreifen denn passen?«

»Puh ... keine Ahnung, das sind schon einige.«

»Sind da auch Kunden von Ihnen dabei?«

»Klar, aber nicht viele. Wer so ein Ding hat, schraubt meistens selbst dran rum. Früher sind die Kids zu mir gekommen, um wenigstens noch die Ersatzteile zu kaufen, aber das besorgen die sich heute alles übers Internet.«

»Fahren denn nur die jungen Leute solche Motorräder?«

»Nein. Da sind die ganz Jungen, die sich nichts anderes leisten können – aber es gibt auch die Älteren, die ihre beinahe vergessene Maschine irgendwann wieder aus dem Schuppen holen. Und natürlich die Leute, die ihr Moped einfach behalten haben, weiterhin damit fahren, aber nicht mehr selbst dran schrauben wollen, weil ihnen der Beruf oder die Familie keine Zeit mehr dazu lässt. Die kommen zu mir und überlassen mir die Reparatur oder den Check.«

»Sind das auch so viele?«

»Nein, eigentlich nur drei: Marco Schwarzacker drüben aus Urspring ...«

Hansen nickte. »Den kennen wir schon.«

»Und Walter Schairer, der wohnt in Bernbeuren. Seins habe ich übrigens drüben im Schuppen stehen, er hat's mir gebracht, weil ihm die Kupplung abgeraucht ist. Hat sie wohl zu lange schleifen lassen.« Er grinste. »Na ja, ist halt auch schon etwas aus der Übung, der alte Walle.«

»Ich glaube, von ihm hat uns der Motorradklub in Burggen erzählt.«

»Ach Gott, die Wild Horses? Meine Bikeropas, das sind echt die Schärfsten. Wissen Sie, dass die früher immer die Bundesstraße rauf und runter geheizt sind, um BMW-Fahrer zu erschrecken?«

»Ja«, gab Hansen trocken zurück.

Dreher wurde etwas ernster und wischte sich die Lachtränen aus den Augen. »Gut, also Walle kennen Sie schon.«

»Nein, die Burggener haben ihn nur erwähnt. Können Sie uns seine Adresse geben?«

»Hatte die ihr Präsident denn nicht im Kopf? Mach ich gern, kein Problem.«

»Außerdem werden wir Herrn Schairers Motorrad mitnehmen müssen.«

»Auf keinen Fall, das geht nicht! Er hat mir das gute Stück anvertraut, da können Sie nicht einfach ...«

»Kripo«, erinnerte ihn Hansen. »Wir können, glauben Sie mir. Und selbstverständlich werden wir Herrn Schairer sofort informieren, sobald Sie uns seine Telefonnummer und Adresse gegeben haben.«

Dreher überlegte noch kurz, dann zuckte er mit den Schultern, ging in den Schuppen hinüber, kam mit Stift und Papier zurück und begann die Adresse aufzuschreiben.

»Sie haben vorhin von drei Kunden gesprochen, die so ein Motorrad haben. Wer ist denn der dritte?«

»Brauchen Sie da auch die Adresse?«

Hansen nickte, und Dreher schrieb noch eine weitere Anschrift auf den Zettel. »Hier, bitte schön.«

»Robert Gabler«, las Hansen laut vor. Darunter stand eine Adresse in Steingaden. Auch ihn hatten die Wild Horses genannt.

»Aber den habe ich schon länger nicht mehr hier gesehen«, meinte Dreher. »Mit seinem Moped ist dann wohl im Moment alles in Ordnung, oder er hat grad kein Geld für die Reparatur.«

Walter Schairer war nicht zu Hause. Sie hinterließen seiner Frau die Nachricht, dass er Hansen doch bitte auf dem Handy anrufen möge, sobald er zurückkomme. Robert Gabler dagegen erreichten sie sofort. Sie baten ihn, kurz auf sie zu warten, sie seien in ein paar Minuten bei ihm.

Unterwegs wollte Hansen noch einmal kurz in Gründl

haltmachen, um sich neuen Käse zu kaufen, doch schon als sie die Lechbrücke überquerten, war klar, dass sich Gabler noch ein wenig gedulden musste: Mitten auf der Brücke stand Andrea Schwarzacker, sah zum Lechufer hinunter und heulte wie ein Schlosshund. Hansen stellte den Wagen auf dem Parkplatz des Restaurants ab, direkt neben dem Van, auf dem zwei Aufkleber mit den Namen Tim und Tom pappten.

»Sagen Sie kurz einer Streife Bescheid, dass die Kollegen zu Gablers Haus fahren und darauf achten sollen, dass er uns nicht abhaut? Kann sein, dass das hier ein bisschen dauert.«

Damit stieg er aus und wollte gerade auf die junge Frau zugehen, als er am anderen Ende der Brücke Marlene Ruff stehen sah, die offenbar gerade vom Einkaufen kam. Sie sah zu Andrea Schwarzacker hinüber und machte sich dann auf den Weg zu ihr.

Die junge Frau auf der Brücke starrte weiter aufs Ufer hinunter und tupfte sich von Zeit zu Zeit die Augen. Schließlich stand Marlene Ruff neben ihr, lehnte sich wortlos ans Geländer und sah ebenfalls hinunter.

»Sie sind doch Andrea, nicht wahr?«

Andrea Schwarzacker erschrak und sah Marlene Ruff an, dann nickte sie und schniefte.

»Hallo, Frau Ruff«, sagte sie.

Hansen trat zu den beiden Frauen, die ihn fragend ansahen.

»Guten Tag, die Damen. Was für ein Zufall, dass wir drei uns hier treffen, was?«

Andrea Schwarzacker zuckte mit den Schultern.

»Ich war grad einkaufen«, sagte Marlene Ruff und deutete auf die Lechbrucker Seite hinüber. »Da hab ich Andrea hier stehen sehen.«

»Und woher kennen Sie sich?«

»Sie war früher Reitschülerin bei uns auf dem Hof, fünf, sechs Jahre lang, dann ist sie eine Weile weggeblieben, ist ... Moment, ich muss nachdenken ... mit siebzehn wiedergekommen und hat dann zwei Jahre später ganz aufgehört. Stimmt das so, Andrea?«

»Ja, stimmt alles.«

»Und warum stehen Sie hier auf der Brücke?«, fragte Hansen.

Andrea Schwarzacker kamen wieder die Tränen, aber sie versuchte sich zu beherrschen, schniefte und trocknete sich die Augen mit dem Taschentuch.

»Das wollte ich dich auch fragen«, meinte Marlene Ruff.

»Ich ... Ich hab gehört, dass Ihr Mann da runtergestürzt ist. Herr Hansen war bei uns und hat meinen Mann verhört.«

»Das war kein Verhör, Frau Schwarzacker, ich habe ihm nur ein paar Fragen gestellt.«

»Meinetwegen, aber dabei habe ich erfahren, dass Thomas ... Herr Ruff ...«

Marlene Ruff musterte sie die ganze Zeit aufmerksam. Ihre Augen verengten sich ein wenig, als Andrea Schwarzacker ihren Mann beim Vornamen nannte.

»Und das geht Ihnen so nahe?«, fragte Hansen.

»Na, hören Sie mal, hier ist ein Mensch ermordet worden.«

Sie kämpfte weiter mit den Tränen.

»Wissen Sie was, Frau Schwarzacker?«, schlug er vor. »Ich lasse Sie von meinem Kollegen nach Hause fahren, Ihren Wagen bringen wir Ihnen auch – es ist wahrscheinlich keine gute Idee, wenn Sie jetzt Auto fahren. Ich wollte ohnehin noch einmal mit Frau Ruff unter vier Augen sprechen.«

Hansen gab Fischer und Haffmeyer ein Zeichen, woraufhin die beiden ausstiegen und auf die Brücke zugingen. Andrea Schwarzacker stand stumm am Geländer, machte aber keine Anstalten, mit Hansen zum Parkplatz hinüberzugehen.

»Andrea?« Marlene Ruff fixierte die junge Frau neben sich mit stechendem Blick. »Wie lange bist du schon nicht mehr bei uns reiten gewesen? Das ist doch schon ewig her, oder?«

»Seit fünf Jahren, elf Mo...« Sie unterbrach sich und fuhr erst nach einer kleinen Pause fort. »Seit etwa sechs Jahren«, sagte sie dann mit tonloser Stimme und putzte sich die Nase.

»Warum hast du damals aufgehört, Andrea?«

»Ich ... Ich hatte einfach keine Lust mehr. So was kommt vor, man verändert sich, und dann mag man plötzlich kein Pferd mehr sehen und keins mehr reiten.« Sie sah Marlene Ruff trotzig an. »So war das.«

Die Ältere schüttelte nur langsam den Kopf.

»Was denn? Wieso glauben Sie mir nicht? Sie können mir das ruhig glauben, Frau Ruff!«

»So, Mädchen, du hast keine Lust mehr gehabt auf Pferde und aufs Reiten? Einfach so? Und dann merkst du dir diesen einen Tag, an dem dir dein liebstes Hobby einfach so zuwider wird, so genau, dass du mir die Jahre und die Monate und wahrscheinlich auch noch die Tage benennen kannst, die seither vergangen sind?«

Die junge Frau schluckte.

»Das kann ich dir nicht glauben, tut mir leid, Andrea. Weißt du, was ich glaube? Ich glaube, dass mein Mann Thomas vor der Sache mit Kerstin Wontarra dich gefickt hat! Und an diesem Tag, den du dir so gut merken kannst, hat er dich abserviert! So war das, du Flittchen, und das kannst du ruhig zugeben nach all den Jahren!«

Andrea Schwarzackers flache Hand landete auf Marlene Ruffs Wange – so schnell, dass die nicht einmal rechtzeitig die Hand zur Abwehr heben konnte. Nun standen sich die beiden Frauen gegenüber, beide mit Tränen in den Augen und vor Wut zitternden Lippen.

Fischer kam hinzu, zog Andrea Schwarzacker ein wenig zurück und führte sie dann zum Streifenwagen.

»Ich würde gern noch allein mit Frau Ruff reden, Herr Haffmeyer. Sind Sie so nett und bringen zusammen mit der Kollegin Frau Schwarzacker und ihren Van nach Urspring? Vielleicht kann Frau Fischer noch ein wenig bei ihr bleiben, und Sie holen mich dann auf dem Pferdehof wieder ab, ja?«

Haffmeyer nickte knapp und machte sich ebenfalls auf den Weg zum Streifenwagen.

»Gehen wir?« Hansen deutete in Richtung Lechbruck

und griff nach der Plastiktüte, die Marlene Ruff noch immer in der Hand hielt.

Eine Weile gingen sie schweigend nebeneinander her. Plötzlich blieb Marlene Ruff stehen.

»Es ist so schön hier«, sagte sie. »Und ich war mir so sicher, dass ich hier mit Thomas glücklich werde, nachdem es auf diesem verdammten Bauernhof so schlecht angefangen hatte.« Sie schloss die Augen, legte den Kopf in den Nacken und schnupperte. »Riecht gut, irgendwo ist frisch gemäht. Riechen Sie das auch?«

»Ja, es riecht herrlich«, sagte er und lächelte. »Ich war ein paar Jahre lang an der Nordsee bei der Kripo Oldenburg. Da roch es überall nach Meer, die Luft war voller Salz, und auf den Märkten gab es überall fangfrischen Seefisch. Die Mischung dieser Gerüche vergesse ich nicht so schnell, und immer wenn ich wieder dorthin gefahren bin und alte Kollegen und Freunde besucht habe, habe ich mich heimisch gefühlt, sobald ich diesen typischen Duft in der Nase hatte.«

»Stammen Sie aus Oldenburg?«

»Nein, aus der Gegend von Hannover. Ein Stadtteil von Wunstorf, wirklich sehr klein, sehr ländlich, und es gibt dort jede Menge Kirschen. Sogar im Wappen.«

»Und der typische Geruch?«

»Inzwischen hat ein paar Kilometer weiter ein großer Schweinemastbetrieb aufgemacht, das prägt die Gegend jetzt geruchsmäßig, leider.«

Marlene Ruff lachte leise. »Und was mögen Sie am Allgäu?«

»Den Blick auf die Berge, auf einen See oder einen Fluss – gerade so, wie hier jetzt, mit dem Lech dort unten und den Gipfeln in der Ferne. Aber ich mag auch die Gasthäuser mit ihren großen Biergläsern und dem deftigen Essen, den gemütlichen Dialekt der Leute hier, und wenn ich in Füssen aus dem Fenster sehe, und die Sonne taucht Neuschwanstein in dieses unwirkliche Disneylicht ... da könnte ich tagelang hinsehen, ehrlich!«

»O je, ein Tourist!«, sagte sie mit gespielter Empörung.

»Stimmt schon. Ich war tatsächlich jahrelang hier im Urlaub, jeden Sommer. Meistens wohnten wir in einer Ferienwohnung, die einem Ehepaar aus der Stuttgarter Gegend gehörte. Sie lag nur ein paar Minuten zu Fuß vom Weißensee weg. War schön da, meiner Frau hat's auch gefallen.«

»Und wie gefällt's ihr jetzt, wo Sie nicht mehr nur als Tourist da sind?«

»Keine Ahnung, sie ist nicht mitgekommen.«

»Oh, tut mir leid.«

»Nein, ist schon in Ordnung. Wir haben uns auseinandergelebt, und ich wollte noch einmal von vorne anfangen.«

»Das steht mir auch bevor.« Marlene Ruff wurde wieder ernst und sah nachdenklich auf ihren Hof hinunter.

»Was wollen Sie jetzt machen?«

Sie zuckte mit den Schultern, und Hansen wartete eine Weile, bis er weitersprach: »Klemens Pröbstl hat gesagt: Falls Sie den Hof weiter betreiben wollen, hilft er Ihnen, wo er kann.«

»Das meint er ernst, sehr ernst sogar.«

»Ist er in Sie verliebt?«

»Ich glaube schon.«

»Und Sie?«

»Darüber habe ich mir, ehrlich gesagt, noch gar keine Gedanken gemacht. In mir ist alles voller Wut wegen dieser Kessie, wegen meines Mannes, der mich betrogen hat – und auch Wut auf mich selbst, weil ich sauer auf ihn bin, anstatt anständig um ihn zu trauern.« Sie seufzte. »Das fühlt sich alles total falsch an, Herr Hansen. Aber vielleicht sollte ich lieber darüber nachdenken, wie ich zu Klemens stehe. Vielleicht bringt mich das auf andere, auf bessere Gedanken.«

»Kann gut sein. Und Ihre Abneigung gegen die Pferde? Meinen Sie, Sie könnten den Hof trotzdem betreiben?«

»Tja, bisher ging das ganz gut. Wahrscheinlich müssten wir noch jemanden einstellen, der Klemens draußen und im Stall zur Hand geht. Oder wir machen es wie die meisten Reiterhöfe: Wir nehmen wieder mehr Reitschülerinnen auf und bieten mehr Reitbeteiligungen an.«

»Haben Sie derzeit denn nicht so viele Reitschülerinnen und -schüler?«

»Die Schüler können Sie getrost weglassen: Es sind bei uns ausschließlich Mädchen. Die fangen mit sieben oder acht an, sind dann etwa fünf Jahre mit Feuereifer dabei, bis sie mit zwölf oder dreizehn aufhören. Und meistens kann man drauf wetten, dass sie mit siebzehn, achtzehn Jahren wiederkommen.«

»Und wie viele sind es derzeit im ›Rossparadies‹?«

»Fünf.«

»Ist das wenig?«

»Ja, sehr wenig.«

»Und warum sind es nicht mehr?«

»Es gibt ganz in der Nähe einen zweiten Reiterhof, und auf der anderen Talseite, direkt am Weg zum Premer Filz, steht ein Ponyhof. Vielleicht haben sich die Mädchen mehr dorthin orientiert. Bei uns hat es jedenfalls nachgelassen.«

Hansen wollte noch nachhaken, da sah er, dass Marlene Ruff die Stirn in Falten gelegt hatte und offenbar angestrengt nachdachte.

»Nachgelassen hat es ... vor ungefähr sechs Jahren. Oder besser: vor fünf Jahren, elf Monaten und so weiter – Sie wissen schon, was ich meine.«

»Als Andrea Schwarzacker aufhörte?«

»Damals hieß sie noch Röhm, sie stammt aus Urspring.«

»Wie ihr heutiger Mann Marco.«

»Kann sein, den kenn ich nicht.«

»Sie vermuten, dass Ihr Mann Andrea abserviert hat und dass sie sich hinterher an ihm rächen wollte, indem sie den Hof bei den anderen Mädchen schlechtgemacht hat?«

»Vielleicht.«

»Ist Ihnen etwas in der Art zu Ohren gekommen?«

»Nein, aber wenn ich mir überlege, wie lange ich nichts von Kessie gewusst habe ... Wahrscheinlich wäre ich auch da die Letzte im Dorf, die davon erfahren würde.«

Haffmeyer fuhr zunächst an seinem Chef vorbei. Erst als er den Kombi in der Einfahrt zu »Ruffs Rossparadies« abstellte und sich umschaute, ob Hansen wohl schon irgendwo auf ihn wartete, sah er ihn etwa zwanzig Meter die Straße hinunter in der Wiese sitzen. Den Rücken an den Mast einer Straßenlaterne gelehnt, lümmelte er im Gras, rupfte ab und zu ein paar gelbe Blüten ab, roch an ihnen und streute sie langsam in den Wind. Er wirkte traurig, und Haffmeyer wartete ein paar Minuten, bevor er zu ihm hinging.

Dann hockte er sich umständlich neben Hansen ins Gras, nickte ihm nur kurz zu und sah dann ebenfalls still übers Tal. Der Wetterdienst hatte für den Abend Regen vorhergesagt, aber bisher deutete nichts darauf hin, dass die Meteorologen damit richtiglagen.

»Geht's Frau Schwarzacker wieder besser?« Hansens Stimme klang etwas belegt.

»Ja, ja, die hat sich wieder gefangen. Ihr Mann war daheim und hat nicht schlecht gestaunt, wie wir ihm sein Häuflein Elend gebracht haben. Dann schnell das volle romantische Programm: Umarmung, noch ein paar Tränen, Küsschen hier und Küsschen da, Liebesschwüre mit halb erstickter Stimme. Hanna war ganz fasziniert.«

»Und wo ist die Kollegin jetzt?«

»Ich hab sie beim Käseladen rausgelassen. Sie wollte auch noch dort einkaufen, und wenn Sie ihr Ihre Wünsche per Handy durchgeben, kann sie Ihre Bestellung gleich mitbesorgen. Wir sammeln sie dann auf dem Weg nach Steingaden auf. Wenn wir noch irgendwann bei

Gabler ankommen wollen, sollten wir uns beeilen. Irgendwann kommt auch Schairer wieder heim.«

Hansen nickte, stand auf und sah sich nach dem Dienstwagen um.

»Wollen Sie fahren, Chef?«

»Nein, machen Sie das jetzt mal lieber. Ich rufe eben noch bei Frau Fischer an.«

Auf dem Weg zum Auto gab Hansen schnell die Käsebestellung durch.

»Ich habe mich übrigens vorhin noch länger mit Marlene Ruff unterhalten«, berichtete er dann. »Die vermutet, dass ihr Mann auch mit Andrea Schwarzacker rumgemacht hat.«

»Das war auf der Brücke nicht zu übersehen.«

»Das schon, aber ich fand die Reaktion etwas seltsam. Wenn ich schon mit dem Mann einer anderen ins Bett steige, dann knall ich der doch keine, sondern schau zu, dass ich möglichst schnell aus dieser Situation rauskomme, oder?«

»Stimmt«, gab Haffmeyer zu.

»Außerdem hat mir Frau Ruff erzählt, dass seit dem Tag, an dem Andrea Schwarzacker mit dem Reiten aufgehört hat, die Zahl der Reitschülerinnen auf dem Ruff-Hof immer weiter runtergegangen sind. Inzwischen sieht es da ziemlich mau aus.«

»Rache aus enttäuschter Teenagerliebe?«

»Vielleicht. Stellen Sie sich doch Ruffs damalige Situation mal vor: Es läuft nicht mehr viel mit der eigenen Frau, und es steht der Verdacht im Raum, sie werde nur deshalb nicht schwanger, weil er ihr kein Kind machen kann. Das nagt natürlich am Selbstbewusstsein. Zuletzt hat er das wohl mit Kerstin Wontarra kompensiert: Ein paarmal die Woche schleicht er rüber zu seiner Geliebten und genießt es, eine so attraktive junge Frau ins Bett zu bekommen. Vor sechs Jahren hatte er vielleicht keine Freundin und stand möglicherweise ... nun ja ... unter Druck. Und ständig sind auf dem Hof hübsche Mädchen von siebzehn, achtzehn Jahren um ihn herum, die ihn als Pferdekenner und Chef des Betriebs respektieren oder sogar bewundern. Da fällt mir so etwas wie Teenagerliebe nicht zwingend als Erstes ein.«

Haffmeyer pfiff leise durch die Zähne.

»Das wär ja ein Ding«, murmelte er.

Sie hatten den Wagen erreicht und setzten sich hinein. Hansen ließ das Fenster herunter und schnupperte in der Luft.

»Frisch gemäht, riechen Sie das?«

»Ja, riech ich. Und?«

»Ach, nichts.«

»Was ist denn mit Ihnen? Irgendetwas liegt Ihnen doch auf der Seele.«

»Ja, dieses Elend hier, mitten in der Idylle. Marlene verliebt sich in Thomas, die Eltern überschreiben den Hof dem Schwiegersohn, der peppt das Anwesen auf, und alle sind zufrieden – doch die Geschichte geht schief, und am Ende liegt Thomas tot im Moor und hinterlässt Marlene seine Frauengeschichten und einen Betrieb in finanzieller Schieflage. Hermann bestellt sich im Katalog eine Russin, die er wie einen Knecht hält und, wenn ich mich nicht täusche, regelmäßig schlägt, vielleicht sogar vergewaltigt. Und Andrea ist mit Marco und den Zwillingen glücklich, aber da gibt es eine alte Geschichte, die ihr so sehr zu schaffen macht, dass sie heute heulend auf der Lechbrücke steht.«

Haffmeyer schwieg eine Weile und sagte dann leise: »Warum sollte es hier auch besser sein als anderswo? Nur weil hier die Wiesen grüner und die Berge höher sind?«

Hansen lächelte. »Da haben Sie auch wieder recht. Und jetzt los – der Käse wartet!«

Robert Gabler war einer dieser Unsichtbaren, die sich gerne mit einer mehr oder weniger originellen Fassade etwas sichtbarer machen wollen. Er mochte Mitte zwanzig sein, war eins siebzig groß, hatte dünnes Haar und blasse Haut – da wirkten die hochgeschobene stylishe Sonnenbrille und die beschriftete Basecap eher albern als cool.

»Ich dachte schon, ich muss ewig warten«, beschwerte er sich, während er Hansen schlapp die Hand drückte.

Im Hintergrund stiegen die beiden uniformierten Kollegen in ihren Streifenwagen, die ihn über Hansens Verspätung informiert und mit ihm auf den Kommissar gewartet hatten. Gabler salutierte vor den beiden mit einem spöttischen Grinsen, und die Beamten rollten genervt die Augen.

»Ist ja auch mal schön, wenn man Begleitschutz hat, nicht wahr, Herr Kommissar?«

Er ging Hansen, Haffmeyer und Fischer voran in ein

Mehrfamilienhaus, zwei Etagen nach oben und öffnete die Wohnungstür. Hansen folgte ihm, Haffmeyer wartete vor der Tür noch kurz auf die Kollegin, die schon in der ersten Etage etwas außer Atem gekommen war.

»Ein Bier? Oder dürfen Sie nicht im Dienst? So heißt es jedenfalls immer im Fernsehen.«

Er grinste noch immer, auch wenn er zwischendurch unsicher wirkte, holte sich eine Flasche aus dem Kühlschrank und öffnete sie zischend.

»Wir sind nicht im Fernsehen, aber Bier möchte ich trotzdem keins, danke«, sagte Hansen und sah sich um.

Die Wohnung war billig eingerichtet und nicht besonders geschmackvoll, in einem Regal drängten sich die Buchrücken aneinander, aber als Hansen einen der Bände herausnehmen wollte, entpuppte sich das Ganze als Attrappe.

»Cool, was? Hab ich in einem Möbelhaus mitge... ich meine: hab ich in einem Möbelhaus gekauft.«

»Ja, schon klar«, brummte Hansen. »Wollen wir uns setzen?«

Die schlecht gespielte Coolness und die offensichtliche Dummheit dieses jungen Mannes verdarben ihm die Laune. Hanna Fischer kam herein, noch etwas kurzatmig, und blieb mit Haffmeyer in der Tür zum Wohnzimmer stehen. Gabler musterte die korpulente Kommissarin, offenbar arbeitete er schon an einem wahnsinnig lässigen Spruch – aber zum Glück bemerkte er gerade noch rechtzeitig Haffmeyers warnenden Blick und sagte lieber nichts. Hansen tat, als hätte er nichts mitbekommen.

»Was machen Sie denn beruflich, wenn wir Sie um diese Zeit zu Hause antreffen können?«

»Nix, bin arbeitslos.« Er lümmelte sich mit einem breiten Grinsen, das er sich vermutlich von irgendeinem Punkrocker abgeschaut hatte, auf dem Sofa. »Ich krieg Stütze, damit komm ich hin, so einigermaßen.«

»Und wenn nicht, können Sie immer noch ins Möbelhaus, nicht wahr?«

Gabler schluckte und setzte sich etwas aufrechter hin.

»Wir sind wegen Ihres Motorrads hier. Wo ist es denn gerade?«

»Steht hinterm Haus. Wollen Sie mal eine Runde drehen?« Gablers Lachen war aufgesetzt und brach auch entsprechend schnell wieder ab, als Hansen keine Miene verzog.

»Wir würden es gerne mitnehmen. Wir ermitteln in einem Mordfall, und Ihr Motorrad könnte damit in Zusammenhang stehen. Deshalb müssen wir die Maschine untersuchen, ob sich entsprechende Spuren daran finden.«

Gabler war bleich geworden, sein Mund klappte auf, und er sah gehetzt zwischen den drei Beamten hin und her.

»Ein Mord? Und mein Motorrad ... äh ... wie ... was könnte mein Motorrad denn damit zu tun haben?«

»Das kann ich Ihnen aus ermittlungstaktischen Gründen nicht sagen. Diese Formulierung kennen Sie sicher auch schon aus dem Fernsehen.«

Gabler nickte.

»Wir können uns das von der Staatsanwaltschaft absegnen lassen, ist eine reine Formsache. Aber schneller ginge es, wenn Sie einverstanden wären und uns das Motorrad freiwillig überlassen würden.«

»Ich ... ja, das ... Kann ich mir das noch ein bisschen überlegen? Ich meine, das kommt jetzt doch ziemlich plötzlich.«

»Wissen Sie, ein Richter bewertet es immer als positiv, wenn Leute mit uns kooperieren.«

»Richter? Wieso Richter?« Gabler war richtig erschrocken. »Wollen Sie mich vor den Kadi zerren? Und wofür, bitte schön?«

Hansen zuckte mit den Schultern. »Sagen Sie es mir.«

»Aber ich ... Mord ... um Gottes willen, damit hab ich doch nichts zu tun! Ich doch nicht!«

»Dann ist es ja gut, Herr Gabler. Kann ich also den Kollegen Bescheid geben, dass sie das Motorrad abholen können?«

Gabler nickte, und Hansen gab seinen Mitarbeitern ein Zeichen, woraufhin Haffmeyer sein Handy zückte und den Soko-Innendienst anrief, der alles in die Wege leiten sollte. Hanna Fischer blieb an der Tür stehen, um noch ein wenig zu verschnaufen.

»Wo waren Sie vor genau einer Woche, am Donnerstagnachmittag und in der Nacht auf Freitag?«

»Was soll das denn jetzt wieder?«

»Wir ermitteln in einem Mordfall, Sie erinnern sich? Wir brauchen Ihr Alibi.«

»Ja, äh ... Das weiß ich doch nicht auswendig, so schnell mal aus der Hüfte.«

»Nein? Ist denn bei Ihnen so viel los zurzeit?«

»Das nicht, aber ... können Sie das immer wie aus der Pistole geschossen sagen? Apropos Pistole – wie wurde Ihr Opfer denn eigentlich umgebracht? Und wer ist der Tote überhaupt?«

»Sie wissen doch: Ermittlungstaktik.«

Das war natürlich Quatsch, aber Hansen begann Spaß daran zu finden, diesen TV-Krimi-Fan ein wenig auflaufen zu lassen. Genaueres konnte er ihm immer noch sagen – außerdem war es nicht einmal ausgeschlossen, dass dieser dumme Kerl doch einer der Mörder war, obwohl ihm Hansen so viel schauspielerisches Talent nicht zutraute.

Gabler versuchte sich an die vergangene Woche zu erinnern. »Ich hab's! Ich war in Burggen, bei den Wild Horses, die haben dort im Gasthof Kiefl ihren wöchentlichen Stammtisch.«

Hansen verzog das Gesicht zu einem Grinsen. »Die Wild Horses haben ihren Stammtisch immer mittwochs. Ich war gestern dort.«

»Oh.« Nun sah Gabler ziemlich zerknirscht aus.

»Das war ziemlich dumm von Ihnen, das wissen Sie hoffentlich«, meinte Hansen. »Warum lügen Sie mich eigentlich an?«

»Ich ...«

»Wer ein Alibi erfindet, macht sich natürlich verdächtig. Und ein Mordverdacht ist kein Pappenstiel, Herr Gabler.«

»Ja, ich weiß.«

»Also: wo waren Sie von Donnerstagnachmittag bis Freitag früh?« Hansen stand auf und winkte Hanna Fischer heran.

»Jetzt warten Sie doch mal, ich sag's Ihnen ja. Aber kann die ... kann Ihre Kollegin nicht so lange draußen warten, und ich erzähl's Ihnen unter vier Augen?«

»Ich wart draußen im Wohnungsflur, Chef, ist das okay?«

Er nickte kurz. Hanna Fischer machte ein paar Schritte in Richtung Flur, blieb aber direkt an der Wohnzimmertür stehen, Gabler konnte sie jedoch nicht mehr sehen.

»Ich ...« Gabler sah sich noch einmal um, räusperte sich und versuchte ein schiefes Grinsen.

»Waren Sie mit Ihrem Motorrad unterwegs?«

»Mit der Karre? Nein, die ist dafür viel zu laut, um Gottes willen!« Er suchte nach den richtigen Worten. »Die Sache ist die ...« Gabler schlug die Augen nieder und senkte die Stimme. »Ich hab keine Freundin, schon viel zu lange nicht, und vor zwei, drei Jahren bin ich dann mal nach Kempten, wo mich keiner kennt, und bin dort einmal in den Puff gegangen. Aber ... na ja, das geht halt auch ins Geld, und immer nur Internet, das ist es auch nicht. Ich ... Sie verstehen?«

Hansen hatte keine Lust zu lügen, also sah er ihn einfach weiter mit unbeweglicher Miene an.

»Hier in Steingaden ist nicht viel los, aber Sex haben die Leute halt schon – und mit der Zeit bekommt man schon spitz, wo es sich hinzuschauen lohnt.«

Vom Flur her war unterdrücktes Kichern zu hören, und auch Hansen hatte Mühe, ernst zu bleiben.

»Sie waren also am Donnerstagabend als Spanner unterwegs?«, fragte er möglichst streng.

»Mein Gott, Spanner ... wie das schon klingt.« Gabler wand sich und zwang sich ein nervöses Lachen ab.

»Sie schleichen durch Ihr Dorf und versuchen andere Leute zu beobachten. Das ist schäbig und ziemlich traurig obendrein. Außerdem taugt es wohl kaum zu einem Alibi: Ihre ... nun ja ... Zielpersonen werden vermutlich nicht bestätigen können, dass Sie sie heimlich beobachtet haben. Oder haben Sie das Ganze womöglich auch noch gefilmt?«

»Nein, wo denken Sie hin?«

Gabler klang sehr empört, aber es war ihm anzusehen, dass er sich ein wenig darüber ärgerte, nicht selbst auf diese Idee gekommen zu sein.

»Und wie soll Ihnen Ihr gewöhnungsbedürftiges Hobby nun helfen? Zumal Sie sicher erst bei Dunkelheit losgegangen sind, damit würde Ihr Alibi nicht einmal den Tatzeitpunkt abdecken.«

»Sie sagen mir ja nicht, wann der Mord passiert ist, aber ich bin am Donnerstag um kurz nach fünf hier los.«

»Sind Sie noch einkaufen gegangen?«

»Ich hab mir tatsächlich noch zwei Bier geholt, stimmt – im Gasthof Zur Post kann es Ihnen die Rita bestätigen, das ist die Bedienung, die hat mir die beiden Flaschen verkauft. Davor hab ich dort noch eine Halbe getrunken.«

»Und wie lange waren Sie im Gasthof?«

»Eine halbe Stunde etwa, so gegen halb, dreiviertel sechs bin ich wieder raus.«

»Aha. Und wann haben Sie Ihr erstes ... Aussichtsziel erreicht? Das war doch sicher erst nach Sonnenuntergang.«

»Nein«, berichtete er kichernd, »ganz in der Nähe vom Gasthof hat sich ein Ehepaar einen kleinen, runden Pool aufstellen lassen, drum herum mit dichten Büschen vor den Blicken der Nachbarn geschützt. Die beiden sind schon in den Fünfzigern und gehen früh schlafen, und zwischen sechs und sieben sind die vorher noch im Pool zugange. Ein kleiner Fußweg führt zu den Gärten, und dort kann man durchs Gebüsch schlüpfen – dort beginne ich meine Runde meistens. Sieht genau genommen ein bisschen eklig aus, aber was will man machen.«

Er erzählte das gerade so, als nähme er eine Aufgabe wahr, für die sich andere zu schade waren. Dann kam ihm eine Idee.

»Das ist es: Ich weiß doch die ganzen Details! Ich könnte Ihnen genau beschreiben, was ich wann wo gesehen habe – und Sie könnten die Leute fragen, ob das stimmt. Das ist doch dann ein klarer Beweis, dass ich die Wahrheit sage, oder etwa nicht?«

Hansen sah ihn verblüfft an.

»Das ist jetzt nicht Ihr Ernst, oder?«

»Doch, natürlich. Ich habe ein Alibi, ich gebe Ihnen die Details, und Sie prüfen das nach – Sie sind doch als Kriminalbeamter sicherlich verpflichtet, solchen Dingen auf den Grund zu gehen, stimmt's?«

»Haben Sie das auch aus dem Fernsehen?«

»Nein, ein solches Alibi gab's noch in keinem der Krimis, die ich gesehen habe.«

»Das glaub ich Ihnen gerne.«

»Also dann erzähl ich Ihnen das mal. Haben Sie was zu schreiben dabei?«

Hansen sah zu Hanna Fischer hinüber, die inzwischen wieder aus ihrer Deckung gekommen war und jetzt mit einem Notizblock wedelte, hinter ihr feixte Haffmeyer.

»Das macht die Kollegin«, versetzte Hansen knapp, und Gablers erschrockenes Gesicht entschädigte ihn ein wenig für die blöde Situation, in die dieser Dummkopf ihn gebracht hatte. »Aber das macht sie in der Kripoinspektion in Kempten. Packen Sie bitte ein paar Sachen zusammen, Waschzeug, Schlafanzug, was Sie halt so über Nacht brauchen. Es wird wohl bis morgen dauern, Ihre Angaben nachzuprüfen.«

Gabler seufzte, stand auf und ging in Richtung Bad. Als er ein paar Minuten später mit einem Rucksack über der Schulter im Wohnzimmer stand, erhob sich auch Hansen.

»Wissen Sie«, sagte er, »irgendwie habe ich erwartet, dass Sie sich dagegen sträuben würden, dass wir Sie nach Kempten mitnehmen.«

»Wozu denn? Sie dürfen mich bei entsprechenden Verdachtsmomenten heute mitnehmen und bis Ende des darauffolgenden Tages bei sich behalten.«

»Stimmt. Haben Sie das auch aus dem Fernsehen?«

»Nein, hab ich gelesen, in einem dieser Regionalkrimis.«

»Na, immerhin. Also, los geht's. Und Sie werden unsere heutige Strecke vielleicht schon kennen.«

»Wieso das?«

»Ihr Bordell liegt direkt neben unserer Inspektion.«

Um neunzehn Uhr traf sich die Soko Lechbrücke wieder, und dass diesmal eine recht ausgelassene Stimmung herrschte, hatte mit Hanna Fischers Bericht von Robert Gablers detailliertem Alibi zu tun. Halb im Spaß meldeten sich die meisten in der Runde für die Aufgabe, die Angaben zu überprüfen, und sogar Hartmut Koller machte ein paar Scherze, die ausnahmsweise keine Spitze gegen Fischer, Haffmeyer oder Hansen enthielten.

Zum ersten Mal seit seinem Dienstantritt in Kempten fühlte er sich unter all seinen Allgäuer Kollegen richtig wohl.

»Jetzt kriegts euch wieder ein, ihr Pappnasen«, rief Soko-Leiter Scheithardt die anderen lachend zur Ordnung. »Wir haben tatsächlich auch noch ein paar andere Jobs zu machen.«

»Wobei es schon gut für Gabler wäre, wenn er die Wahrheit gesagt hat«, warf Sepp Kleinauer ein. »Meine Leute haben sich die drei Motorräder von Schwarzacker, Gabler und Schairer angesehen. Wir haben nur an Schairers Maschine Blutspuren gefunden, die war ziemlich gründlich geputzt, aber eben nicht gründlich genug. Jetzt prüfen wir noch, ob das Blut auch wirklich von Ruff stammt. Und der Dreck in den Reifen der beiden anderen Fahrzeuge passt zu den Spuren auf dem Uferwanderweg wie die Faust aufs Auge. Schairers Motorrad steht wahrscheinlich irgendwie mit dem Mord in Verbindung – und mindestens eines der beiden anderen auch.«

»Gabler haben wir hier«, sagte Scheithardt. »Schairer wird gerade von einer Streife zu uns gebracht. Sollen wir auch Schwarzacker holen?«

Hansen schüttelte den Kopf.

»Eher nicht. Die Schwarzackers haben zwei kleine Kinder, die sie ordentlich auf Trab halten. Denen würde ich Ärger ersparen wollen, wo immer es geht. Marco Schwarzacker hat ja ein Alibi: Er war zur Tatzeit mit einem seiner Söhne im Krankenhaus. Wenn das Motorrad von einem der Täter gefahren wurde, hat er sich das wahrscheinlich nur heimlich geborgt und hinterher wieder zurückgestellt – und er ist dabei nach allem, was wir bisher wissen, nicht beobachtet worden. Der Vater scheint außerdem sehr an seinen Kids zu hängen, da dürfte die Fluchtgefahr nicht allzu groß sein.«

»Gut«, meinte Scheithardt und nickte. »Aber zur Sicherheit fahren zwei von euch raus und behalten heute Nacht das Haus der Familie unauffällig im Auge. Wer meldet sich freiwillig für die erste Schicht?«

Er sah in die Runde, niemand hob die Hand.

»Ach, stimmt ja, ihr wollt alle die Spannerdetails nachprüfen.« Er grinste, deutete dann aber auf Klaus Frahm und Sabine Altmahr von der Kripo Kempten. »Macht ihr bitte den Anfang, ihr könnt auch gleich losfahren, und morgen früh löst ihr sie ab.« Er zeigte auf zwei Weilheimer Kripobeamte, die prompt ein enttäuschtes Gesicht machten. »Ihr könnt auch gerne die Nachtschicht mit den Kemptener Kollegen tauschen, wenn euch das nicht recht ist, kein Problem.«

»Nein, nein, passt schon, um acht Uhr morgen früh kommen wir als Ablösung.«

»Gut, noch Fragen?«

Damit war die Soko-Besprechung beendet.

In den Arrestzellen der Kripoinspektion Kempten wurde es allmählich eng. Robert Gabler hatte seine Aussage noch einmal offiziell zu Protokoll gegeben, hinterher noch ein paar Kleinigkeiten korrigieren lassen und schließlich alles anstandslos unterschrieben. Inzwischen lag er auf seinem Bett, las einen Krimi, und für später am Abend hatte er sich ein Herrenmagazin mitgebracht.

Kurz nach dem Ende der Soko-Besprechung war außerdem ein Streifenwagen mit dem Mann eingetroffen, dessen Motorrad Blutspuren aufwies. Walter Schairer war ein ganz Cooler, und mit einem etwas größeren Motorrad hätte er wunderbar zu den Wild Horses gepasst. Er war knapp eins achtzig groß, hatte eher dünne Arme und Beine, aber unter seinem karierten Holzfällerhemd und über dem tief sitzenden Bund seiner abgeschabten Jeans spannte sich eine beachtliche Bierkugel.

Schairer sah recht verlebt aus, wie er auf dem Stuhl im Vernehmungsraum herumlümmelte. Sein grau melierter Haarkranz bildete einen Halbkreis um den runden Schädel, und im Nacken waren die schulterlangen Zotteln zu einem Pferdeschwanz gebündelt.

»Also, Herr Schairer, Sie behaupten, am Donnerstag vergangener Woche mit dem Auto zwischen Memmingen, Kempten und Kaufbeuren unterwegs gewesen zu sein. Habe ich das so richtig verstanden?«

Hansen saß ihm am einzigen Tisch im Raum gegenüber. Neben der Tür hatte Hanna Fischer auf einem Hocker Platz genommen, der praktisch unter ihr verschwand. Haffmeyer hatte sich hinter Hansen in Schairers Blickfeld aufgebaut und lehnte mit verschränkten Armen an der Wand. Vom Nebenraum aus verfolgte Soko-Leiter Scheithardt die Vernehmung.

»Ich behaupte das nicht, das war so, Mann!«

»Und Sie wollen am Abend erst so gegen halb zehn heimgekommen sein.«

»Nein, gegen zwölf, das hab ich doch gerade gesagt. Sagen Sie mal, wollen Sie mich reinlegen, oder hören Sie mir nicht richtig zu?«

»Und Ihr Motorrad: Wo stand das, als Sie heimkamen?«

Schairer blies die Backen auf, stöhnte beim Ausatmen laut und verdrehte die Augen. »Mein Gott, immer dasselbe. Ich sag's Ihnen jetzt noch einmal: Gegen halb zwölf bin ich heimgekommen, da stand mein Motorrad neben dem Haus. Ich hab gesehen, dass es da war, aber der Platz für mein Moped liegt im Schatten, da leuchtet die Straßenlaterne kaum hin, also kann ich Ihnen nicht sagen, ob es dreckiger war als zuvor.«

»Und Sie sagen, mit dem Motorrad seien Sie an diesem Tag nicht gefahren. Außerdem haben Sie angegeben, das leihe sich ab und zu ein Kumpel aus. Wie war noch mal sein Name?«

»Holger. Holger Zürn, wohnt ein paar Häuser neben mir.«

»Und für den lassen Sie den Schlüssel des Motorrads einfach stecken?«

»Nein, obwohl ich das gut machen könnte: Die alte Mühle klaut eh keiner, jetzt sowieso nicht mehr, jetzt steht sie ja bei euch und ist absolut sicher, richtig?«

»Sie lassen den Schlüssel also nicht stecken. Wie kommt Herr Zürn dann an die Maschine?«

»Ich versteck den Schlüssel, und er weiß, wo er ist.«

»Unter dem Sattel?«

Schairer sah ihn überrascht an.

»Ja, unter dem Sattel. Woher wissen Sie das?«

»Ich hab nur geraten. Und ich rate gleich noch einmal: Den Tipp hat Ihnen Ihr Kumpel Holger gegeben, richtig?«

»Richtig, aber ...«

»Ach, egal. Der könnte Ihr Motorrad also ausgeliehen haben, und jeder andere, der das Versteck kannte, ebenfalls.«

»Das kannte sonst keiner. Nur Holger und ich.«

»Klar, träumen Sie weiter. Wir wissen schon jetzt von drei Motorrädern, deren Besitzer den Schlüssel unter dem Sattel verstecken. Das scheint in Ihrer Gegend richtig Mode zu sein.«

»Oh.« Schairer dachte nach.

»Sie erinnern sich, wir suchen Beteiligte an einem Mord. Und im Moment sieht es so aus, dass derjenige, der Ihr Motorrad am Donnerstag vergangener Woche fuhr, damit das Mordopfer transportiert hat.«

Schairer schluckte.

»Und das können ebenso gut Sie gewesen sein«, fügte Hansen hinzu. »Also, wie ging das weiter, als Sie abends heimkamen?«

»Ich war müde, bin rein, hab noch was getrunken und bin dann eingeschlafen.«

»Das kann Ihre Frau bestätigen?«

»Weiß ich nicht. Als ich heimgekommen bin, hat sie schon geschlafen, und ich glaube nicht, dass sie aufgewacht ist, als ich ins Bett gegangen bin.«

»Und was haben Sie den ganzen Donnerstag lang gemacht, während Sie zwischen Memmingen, Kempten und Kaufbeuren unterwegs waren?«

»Ist das hier die Klapse, oder was? Das hab ich Ihnen doch auch schon alles erzählt!«

»Bitte, Herr Schairer, erklären Sie's mir. Ich hab das vorhin nicht begriffen.«

»Ich bin im Außendienst tätig, ich verticke Schrauben und so'n Zeug an Baumärkte. Das mach ich noch nicht lange, davor hab ich mich mit verschiedenen kleineren Jobs über Wasser gehalten, aber das reichte finanziell vorne und hinten nicht. Das mit den Schrauben läuft auch nicht besonders, aber einen anderen festen Job hab ich nicht gefunden. Ab vierzig wird das schwierig, wenn man kein Beamter ist, wissen Sie?«

Die Spitze ließ Hansen kommentarlos über sich ergehen.

»Meine Firma ist nicht gerade Marktführer, eher eine kleinere Klitsche, und in manchen Baumärkten bekomme ich keinen Fuß auf den Boden, weil die Konkurrenz zu fest im Sattel sitzt. Was weiß ich, vielleicht schmieren die den Einkäufer, keine Ahnung.«

»Vielleicht liegt's an Ihnen? Vielleicht sind Sie kein besonders guter Vertreter, und die anderen sind besser.«

»Ja, klar, immer feste drauf, wenn einer schon am Boden liegt und mit vollem Einsatz versucht, doch noch irgendwie die Kurve zu kriegen.«

Hansen blätterte in seinen Notizen. »Hier steht, dass Sie am Donnerstag auf Ihrer Tour keinen einzigen Baumarkt betreten haben – oder zumindest mit keinem einzigen Baumarktmitarbeiter gesprochen haben, der bestätigen könnte, dass Sie tatsächlich dort waren.«

»Ja, das ist ...«

»Für mich ist das Blödsinn, Herr Schairer. Sie wollen Vertreter sein, wollen Baumärkten Schrauben verkaufen – und dann bieten Sie sie den ganzen Tag über niemandem an?«

»Ja, ich ...«

»Das glaube ich Ihnen nicht. Und als Alibi reicht das auf keinen Fall.«

»Aber Sie können mein Fahrtenbuch sehen. Da steht die ganze Strecke drin, mit Kilometerständen und Uhrzeiten und allem.«

»Klar, und so etwas kann sich natürlich auch niemand einfach mal so hinterher ausdenken, oder? Jetzt sagen Sie mir bitte, wo Sie am Donnerstag waren.«

Schairer starrte ihn wütend an und wollte gerade losschimpfen, da fügte Hansen hinzu: »Ich versteh das nicht. Aber vielleicht können Sie es mir ja erklären.«

Schairer entspannte sich ein wenig.

»Versuchen Sie's, Herr Schairer.«

»Ich bin kein Vertreter, wissen Sie? Also, ich meine, ich arbeite tatsächlich im Außendienst, aber ich kann das nicht. Leuten was aufschwatzen, wie ein Hausierer mit dem Katalog und dem Bestellzettel von Baumarkt zu Baumarkt ziehen ...« Er machte ein Gesicht, als widere ihn das förmlich an. »Als ich vor gut drei Monaten bei dieser Firma angefangen habe, fuhr der Außendienstchef die Tour mit mir gemeinsam. Er hat mich den Einkäufern vorgestellt, hat mir erklärt, wie ich meine Tagesfahrten am besten planen kann, und abends, wenn wir mal mehrere Tage in einem Rutsch unterwegs waren, hat er mir im Hotel von den gängigsten Tricks berichtet, hat mir Tipps für meine Gesprächseröffnung gegeben und hat versucht, mich auf die Philosophie der Firma einzuschwören. Er hat mir vorgeschwärmt, wie viel Geld die Außendienstler in anderen Regionen Deutschlands schon verdient hätten, dass ich in meinem neuen Job ja gewissermaßen mein eigener Herr sei und so weiter und so fort.«

Er seufzte.

»Der war richtig gut, und nachdem ich drei Wochen mit ihm gefahren war, fühlte ich mich, als könne ich Bäume ausreißen. Aber das hielt keine zwei Wochen lang, dann wurde es schon wieder schlechter. Mein Umsatz ist runtergegangen, erst im Vergleich zu meinem Vorgänger und später auch im Vergleich zu meinen ersten Touren. Inzwischen habe ich das Gefühl, dass ich in meinem Verkaufsgebiet keinen Fuß auf den Boden bekomme. Mir kommt es so vor, als würden die Einkäufer in diesen Baumärkten auf einen herabsehen und nicht ernst nehmen. Am liebsten würden sie einen gar nicht mehr empfangen, glaube ich.«

Schairer sah nun ziemlich resigniert aus.

»Es gibt Tage, da tu ich denen den Gefallen. Da fahr ich meine Runde, stehe mit dem Wagen eine Weile auf dem Parkplatz des Baumarkts, und dann fahr ich zum nächsten und mache dort das Gleiche. Am Donnerstag vergangener Woche war so ein Tag. Zweimal wäre ich fast aus dem Auto gestiegen, aber dann hab ich mir gesagt, dass das eh nichts bringt, also bin ich weitergefahren.«

Nun tat er Hansen fast schon leid. »Einen Tankbeleg oder so etwas haben Sie nicht?«

»Nein, ich fahr so eine Dieselkarre mit großem Tank, das reicht bei meinen Touren für anderthalb Tage. Ich hab ja nicht die ganz großen Strecken auf dem Zettel, da mal ein paar Kilometer und da mal ein paar. Am Ende des Tages bin ich oft keine dreihundert Kilometer gefahren.«

»Und wie wollen Sie das jetzt beweisen?«

»Muss ich das?«

»Ja, allerdings. Ich hab's Ihnen vorhin schon gesagt: Wir haben Blutspuren an Ihrem Motorrad gefunden, das Blut stammt wahrscheinlich von einem Mordopfer – da müssen wir schon sichergehen, dass Sie zur Tatzeit nicht in Lechbruck oder Umgebung gewesen sind.«

Schairer ließ die Schultern hängen. Da war nichts Lässiges mehr, nichts Cooles, nur noch ein Häuflein Elend.

Hansen konnte sich nicht vorstellen, dass so einer zu einem Mord fähig sein sollte.

»Sie wissen schon, dass Sie einstweilen hierbleiben müssen, oder?«

»Auch egal«, brummte Schairer. Dann fiel ihm etwas ein. »Meiner Firma müssen Sie davon aber erst mal nichts sagen, oder?«

»Wenn Sie da keiner vermisst ...«

»Nein, ich bin ja mein eigener Herr.« Er lachte freudlos.

»Natürlich müssen wir Ihrer Firma vorerst nicht Bescheid sagen. Aber wenn Sie diesen Job so hassen, warum wollen Sie dann verhindern, dass Sie ihn wieder verlieren?«

»Stimmt auch wieder«, sagte Schairer, und ein leichtes Grinsen huschte über sein Gesicht.

Ignaz erwartete ihn bereits am Fenster. Innen allerdings, denn inzwischen hatte der angekündigte Regen begonnen, und der Kater hatte offenbar beschlossen, sich über die Katzenklappe ins Trockene zu bringen. Die Haustür war verschlossen, und so tief Hansen auch in seinen Taschen grub, er konnte den Schlüssel nicht finden. Also setzte er seine Tasche ab, suchte für die Supermarkttüte einen halbwegs trockenen Platz und wühlte weiter in seiner Kleidung und danach noch in der Tüte.

Währenddessen regnete es kräftig weiter, Hansen stand vor der Haustür relativ ungeschützt und hatte schon einen klitschnassen Rücken, als das Handy klingelte.

»Chef? Ich komm gerade mit dem Wagen heim, da seh ich, dass Ihnen der Hausschlüssel irgendwie rausgefallen ist. Der lag im Fußraum vor dem Beifahrersitz. Haben Sie noch irgendwo einen Ersatzschlüssel deponiert?«

»Nein, leider nicht. Kann sein, dass meine Vermieterin hier irgendwo einen für sich hinterlegt hat, aber ich kenne das Versteck nicht.«

»Okay, ich komme schnell bei Ihnen vorbei, damit Sie nicht so lange warten müssen. Hier schüttet es wie aus Eimern.«

Hansen schlug den Kragen seiner dünnen Sommerjacke hoch und überlegte schon, ob er nicht besser durchs nasse Gras ums Haus herum gehen und sich dort unter dem Vordach unterstellen sollte.

Da fiel sein Blick wieder auf das Küchenfenster, hinter dem Ignaz vorhin bequem und trocken gesessen hatte. Der Kater lag noch immer dort oder genauer: schon wieder. In der Zwischenzeit hatte er sich nämlich ein Stück Käse organisiert, das er gemütlich auf der Fensterbank verzehrte. Dabei beobachtete er interessiert, wie sein zweibeiniger Mitbewohner draußen im strömenden Regen stand, wütend hereinschaute und dabei immer nasser wurde.

Freitag, 14. Juni

»Das ist prima, dann kann ich jetzt ja wieder gehen, oder?«

Robert Gabler sah ziemlich fertig aus, aber nun breitete sich auf seinem übernächtigten Gesicht ein erleichtertes Grinsen aus. Die Ermittlungen der Kollegen hatten gestern Abend und heute früh tatsächlich ergeben, dass alle Details von Gablers Aussage stimmten.

Die Befragungen in Steingaden waren etwas speziell gewesen, und die mit der Überprüfung beauftragten Beamten hatten schnell gemerkt, dass die so lustig klingende Aufgabe vor allem eines war: peinlich. Denn ob nun der Mittfünfziger mit Bierbauch befragt werden musste oder die fünfundzwanzigjährige Blondine mit den markanten Kurven: Niemand fand es angenehm, die Details seines Liebeslebens preiszugeben, und der eine oder andere Polizist bekam dann doch rote Ohren, wenn er zum wiederholten Mal nachfassen musste, wer wann welche Ferkeleien gerufen hatte.

»Ich weiß nicht, ob das so schnell geht«, sagte Hansen. »Schließlich haben wir an Ihrem Motorrad Erde gefunden, die eindeutig von einem Wanderweg in der Nähe des Lechufers stammt – also ganz in der Nähe des Tatorts.«

»Und wo ist dieser Tatort?«

»Ein Mann wurde Donnerstagabend von der Brücke zwischen Gründl und Lechbruck gestoßen, und danach wurde seine Leiche mit einem Geländemotorrad wie Ihrem weggeschafft – und zwar auf dem Uferweg, von dem der Dreck an Ihren Reifen stammt.«

»Scheiße«, entfuhr es Gabler. »Aber dort drunten war ich ganz sicher nicht, zumindest nicht in den letzten paar Wochen – und schon gar nicht mit dem Moped. Ich bin eher rund um Steingaden unterwegs, ab und zu heize ich rüber nach Gründl, auf dem kleinen Weg am Premer Filz vorbei, und dann auf einer anderen Strecke wieder zurück – entweder auf der Hauptstraße direkt von Gründl nach Steingaden oder über einen der Feldwege bis zur B17 und dann heim.«

»Na, sehen Sie, Herr Gabler: Wenn Sie die Straße Gründl – Steingaden nehmen, kommen Sie direkt an der Lechbrücke vorbei.«

»Oh, stimmt.« Er biss sich auf die Lippe. »Aber ehrlich, Herr Kommissar, ich war noch nie mit meinem Moped dort unten am Lechufer, ganz ehrlich, glauben Sie mir das bitte!«

»Und wie kommt dann der Dreck von dort an Ihr Motorrad?«

Gabler zuckte mit den Schultern. »Ich bin nicht der Einzige, der dieses Moped fährt.«

»Wer noch?«

»Mein Onkel Heiner leiht es sich ab und zu aus, ich verstecke deshalb den Schlüssel unter dem Sattel. Dann kann er sich das Ding nehmen, wenn er es braucht.«

Hansen stutzte. Das war ja ein tolles Versteck, wenn alle dieselbe Stelle nutzten.

»Das hat mir mein Nachbar, Klaus Wulfgartner, mal geraten. Der hat mir erzählt, dass es sein Freund auch so macht: immer den Schlüssel unter dem Sattel. Ach, stimmt, dann könnte Klaus die Karre ja auch ausgeliehen haben.«

»Oder einer seiner Kumpels – insgesamt reden wir von sechs Männern, die übrigens mit demselben Schlüsselversteck auch ein anderes Geländemotorrad abwechselnd nutzen. Dazu Ihr Onkel und alle anderen, denen wiederum er vielleicht von dem Versteck erzählt hat.«

»Oha! Das ist nicht gut für Sie, oder?«

»Nein, gar nicht.«

»Aber für mich, stimmt's?«

Hansen nickte.

»Dann kann ich jetzt gehen?«

»Sie stehen nicht mehr unter Verdacht, aber ich möchte Ihnen noch ein paar Fragen stellen.«

»Meinetwegen.«

»Können Sie sich noch erinnern, wann Sie Ihr Motorrad vor Donnerstagnachmittag zuletzt gesehen haben?«

Gabler überlegte. »Ganz sicher bin ich mir nicht, weil ich den Donnerstag vor allem vor dem Fernseher verbracht habe, aber als ich am späten Nachmittag rausgegangen bin, so gegen fünf, müsste es noch dagestanden sein. Da bin ich mir eigentlich ziemlich sicher. Und gegen halb eins bin ich zurückgekommen, da stand es, glaube ich, auch da – aber das kann ich nicht beschwören.« Er sah Hansen an. »Wann ist der Mord denn passiert?«

Hansen dachte kurz nach. Gabler hatte sein Alibi zeitlich präzisiert, ohne von der Tatzeit zu wissen – nun gab es eigentlich keinen Grund mehr, ihm die Informationen vorzuenthalten. Vielleicht kannte er das Opfer ja sogar.

»Gegen neunzehn Uhr wurde der Lechbrucker Pferdezüchter Thomas Ruff von der Brücke gestürzt, und als meine Kollegen gegen dreiundzwanzig Uhr am Ufer nachsahen, war die Leiche bereits fortgeschafft worden.«

»Hoppla, das sind ja vier Stunden! Ich hatte mir die Kripo irgendwie schneller vorgestellt.«

»Es gab Gründe für die Verzögerung, das muss Ihnen reichen.«

»Ermittlungstaktische Gründe?«

»Mehr oder weniger.«

»Hm ... aber wenn mein Moped um fünf vor meinem Haus stand und um halb eins immer noch: wie soll es dann mit diesem Mord in Verbindung stehen?«

»Vielleicht stand es ja nicht immer noch dort, sondern schon wieder. Haben Sie denn bemerkt, ob das Motorrad bei Ihrer Rückkehr schmutziger war als am Nachmittag?«

»Sie meinen ...?«

Hansen nickte.

»Ach, du Scheiße«, sagte Robert Gabler und wurde blass.

Die Adresse von Heiner Gabler, der sich manchmal das Motorrad seines Neffen auslieh, kam Hansen bekannt vor. Es war das Haus direkt neben Kerstin Wontarra.

Auf das Klingeln der Türglocke reagierte niemand,

aber dann öffnete sich die Haustür nebenan, und ein vollschlanker Mann von Mitte vierzig, mit Brille und kurz gehaltenem Vollbart in kurzärmeligem Hemd, Jeans und ausgelatschten Hausschuhen, trat aus dem Haus von Kerstin Wontarra und kam auf Hansen zu.

»Sind Sie Herr Heiner Gabler?«

»Ja, wieso?«

Hansen stellte sich vor.

»Ach, geht's um den Ruff? Um den ist es nicht schade, das können Sie gern auch zu Protokoll nehmen, das unterschreib ich Ihnen sofort.«

»Wieso? Hatten Sie Streit mit ihm?«

»Nein, das nicht – aber ich habe Gründe genug, ihn nicht leiden zu können.«

»Und welche?«

»Wozu müssen Sie das wissen? Glauben Sie, ich hab den umgebracht?« Er lachte freudlos. »Hätt ich vielleicht machen sollen, hab ich aber nicht.«

»Sie wissen schon, dass Sie sich hier gerade um Kopf und Kragen reden, oder?«

»Warum das denn? Ich komm grad von der Kessie, hab ihr selbst gemachte Wurst gebracht.« Er hob die linke Hand an, in der er eine leere Tupperdose hielt. »Der geht's nicht gut seit Ruffs Tod, da kümmere ich mich halt ein bisschen um sie. Dabei sollte sie froh sein, dass sie den Kerl los ist. Der war nichts wert, sag ich Ihnen.«

»Und warum sind Sie so wütend auf Thomas Ruff? Immerhin ist er tot, da könnte man auch etwas freundlicher von ihm reden, finde ich.«

»Ach, ihr Preußen wieder ... Woher sind Sie denn?«

»Hannover, aber jetzt bin ich bei der Kripo in Kempten und hätte gerne, dass Sie meine Fragen beantworten.«

»Ja, ja, schon recht. Der Thomas Ruff war ein Depp. Ich war mit seiner Frau Marlene in der Klasse. Wir kannten uns schon, da hat Thomas, dieser Aufreißer, seine Zukünftige noch nicht mit dem Arsch angeschaut. Und als er dann immer mehr Streit mit seinem Vater hatte und irgendwann mitbekam, dass die Marlene den Hof erben würde ... Na ja, gereicht hat's ihm nicht, er musste ja auch noch mit meiner Nachbarin anbändeln!«

»Mein Problem ist ... Nein, eigentlich ist es Ihres: Am Motorrad Ihres Neffen Robert wurden Spuren gefunden, die das Moped eindeutig mit dem Mord an Thomas Ruff in Verbindung bringen.«

»Der Robert?« Gabler lachte. »Der Junge tut keiner Fliege was zuleide, das können Sie vergessen.«

»Er hat ein Alibi, allerdings hat er uns erzählt, dass Sie sich das Motorrad manchmal ausleihen – deshalb wüsste ich gerne, wo Sie zur Tatzeit waren. Wissen Sie denn, wann Ruff ermordet wurde?«

»Von Kessie hab ich gehört, dass zwei Männer ihn auf der Lechbrücke abgepasst und dann hinuntergeworfen haben. Sieben, halb acht müsste das am Donnerstag gewesen sein, jedenfalls hat sie es mir so geschildert.«

»Das stimmt. Und wo waren Sie zu dieser Zeit?«

»Hier, im Haus. Wo soll ich denn gewesen sein? Ich arbeite in Prem im Bauhof, da fangen wir früh an, also gehe ich auch zeitig ins Bett. Und am vergangenen Donnerstag ...« Er dachte nach, dann fiel ihm etwas ein. »Kommen Sie mit«, sagte er und steuerte auf sein Haus zu.

Hansen folgte ihm in ein helles und geräumiges Wohnzimmer, das mit CD- und DVD-Regalen, einer Spielekonsole und einem großen Flachbildfernseher ausgestattet war. Gabler nahm eine Fernsehzeitschrift zur Hand und blätterte zum Donnerstag der vorigen Woche zurück. Mit gelbem Textmarker waren Sendungen um sechs Uhr nachmittags, um kurz nach sieben und um Viertel nach acht markiert. Falls Gabler die alle tatsächlich gesehen hatte, fiel er als Täter aus. Ohnehin dürfte er den Dorftrinker Pröbstl vom Nachbarort kennen – und hätte ihn bei Tageslicht von der Brücke aus vermutlich erkannt. Im Zweifelsfall wäre es einfacher gewesen, den unliebsamen Zeugen zu beseitigen, als sich die Mühe mit dem Leichentransport zu machen. Man sollte aber nichts zu früh ausschließen – das hatte Hansen schon im ersten Kripojahr gelernt.

»Und das haben Sie alles auch wirklich gesehen?«

»Klar, ich kann Ihnen all diese Sendungen auch runterbeten, wenn Sie wollen.«

»Nein, danke. Sie könnten Sie aufgenommen haben.«

»Sehen Sie hier irgendwo einen Rekorder?«

»Nein, das stimmt. Aber diese Sendungen werden doch ständig wiederholt.«

»Weiß ich nicht, ich hab sie ja direkt zu den hier markierten Zeiten angesehen.«

»Und nach zehn?«

»Ich bin während der Nachrichten eingeschlafen, und als ich aufwachte, lief schon die anschließende Talkshow. Da bin ich ins Bad, danach ins Bett und war bald wieder weg. Ich hab einen guten Schlaf, den brauch ich auch, wenn ich morgens so früh raus muss.«

»Sie haben also keinen Zeugen dafür, dass Sie den ganzen Abend zu Hause waren.«

»Nein, aber ich sagte doch schon ...«

»Und Sie konnten Thomas Ruff nicht leiden.«

»Stimmt. Aber würde ich Ihnen das so offen erzählen, wenn ich der Mörder wäre? Da hätte ich doch sicher versucht, mir irgendwie ein stimmiges Alibi zu besorgen?«

»Und wie?«

»Was weiß ich, irgendein Kumpel hilft einem da schon, wenn's klemmt. Aber ich brauch ja keins, ich war's ja nicht.«

»Und wie erklären Sie sich die Spuren am Motorrad Ihres Neffen?«

Gabler zuckte mit den Schultern. »Was weiß ich. Robert können Sie aber streichen, der bringt das nicht. Und überhaupt, was für Spuren sind das eigentlich?«

Hansen erklärte ihm den mutmaßlichen Tatverlauf und die Ergebnisse der Spurensicherung.

»Mir ist schon klar, dass mein Alibi nicht hieb- und stichfest ist, aber ich war's wirklich nicht. Weder hab ich den Ruff von der Brücke geworfen, noch hab ich seine Leiche hinterher mit Roberts Motorrad zum Filz rübergekarrt. Ehrlich nicht!« Er hielt kurz inne. »Da fällt mir etwas ein ... Die sind mit Motorrädern hier vorbeigekommen, sagten Sie?«

Hansen nickte.

»Ich bin mir nicht ganz sicher, aber es kann sein, dass ich die Mopeds gehört habe. Das muss gegen halb elf gewesen sein. Die Talkshow lief schon, und ich bin, glaube ich, sogar vom Lärm der beiden Maschinen aufgewacht. Aber warten Sie ... Ich hab eine Weile gebraucht, bis ich wieder so wach war, dass ich ins Bad konnte. Und als ich schließlich im Bett lag und gerade beim Einschlafen war, kam es mir so vor, als würde draußen eines der Motorräder noch einmal vorbeiknattern – aber da war ich schon fast weggedöst, ich kann Ihnen leider nicht sagen, in welche Richtung das unterwegs war. Das müsste etwa eine halbe Stunde später gewesen sein.«

Diesmal gab es bei der Soko-Besprechung immerhin Neuigkeiten. Sepp Kleinauer machte mit den Ergebnissen seiner Leute den Anfang.

»Die Dreckspuren an den Motorrädern von Schwarzacker und Gabler stammen definitiv vom Wanderweg, der von der Lechbrücke in das Waldstück führt. Das würde darauf hindeuten, dass die Täter mit diesen beiden Maschinen durch den Wald gefahren sind. Blut von Ruff – inzwischen steht fest, dass es von ihm stammt – haben wir aber nur auf der Maschine von Schairer feststellen können.«

»Super«, brummte Scheithardt. »Haben wir jetzt plötzlich drei Täter oder was? Na ja, dieser Schairer scheint auf jeden Fall nicht zu ihnen zu gehören. Die Kollegen haben sein Kennzeichen durch den Computer gejagt: Schairer wurde kurz vor neunzehn Uhr am Stadtrand von Kaufbeuren von einem Infrarotblitzer erwischt. Er war auf der B 16 innerorts zwanzig Kilometer zu schnell unterwegs. Knapp zwanzig Minuten später bucht die Bedienung in einer Pizzeria im sechs Kilometer entfernten Biessenhofen die Essensbestellung von Schairer ein.«

»Aha? Und woher wissen die eine Woche später noch so genau, dass das die Bestellung von Schairer war?«

»Halb Zufall, halb nicht. Daran, dass es Schairer war, erinnert sich die Bedienung deshalb, weil er häufiger dort isst und jedes Mal ein Riesengewese drum macht, seine Pizza auch nur ja ohne die übliche Tomatensoße zu bekommen. Und daran, dass es genau Donnerstag, der 6. Juni, war, erinnert sie sich, weil sie da ihren zehnten Hochzeitstag hatte und wütend war, dass der Wirt sie kurzfristig ausgerechnet für diesen Abend angefordert hatte.«

»Und wie lange ist er geblieben?«

»Kurz nach halb zwölf hat er bezahlt, dazu gibt es natürlich auch einen Kassenbeleg mit Uhrzeit. Und er war den ganzen Abend dort, nur zwischendurch zweimal kurz auf der Toilette. Ohnehin hat sich die Bedienung gewundert, dass Schairer noch unfallfrei nach Hause gekommen ist.«

»Okay, wieder einer weniger. Haben Sie ihn schon rausgelassen?«

»Ja«, sagte Scheithardt. »Eine Streife bringt ihn gerade heim und wird dableiben, um ihn noch eine Zeit lang zu beobachten, man weiß ja nie. Also, wir haben drei Motorräder, die in diesen Mordfall verwickelt zu sein scheinen – aber wir haben niemanden, der sie gefahren haben will. Sauber!«

»Gehen wir doch noch einmal durch, was wir bisher wissen«, schlug Hansen vor. »Pröbstl hat beobachtet, wie die beiden Männer Ruff übers Geländer geworfen haben. Nehmen wir mal an, dass sie eigentlich hofften, der Sturz von Ruff würde irgendwie als Unfall eingestuft. Er hatte ja Wein intus, und normalerweise hätte niemand einen Mord angenommen. Nun hat aber Pröbstl das Ganze gesehen, die beiden Täter haben ihn bemerkt – also mussten sie improvisieren. Pröbstl war so schnell weg, dass sie ihn nicht erkennen, geschweige denn beseitigen konnten, deshalb musste die Leiche weg.«

»Also haben sie den Ruff in dieses Moor geschafft«, sagte Kleinauer.

»Genau, und dabei haben Sie sich nicht mal besonders geschickt angestellt«, meinte Hansen. »Vielleicht wollten sie den Toten nur für die ersten paar Tage verstecken, danach hätten sie die Zweige weggenommen, und der erstbeste Wanderer hätte die Leiche entdeckt.«

»Das hat aber nicht geklappt.«

»Und es war ja auch nicht gerade geschickt eingefädelt. Wir suchen also nach zwei Männern, die nicht besonders clever sind und denen man eher die gröberen Jobs anvertraut. Das hieße aber: Hinter den beiden Tätern steckt jemand, der den Mord in Auftrag gegeben hat. Der wiederum wird sich ziemlich sicher nicht in der Nähe des Tatorts aufgehalten haben, sondern hat sich bestimmt ein wasserdichtes Alibi besorgt.«

»Das glaube ich auch – aber was machen wir mit dem dritten Motorrad?«, gab Scheithardt zu bedenken. »Gab es noch einen dritten Mann vor Ort, der vielleicht nicht auf der Brücke dabei war, aber später auf dem Waldweg?«

»Die beiden Männer, die Ruff von der Brücke gestoßen haben, müssen irgendwo ihre Motorräder abgestellt haben, mit denen sie hergekommen sind, vermutlich in Lechbruck und in Gründl. Als Ruff tot war, werden sie mit ihren Maschinen runter zum Ufer gefahren sein. Die Leiche muss aufgehoben, ein Stück weggetragen und mit einem Gürtel oder etwas Ähnlichem an einem der Fahrer festgebunden werden – dazu braucht man zwei Leute. Außerdem wurden ja noch die Spuren von Ruffs Aufprall verwischt. Aber ich kann mir nicht vorstellen, dass ein dritter Mann mit dem Motorrad zum Ufer runterfährt – der würde doch nur unnötig Spuren auf dem Wanderweg hinterlassen, und als reiner Fluchtweg ist der Pfad durch das Waldstück nun wirklich nicht geeignet.«

»Lassen wir das dritte Motorrad mal kurz beiseite«, schlug Scheithardt nun vor. »Als Ruff von der Brücke gestürzt ist, war es etwa sieben Uhr oder halb acht – da ist es um diese Jahreszeit noch taghell. Aber keiner der Anwohner hat gesehen, wie die Leiche weggeschafft wurde.«

»Mit dem Abtransport werden sie gewartet haben, bis es dunkel ist«, meinte Hansen.

»Aber die können doch nicht einfach den toten Ruff am helllichten Tag drunten am Ufer liegen lassen und seelenruhig abwarten, bis es dunkel genug ist, ihn wegzuschaffen! Wann ging denn am 6. Juni die Sonne unter?«

»Um elf nach neun«, sagte Haffmeyer wie aus der Pistole geschossen. Alle schauten ihn an, aber er zuckte nur die Schultern. »Steht irgendwo in den Akten, ich kann mir so was halt gut merken.«

»Gut«, fuhr Scheithardt grinsend fort. »Die beiden Typen wären aber ganz schön abgebrüht, wenn die in aller Ruhe gut zwei Stunden abwarten.«

Hansen schüttelte den Kopf. »Vielleicht ist ihnen ja auch nicht gleich eine Lösung für ihr Problem eingefallen – wir hatten ja bisher den Eindruck, dass die beiden nicht unbedingt die Hellsten sind.«

»Ja, und?«

»Die sehen also Pröbstl wegrennen, erkennen ihn aber nicht. In Lechbruck und Gründl weiß aber offenbar jeder, wer Pröbstl ist, und hätte ihn selbst über eine größere Entfernung erkannt. Also vermute ich, dass unsere beiden Helden weder aus Lechbruck noch aus Gründl sind. Das hieße, dass sie auch nicht zwingend wissen müssen, wie man am schnellsten auf diese Landzunge oder von ihr herunter kommt. Vielleicht haben sie sich auf ihre Motorräder geschwungen und zuerst einmal versucht, den Zeugen abzufangen. Dabei könnte der eine die Straße in Richtung Prem genommen haben, und der andere könnte in Richtung Helmenstein am Lech entlanggefahren sein. Bis der Mann auf der Lechbrucker Seite am Wasserkraftwerk war, hatte Pröbstl wahrscheinlich schon das umzäunte Areal verlassen und hatte auch die Helmensteiner

Straße hinter sich. Als sie ihren Zeugen nicht fanden, haben sie wahrscheinlich übers Handy einen Treffpunkt verabredet – und weil solche Motorräder auf die Dauer etwas auffallen, haben sie sich vermutlich anderswo getroffen.«

»Rund zwei Kilometer flussaufwärts gibt's die nächste Staustufe«, merkte Haffmeyer an, »da führt eine Straße drüber.«

Hansen stand auf und suchte die Stelle auf der großen Wandkarte. »Und dorthin führt auch dieser Waldweg, auf dem sie die Leiche später weggeschafft haben.« Er fuhr mit dem Finger die entsprechende Linie nach. »Okay, die beiden treffen sich also an dieser Staustufe. Jetzt könnte es halb acht sein oder schon acht, und Ruff liegt noch immer unter der Brücke. Für den Verkehr oben ist er durch die Brücke verdeckt, für die Anwohner in Gründl durch die Brücke oder die Böschung, je nachdem, wo genau sie wohnen. Von Lechbruck aus kann man die Stelle nicht sehen, weil am Ufer große Bäume stehen.«

»Aber die Täter mussten davon ausgehen, dass der Zeuge den Mord der Polizei meldet«, wandte Scheithardt ein.

»Stimmt. Außerdem wäre ich an ihrer Stelle so schnell wie möglich abgehauen. Rauf aufs Motorrad und weg, dann ein möglichst glaubwürdiges Alibi besorgen und darauf setzen, dass der Zeuge sie nicht allzu genau beschreiben kann.«

»Vielleicht hatten sie Angst vor ihrem Auftraggeber«, meldete sich Hartmut Koller zu Wort, der die bisherigen

Soko-Besprechungen fast kommentarlos verfolgt hatte. Wahrscheinlich war er beleidigt, weil ihm Hansen in der direkten Zusammenarbeit die Kollegen Fischer und Haffmeyer vorzog.

Allmählich schien ihm aber klar zu werden, dass er sich darüber nun wirklich nicht beschweren durfte: Ins Abseits hatte er sich selbst manövriert, weil er seinem neuen Chef eine Falle hatte stellen wollen – und ausgerechnet Hansen hatte, obwohl er vermutlich Bescheid wusste, Koller trotzdem als Soko-Mitglied vorgeschlagen.

»Vielleicht«, fuhr er fort, »hatte ihr Auftraggeber sie angewiesen, Ruffs Tod als Unfall oder Selbstmord zu inszenieren – und nun haben sie auf eine Chance gelauert, das doch noch hinzubekommen, um ihrem Chef nicht mit der schlechten Nachricht gegenübertreten zu müssen, dass sie den Auftrag versemmelt haben.«

Hansen nickte Koller anerkennend zu. »Da könnten Sie recht haben. Also haben sie sich möglicherweise in dem Waldstück versteckt, haben ihre Motorräder irgendwo hinter ein paar Büschen abgestellt und sind in Richtung Lechbrücke geschlichen. Ich nehme an, da lässt sich leicht ein Plätzchen finden, von dem aus man Ruffs Leichnam im Blick haben kann, ohne selbst entdeckt zu werden.«

»Und darüber ist es dunkel geworden«, dachte Scheithardt laut. »Eine Stunde im Wald hocken und den Tatort beobachten – das könnte hinhauen.«

»Gegen halb zehn oder zehn, als es dunkel genug war,

haben sie ihre Motorräder geholt, haben den Leichnam ein Stück weggetragen, haben am Boden die Spuren von Ruffs Aufprall verwischt und beseitigt, so gut es ging – und dann hat sich einer auf seine Maschine gesetzt, und der andere hat ihm die Leiche auf den Rücken gebunden. Schließlich sind sie beide mit ihren Motorrädern den Wanderweg zurück ins Waldstück gefahren und kamen auf der anderen Seite bei der oberen Staustufe wieder raus.«

»Aber wie kamen die beiden auf die Idee, den Toten in diesem Moor zu verstecken?«, wandte Scheithardt ein. »Wenn sie nicht wussten, wie man auf die Landzunge bei der Lechbrücke kommt, kannten Sie doch vermutlich auch den Premer Filz nicht, oder?«

»Da haben Sie recht, das passt nicht ganz zusammen.«

»Und wenn sie inzwischen ihren Auftraggeber angerufen hätten?«, sagte Koller. »Mittlerweile hatten sie ja eine Idee, wie sie die Leiche verschwinden lassen könnten. Ihr Chef wird eh schon darauf gewartet haben, dass er Bescheid bekommt, wie alles gelaufen ist.«

»Genau«, spann Hansen den Gedanken fort. »Sie rufen ihn an und erzählen von ihrem Plan – aber der Auftraggeber schlägt ihnen stattdessen den Premer Filz vor, den er kennt, und beschreibt den beiden Helfern den Weg dorthin.«

Alle nickten – nur Scheithardt blickte betrübt drein.

»Und wo passt da das dritte Motorrad rein?«, fragte er schließlich.

Samstag, 15. Juni

Kriminalhauptkommissar Eike Hansen saß in seinem Büro und sah aus dem Fenster. Den halben Vormittag hatte er nun schon damit zugebracht, noch einmal alle Akten durchzugehen, aber es hatte sich bisher kein neuer Ansatz ergeben. Sie hatten eine Leiche, einen Tatzeugen, viele Leute mit mehr oder weniger starken Motiven – und niemanden, der bisher wirklich als Täter oder auch nur als Auftraggeber des Mordes infrage kam.

Hansen seufzte, schenkte Sprudel nach und stellte sich mit dem Glas ans Fenster. Diese Phase der Ermittlungen hatte er schon in Oldenburg gehasst und in Hannover, und sie fühlte sich hier im Allgäu kein bisschen besser an: Die Ermittlungen stockten, alle traten auf der Stelle, und nirgendwo bot sich eine vielversprechende Spur an.

Nach einer Weile ging er zum Vorzimmer von Kripochef Huthmacher, weil er dessen Sekretärin um einen Kaffee bitten wollte, doch erst als er die Tür verschlossen fand, fiel ihm ein, dass heute ja Samstag war und die meisten Kollegen zwar weiter an dem Fall arbeiteten, aber außerhalb der Soko-Besprechungen nicht zwingend in der Inspektion sein mussten.

Irgendwann fuhr er nach Lechbruck, schlenderte am

Fluss entlang und warf Kieselsteine ins Wasser. Er spazierte durch den Ort, und als er das Lechstüberl erreichte, dachte er kurz daran, auf ein Bier und eine Brotzeit einzukehren – aber dann sah er durchs Fenster Freddy Kerricht am Stammtisch sitzen, und auf Small Talk mit einem Kollegen hatte er heute keine Lust.

Er ging weiter, stand noch eine Zeit lang auf der Lechbrücke und sah auf den Fluss hinunter und zur Landzunge hinüber, ließ seinen Blick über den Wald am Ufer schweifen bis zu der Stelle direkt zu seinen Füßen, wo Thomas Ruff auf die Steine des Lechufers gestürzt war.

Dann fuhr er zurück nach Füssen, aß in der Innenstadt Schweinsbraten mit Knödeln und wälzte sich noch weit nach Mitternacht mit vollem Bauch und kreisenden Gedanken im Bett.

Sonntag, 16. Juni

Am nächsten Morgen erwachte Hansen trotzdem zeitig, machte sich ein deftiges Frühstück und setzte sich mit einer zweiten Tasse Kaffee hinter das Haus. Fast eine Stunde lang saß er da, genoss die frische Luft und die schöne Aussicht, dann ging er wieder nach drinnen, drehte das Radio auf, sang ein paar Oldies mit und bügelte Hemden.

Um die Mittagszeit kam eine Hähnchenbrust in die Pfanne, dazu kochte er Reis, und die ganze Zeit über ließ er das Essen keinen einzigen Moment aus den Augen. Aber die Vorsicht schien umsonst: Ignaz war weit und breit nirgendwo zu sehen.

Als Hansen sich einen Teller hergerichtet und die Reste mit Deckeln gesichert hatte, ging er ins Wohnzimmer hinüber und ließ sich sein Essen zu einem alten Piratenfilm schmecken, der im Fernsehen zum tausendsten Mal wiederholt wurde.

Irgendwann hörte Hansen vom Flur her ein leichtes Tapsen. Ignaz erschien in der Tür, entdeckte seinen Mitbewohner und blieb mitten im Schritt wie erstarrt stehen. Sein Blick hatte etwas Panisches, und in Hansen machte sich schlechtes Gewissen breit. Seit er Ignaz vor ein paar

Tagen erschreckt hatte, schien das Tier wie ausgewechselt.

Hansen aß zu Ende, dann ging er in die Scheune hinüber und öffnete den Schrank, aus dem Walburga Lederer immer das Fressen für den Kater holte. Fein säuberlich aufeinandergestapelt stand dort Nassfutter jeder nur erdenklichen Geschmacksrichtung bereit. Hansen nahm die erstbeste Dose und zog den Deckel auf. Dieses Geräusch genügte, um Ignaz in die Küche zu locken, wo er in gebührendem Abstand so tat, als wollte er sich bei seinem Dosenöffner einschmeicheln.

Kurz darauf stellte Hansen ihm einen Teller mit dem halben Inhalt der Katzendose hin, und wie das Tier so gierig darüber herfiel, kniete sich Hansen daneben und streichelte den Kater ein paarmal: vom Kopf über die knochigen Schulterblätter und den Rücken bis hin zur Schwanzwurzel.

Das machte er nur ein einziges Mal, schon fuhr Ignaz herum und verbiss und verkrallte sich in Hansens Hand und ließ erst wieder los, als Hansen schreiend und fluchend seinen Arm hin und her schüttelte.

Während Hansen sich die Hand hielt und sich im Bad einen Verband anlegte, kümmerte sich Ignaz wieder um sein Nassfutter, Geschmacksrichtung Thunfisch.

Montag, 17. Juni

Die Soko-Besprechung war an diesem Morgen für zehn Uhr angesetzt. Deshalb wunderte sich Hansen, dass Haffmeyer schon am Vorabend angerufen und sich für halb acht Uhr früh angekündigt hatte, um ihn zu Hause abzuholen. Einen Grund dafür wollte er ihm nicht nennen. »Lassen Sie sich überraschen, Chef.«

Pünktlich um halb acht stand Haffmeyer vor dem Haus. Hansen behielt die von Ignaz zerkratzte linke Hand in der Tasche und nahm auf dem Beifahrersitz Platz.

»Und? Wohin geht's jetzt? Holen wir Frau Fischer ab?«

»Gewissermaßen. Lassen Sie sich einfach überraschen.«

Wenig später bog der Wagen in die Pappenheimstraße im Füssener Westen ein. Nach wenigen Metern hielt Haffmeyer am linken Straßenrand. Hansen wusste, dass seine Mitarbeiterin in dieser Siedlung lebte.

»Und, was wird das jetzt?«

Haffmeyer antwortete nicht, sondern grinste nur und deutete wortlos nach vorn. Dort kam gerade Hanna Fischer aus dem Haus und hatte eine große Sporttasche geschultert.

Nach ein paar Minuten fuhr Haffmeyer langsam die Straße entlang. Er schien darauf zu achten, nicht ins

Blickfeld von Hanna Fischer zu geraten, die ein Stück vor ihnen immer wieder mal kurz zu sehen war, bevor sie in überraschend flottem Schritt um die nächste Ecke verschwand.

Hanna Fischers federnder Gang ließ ahnen, dass sie sich sehr auf das freute, was vor ihr lag. Schließlich ließ Haffmeyer den Wagen auf dem Parkplatz vor dem Eisstadion ausrollen. Eishockey war nicht unbedingt Hansens bevorzugte Wintersportart, aber über die glorreiche Vergangenheit des heute drittklassigen hiesigen Vereins hatte er sich natürlich als gewissenhafter Tourist schon vor vielen Jahren informiert. Fischer marschierte geradewegs auf den Eingang der großen Halle zu. Haffmeyer stellte den Wagen ab und folgte ihr mit Hansen im Schlepptau in einigem Abstand. Hanna Fischer nahm eine Treppe ins Untergeschoss, Hansen und Haffmeyer gingen hinterher und betraten dann den etwas düsteren Vorraum. Von dort aus ging es nach rechts zu den Umkleideräumen und geradeaus ins Innere der Eishalle.

Hinter der nächsten Tür wurde es kühler. Hansen hatte die Eisfläche vor sich, umgeben von Stellwänden, die etwa ab Hüfthöhe mit großen Scheiben aus transparentem Kunststoff umgeben waren.

In der Halle war niemand zu sehen. Durch das Eis schimmerten Spielfeldmarkierungen und das Füssener Stadtwappen, die großen Fenster ließen viel Licht herein, und über ihnen wölbte sich die Halbkugel des Dachgewölbes, das der Halle von außen ihr charakteristisches Aussehen verlieh. Haffmeyer stieg die Treppe zu den Publikumsrängen hinauf. Hansen zog seine Jacke enger um sich und setzte sich zu seinem Mitarbeiter, der schon einen etwas abgelegenen Platz in der oberen Hälfte der Tribüne gefunden hatte.

Plötzlich schlug irgendwo unter ihnen eine Tür zu. Hansen beugte sich ein wenig vor. Hanna Fischer kam, machte sich unten in einer Glaskabine zu schaffen, und kurz darauf erklang »Lara's Theme« über die Hallenlautsprecher: die berühmte Melodie aus *Doktor Schiwago*. Ihr Schritt hatte etwas Watschelndes, und als sie sich auf die Bank setzte und die Schoner von ihren Schlittschuhen nahm, wusste er auch, warum.

Ihre Brille hatte sie abgenommen, also mussten Hansen und Haffmeyer kaum befürchten, dass die kurzsichtige Kollegin sie hier oben erkennen würde. Langsam trat sie aufs Eis hinaus und glitt ein paar Meter bis in die Mitte des Ovals. Jetzt erst konnte Hansen sie ganz sehen, und er war – um es vorsichtig auszudrücken – einigermaßen verblüfft über ihre Aufmachung. Haffmeyer zuckte nur mit den Schultern und lächelte, dabei musterte er aber seinen Chef ganz genau, ob der sich womöglich über die Aufmachung der Kollegin lustig machte.

Hanna Fischer hatte sich in ein hauteng anliegendes Eistanztrikot gezwängt, das ihr üppiger Körper in gewaltige Falten und Wülste warf. Um die Hüfte hatte sie sich eine Art kurzes Tutu aus weißem Stoff geschnallt, das zwischen ihren Speckröllchen fast waagrecht hervorstand und ihr das Aussehen einer etwas zu wuchtig geratenen Elfe bescherte.

Die Beinbündchen des Trikots saßen gut eine Handbreit unterhalb der Knie. Darunter trug sie eine dunkel getönte Strumpfhose, die in weißen Schlittschuhen mit blütenweißen Schnürsenkeln steckte.

Hätte jemand Hansen dieses Bild beschrieben, er hätte es wohl vor allem lächerlich gefunden – doch der Gesichtsausdruck und die Körperhaltung von Hanna Fischer strahlten eine solche Würde aus, dass an Lachen nicht zu denken war. Langsam zog sie auf dem Eis ihre Bahnen, seelenruhig setzte sie Pirouetten, streckte ihre Arme und ließ die Streckbewegung in ein grazil angedeutetes Winken mit den Händen münden. Dann warf sie ihren Kopf wieder energisch nach hinten, legte sich in die nächste Kurve und hielt jede Position so lange, bis sie fließend in die nächste übergehen konnte.

Hansen erinnerte sich, dass er Kati Witt immer für ihre Eistanzauftritte bewundert und dass er insgeheim auch immer ein wenig auf ihre Oberweite geschielt hatte – doch Hanna Fischer, obwohl sie in diese viel zu engen Kleider gezwängt war, musste sich mit ihrem intensiven Ausdruck und der Versunkenheit in ihren Sport vor ihrer berühmten Kollegin nicht verstecken.

Nun glitt sie ein paarmal in weiten Kreisen hin und her und kehrte schließlich wieder in die Mitte der Eisfläche zurück, atmete dabei einige Male tief ein und aus, dann begann sie sich im Kreis zu drehen, kreuzte die Arme vor dem Körper, beugte den Oberkörper nach hinten und blickte zur Decke. Dann drehte sie sich immer schneller, führte die Arme schließlich wieder nach vorn, wurde zu einem einzigen Wirbel, dessen Konturen verschwammen. Das zufriedene Lächeln, das sich nun auf ihrem Gesicht ausbreitete, war trotzdem zu sehen.

Hansen wollte schon begeistert Applaus klatschen, als ihm gerade noch einfiel, dass er seine Kollegin ja heimlich beobachtete – und dass es ihr vielleicht gar nicht recht war, wenn er sie hier so sah. Haffmeyer hatte die Bewegung seines Vorgesetzten bemerkt, nickte ihm aufmunternd zu und begann selbst zu klatschen, erst leicht und langsam, dann immer schneller und lauter, und bald brachte der Applaus der beiden Männer Hanna Fischer dazu, ihre Drehbewegung in eine elegant eingebundene Verbeugung münden zu lassen. Dann richtete sie sich wieder auf, blinzelte zu den Rängen hinauf, konnte aber keine Gesichter erkennen, also winkte sie noch ein paarmal hinauf und glitt auf das mittlere der drei Glashäuschen am Rand der Eisfläche zu.

»Kommen Sie?«

Haffmeyer stand auf und ging die Treppe hinunter. Als sie die Eisfläche erreichten, sah Hanna Fischer auf, und vor Schreck klappte ihr der Mund auf.

»Sie hier, Chef?«

Kurz funkelte sie Haffmeyer mit einem strafenden Blick an, doch der hob nur abwehrend die Hände. »Ich dachte, vielleicht sollte der Chef das mal sehen.«

»Sah toll aus, wie Sie da getanzt haben, Frau Fischer, ich bin echt platt.«

»Ja, ich ... äh ...« Sie blickte noch einmal zu Haffmeyer, nun schon etwas besänftigt. »Ich will aber nicht, dass das bei den Kripokollegen die Runde macht, ja?«

»Keine Sorge.«

Sie nahm ihre CD aus dem Player, schaltete die Anlage aus und glitt übers Eis zum linken Glashäuschen hinüber, wo ihre Sporttasche und zwei Plastikschoner für die Kufen ihrer Schlittschuhe auf der Bank lagen.

»Machen Sie das schon lange?«, fragte Hansen nach einer kurzen Pause.

Sie setzte die Brille auf, schob ihre Tasche ein wenig zur Seite, streckte die Beine aus und massierte sich die Oberschenkel.

»Ich hab schon als kleines Mädchen davon geträumt, Eistanz zu machen. Ich hab mich immer als Prinzessin im glitzernden Kleidchen gesehen, die waghalsige Sprünge und wunderschöne Drehungen macht und dafür den Jubel der Zuschauer genießt. Na ja, leider hatte ich noch nie die passende Figur für eine Eisballerina, und wie Sie sehen, ist das mit den Jahren nicht besser geworden.«

»Kann hier jeder einfach so rein?«

»Zum Zuschauen ja, zum Eistanzen nein – aber ich gehör hier schon lange dazu. Die drei Eishallen werden vom Bundesleistungszentrum betrieben, da helf ich ab und zu im Büro oder mach Fotos, wenn die ganz Kleinen zu Schnupperkursen hierherkommen. Und auch im Eishockeyverein, der sich fürs Training und für die Spiele einmietet, bin ich engagiert, wobei ...«

»Ach, sag's ihm ruhig«, ermunterte Haffmeyer sie, »das ist doch lustig.«

»Okay, ich bemale Gummihühner in den Vereinsfarben.«

Hansen stutzte. »Gummihühner?«

»Wenn ein Schiedsrichter im Eishockey eine Entscheidung trifft, mit der die Fans des Heimteams nicht einverstanden sind, ruft manchmal die ganze Halle: ›Huhn! Huhn!‹, und irgendwann schmeißt dann einer der Zuschauer ein Gummihuhn auf die Eisfläche. Der Schiri muss diesen Fremdkörper natürlich sofort entfernen, und wenn er das Teil hochnimmt und am Rand der Eisfläche abgibt, schreit die ganze Halle: ›Hühnerdieb! Hühnerdieb!‹ Und bei der nächsten Entscheidung gegen die Heimmannschaft geht das alles von vorne los. Das haben, soweit ich weiß, die Frankfurter Fans angefangen, und inzwischen ist das überall im Land verbreitet. Für die Gummihühner gibt es einen Hersteller, aber der produziert die Dinger natürlich in neutraler Farbgebung. Und ich pinsle die dann schön in Gelb und Schwarz ein, den Farben des EV, unserer Leopards.«

»Das gefällt mir: Eishockeyfan, ehrenamtliche Helferin – und Eistanz zum eigenen Vergnügen.«

»Genau, und zwar am liebsten morgens an den Werktagen, wenn die jungen Eistänzerinnen in der Schule sind. Als Willy mir gestern Bescheid gegeben hat, dass sich die Soko heute erst um zehn trifft, hab ich die Gelegenheit gleich genutzt.«

»Dacht ich mir«, grinste Haffmeyer. »Deshalb bin ich mit dem Chef hergekommen.« Er wandte sich an Hansen. »Wissen Sie, normalerweise ist hier im Stadion erst wieder um den 20. Juni herum das Eis präpariert, aber Hanna hat mir erzählt, dass in diesem Jahr der Kurs für Eismeister ungewöhnlich früh angesetzt war und deshalb die Eisfläche schon seit dem vergangenen Wochenende zur Verfügung steht.«

»Hätte ich geahnt, dass du gleich mit dem Chef hierherkommst, hätte ich dir das sicher nicht erzählt.« Sie schmollte kurz, aber dann grinste sie schon wieder. »Fanden Sie mich gut?«

»Sehr gut sogar«, meinte Hansen und nickte. »Ich kenne Eistanz eigentlich nur aus dem Fernsehen. Das mal live zu sehen ist schon toll. Und wie Sie das machen ... Respekt!«

»Nur mein Tutu ist ein bisschen zu klein geraten, was?«

»Na, wenn Sie's nicht stört, mir macht's nichts aus. Sah auf jeden Fall toll aus, wie Sie da auf dem Eis herumgeflitzt sind und sich gedreht haben, wirklich sehr eindrucksvoll.«

»Übrigens hab ich mir diese Zerrung, wegen der ich vorletzten Sonntag ausgefallen bin, durch die Vorbereitungen auf den Eistanz geholt. Ich mach in den drei Wochen vor der Saison immer so etwas wie Skigymnastik, wegen der Gelenke. Aber Sie sagen nichts zu den anderen, ja? Das wissen nur Willy und ich – und Sie.«

»Ich sag's keinem.«

»Und was halten Sie nun von uns? Zwei Kripobeamte mit durchgeknallten Hobbys?«

»Wieso zwei? Hat Herr Haffmeyer denn auch eine ungewöhnliche Freizeitbeschäftigung?«

»Ach, das hat er Ihnen nicht verraten?« Sie schüttelte missbilligend den Kopf. »Also, weißt du, Willy, da bringst du den Chef hierher ans Eis, und deine Fliegen ...«

Sie verstummte, und Haffmeyer sah zu Boden. Hansen schaute fragend zwischen den beiden hin und her, doch es schien bei der Andeutung zu bleiben.

»Wie auch immer«, sagte er schließlich, »das ist Ihre Privatsache. Mich interessiert vor allem, wie gut Sie Ihren Job machen – und da kann ich nicht klagen. Ich bin sehr zufrieden mit Ihnen beiden, ich hoffe, das haben Sie schon gemerkt.«

Beide nickten.

»Herr Hansen?« Hanna Fischer sah ihn an, als dächte sie noch darüber nach, ob sie sich die nächste Frage trauen dürfe. »Darf ich Sie mal was Privates fragen?«

Er zuckte die Schultern. »Na klar, ich lebe von meiner Frau getrennt, die ist noch in Hannover, und wir werden wohl demnächst die Scheidung auf den Weg bringen. Da mein Schwiegervater im niedersächsischen Innenministerium arbeitet, fand ich es angebracht, als Kripokommissar das Bundesland zu wechseln. Und weil ich schon jahrelang Urlaub in Füssen und Umgebung gemacht habe, kam mir die ausgeschriebene Stelle als Leiter des K1 in Kempten gerade recht.«

»Danke, aber das wollte ich Sie gar nicht fragen.«

»Was dann?«

»Na ja … Sie haben ja mitbekommen, dass Ihnen Koller und einige andere recht reserviert begegnet sind.«

Hansen lachte. »Das haben Sie aber schön gesagt – und sehr zurückhaltend formuliert. Aber ist ja auch egal: Die Kollegen arbeiten wieder mit, und ich fühle mich in Kempten inzwischen ganz gut angenommen.«

»Das freut mich, aber ... Koller hat sich vorher ein wenig über Sie informiert, auch das mit Ihrer Ehe hat er schon rumposaunt. Ich glaube, der war einfach nur eifersüchtig auf Sie, weil Sie den Posten bekommen haben, den er für sich wollte – und weil Sie ausgerechnet als Ersatz für Rolf Hamann gekommen sind, der sehr beliebt war in der Kripo Kempten.«

»Ich weiß. Und?«

»Unter anderem hat Koller erzählt, dass Sie als Jugendlicher ein sehr erfolgreicher Sportler waren. Er hat wohl herausgefunden, dass Sie mehrfach auf Landesebene gesiegt haben, aber er weiß nicht, in welchen Sportarten. Würden Sie uns das verraten? Uns beiden, meine ich, Willy und mir?«

»Mach ich«, sagte Hansen und sah auf die Uhr. »Ich zeige Ihnen meine Pokale und Urkunden, und zwar gleich. Ziehen Sie sich schnell um, Frau Fischer, wir warten auf dem Parkplatz, und dann fahren wir kurz bei mir vorbei.«

Kater Ignaz wälzte sich gerade genüsslich in der staubigen Einfahrt, als Haffmeyer heranfuhr. Langsam und sehr ungnädig dreinblickend trollte sich der Kater und duckte sich am Rand der Einfahrt unter einen Busch.

»Meinetwegen hätten Sie eben nicht bremsen müssen. Der Kater und ich, wir mögen uns nicht besonders.«

»Hallo?«, rief Hanna von der Rückbank. »Das ist immerhin ein Lebewesen!«

»Na ja ...«

Hansen führte sie in den breiten Hausflur, in den von links und rechts das Tageslicht fiel. Er ging den beiden anderen voraus in ein kleines Zimmer, das vollgestellt war mit Bücherregalen und drei Sesseln, die nicht zueinander passten. Dann zeigte er auf eine Wand, an der einige Urkunden hingen, und auf eine Kommode voller Pokale.

»Darf ich?«, fragte Hanna Fischer.

»Bitte, deshalb sind wir ja hier.«

Sie trat direkt an die Wand und las die Texte der Urkunden, dann die eingravierten Inschriften der Pokale. Nach einer Weile drehte sie sich um, grinste breit und schüttelte amüsiert den Kopf.

»Das ist ja echt ein Ding!«

Sie machte Platz für Haffmeyer, und nun las auch er, welche sportlichen Höchstleistungen der jugendliche Eike Wilhelm Hansen einst in Niedersachsen erbracht hatte.

»Sie waren niedersächsischer Landesmeister im Rhönradturnen?«, fragte er schließlich.

»Ja, aber nur zwei Jahre lang, und natürlich auch nur in meiner Altersgruppe. Und das daneben ist meine Ausbeute im Eisstocksport.«

»Ach, Curling haben Sie auch gemacht? Das haben wir hier in Füssen ja auch.«

»Ganz dasselbe ist es nicht, aber schon ähnlich, das stimmt. Ist aber ewig her, ich kann's wahrscheinlich gar nicht mehr.«

»Wenn Sie das mal wieder ausprobieren wollen«, bot Hanna Fischer an, »mach ich Ihnen gerne einen Kontakt zu den Curling-Leuten bei uns.«

»Das ist nett von Ihnen, aber wir sollten langsam los.«
Er machte eine Pause und setzte ein übertrieben ernstes
Gesicht auf. »Wir haben ganz nebenbei noch einen Mord-
fall zu lösen, erinnern Sie sich?«

Die Stimmung im Besprechungsraum war eher mäßig.
Fischer, Haffmeyer und Hansen waren so gut gelaunt,
dass sie in der eher ernsten Runde richtig auffielen.

»Sie haben gute Nachrichten?«, fragte Scheithardt
irgendwann und klang ein wenig gereizt. »Oder wenigstens eine lustige Geschichte?«

»Nein«, sagte Hansen. »Nichts Dienstliches und nichts,
was mit dem Fall zu tun hätte.«

»Schade. Und was haben wir sonst noch?«

Derzeit war Fleißarbeit angesagt, Kleinkram, die Suche
nach der berühmten Nadel im Heuhaufen. Ganz offensichtlich mochte das keiner in der Ermittlungsgruppe.

»Ich hab diesen Walle Schairer gecheckt«, berichtete
Sabine Altmahr. »Alles, was er angegeben hat, stimmt so
weit. Seit drei Monaten ist er Vertreter für Befestigungs-
technik, also Schrauben und all so was. Bei seinem Arbeit-
geber habe ich nicht nachgefragt – Herr Hansen meinte,
das sollten wir einstweilen lassen, um ihm nicht noch
zusätzlich Schwierigkeiten zu machen. Schairers Alibi ist
ja ohnehin wasserdicht. Aber die Jobs, die er vor seiner
Zeit als Vertreter gemacht hat, habe ich mir routinemäßig
noch einmal angesehen. Er war Beifahrer bei einem Ge-
tränkelieferdienst, hat stundenweise auf Baustellen aus-
geholfen, alles gemeldet und versteuert und nicht weiter

auffällig. Nur eines finde ich bemerkenswert: Zwei Jahre lang hat er auf dem Hof von Hermann Ruff gearbeitet, nicht jeden Tag, aber regelmäßig, das dürfte sich insgesamt auf einen Halbtagsjob summiert haben.«

»Und warum ist das bemerkenswert?«, wollte Scheithardt wissen.

Hansen nickte der Kollegin anerkennend zu und antwortete an ihrer Stelle: »Weil Hermann Ruff mir gegenüber so getan hat, als wüsste er von Walter Schairer nur den Spitznamen Walle und hätte auch keine Ahnung, wo er wohnt. Vielen Dank, Frau Altmahr, es ist gut, dass Ihnen diese Kleinigkeit in den Berichten aufgefallen ist.«

Sie lächelte. »Und wann hat dieser Ruff Ihnen das erzählt?«

Scheithardt machte sich Notizen, offensichtlich fuchste es ihn, dass er die entsprechende Passage vergessen oder überlesen hatte.

»Ich war am vergangenen Mittwoch in Burggen und habe dort mit den Kollegen Fischer und Haffmeyer den Gasthof Kiefl besucht, wo der örtliche Bikerklub seinen wöchentlichen Stammtisch abhält. Frau Fischer und Herr Haffmeyer sind irgendwann am Abend heimgefahren – ich bin länger geblieben und habe schließlich im Gasthof übernachtet. Bisher dachte ich, dass mir dieser ziemlich lange Abend außer Kopfweh nicht viel eingebracht hat. Aber jetzt schau ich mir diesen Hermann Ruff noch einmal genauer an. Ich würde nur vorher gerne noch einmal nach Memmingen zu Salvatores Vorbesitzer fahren – da gibt es noch eine Unstimmigkeit wegen des Preises. Herr

Schwabinger spricht von neunzehntausend Euro, der Beleg in Marlene Ruffs Buchhaltung weist nur die Hälfte aus.«

»Na, das wär ja mal ganz was Neues«, brummte Scheithardt. »Man bringt einen zu niedrigen Beleg zum Finanzamt. Gut, dann fahren Sie zu Schwabinger, Herr Hansen. Wir anderen graben etwas weiter, irgendwo müssen wir ja auf einen Hinweis stoßen. Hoffe ich jedenfalls.«

Damit erhob er sich und schlurfte aus dem Zimmer.

Fischer war mit der Kollegin Altmahr nach Bernbeuren gefahren, um Schairer genauer nach seiner Zeit auf dem Pferdehof von Hermann Ruff zu befragen. Danach wollten sie sich per Handy mit Haffmeyer und Hansen verabreden, sobald die auf dem Rückweg von Memmingen waren.

Die Hinfahrt nach Dickenreishausen über die A7 verlief reibungslos, und als der Dienstkombi vor dem Wohnhaus von Lorenz Schwabinger ausrollte, deckte dessen Frau gerade eine Bierzeltgarnitur, die seitlich vom Haus im Schatten eines großen Sonnenschirms stand.

»Wollen Sie wieder zu meinem Mann?«, fragte sie. »Einen Termin haben Sie aber nicht mit ihm ausgemacht, oder?«

»Nein«, sagte Hansen. »Aber der Termin hat uns beim letzten Mal ja auch nichts geholfen. Ist er denn da?«

»Wenn's etwas zum Essen gibt, immer!« Schwabinger kam mit großen Schritten heran und drückte den beiden Beamten die Hand. »Wollen Sie mitessen?«

Hansen sah sechs Gedecke.

»Meine Mutter, meine Frau und ich, dazu ein Mitarbeiter und zwei Reitschülerinnen, die heute früher Schulschluss haben«, erklärte Schwabinger. »Da kriegen wir Sie beide auch noch satt, was, Schatz?«

Frau Schwabinger lachte und ging nach drinnen.

»Mögen Sie Kässpatzen?«

»Klar«, sagte Haffmeyer und sah erfreut aus.

»Wir kommen nicht zum Essen, Herr Schwabinger«, meinte Hansen. »Wir haben noch ein paar Fragen. Können wir uns setzen?«

Er deutete auf die grob gezimmerte Sitzgruppe, wo sie sich das erste Mal unterhalten hatten. Schwabinger zuckte mit den Schultern, fischte sich eine Brotscheibe aus einem Bastkorb und ging mit.

»Sie hatten uns einen Preis genannt, den Thomas Ruff Ihnen für Salvatore bezahlt hat. Erinnern Sie sich noch?«

»Natürlich: neunzehntausend Euro. Sechzehntausend hatte er gleich dabei, dreitausend hat er später gebracht. Warum fragen Sie?«

»Frau Ruff hat uns die Quittung über die Barzahlung gezeigt. Da stehen nur neuntausendfünfhundert drauf.«

»Wie das?« Schwabinger sah fragend zwischen den beiden Beamten hin und her. »Warum sollte ich so blöd sein, das Doppelte von dem Betrag zu versteuern, den ich tatsächlich bekommen habe? Oder drehen Sie den Spieß um: Ich bekomme neunzehntausend Euro – und Thomas Ruff setzt nur die Hälfte davon von der Steuer ab?« Er tippte sich an die Stirn. »Wenn schon, dann doch andersrum: Ich

331

steck die ganze Kohle ein, quittiere aber nur die halbe – und der Käufer bekommt das Pferd im Gegenzug ein bisschen billiger.« Schwabinger hob sofort abwehrend die Hände. »Nicht, dass ich so etwas jemals machen würde!«

Hansen zog eine Kopie der Quittung hervor, faltete sie auseinander und legte sie vor Schwabinger auf den Tisch. Schwabinger nahm das Blatt, las den Betrag von neuntausendfünfhundert, dann sah er die Unterschrift und knallte das Blatt vor Hansen auf die Tischplatte.

»Da sehen Sie's: Das ist nicht meine Unterschrift.«

Damit stand er auf, marschierte zum Haus, aus dem gerade seine Frau mit einer großen dampfenden Schüssel kam, und verschwand im Inneren. Eine alte Frau ging auf einen Stock gestützt zum Tisch und setzte sich mühsam hin, ein Mann von Mitte dreißig kam aus einem der Ställe und wollte sich gerade setzen, als ihm unter dem strengen Blick der Hausfrau einfiel, dass er seine Hände noch nicht gewaschen hatte. Und als Letzte schlenderten zwei Mädchen in Reithosen und Gummistiefeln heran, die sich kichernd unterhielten und sich ab und zu spielerisch in die Seite knufften.

Dann kam Lorenz Schwabinger wieder aus dem Haus und brachte ein Blatt Papier mit. Wieder ein Beleg über den Verkauf des Hengstes Salvatore, diesmal aber wurden als Verkaufspreis neunzehntausend Euro genannt – und die Unterschrift, das zeigte schon ein flüchtiger Blick, war nicht dieselbe wie auf dem anderen Dokument.

»Ich hab Ihnen gleich eine Kopie gemacht, die können Sie gerne mitnehmen«, sagte Schwabinger. »Wenn's nötig ist, können Sie sich auch das Original ausleihen – das hab ich in meinen Unterlagen.«

»Nein, fürs Erste reicht uns die Kopie, danke.«

Hansen schob das Blatt seinem Kollegen hin, der ungläubig die beiden Kopien miteinander verglich.

»Und wie erklären Sie sich das?«, fragte Hansen.

»Keine Ahnung, und es ist mir auch egal: Ich hab Ihnen den korrekten Betrag genannt, und Sie haben jetzt die Kopie der korrekten Quittung mit meiner Unterschrift.«

Er sah zur Bierzeltgarnitur hinüber, wo sich inzwischen alle zu essen nahmen.

»Gibt es sonst noch was? Ich würde jetzt gerne essen.«

»Nur eins noch: Kennen Sie auch den Bruder von Thomas Ruff, Hermann?«

»Klar kenn ich den, und zwar schon länger als den Thomas. Hermann hat seinerzeit den Pferdehof von seinem Vater Max übernommen. Mir hat der Hermann lange leid getan, wie er da unter der Fuchtel des Alten versucht hat, sich auf dem elterlichen Hof durchzusetzen. Na ja, jetzt hat Hermann das Sagen, und er ist nicht schlechter als sein Vater.«

»Und im Vergleich zu Thomas?«

»Das sind zwei grundverschiedene Typen. Der Hermann kauft Pferde und züchtet auf eher niedrigem Niveau. Der verkauft immer wieder eine Stute, einen Wallach oder einen Hengst, zieht selbst Fohlen hoch und hält sich mit diesem Handel über Wasser – nie etwas ganz Großes, immer solide, Pferde für drei-, vier- oder auch mal sechstausend Euro. So hat das schon sein Vater gemacht. Der

Thomas dagegen wollte hoch hinaus, wollte seinem Vater beweisen, was für ein toller Züchter er ist – und damit hat er sich ein paarmal etwas übernommen, aber letztendlich war das der Grund, weshalb ich ihm Salvatore gegeben habe.«

»Wieso gegeben? Sie haben mit ihm über den Preis verhandelt, und er hat ihn bezahlt.«

»Das schon, aber ich hatte ja auch andere Bieter. Insgesamt waren vier Züchter im Rennen. Und Hermann wollte ich den Hengst nicht überlassen – wer seine Frau schlägt, geht auch mit seinem Pferd nicht gut um. Dafür war mir Salvatore zu schade.«

»Was haben Sie gerade gesagt?«

»Dass Hermann Ruff seine Frau schlägt. Ich bin ja nicht blind, einmal hab ich ihm ein Fohlen nach Burggen gebracht, da kam sie raus, seine Frau, Lara heißt sie, die Augen verheult und auf dem Unterarm blaue Flecken. Genau da, wo man getroffen wird, wenn man Schläge abwehren will. Pfui Teufel!«

»Nein, Sie haben gesagt, dass Hermann Ruff den Hengst ebenfalls kaufen wollte.«

»Ja, stimmt ... Oh, das hätte ich Ihnen gleich beim ersten Treffen sagen sollen, oder?«

»Allerdings. Und die anderen Züchter, die mitgeboten haben?«

Er nannte zwei Namen, die Hansen nichts sagten. Das eine Gestüt lag am Bodensee, das andere in der Nähe von Altusried. Haffmeyer notierte sich trotzdem Namen und Adressen, dann machten sie sich auf den Rückweg.

Sabine Altmahr und Hanna Fischer erwarteten Hansen und Haffmeyer schon in einer Haltebucht nahe der Bundesstraße. Sie hatten Interessantes zu berichten. Erst hatte sich Schairer wohl geziert, dann war seine Frau dazugekommen, hatte ihm ordentlich die Leviten gelesen und ihn dazu gebracht, reinen Tisch zu machen – um, wie sie sagte, endlich klarzustellen, dass ihr Walle von Ruff völlig zu Unrecht hinausgeworfen worden war.

Was die Ermittlungen betraf, ging der Tag gut weiter: Als die beiden Kripowagen vor dem Wohnhaus von Hermann Ruff anhielten, kam gerade seine Frau rückwärts aus der Tür gestolpert, die Augen schreckgeweitet und die Arme zur Abwehr erhoben. Sie wurde verfolgt vom Hausherrn, der einen hölzernen Handfeger bei sich trug und dem wilden Blick nach zu urteilen völlig ausgerastet war. Lara entdeckte die vier Beamten und rannte zu ihnen hin, stellte sich hinter Hansen und rief immer wieder: »Chilfe! Chansen, chelfen Sie mir!«

Hermann Ruff blieb wie vom Donner gerührt stehen und stierte seine Frau aus blutunterlaufenen Augen an. Er ließ die rechte Hand sinken, und der Handfeger glitt ihm aus den Fingern.

»Du sprichst Deutsch?«

Ruff hatte wohl getrunken, denn er schwankte ein wenig, als spüre er den leichten Wind, der über den Pferdehof strich. Ihm lief die Nase, aber er schien es nicht zu bemerken, und allmählich wich alles Bedrohliche aus seiner Körperhaltung.

»Du sprichst Deutsch?«

Seine Stimme war leiser geworden, etwas brüchig, und er sah an Hansen und den anderen vorbei erstaunt auf seine Frau, die noch immer voller Angst halb hinter dem Kommissar verdeckt stand und sich an dessen Arm festkrallte.

»Du sprichst Deutsch, du gottverdammte Schlampe?«

Er wurde wieder etwas lauter und tappte ein, zwei unsichere Schritte auf Lara zu. Hansen trat ihm entgegen und baute sich mit Haffmeyer vor ihm auf.

»Was machen Sie denn hier?«, fragte Ruff.

»Wir wollten mit Ihnen reden, aber jetzt wird es wohl das Beste sein, wir nehmen Sie gleich mit.«

»Ich kann hier nicht weg, ich …«

»Natürlich können Sie. Oder wollten Sie vorher noch eben kurz Ihre Frau zu Ende verprügeln?«

»Diese Schlampe spricht Deutsch, wussten Sie das?«

»Ja, und zwar ziemlich gut. Schlimm genug, dass Sie als ihr Mann das nicht wussten, was?«

»Die hat mich betrogen! Elende Russen…«

»Stopp!«, fuhr ihm Hansen dazwischen. »Jetzt reißen Sie sich zusammen, Mann! Hören Sie endlich auf, Ihre Frau zu beleidigen, die hat's schwer genug mit Ihnen!«

»Pah, die mit mir, da lach ich ja! Und wen kümmert's, wie's mir geht?«

Mich nicht, dachte Hansen grimmig. »Jetzt kommen Sie mit ins Haus«, sagte er, »und packen ein paar Sachen zusammen. Waschzeug, Unterwäsche zum Wechseln, am besten für ein paar Tage.«

Er drehte sich zu Lara um, die noch an derselben Stelle

wie vorhin stand, jetzt aber nicht mehr so ängstlich wirkte.

»Können Sie ihm dabei helfen, Frau Ruff?«

»Sehr gerne, Chansen! Sehr gerne!«

Damit marschierte sie an den Männern vorbei durch die Haustür, und bis Ruff – flankiert von Hansen und Haffmeyer – das eheliche Schlafzimmer erreichte, lag schon ein aufgeklappter Koffer auf dem Bett, in den Lara Socken und Unterwäsche warf.

Fünf Minuten später fuhren die beiden Kombis wieder davon. Ruff saß neben Haffmeyer auf der Rückbank. Im Spiegel konnte Hansen Lara beobachten, die auf dem Hof stand und ihnen mit undefinierbarem Gesichtsausdruck nachschaute, bis der Wald die Sicht versperrte.

Hermann Ruff sprach auf der ganzen Fahrt nach Kempten kein Wort, und als er schließlich im Vernehmungsraum saß, blieb er ebenfalls stumm. Um ihn herum verbreitete sich ein säuerlicher Geruch, eine Mischung aus altem Schweiß und billigem Wein.

Staatsanwältin Labranz hatte mit Kripochef Huthmacher und Soko-Leiter Scheithardt im Raum hinter der verspiegelten Scheibe Platz genommen. Hansen saß Ruff gegenüber, auch Fischer und Haffmeyer hatten ihre üblichen Plätze eingenommen.

»Wir haben mit Walter Schairer gesprochen«, sagte Hansen nach einigen vergeblichen Versuchen, Ruff zum Reden zu bringen. »Sie erinnern sich? Der Walle, von dem keiner der Wild Horses die Adresse und den vollen Namen kannte.«

Ruff schwieg weiterhin, sein Blick wirkte nun aber etwas wacher.

»Sie kennen Schairer recht gut, und natürlich wissen Sie auch, wo er wohnt. Schairer hat eine Zeit lang bei Ihnen auf dem Hof gearbeitet.«

Ruff zog eine verächtliche Grimasse.

»Bis Sie ihn entlassen haben. Warum eigentlich?«

Ruff verschränkte die Arme und lehnte sich auf seinem Stuhl zurück.

»Ich sag's Ihnen«, fuhr Hansen unbeirrt fort. »Sie haben ihm vorgeworfen, hinter Ihrem Rücken krumme Dinger abgezogen zu haben. Aber Schairer streitet das ab.«

»Pfff«, machte Ruff und gönnte sich ein leichtes Grinsen.

»Schairer war's nicht. Wer war's dann?«

»Klar war's Schairer. Mein Gott, was sind Sie für eine Pfeife, wenn Sie diesem Halunken auch nur ein Wort glauben!«

»Was genau hat dieser Walle denn Ihrer Meinung nach angestellt?«

»Wissen Sie das nicht?«

»Klar weiß ich das, aber ich will's noch einmal von Ihnen hören.«

»Und wozu?«

»Wir suchen die Mörder Ihres Bruders.«

»Ich hab ein Alibi.«

»Ja, und wir suchen außerdem den Mann, der die Mörder beauftragt hat. Jemanden, der Thomas Ruff hasste.

Jemanden, der sich in der Gegend gut auskannte. Jemanden, der von Thomas Ruffs Affäre wusste und den Heimweg kannte, den Ihr Bruder üblicherweise nahm. Jemanden, der kein Problem damit hat, wenn anderen Gewalt angetan wird.« Er ließ eine kurze Pause. »Jemanden wie Sie.«

»Ach, so ist das.«

Hansen nickte.

»Es geht also nicht um Schairers Schweinereien und auch nicht darum, was ich mit meiner Frau mache? Sie wollen mir den Mord an meinem Bruder anhängen?« Ruff schüttelte den Kopf, als könne er das alles gar nicht fassen, und lachte nervös auf.

»Sie sind ein miserabler Schauspieler, Herr Ruff. Erzählen Sie mir lieber aus Ihrer Sicht, was Schairer angestellt haben soll.«

»Der hat kranke Pferde vertickt, hat dafür Dokumente gefälscht, und das alles hat er in einem meiner Ställe durchgezogen.«

»Und wie lange ging das so?«

»Keine Ahnung, vielleicht ein paar Wochen, vielleicht länger.«

»In einem Ihrer Ställe – und das wollen Sie nicht bemerkt haben? Können Sie sich vorstellen, warum ich Ihnen nicht recht glauben kann?«

»Der Stall, wo Schairer seine krummen Dinger gedreht hat, gehörte ursprünglich zum Nachbarhof und liegt ein Stück entfernt. Unser Betrieb ist ziemlich alt, wir haben zwar das Wohnhaus renoviert und einen der Ställe direkt daneben neu gebaut, aber alles andere ist noch so, wie es mein Vater gebaut oder übernommen hat. Altes Glump eben. Den Stall vom Nachbarhof hat mein Vater irgendwann in den Achtzigern dazugekauft, war keine gute Idee, wenn Sie mich fragen. Von der Straße aus sehen Sie die Gebäude nicht, weil sie von einem kleinen Waldstück verdeckt sind – und von meinem Hof aus kann man sie auch nicht sehen. Das Wohnhaus drüben ist total verfallen, den Stall haben wir seinerzeit herrichten lassen, aber es hat sich dann gezeigt, dass es viel zu unpraktisch ist, die Pferde auf die verschiedenen Standorte zu verteilen. Also hab ich den Stall leer stehen lassen und hab stattdessen hier erweitert. Ich hab Schairer freie Hand gelassen und war froh, dass ich mich nicht um jeden Kram selber kümmern musste.«

»Und wie sind Sie ihm auf die Schliche gekommen?«

»Eines Morgens war ich ausreiten und bin in der Nähe des Nachbarhofs gewesen. Mein Pferd war plötzlich ganz komisch, hat wohl etwas gewittert, und dann hab ich's gehört: Wiehern aus dem alten Stall – aber ich hatte dort keine Pferde mehr. Ich wollte natürlich wissen, was da los ist, und bin hingeritten. Und wie ich die Stalltür aufmache, sehe ich fünf Pferde in den alten Boxen, ziemlich heruntergekommene Klepper, und vor ihnen steht Walle Schairer.«

»Was hat er gemacht?«

»Der ist nur dagestanden, ist natürlich total erschrocken, als ich reinkam, und hat sofort behauptet, er sei eben erst hergekommen und wisse nicht, was es mit diesen Pferden auf sich habe – aber die Situation war ja eindeutig. Also hab ich ihn rausgeworfen.«

»Wenn Sie wirklich geglaubt haben, Schairer habe hinter Ihrem Rücken etwas Unrechtes getan: Warum haben Sie ihn dann nicht angezeigt?«

»Spinnen Sie? Mit einer solchen Anzeige hätte ich nur Staub aufgewirbelt, und am Ende wäre auf jeden Fall irgendetwas an mir hängen geblieben.«

»Vielleicht ja zu Recht? Vielleicht waren Sie ja derjenige, der auf dem alten Hof Pferde vertickt hat, und als Schairer Ihre Machenschaften entdeckte, haben Sie den Spieß umgedreht, haben ihn beschuldigt und selbst den Ahnungslosen gespielt?«

Ruff starrte Hansen mit offenem Mund an.

»Im Prinzip machen Sie jetzt ja genau das Gleiche, Herr Ruff. Sie wollen von nichts wissen, und Schairer ist angeblich schuld. Dabei ist das alles auf Ihrem Hof passiert!«

»Ja, eben, das ist ja die Sauerei!«

»Schon gut, Herr Ruff. Und was ist danach mit den Pferden in dem alten Stall passiert?«

»Das weiß ich nicht.«

»Ach?« Hansen lächelte dünn. Dieser Mann ging ihm gewaltig auf die Nerven.

»Ich hab Walle rausgeworfen, und er war einverstanden, weil ich ihm versprochen hab, ihn nicht anzuzeigen. Am Abend hab ich noch einmal nach den Pferden gesehen, Futter und Wasser hatten sie genug, also bin ich wieder nach Hause. Am nächsten Tag wollte ich überlegen, was ich mit den Tieren anfange – aber als ich mittags wieder in den alten Stall ging, waren sie weg.«

»Einfach so?«

»Einfach so. Die Boxen waren sogar ausgemistet, und die Stalltür war zu. Wahrscheinlich hat Walle seinen Kumpanen Bescheid gegeben, und die haben die Pferde abgeholt. Soll mir recht sein, an denen hätte ich ohnehin nicht viel verdient. Außerdem hätte ich noch erklären müssen, woher ich die Tiere habe – nein, nein, das war schon in Ordnung. Also habe ich alles auf sich beruhen lassen und mich nicht weiter um die Sache gekümmert. Ein paarmal war ich danach noch drüben, aber es sind keine neuen Pferde mehr gekommen. War ja auch klar, Schairer arbeitete ja nicht mehr für mich. Zuletzt hatte ich keine Zeit mehr – ohne den Walle werde ich mit der Arbeit kaum noch fertig. Und nach dem alten Stall habe ich sicher schon ein Jahr nicht mehr gesehen.«

Hansen sah ihn prüfend an. Was die Pferde im alten Stall betraf, konnte Ruff recht haben, aber auch Schairers Version konnte stimmen. Doch darum ging es jetzt nicht.

»Ihr Bruder ist tot, und wir haben Sie im Verdacht, hinter dem Mord zu stecken. Sie haben ihn gehasst, weil er durch seinen Weggang daran schuld war, dass Sie den ungeliebten elterlichen Hof übernehmen mussten. Sie hassten ihn, weil er Ihnen den Deckhengst Salvatore vor der Nase weggeschnappt hat, von dem Sie sich versprochen hatten, als Züchter endlich auch mal in einer anderen Liga mitspielen zu dürfen.«

»Das wissen Sie?«

»Ja, das wissen wir. Sie haben bei Schwabinger um Salvatore mitgeboten, aber er wollte Ihnen das Pferd nicht überlassen. Und wissen Sie, warum?«

»Mein lieber Bruder wird mich überboten haben.«

»Nein, hat er nicht. Schwabinger hat ihm den Hengst für neunzehntausend Euro verkauft.«

»Echt? Ich hätte ihm zwanzig-, vielleicht auch zweiundzwanzigtausend bezahlt. Und warum bin ich dann nicht zum Zug gekommen?«

»Schwabinger mag keine Männer, die ihre Frauen schlagen.«

»Ich ...«

»Mir geht es da genauso.«

»Weichei!« Verächtlich grinsend ließ sich Ruff wieder gegen die Rückenlehne sinken.

»Aber das ist noch nicht alles«, fuhr Hansen fort. »Ihr toter Bruder wurde mit einem Geländemotorrad abtransportiert, und an Walter Schairers Maschine wurden Spuren von seinem Blut gefunden. Schairer hat ein wasserdichtes Alibi, und Sie wussten, dass er den Schlüssel des Motorrads unter dem Sattel versteckt – genau wie auch Marco Schwarzacker und Robert Gabler. Alle drei Motorräder wurden kurz nach dem Mord an Ihrem Bruder benutzt – vermutlich von Männern, die nicht ortskundig waren. Männer, die nicht erkennen konnten, wer sie da beobachtet hat, obwohl jeder in der Gegend wissen dürfte, wer Horst Pröbstl ist.«

Ruff schwieg und sah Hansen an.

»Also vermutlich genau die Männer, mit denen Sie schon für den Handel mit den Pferden im alten Stall und für das Fälschen der Dokumente zusammengearbeitet haben.«

Ruff wollte aufbrausen, aber Haffmeyer und Fischer traten einen Schritt vor, woraufhin er sich wieder nach hinten sinken ließ.

»Und Ihr Bruder Thomas ist Ihnen auf die Schliche gekommen. Vielleicht hat er sich gefragt, woher Sie plötzlich das Geld hatten, um ihn wegen Salvatore zu überbieten? Vielleicht hat er Sie besucht, um Sie zu überreden, nicht weiter für den Hengst zu bieten, und dabei hat er Sie ertappt, wie Sie gerade im alten Stall mit irgendwelchen fremden Pferden hantiert haben? Das wissen wir noch nicht, aber wir finden es heraus, Herr Ruff, darauf können Sie sich verlassen. Wir sind gut, und wir haben Geduld. Sie kommen mit all dem nicht durch, glauben Sie mir.«

Ruff presste die Lippen zusammen und funkelte Hansen wütend an.

»Wenn Sie jetzt reden, wenn Sie ein Geständnis ablegen, wird Ihnen das vor Gericht sicher strafmildernd anerkannt. Mensch, Herr Ruff, machen Sie endlich reinen Tisch!«

Kurz sah Ruff den Kommissar noch wütend an, dann schüttelte er den Kopf, senkte den Blick und brummte: »Ich sag jetzt gar nichts mehr, Sie können mich mal.«

Dienstag, 18. Juni

Hermann Ruff verweigerte weiterhin die Aussage. Er hatte keinen Anwalt, und als Hansen ihm vorschlug, er könne sich doch einen nehmen, lehnte er ab. Dabei beschimpfte er den Kommissar, beleidigte ihn – und »Scheren Sie sich zum Teufel!« war noch eine der netteren Formulierungen.

Die Staatsanwältin hatte Haftbefehl beantragt, das Gericht hatte zugestimmt, und alles sah so aus, als wäre der Mordfall Thomas Ruff bis auf die einzige verbliebene Frage geklärt: Wer waren Hermann Ruffs Helfer, die Thomas von der Lechbrücke gestoßen hatten?

Auch das Rätsel um Andrea Schwarzacker war inzwischen gelöst. Zwei Kollegen waren nach Urspring gefahren und hatten sie eingehend nach ihrem Verhältnis zu Thomas Ruff befragt. Marco war passenderweise gerade zum Joggen aufgebrochen. Erst hatte Andrea nicht mit der Sprache herausrücken wollen, doch dann hatte sie sich einen Ruck gegeben und erzählt.

Als 18-Jährige war sie eine der besten Reiterinnen auf Thomas Ruffs Pferdehof gewesen, und sie hatte auch schon jüngere Mädchen angeleitet und beim Unterricht geholfen. Das schmeichelte ihrem Ego, und dass Ruff sie vor den anderen lobte und besonders heraushob, tat ein Übriges – jedenfalls war sie immer zur Stelle, wenn es etwas auf dem Hof zu tun gab, auch zu Zeiten, an denen sonst kein Mädchen mehr im Betrieb war.

Eines Abends, sie hatte die letzte Runde durch die Ställe gemacht, stand plötzlich Ruff vor ihr. Sie hatte versucht, die Situation mit einem Späßchen zu entspannen, aber Ruff deutete das Signal falsch und wurde zudringlich. Wenig später lag Andrea rücklings auf der Einstreu einer leeren Pferdebox, während sich Thomas Ruff trotz ihrer Gegenwehr an ihren Kleidern zu schaffen machte.

Schritte im Gang lenkten Ruff kurz ab, und mit einigem Gerangel und ein paar Fußtritten gelang es der jungen Frau, ihren Chef abzuschütteln. Sie rannte, so schnell sie konnte, davon und kam auch nicht wieder auf den Hof zurück. Ihren Freundinnen gegenüber erzählte sie eine weniger verfängliche Geschichte: Ruff habe ihr Lohn für ihre Mehrarbeit versprochen, sei das Geld dann aber schuldig geblieben – deshalb wolle sie jetzt mit ihm nichts mehr zu tun haben. Das sprach sich herum, und manche Freundin von Andrea ging von da an lieber zu einem der anderen Pferdehöfe.

»Aber sagen Sie bitte nichts meinem Mann«, flehte sie die Beamten noch an. Wenig später kam Marco Schwarzacker nach Hause, verschwitzt und außer Atem, und wunderte sich, warum seine Frau Polizeibesuch hatte. Daraufhin befragten ihn Altmahr und Rabner so lange zu seinem Motorrad, bis er froh war, als sie endlich gingen.

Der Tag verging ansonsten mit mehreren vergeblichen Anläufen, Ruff im Vernehmungszimmer doch noch zu einem Geständnis zu bewegen, und mit viel Routinearbeit. Thomas Ruff, dessen Leiche inzwischen von der Rechtsmedizin freigegeben worden war, sollte am Mittwoch in Lechbruck begraben werden. Scheithardt wollte dafür sorgen, dass Hermann Ruff – falls er dem Begräbnis beiwohnen wollte – in Begleitung einiger Zivilbeamter hingehen konnte, ohne allzu viel Aufsehen zu erregen.

Marlene Ruff war von der Polizei informiert worden, dass ihr Schwager unter Mordverdacht in U-Haft saß, und Hansen hatte außerdem Kerstin Wontarra angerufen, damit sie, die ja in gewisser Weise auch eine Hinterbliebene war, ebenfalls Bescheid wusste.

Als Hansen nachmittags mit Fischer und Haffmeyer nach Lara Ruff sah, wirkte diese geradezu befreit und machte den Eindruck, als könne sie den Hof durchaus auch allein am Laufen halten.

»Wenn Chermann jetzt im Gefängnis sitzt, muss ich ja nicht mehr weglaufen, oder?«

»Nein«, stimmte ihr Hansen zu. »Und was wird dann mit dem Hof?«

»Mal sehen. Einen Arbeiter brauche ich noch, vielleicht sollte ich diesen Walle Schairer mal fragen, was meinen Sie?«

»Der kennt den Betrieb schon, und in seinem jetzigen Job als Vertreter taugt er nichts, glaube ich.«

»Gut, ich ruf ihn an. Und dann chab ich ja auch noch Jurij.« Sie nickte lächelnd zu dem Hengst hinüber, der ein

paarmal seine Mähne schüttelte und dann kräftig wieherte.

»Gehen Sie morgen zur Beerdigung?«, erkundigte sich
Hansen.

»Nein, das schaff ich nicht, tut mir leid.«

»Kann ich verstehen.«

Er drückte ihr zum Abschied die Hand und nickte ihr
aufmunternd zu.

Mittwoch, 19. Juni

Nach den aufreibenden Tagen seit Thomas Ruffs Tod hatte Hansen am Vormittag ein kleines Frühstücksbüfett ins Kommissariat bringen lassen, um wenigstens provisorisch seinen Einstand nachzuholen. Die Tische im Besprechungsraum waren vollgestellt mit Wurst-, Fisch- und Käseplatten, mit Brotkörben, Radieschen, Gurken und Tomaten.

Polizeipräsident Stiller sah kurz vorbei, ging aber bald wieder, begleitet von Kripochef Huthmacher, der einen Zahnarzttermin hatte. Die Kollegen vom K1 und den anderen Kommissariaten saßen dagegen gut zwei Stunden lang beisammen. Koller kam zwischendurch mal auf Hansen zu, nahm ihn beiseite und entschuldigte sich für sein Verhalten in den ersten Tagen nach dessen Dienstantritt. Hansen nahm die Entschuldigung gerne an, und danach stießen sie mit Kaffee und Apfelsaft auf eine gute Zusammenarbeit an.

Auch Resi Meyer von der Rechtsmedizin war gekommen. Hansen hatte sie am Dienstag extra angerufen, und sie verband die Stippvisite in Kempten mit einer Übernachtung bei ihren Eltern. Sie war ihm, als er die Liste der möglichen Gäste seines kleinen Empfangs zusammenstellte, recht früh eingefallen. Er hatte noch ein wenig nachgedacht, ob sie denn auch passen würde zu seinem Einstand in Kempten – aber schließlich war sie an seinem ersten Fall im Allgäu beteiligt. Und wie sie dann vor ihm stand, ihm lächelnd zuprostete und sich aufgeräumt mit ihm über alles Mögliche unterhielt, war er froh, dass sie gekommen war – so froh, dass er sie noch am Büfett fragte, ob sie nicht mal mit ihm essen oder ins Kino gehen wollte.

»Mal sehen«, sagte sie lächelnd, und Hansen kam es vor, als sei sie von seiner Frage nicht allzu überrascht gewesen.

Die Glocken der katholischen Pfarrkirche Mariä Heimsuchung zerrissen die schläfrige Stille. Beim Begräbnis von Thomas Ruff gaben sich auch die Honoratioren die Ehre, darunter der Bürgermeister, der einige Gemeinderäte im Schlepptau hatte. Rudi Beck, der Wirt des Lechstüberls, hatte wegen der Beerdigung sein Lokal tagsüber ausnahmsweise zugesperrt, und statt des aktuellen Tagesgerichts stand auf der schwarzen Tafel neben der Eingangstür: »Wegen Trauerfalls mittags geschlossen«. Nur den Standardpreis von 4,80 Euro hatte er vergessen wegzuwischen.

Es wurde eine sehr bewegende Trauerfeier. Die Alphornbläser trugen einige Choräle vor, Musikverein und Chor hatten sich für zwei Kirchenlieder zusammengetan, wobei die Sänger ihre liebe Not hatten, gegen die Trompeten anzukommen. Der Burggener Reit- und Fahrverein hatte es sich nicht nehmen lassen, Thomas Ruffs Sarg mit einem prächtig geschmückten Vierspänner zum Friedhof zu fahren – nachdem sie ihn heimlich zwei Ecken weiter vom Leichenwagen des angeheuerten Bestatters auf die Holzpritsche des Pferdewagens umgeladen hatten.

Schließlich wurde der Sarg ins Grab hinabgelassen, der Pfarrer trat vom Rand der Grube zurück, und Marlene Ruff, sehr elegant in einem engen schwarzen Kostüm, machte sich auf den schweren Gang zum offenen Grab. Klemens Pröbstl hielt sich eng an ihrer Seite und schien jeden Moment damit zu rechnen, dass er seine womöglich schwächelnde Chefin stützen müsse.

Für die Trauergäste standen zwei Kisten bereit: eine mit Rosenblüten und eine mit Erde und einer kleinen Gartenschippe. Erst griff sie gedankenverloren nach einer Rosenblüte, dann zuckte ihre Hand zurück, sie besann sich und hob mit der kleinen Schippe etwas Erde aus der anderen Kiste, ehe sie sie gemächlich in das offene Grab rieseln ließ. Dann trat sie ein paar Schritte zurück und wappnete sich für das lange Defilee der Trauergäste, die ihr nun ihr Beileid aussprechen würden.

Die Reihe der Kondolierenden wollte kein Ende nehmen. Rudi Beck drückte ihr eine Stofftasche in die Hand. Irritiert sah sie hinein: Es war ein reich verzierter Maßkrug, der neben einem Foto des Lechstüberls noch den Namenszug ihres Mannes trug. Sie war fassungslos über diese Geschmacklosigkeit, Tränen schossen ihr in die Augen, doch der ahnungslose Rudi war es zufrieden, die Witwe seines ehemaligen Kunden wegen seines stimmungsvollen Geschenks so gerührt zu sehen. Klemens

Pröbstl ließ die Stofftasche schnell hinter einem Buchsbaum verschwinden.

Irgendwann hatte auch der Letzte sein Beileid ausgedrückt, und Marlene Ruff musste ein paarmal tief durchatmen, um sich nach all dem eintönigen Gemurmel zu besinnen, was nun zu tun war. Sie hob den Kopf, suchte den Friedhof ab und sah gerade noch, wie sich Hermann Ruff ganz am Rand des Areals mit verkniffenem Gesicht abwandte und langsam davonging, flankiert von zwei Männern in schwarzen Jeans und dunklem Hemd.

Gleich danach entdeckte sie die Frau, nach der sie sich ebenfalls umgeschaut hatte: Halb verdeckt von ein paar Grabsteinen stand Kerstin Wontarra und blickte unverwandt zu Thomas Ruffs Grab herüber. Sie trug schwarze Jeans und eine weiße Bluse unter einer schwarzen, dünnen Wolljacke. Eine Weile sahen sich die Frauen an, dann nickte Marlene Ruff ihr zu. Als Kerstin nicht gleich reagierte, winkte sie sie zu sich.

Die meisten Trauergäste hatten den Friedhof schon wieder verlassen, aber diejenigen, die noch da waren, blieben stehen und warteten gespannt, was das Zusammentreffen von Ruffs Witwe und seiner Geliebten bringen würde.

Kerstin und Marlene hatten für die anderen keinen Blick mehr, und als die Jüngere schließlich vor Ruffs Witwe stand, als sie den Mund öffnete, um etwas zu sagen, aber dann doch kein Wort herausbrachte, als sie schließlich zaghaft ihre rechte Hand ausstreckte, zog Marlene sie zu sich heran und umarmte sie fest und lange.

Am späten Nachmittag fuhr Hansen noch einmal allein los. Er hatte es sich schon in Oldenburg und in Hannover zur Gewohnheit gemacht, nach Abschluss eines Falles noch einmal die wichtigsten Schauplätze zu besuchen. Zwar hatte Hermann Ruff noch immer nicht gestanden, aber das war nur noch eine Frage der Zeit: Inzwischen waren weitere Indizien hinzugekommen, die ihn belasteten.

Der Erkennungsdienst hatte sein Telefon untersucht, im Zwischenspeicher war mehrmals eine rumänische Nummer aufgeführt. Das passte zu den Informationen, die ein Kollege im Soko-Innendienst aufgestöbert hatte: 2010 waren in Deutschland vermehrt Pferde mit infektiöser Anämie gemeldet worden. Die Fälle in Bayern, aber auch in Hessen, Rheinland-Pfalz und Nordrhein-Westfalen ließen sich durchweg auf Pferde zurückführen, die in Rumänien gekauft worden waren. Das wiederum drückte den Marktwert aller Pferde aus diesem Land, ob erkrankt oder nicht. Für rumänische Züchter war es der perfekte Deal, mithilfe von deutschen Zwischenhändlern ihre gesunden Tiere mit gefälschten Papieren zu verkaufen und damit zugleich einen besseren Preis zu erzielen. Offenbar hatte Hermann Ruff viel Geld damit verdient – und falls Thomas die Betrügereien seines Bruders aufgedeckt hatte und der Pferdebande das Handwerk hatte legen wollen, war das ein überzeugendes Mordmotiv.

Im alten Stall des Nachbarhofs, der für die Pferdeschiebereien genutzt worden war, fanden sich außerdem jede Menge Spuren, die mit denen in der Box von Deckhengst Salvatore identisch waren. Damit konnte man zwar Ruffs Helfer nicht aufspüren, aber wenn man sie einmal hätte, ließe sich die Täterschaft damit beweisen.

Außerdem wurden nun Unterlagen zu allen Pferden gesichtet, die in den vergangenen Monaten in Bayern gekauft wurden. Zwei Experten vom Pferdezuchtverband Schwaben hatten sich freundlicherweise zur Verfügung gestellt und durchsuchten die Informationen mit – in der vagen Hoffnung, Unstimmigkeiten bei der Abstammung einzelner Pferde auf die Spur zu kommen.

Es ging voran. Und irgendwann war Ruff fällig, und seine Helfer würden sie auch noch aufspüren.

Eine Zeit lang stand Hansen am Premer Filz; er schaute von der Lechbrücke zur Landzunge hinüber, von wo aus Pröbstl den Mord beobachtet hatte. Er fuhr zu »Ruffs Rossparadies« und sah sich den malerisch gelegenen Hof noch einmal an. Überall blieb er ein paar Minuten sitzen oder stehen, was ihm durch den Käse, die Räucherwurst und das Bauernbrot erleichtert wurde, die er zwischendurch im Gründler Käseladen gekauft hatte.

In Bernbeuren kam er am Haus von Walter Schairer vorbei, in Burggen fuhr er zum Gasthof Kiefl, ehe er den Dienstkombi gegenüber der Zufahrt zu Hermann Ruffs Pferdehof ausrollen ließ. Es stimmte: Man konnte die Gebäude von der Straße aus tatsächlich nicht sehen. Also gab Hansen wieder Gas und bog nach etwa hundert Metern in einen kleinen Weg ein, der eine Kurve um das betreffende Waldstück beschrieb, und fuhr dann langsam weiter. Gerade noch rechtzeitig erspähte er das Führerhaus eines Lastwagens. Er bremste, rollte ein paar Meter zurück, parkte seinen Kombi gut versteckt zwischen Bäumen und Büschen, ehe er ausstieg und quer durch den Wald auf die Stelle zuging, wo er den alten Pferdestall vermutete.

Donnerstag, 20. Juni

Gegen halb zehn kam Haffmeyer zum Füssener Eisstadion, wo Hanna Fischer ihn schon erwartete. Unterwegs luden sie ihre Sporttasche in der Pappenheimstraße ab, dann ging es weiter zu Hansens Bauernhaus. Erst als sie dort in die Einfahrt einbogen, fiel Haffmeyer wieder ein, dass sie für heute früh ja gar nicht verabredet waren: Hansen war selbst mit einem Dienstwagen unterwegs, und da das Auto nicht vor dem Haus stand, musste der Chef schon losgefahren sein.

Also gab auch Haffmeyer ordentlich Gas, um es noch rechtzeitig zur Soko-Besprechung nach Kempten zu schaffen. Im Wegfahren wirbelte er ein wenig Staub auf, und Ignaz, der die ganze Nacht vergeblich darauf gewartet hatte, Hansen einen Streich spielen zu können, musste mehrmals niesen, bis die Luft wieder rein war.

Zur Soko-Besprechung waren nur wenige Kollegen gekommen, auch Hansen fehlte. Es gab nichts Neues, und wenig später kümmerte sich schon wieder jeder um seine Aufgaben. Haffmeyer spielte lustlos mit seinem Fliegenkäscher, und Hanna Fischer blätterte in der Tageszeitung. Irgendwann fiel ihm etwas ein, was Koller mal über den neuen Chef erzählt hatte – einer der früheren

Kollegen in Niedersachsen hatte es ihm anvertraut: Hansen besuchte gegen Ende eines Falles gerne noch einmal die Orte, die für den Fall von besonderer Bedeutung waren, vermutlich um irgendwie mit den Ermittlungen abzuschließen.

Der Gedanke ließ ihn nicht mehr los. Hanna legte die Zeitung weg, als ihr auffiel, dass der Kollege angestrengt nachdenkend zum Fenster hinaussah.

»Ist was, Willy?«

»Ich weiß nicht recht ... Mir kommt es komisch vor, dass Hansen heute früh nicht da war, und in Füssen stand sein Wagen ja auch nicht.« Er sah sie einen Moment lang an, dann sprang er auf. »Los geht's, Hanna, wir trommeln die anderen zu einer Besprechung zusammen. Ich hab da eine Idee – und ich hoffe, dass ich falschliege.«

Die Besprechung dauerte nicht lange. Haffmeyer registrierte mit großer Genugtuung, dass sich alle im Raum Sorgen um Hansen machten und sofort die Füssener, Schongauer und Weilheimer Soko-Kollegen deswegen anriefen.

Freddy Kerricht, den Koller in der Füssener Inspektion erreicht hatte, fuhr mit Edgar Rothart und Winfried Abt zum »Rossparadies«. Andere Kollegen sahen sich im Premer Filz und dessen Umgebung um oder fragten bei Walter Schairer in Bernbeuren, bei Familie Schwarzacker in Urspring und bei Robert Gabler in Steingaden nach.

Haffmeyer, der während der kleinen Einstandsparty gut aufgepasst hatte, rief auch noch Resi Meyer in München an, ließ sich ihre Handynummer geben, falls er etwas über Hansens Verbleib erfahren sollte, und gab ihr seine. Hinterher machte er sich Vorwürfe, weil die Rechtsmedizinerin ehrlich besorgt geklungen hatte – und er ja bisher noch keine klaren Anhaltspunkte für seinen Verdacht hatte.

Zusammen mit Hanna Fischer wollte er nach Burggen fahren, um dem dortigen Ruff-Hof und vielleicht auch dem Gasthof Kiefl einen Besuch abzustatten. Hartmut Koller bestand darauf, mitfahren zu dürfen, und um flexibler zu sein, nahmen sie zwei getrennte Fahrzeuge – bei Koller fuhr noch Sabine Altmahr mit.

Am Gasthof Kiefl war nichts Verdächtiges zu bemerken. Auch der Hof von Hermann Ruff lag verlassen da, ein paar Pferde wieherten, als sie vor dem Wohnhaus anhielten, aber auf ihr Klingeln öffnete niemand. Koller und Altmahr gingen ums Haus und schauten in den Ställen nach, Haffmeyer und Fischer fuhren währenddessen zum alten Nachbarhof.

Ein schmaler Weg führte um ein Waldstück herum, und plötzlich öffnete sich der Blick auf das malerisch gelegene, aber völlig verwahrloste Anwesen. Nirgendwo war eine Menschenseele zu sehen, alles war still, und auch die Pferdeboxen waren leer – auf dem Boden lag verschmutztes Stroh, aber Haffmeyer wusste zu wenig über Pferde und ihre Hinterlassenschaften, um einschätzen zu können, wann auf dieser Einstreu zuletzt Tiere gestanden hatten.

Bisher hatte keiner der Kollegen Bescheid gegeben,

offenbar war Hansen nirgendwo gesichtet worden. Hanna Fischer rief noch einmal bei ihrem Chef zu Hause an – womöglich hatte er den Wagen anderswo abgestellt und schlief sich nach den anstrengenden Ermittlungen einfach ein paar Stunden lang aus. Doch es ging niemand ans Telefon.

Plötzlich bremste Haffmeyer abrupt, fuhr mit Vollgas ein paar Meter rückwärts, bremste wieder stark und deutete in das Waldstück hinein. Hanna Fischer musste genau hinsehen, dann erkannte sie Hansens Kombi zwischen den Bäumen und wurde blass.

»Auf dem ganzen Hof ist kein Mensch, aber es sieht aus, als wäre Frau Ruff noch nicht lange weg.«

Koller hatte die Hintertür unverschlossen vorgefunden und war, leise nach Lara Ruff rufend, ins Haus gegangen. In der Küche stand ein Topf auf dem ausgeschalteten Herd, das Wasser darin war noch warm. Auch die Teekanne auf dem Tisch fühlte sich noch lau an. Koller hatte die anderen informiert, und nun standen alle vier in der Ruff'schen Küche und beratschlagten, was als Nächstes zu tun sei.

Auf einmal fuhr draußen ein Geländewagen vor. Sofort duckten sich die vier Beamten, Koller und Altmahr schlichen zur Eingangstür, und Haffmeyer und Fischer schlüpften zur Hintertür hinaus, hielten sich dort verborgen und lauschten.

Aus ihrer Deckung heraus konnte Koller nicht erkennen, wer sich dem Haus näherte, aber er hörte schlagende

Autotüren, Schritte und eine Unterhaltung in einer fremden Sprache, möglicherweise in Russisch. Dann wurde es schlagartig hell im Hausflur, und Lara Ruff stand in der Tür, hinter ihr ein schlanker Mann, der sie um einen Kopf überragte und ihr ziemlich ähnlich sah.

Er zischte kurz etwas, dann drehte er sich um und rannte zu den Ställen. Koller schob sich an Lara Ruff vorbei und hastete ihm hinterher, Sabine Altmahr rief die hinter dem Haus versteckten Kollegen, aber nur Haffmeyer kam. Lara Ruff machte für einen Moment Anstalten, ebenfalls abzuhauen, aber dann fing sie Haffmeyers warnenden Blick auf, sah sein ruhiges Kopfschütteln und ließ sich von ihm in die Küche führen.

»Kann ich dich hier mit ihr allein lassen?«

Haffmeyer nickte, und schon rannte auch Sabine Altmahr auf den Hof hinaus und zu den Ställen. Sie sah sich um, im Moment war niemand zu sehen. Dann ging alles ganz schnell. Der unbekannte Mann schoss auf einem braunen Pferd im gestreckten Galopp aus dem Stall, überquerte den Hof ein paar Meter von ihr entfernt und hielt auf den Waldrand zu.

»Dawai, Jurij!«, rief er dabei und schlug dem Hengst mit der flachen Hand auf die Flanke, um es noch weiter anzutreiben.

Kurz nach ihm kam auch Koller aus dem Stall geritten, aber er hatte wohl ein weniger schnelles Tier erwischt und fiel schnell zurück. Sabine Altmahr rannte den beiden hinterher, auch wenn es aussichtslos war: Zu Fuß würde sie den Mann niemals erreichen können.

Da schnellte ein buschiger Zweig aus dem Waldrand und wischte den Unbekannten mit einem lauten Klatschen vom Pferd. Er rollte sich geschickt ab und zog schon im Aufstehen eine Waffe. Koller hatte den Mann nun fast erreicht, und auch Sabine Altmahr hatte sich ihm auf etwa fünfzig Meter genähert.

Der Unbekannte zielte abwechselnd auf Koller und Altmahr, dann forderte er Koller auf, vom Pferd zu steigen. Wenig später standen sie mit erhobenen Armen da, und der Unbekannte hielt mit der linken Hand die Zügel von Kollers Pferd und zielte mit der rechten auf Kollers Kopf.

»So, die Cherrschaften: Wie ihr seht, chat das nicht so ganz geklappt mit der Verfolgung. Macht keinen Blödsinn, verstanden? Und jetzt geht ihr beide ganz langsam ...«

Weiter kam er nicht.

Der Faustschlag entwaffnete ihn, und der Tritt ließ ihn so schnell auf den Boden plumpsen, dass er nicht einmal eine überraschte Miene machen konnte, ehe er mit den Knien auf dem Gras aufschlug. Hinter ihm stand Hanna Fischer und sah mit zornfunkelnden Augen auf den Unbekannten, der mit dem Rücken zu ihr im Gras kniete und sich die Hand hielt.

Koller war sofort herbeigesprungen und hatte die Waffe des Mannes aufgehoben, mit der er ihn nun bedrohte.

»Aufstehen!«, kommandierte er.

Der andere sah ihn verächtlich grinsend an, erhob sich aber, wenn auch sehr langsam. Breitbeinig stand er vor Koller und sah sich um, als suchte er einen Ausweg aus dieser Situation. Plötzlich fuhr er herum, wollte die hinter ihm stehende Hanna Fischer packen, doch die trat geistesgegenwärtig einen Schritt zurück. Der Griff des Unbekannten ging ins Leere, und mit einem linken Haken und einer rechten Geraden schickte Hanna Fischer den Mann endgültig zu Boden.

»Sauber, Kollegin«, sagte Koller, »und das mit dem Ast waren Sie auch?«

Sie nickte, und er drückte ihr zum Dank die Hand. Während er übers Handy einen Streifenwagen anforderte, der Lara Ruff und den unbekannten Mann zur Kripo nach Kempten bringen sollte, bekam Sabine Altmahr ihr Zittern allmählich wieder in den Griff.

Lara Ruff saß wie versteinert auf der Rückbank des Streifenwagens und starrte ins Leere. Von hier aus konnte sie den fremden Mann nicht sehen, der inzwischen schwer benommen am Vorderrad eines der Zivilwagen lehnte. Ein uniformierter Beamter behielt Lara im Auge, die anderen standen im Halbkreis um den Unbekannten herum.

»Jetzt verraten Sie Ihren Namen und warum Sie sofort abhauen wollten, als Sie uns gesehen haben!«

Koller herrschte den Mann an, aber der sah nur aus trüben Augen zu ihm hoch, während er sich ab und zu Kinn und Wangenknochen rieb.

»Vor allem wollen wir wissen, was Sie mit unserem Chef angestellt haben. Wo ist Herr Hansen?«

Ein leichtes Grinsen schlich sich auf das ramponierte Gesicht des Unbekannten.

»Soll ich ihn fragen?«, schlug Hanna Fischer vor und machte einen kleinen Schritt auf ihn zu. Sofort gingen beide Hände abwehrend nach oben, und das Grinsen verschwand.

»Darf die das?«, fragte er schließlich.

»Was meinen Sie?«, konterte Koller.

»Darf die mich einfach schlagen?«

»Ach, sie hat Sie geschlagen? Hab ich nicht mitbekommen, tut mir leid.«

Der Mann sah wütend zwischen Fischer und Koller hin und her. »Ach, so ist das! Und ihr chaltet euch für besser als die russische Polizei?«

Er spuckte den Beamten vor die Füße, aber schon diese kleine Anspannung der Lippen schien ihm Schmerzen zu bereiten.

»Wir wissen nicht viel von der russischen Polizei, sicher weniger als Sie. Aber wenn Sie schon Erfahrungen mit unseren russischen Kollegen gesammelt haben und wenn Sie ein Pferd mit ›Dawai‹ antreiben – dann nehme ich an, Sie sind Russe?«

Keine Antwort.

»Gut«, fuhr Koller fort, »Sie sind also Russe, damit sind Sie Landsmann von Frau Ruff und …«

»Ruff? Ich will diesen Scheißnamen nicht mehr chören!«

»Warum? Was haben Sie für ein Problem damit?«

»Scheiß-Ruff chat Lara geschlagen und …« Er schüttelte sich angewidert.

»Und Sie sind Ihr Freund?«

»Freund, pah!«

Damit versank er wieder in brütendes Schweigen. Koller wartete kurz, dann gab er dem Streifenbeamten in der Runde ein Zeichen. Der Uniformierte ging zu seinem Kollegen, und gemeinsam brachten sie Lara Ruff her. Sie schaute sich mehrmals besorgt um. Dann öffnete sich im Halbkreis eine Lücke, Laras Blick ging nach unten, und sofort riss sie sich los, kniete sich neben den Mann und fuhr mit ihren Fingerspitzen über sein Gesicht. Dabei murmelte sie unablässig etwas auf Russisch, das keiner der Beamten verstand, nur der Name Alex schien ein paarmal zu fallen.

»Ist Alex Ihr Geliebter?«, fragte Koller, und er wählte absichtlich die direkte Bezeichnung, in der Hoffnung, Lara damit vielleicht aus der Reserve zu locken.

»Mein ... Geliebter?« Sie lachte nervös, ohne vom Gesicht des Mannes abzulassen. »Natürlich liebe ich Alex: Er ist mein Bruder. Was chaben Sie mit ihm gemacht?« Sie gab ihm einen Kuss auf die Stirn, dann stand sie auf und wandte sich an die Beamten. »Wer von Ihnen war das?«

»Ich«, sagte Hanna Fischer und erntete einen verblüfften Blick von Lara Ruff. »Er wollte abhauen, und als wir ihn gestellt haben, da hat er meine Kollegen mit der Waffe bedroht.«

Lara sah staunend zwischen ihrem durchtrainierten Bruder und der korpulenten Kommissarin hin und her.

»Wo ist Herr Hansen?«, fragte Koller.

»Wir chaben ihn an einen sicheren Ort gebracht. Wir chaben verchindert, dass er Sie zu Chilfe ruft, bevor Alex und ich genug Vorsprung chaben.«

»Das ist ja gründlich schiefgegangen, Frau Ruff. Und das mit dem Vorsprung wird auch nichts mehr. Also, wo ist Herr Hansen?«

Sie rang mit sich, das war ihr deutlich anzusehen.

»Frau Ruff, wir wissen doch ohnehin schon, was passiert ist. Das mit den Pferden, mit den falschen Dokumenten – das war nicht Walter Schairer, das waren Sie und Ihr Bruder. Was für eine Ironie: Sie arbeiten heimlich mit Ihrem Bruder zusammen, und Ihr Mann lässt seinen umbringen!«

Koller hatte den Satz kaum ausgesprochen, dann fiel es ihm wie Schuppen von den Augen. »O Gott: Ihr Mann ... der hat gar nicht ...?«

Lara Ruff sah ihn traurig an, dann schüttelte sie langsam den Kopf. »Es ist vorbei, lass uns reinen Tisch machen, Alex.« Sie strich ihm langsam durchs Haar, er hielt kurz ihre Hand fest und sah sie mit feuchten Augen flehend an. Dann ging ein Ruck durch ihren Körper, und sie drehte sich um. »Kommen Sie am besten mit dem Wagen hinter mir her. Hansen wird nicht laufen können.«

Damit marschierte sie in Richtung des alten Nachbarhofs davon. Haffmeyer setzte sich ans Steuer und folgte ihr im Schritttempo. Koller, Altmahr und Fischer gingen zu Fuß, und die beiden Uniformierten halfen Alex auf und verfrachteten ihn in den Streifenwagen.

In der Küche des alten Hofes roch es muffig, in der Ecke raschelte es, und irgendwelches Viehzeug verschwand in einem Loch in der Mauer. Lara ging zielstrebig zur Mitte des Raumes, schob mit dem Schuh etwas Altpapier und Stroh beiseite und legte eine hölzerne Luke frei. Dann trat sie zwei Schritte zurück.

»Dort drunten ist Chansen. Es geht ihm gut, aber er ist vielleicht etwas benommen.«

Haffmeyer und Koller öffneten die Luke und kletterten vorsichtig hinunter. Nach ein paar Minuten war ein gedämpftes Stöhnen zu hören, und wenig später hatten die beiden ihren Chef aus dem Verlies herauf in die Küche geschleift. Er hing zwischen den beiden wie ein nasser Sack, Speichel lief ihm aus den Mundwinkeln, und er schaute drein, als hätte ihm jemand eine Bratpfanne über den Schädel gezogen.

Lara Ruff ging zu Hansen, nahm seinen linken Arm und drehte ihn so, dass alle die Einstiche sehen konnten.

»Alex kennt sich aus, er chat Chansen immer wieder seine Narkosemischung gespritzt.«

»Sie haben ihm Pferdemedikamente gegeben?«

»Natürlich, sind gut und braucht für Mensch weniger als für Pferd. Kann aber sein, dass Chansen cheute Abend noch nicht so großen Appetit chat.«

Sie lächelte etwas und zuckte entschuldigend mit den Schultern.

»Nachher chätte er seine letzte Spritze bekommen, und dann wären wir auch schon über alle Berge gewesen.«

»Tja, die letzte Spritze fällt wohl aus«, sagte Koller und gab Fischer und Altmahr ein Zeichen, dass sie die Frau in den Kombi bringen sollten, der vor dem halb zerfallenen Wohnhaus stand.

Freitag, 21. Juni

Der Rest war Routine. Lara Ruff und ihr Bruder Alexej Waranow waren geständig, sie sofort und er nach kurzem Zögern. Im Prinzip war die Geschichte genauso abgelaufen, wie es die Kripo vermutet hatte – nur nicht mit Hermann Ruff als Drahtzieher.

Alex Waranow hatte mit seinen Komplizen Mischa und Pjotr – die Fahndung nach den beiden lief schon auf Hochtouren – Pferde aus Rumänien auf den alten Hof bei Burggen geschafft, sie hatten über Mittelsmänner gefälschte Papiere besorgt und die Pferde hinterher an ahnungslose Reiter oder Züchter verkauft.

Keines der Pferde hatte mehr als vier- oder fünftausend Euro erzielt, aber damit blieben die Verkäufe auch gewissermaßen unter dem Radar. Letztlich war niemand wirklich betrogen worden: Die Pferde waren ihren Kaufpreis wert – für Tiere aus den rumänischen Landstrichen, die als verseucht mit infektiöser Anämie galten, hätte nur niemand einen solchen angemessenen Preis bezahlt, selbst wenn sie gesund waren.

Der Erwerb von Salvatore hätte für Alex und seine Helfer einen Schritt nach oben auf der Karriereleiter bedeutet. So hätten sie mit gefälschten Papieren und einem echten Hengst aus guter Linie höherwertige Pferde selbst aufziehen können – das hätte natürlich deutlich höhere Einnahmen gebracht. Und als Lara aus den protzigen Selbstgesprächen ihres Mannes heraushörte, dass er und Thomas sich bei diesem Lorenz Schwabinger in Memmingen um einen Deckhengst stritten, steckte sie das ihrem Bruder – und der nahm Kontakt mit Thomas Ruff auf und streckte ihm den halben Kaufpreis vor.

Da sich Marlene Ruff aber gewundert hätte, woher ihr Mann angesichts der angespannten Situation des »Rossparadieses« plötzlich neunzehntausend Euro nahm, ließ Alex einen Beleg über den halben Preis fälschen – dieses Geld hatte Thomas Ruff ja auch tatsächlich selbst aufgebracht.

Das Arrangement war zu aller Zufriedenheit eingefädelt, auch wenn Alex befürchtete, dass der Züchterehrgeiz von Hermanns kleinem Bruder noch für Ärger sorgen konnte. Doch Schwierigkeiten gab es von ganz unerwarteter Seite.

»Eines Tages«, erzählte Lara, »ist Thomas zu uns auf den Chof gekommen. Chermann war nicht da, zum Glück, und ich stand grad bei Jurij, als er eintraf. Wir unterchielten uns ein bisschen, ich fand ihn sehr nett und sagte ihm das auch – und ich bat ihn, Chermann nicht zu verraten, dass ich seine Sprache becherrsche. Dann chat er nach Alex gefragt, und ich chab ihm gesagt, dass er grad drüben auf dem alten Chof sei. Das war dumm von mir, weil eben ein Lastwagen mit vier neuen Pferden gekommen war. Das sah Thomas, und er war ja nicht blöd. Also chat er Alex zur Rede gestellt. Ich konnte die beiden gerade noch beruhigen und dazu bringen, alles im Wohnchaus bei einem Kaffee zu bereden. Unterwegs zum Chaus chat mir Alex klargemacht, dass Thomas fällig wäre, wenn ich ihn nicht irgendwie auf unsere Seite ziehen kann.«

Sie schluckte und wischte sich die Nase.

»Das chat leider nicht geklappt. Ich chab mich sehr bemüht, war sehr nett zu Thomas, aber ich war wohl nicht sein Typ. Er chat mir von Kessie erzählt, wie sehr er sie liebt und dass er für sie wohl bald seine Frau verlassen wird. Dann chaben wir uns mit Chandschlag verabschiedet, und er ist raus.« Ein leises Schluchzen war zu hören. »Das war sein Todesurteil.«

Alex fügte sich irgendwann in sein Schicksal. Seine beiden Komplizen wollte er nicht verraten, Ganovenehre, aber über seine Rolle in dem ganzen Fall redete er jetzt ausführlich. Er berichtete von seiner Schwester, die erst so froh gewesen war, nun endlich aus dem heimischen Dorf wegzukommen und einen reichen deutschen Pferdezüchter zu heiraten. Alles schien gut zu werden. Auch Alex ging aus Russland weg und baute sich eine Existenz in Rumänien auf. Dort lernte er Rumänisch, was ihm überraschend leicht fiel, und eignete sich wegen der neuen Heimat seiner Schwester auch ein sehr passables Deutsch an.

Dann erzählte er von den Briefen an ihn, in denen Lara von Hermann Ruffs Brutalität erzählte und von ihrem

Leben hier auf diesem verdammten Pferdehof, das viel Arbeit mit sich brachte, aber ganz gewiss keinen Luxus. Irgendwann hatte Alex genug gelesen. Er packte seine Sachen und fuhr nach Burggen. Abends, wenn Hermann betrunken im Wohnzimmer vor dem Fernseher einschlief, trafen sie sich im Wohngebäude des alten Hofs.

Alex wollte dem gewalttätigen Ehemann seiner Schwester am liebsten an den Kragen, aber Lara hatte eine elegantere Idee: Alex, der inzwischen in Rumänien als Pferdehändler zu bescheidenem Wohlstand gekommen war, könnte doch den alten Nachbarhof, den Ruff praktisch nie betrat, als Umschlagplatz für rumänische Pferde benutzen. Der Verkauf nach Deutschland würde sicher mehr einbringen als der Handel innerhalb Rumäniens – und Alex, der sofort Feuer und Flamme für den Vorschlag war, hatte sogar einen geeigneten Fälscher für die benötigten Dokumente an der Hand.

So ging das eine Weile, bis Salvatore ins Spiel kam. Als Thomas Ruff den Pferdehandel auf dem alten Hof auffliegen lassen wollte und Lara ihn nicht umstimmen konnte, gestand ihm Alex noch einen Warnschuss zu: Seine beiden Helfer schlichen sich am Sonntag vor dem Mord auf den Pferdehof und drangen in Salvatores Stall ein, um den Hengst mitzunehmen. Ob sie ihn auf eigene Rechnung verkauft oder nach einer gewissen Frist an Ruff zurückgegeben hätten, falls der durch den gehörigen Schrecken zur Vernunft gekommen wäre – das wollte Alex noch entscheiden. Aber es kam nicht dazu, Thomas Ruff erwischte die beiden Helfer, es kam zur Rauferei, und Mischa und

Pjotr verdrückten sich, um nicht noch mehr Aufsehen zu erregen.

»Und wer hat Thomas Ruff nun von der Lechbrücke gestoßen?«, fragte Koller im Vernehmungsraum.

»Lara wusste aus Chermanns Selbstgesprächen von drei kleinen Motorrädern, und von allen dreien waren die Schlüssel unter dem Sattel versteckt.« Er lachte kurz auf. »Versteckt! Deutsche können so blöd sein!«

»Vorsicht!«, warnte ihn Koller, aber insgeheim gab er ihm recht.

»Zwei von uns chaben sich Motorräder geschnappt, sind zu dieser Brücke gefahren und chaben Thomas Ruff aufgelauert. Lara war dacheim und chat gewartet, dass jemand Bescheid gibt, wenn alles gelaufen war. Aber als unsere Leute angerufen chaben, weil sie jemand beobachtet chatte und sie sich mit dem Toten in dem Wald am Ufer versteckten, mussten wir improvisieren. Lara kannte dieses Moor, also sind wir runter zum Fluss, chaben die Leiche eingepackt, die Spuren verwischt und sind auf einem Umweg ins Moor gefahren.«

»Wir haben an drei Motorrädern Spuren gefunden, die zu der Tat passen.«

Alex grinste. »Chaben wir gut gemacht, was? Lara wusste von einem Marco Schwarzacker, früherer Freund von Ruffs Geliebter Kessie. Der chatte Kumpels überall, und alle wussten von dem Schlüsselversteck – und dieser Marco chatte eigentlich auch ein Motiv, Ruff zu ermorden. Also ist einer von uns vom Moor aus zu Schwarzacker gefahren, chat sich das Motorrad genommen, ist ein Stück auf dem Waldweg chin und cher gefahren und chat das Motorrad wieder zurückgestellt.«

»Und welche beiden von Ihnen dreien haben Thomas Ruff nun die Brücke hinuntergeworfen?«, fragte Koller nach einer Pause.

Alex lehnte sich auf dem Stuhl zurück und verschränkte die Arme vor der Brust. »Ich will Anwalt sprechen.«

Gegen halb vier ging es Hansen wieder richtig gut. Er lag auf seiner Couch, und Fischer und Haffmeyer hatten gegenüber auf Sesseln Platz genommen. Ignaz hatte es sich auf der Lehne von Hanna Fischers Sessel bequem gemacht. Er sah aus fast geschlossenen Augen zu Hansen hinüber, während er Hannas geduldiges Kraulen mit einem lauten Schnurren quittierte.

»Ich muss mich entschuldigen«, sagte Hanna schließlich.

»Warum das denn?«

»Na ja, ich hab Ihnen in Burggen was versprochen, an diesem Abend bei den Bikern.«

Hansen hatte schon von der Festnahme von Alex Waranow gehört, und er verzog sein Gesicht zu einem Grinsen.

»Koller meinte, Sie hätten ihm das Leben gerettet. Zumindest wäre ohne Ihre ... nun ja ... zupackende Hilfe keiner der Kollegen unversehrt aus dieser Nummer rausgekommen.«

»Trotzdem: Ich hab Ihnen versprochen, dass ich im Dienst niemanden verprügle, und ich hab mein Versprechen gebrochen.«

Allzu geknickt sah sie dabei allerdings nicht aus.

»Geschenkt«, sagte Hansen. »Ich will mich jetzt auch mal richtig bei Ihnen und Haffmeyer bedanken. Ohne Ihren Verdacht, mir könnte etwas zugestoßen sein, würde ich wahrscheinlich immer noch in diesem Kellerloch hocken.«

»Willy hatte den Verdacht«, sagte sie.

»Gut, dann danke ich Ihnen natürlich ganz besonders, Herr Haffmeyer. Trotzdem: Sie sind ein tolles Team – wir sind ein tolles Team. Und meinen nächsten Fall würde ich am liebsten wieder mit Ihnen zusammen bearbeiten.«

»Kein Problem«, meinte Haffmeyer grinsend. »Wir haben sicher Zeit – die anderen Kollegen fordern uns ja praktisch nie zu Ermittlungen vor Ort an.«

»Das könnte sich durchaus ändern.« Er lachte. »Jetzt, wo alle gesehen haben, wie Sie beide arbeiten.«

»Danke, danke.«

Haffmeyer deutete im Sitzen einen Bückling an, und Hanna Fischer warf ihm ein etwas verlegenes Lächeln zu.

»Draußen wartet übrigens noch jemand, dem wir Bescheid geben sollen, sobald es Ihnen wieder etwas besser geht.«

Hansen hob die Augenbrauen.

»Warten Sie einen Moment, ich geh sie holen.«

Damit war Hanna schon aus dem Raum verschwunden, auch Willy erhob sich und verabschiedete sich. Wenig später waren Resi Meyer und Hansen allein im Raum.

Fast allein: Ignaz hatte sich, weil ihn niemand mehr beachtete, beleidigt in die Küche zurückgezogen. Dort sprang er auf den Tisch, schob das dort abgelegte Käsepäckchen über die Kante und schleifte es geduldig zum Hinterausgang.

Samstag, 22. Juni

Am Samstag hatte Hansen lange geschlafen, dann war er in den Ort geradelt, um frische Brötchen zu holen, und als der Kaffeeduft durchs Haus zog, weckte er Resi, die sich für diese Nacht im Gästezimmer eingerichtet hatte. Kurz nach Mittag musste sie wieder los – sie hatte sich mit ihren Eltern verabredet –, und Hansen sah im Kühlschrank nach, was er sich schnell kochen könnte.

Er fand nichts, was ihn reizte – vor allem war nirgendwo in der Küche Käse zu sehen. Hatte Hanna gestern bei Ihrem Besuch nicht Nachschub bringen wollen? Ihm fiel nur eine angebrochene Dose Katzenfutter auf, und als er sie herausnahm und einen kleinen Teller damit füllte, strich ihm auch schon Ignaz um die Beine.

Der Kater fraß und schnurrte dabei, Hansen ließ sich neben ihm auf den Boden sinken und streichelte langsam über den Kopf und die Schultern des Tiers. Eine halbe Stunde lang ging das so, dann erst bemerkte Hansen, dass der Teller längst blitzblank leergeschleckt war und Ignaz immer noch schnurrend an derselben Stelle stand, um nur ja nicht diesen geduldigen Menschen mit dem Streicheln aufhören zu lassen.

Als Hansen sich erhob, sah ihm Ignaz noch kurz enttäuscht nach, dann ging er hinaus in den Schuppen, wo er hinter einer alten Schubkarre ein kleines Lager aus erbeuteten Käsestücken angelegt hatte. Daneben lagen Teile jener Mäuse, die versucht hatten, ihm seinen Schatz streitig zu machen.

Ignaz sah sich in seinem Fundus um, dann wählte er ein etwas weniger großes Stück Käse aus, nahm es ins Maul, trug es hinüber in die Küche und platzierte es als Friedensangebot für seinen neuen Mitbewohner mitten auf dem Küchentisch. Sehr zufrieden mit sich und dem Gang der Dinge, kehrte er in den Schuppen zurück, räkelte sich eine Weile neben dem Käse auf dem staubigen Boden und schlief ein.

Hansen stieg in den Wagen, ließ sich beim Metzger in der Innenstadt eine gut gefüllte Picknicktüte zusammenstellen und fuhr so lange in der Gegend herum, bis er endlich einen Platz gefunden hatte, von dem aus er die dichten Kolonnen der in Richtung Süden fahrenden Urlauber beobachten konnte.

Auf dem Wandkalender in der Küche hatte er sich eingetragen, wann in welchen deutschen Bundesländern in diesem Jahr die Schulferien begannen. Berlin, Brandenburg und Hamburg waren jetzt dran, und Hansen genoss es sehr, gemütlich auf der Wiese zu sitzen, leckere Wurst und frische Brötchen zu vespern, während sich unten die blöden Touristen im Stop-and-go-Verkehr durch seine neue Allgäuer Heimat quälten.

Er fühlte sich angekommen, und er fühlte sich sehr

allgäuerisch in diesem Moment. Das Bier, die Leute, der Dialekt – es war schon ein großer Vorteil, dass er durch seine jahrelangen Urlaubserfahrungen alles verstand, was die Menschen hier zu ihm sagten.

»Grüß Gott«, kam es von rechts.

Dort stand ein älterer Mann mit Hut und abgewetztem Janker, nickte ihm zu und setzte sich dann neben ihn.

»Grüß Gott«, gab Hansen zurück und öffnete die Picknicktüte. »Nehmen Sie ruhig.«

»Vergelt's Gott«, sagte der Mann und griff zu.

Eine Weile saßen sie kauend da und betrachteten die volle Autobahn.

»Touristen«, sagte Hansen dann und nahm grinsend noch ein Stück Wurst.

»Jo, jo, und Sie send jetzat vo do?«

»Gewissermaßen.«

»Guat«, nickte der Alte und kaute weiter. »Alloi oder verheirat?«

»Ich wohne allein, drüben in Füssen hab ich ein Haus gemietet.«

»So, so«, machte der Mann und grinste. »Koi Feel, koi Fuude, gell? Hot des it scho der Marley gsunga?«

»Was?«

»Koi Feel, koi ... Ach, eh wurscht. Als Tourischt muascht it alles verschtanda, verschtohsch?«

»Äh ... ja, danke«, sagte Hansen, der leider nichts verstand, und nickte dem alten Mann ernüchtert zu. Dann stand er auf und ging langsam und nachdenklich davon, dem Sonnenuntergang entgegen.

Der alte Mann lachte leise. Den Saupreiß hatte er schön verunsichert mit seiner erfundenen Redewendung. Aber Bob Marley hatte es tatsächlich gesungen: No woman, no cry ... Sein Enkel hatte es ihm oft genug vorgespielt. Koi Feel, koi Fuude ... Brummend suchte er nach der Melodie, dann gab er es auf, zog noch ein Stück Wurst aus der Tüte und steckte es sich in den Mund.

Ach, was für ein schöner Abend.

Danksagung

Danken möchte ich zunächst den dreien, die wissen, dass sie gemeint sind.

Außerdem danke ich allen, die sich auch seltsame Fragen gefallen ließen und die diesem Buch viele Details von Polizeiarbeit bis Pferdezucht bescherten – die Fehler, falls Sie welche finden, kreiden Sie einfach mir an.

Sollte sich jemand in diesem Buch wiedererkennen, danke ich für das (unverdiente) Lob: Wie in Krimis üblich, sind Handlung und Personen frei erfunden.

Jürgen Seibold

»Spannend mit viel Lokalkolorit und liebenswerten Akteuren.«

Bayern im Buch

*Cover- und Preisänderungen vorbehalten

Hier reinlesen!

Jürgen Seibold
Gnadenhof
Ein Allgäu-Krimi

Piper Taschenbuch, 368 Seiten
€ 9,99 [D], € 10,30 [A]*
ISBN 978-3-492-30075-9

Nachdem Hauptkommissar Eike Hansen seine Feuertaufe als Niedersachse bei der Kripo Kempten im Allgäu bestanden hat, wird er zu einem schauerlichen Tatort gerufen: Im alten Uttenhof des Museumsdorfs Illerbeuren in der Nähe von Memmingen sitzen drei sehr lebensecht wirkende Figuren am Esstisch, die für das Ambiente eindeutig zu modern gekleidet sind. Dann sieht Hansen das Blut am Boden …

PIPER